# 徐茂公演义

马光复 赵涛 主编
默瑶 水秀 著

中国古代军师演义丛书

国际文化出版公司
·北京·

图书在版编目（CIP）数据

徐茂公演义 / 默瑶，水秀著 . -- 北京：国际文化出版公司，2023.2
（中国古代军师演义丛书 / 马光复，赵涛主编）
ISBN 978-7-5125-1378-5

Ⅰ . ①徐… Ⅱ . ①默… ②水… Ⅲ . ①章回小说－中国－当代 Ⅳ . ① I247.4

中国版本图书馆 CIP 数据核字 (2022) 第 013939 号

**中国古代军师演义丛书 · 徐茂公演义**

| | | |
|---|---|---|
| 主　　编 | 马光复　赵　涛 | |
| 作　　者 | 默　瑶　水　秀 | |
| 责任编辑 | 王逸明 | |
| 出版发行 | 国际文化出版公司 | |
| 选题策划 | 兴盛乐 | |
| 经　　销 | 全国新华书店 | |
| 印　　刷 | 保定市西城胶印有限公司 | |
| 开　　本 | 880 毫米 ×1230 毫米 | 32 开 |
| | 13.5 印张 | 296 千字 |
| 版　　次 | 2023 年 2 月第 1 版 | |
| | 2023 年 2 月第 1 次印刷 | |
| 书　　号 | ISBN 978-7-5125-1378-5 | |
| 定　　价 | 69.80 元 | |

国际文化出版公司
北京朝阳区东土城路乙9号　　邮编：100013
总编室：（010）64270995　　传真：（010）64270995
销售热线：（010）64271187
传真：（010）64271187-800
E-mail：icpc@95777.sina.net

# 序言

Preface

中国是有着五千年悠久历史的文明古国，中华传统文化博大精深，军事文化是其中很重要的组成部分。在我国古代军事文化中，军师的产生与存在也是一个十分特殊而耀眼的现象。

中国古代军事文化源远流长，异彩绚烂，在世界文化发展史上具有突出地位。它是中国古代无数次王朝战争和大规模农民起义战争的经验总结。它的丰富内容，是前人留下的宝贵军事经验，是中华民族灿烂文化遗产的一个重要部分，是用流血换来的推动历史发展的理论财富，也是人类智慧的结晶。随着历史的发展和社会的前进，历代的军事家、战略家和不断涌现的军事论著中对于战争与军事问题的理性认识，也在不断地深入和提高，中国近代直至现代的军事思想，都从中批判地继承和吸取了许多有价值的内容。

在我国古代大大小小的战争中，军事家与战略家不断总结经验，逐渐形成了独特的“以仁为本”的战争观，它主要包括两层含义：

第一，战争的核心支柱是“以仁为本”，即所谓的“仁义之师”。《司马法·仁本第一》中即开宗明义：“古者，以仁为本，以义治之之谓正。正不获意则权。”仁者使人亲和，义者使人心悦。仁和义，才是军队战斗力的核心凝聚力，才是赢得战争胜利的最根本的基础。

第二，战争首要准则是“师出有名”。古籍《礼记·檀弓下》中就明确主张“师必有名”，认为“师出无名”必将遭到众人的非议和反对，终成败局。

这些战争的基本原则，即使历史发展到今天，仍然是颠扑不破的真理。

中国传统军事文化包含着丰富的军事理论和深邃的军事思想，以及战争智慧、军事谋略、战略和战役的策划、战争指挥与战争部署等内容。在中国历史上曾发生无数大大小小的战争，在轰轰烈烈的战争历史进程中，时时刻刻都有军师（军事家、战略家）的身影，以及军师的劳苦、军师的智慧、军师的心血。

我国古代杰出军师，通过战争的实践，以及长期对战争的研究，总结出许多可贵的军事思想，值得我们学习与借鉴。比如：

一、重战思维。战争是国家头等大事。《孙子兵法》中就明确指出：“兵者，国之大事，死生之地，存亡之道，不可不察也。”它认为战争是关系到国家生死存亡的头等大事，绝对不能大意，不能不认真研究和对待。

二、慎战思维。慎重对待战争，要仔细分析前因后果，以及各种形势与条件，不可以轻易言战。《孙子兵法》中这样写道：“亡国不可以复存，死者不可以复生。故明君慎之，良将警之。”

三、备战思维。指的是战争要有准备，要未雨绸缪，不打无准备之战。必须重视备战，思想上时刻不要忘记战备，要做到“用兵之法，无恃其不来，恃吾有以待也；无恃其不攻，恃

吾有所不可攻也。”（《孙子兵法》）

四、善战思维。就是要会用兵打仗。第一，注重以“道”为首要因素的多因素制胜论。“道”就是政治，是“令民与上同意也。故可以与之死，可以与之生，而不畏危也”。第二，庙算制胜论。庙算，是古代开战前在庙堂举行军事会议，商讨与谋划战争的一种方式。《孙子兵法》主张战前庙算，要对战争全局进行计划和筹划，制订出可行的战略方针。第三，“诡道”制胜论。《孙子兵法》里讲道：“兵者，诡道也。”因此，他提出“能而示之不能，用而示之不用，近而示之远，远而示之近。利而诱之，乱而取之，实而备之，强而避之，怒而挠之，卑而骄之，佚而劳之，亲而离之”的诡道之法，进而达到“攻其不备，出其不意”的目的。第四，“知彼知己”制胜论。《孙子兵法》中写道：“知彼知己，百战不殆；不知彼而知己，一胜一负；不知彼不知己，每战必殆。”

在用人方面，古代军师也有自己的精心总结。战争中怎样使用军事将领，几乎同样决定着战争的胜负。用将之道的原则是选贤任能，这不仅是古代军师的用将之道，也是社会的用人之方：

一、重将思维。即十分重视军队的将领工作，了解和统筹部属。《投笔肤谈·军势第七》指出：“三军之势，莫重于将。”并且认为：“大将，心也。士卒，四肢百骸也。”也就是我们现代所说的“千军易得，一将难求”。

二、选将思维。即注意考察、选拔将领工作。在古代，选将标准有五个。《孙子兵法》中就明确提出“将者，智、信、仁、勇、严也”。这五项标准即使在今天仍有极大的实用价值。

三、用将思维。即选人之后，还要用好人。古人认为，将帅使用的基本原则，就是第一信任和第二放手。要做到“用人不疑，疑人不用”。

古代军师是我国历史上一颗颗璀璨的明珠，他们的爱国主义思想、杰出的军事谋略与高超的指挥能力和军事智慧，是我们需要认真继承和弘扬的中华优秀传统文化遗产，广大读者也能够从中了解和学习我国古代军师那种兢兢业业、追求理想、大智大勇的精神，以及一丝不苟、认认真真学习和工作的高贵品德。

基于以上的认识，我们在20世纪90年代初策划了这套《中国古代军师演义》丛书，从中国古代众多军师人物中撷取十位。因为中国古代军师名录众多，撷取哪些人进入十大军师之中，曾有过不同看法。为了选题的严谨性，我们征求了著名历史文化学者、中国古典文学专家余冠英[①]先生的意见。

根据余先生的建议，本套丛书精选了十位具有重要历史地位的军师，用演义的文学样式，全面、生动、活泼、形象地书写他们辉煌的一生，书写他们的历史贡献以及丰功伟绩。作家们力求全书人物形象突出，故事性强，具有较强的可读性，能达到思想性与艺术性相结合的高度。

《中国古代军师演义》系列丛书一经上市，就受到广大读者的热烈欢迎。我们也深感欣慰。经历二十余年的沉淀，这套

---

① 余冠英（1906 — 1995），江苏扬州人。毕业于清华大学，曾在清华大学、西南联大任教。1952年担任中国科学院文学研究所研究员，后又担任文学研究所主任，国家学术委员会主任。曾主编《中国文学史》《唐诗选》等。

书也经受住时间的考验，在中国文化更有影响力的今天，为了更好地适应时代的变化，讲好中国故事，也为中华优秀传统文化的传播贡献一份力量，我们特组织了优秀的编辑老师对《中国古代军师演义》系列丛书进行重新修订、审校、设计，并对封面人物画像、内文插画进行了艺术创作，希望这套全新的丛书能再次给读者朋友带来更好的阅读体验。

阅读军师演义，不仅可以让我们形象地了解、认识、学习中国古代的军事与军师的高超智慧、战略思维、人格品德，帮助我们做好今天的工作，而且可以让我们享受阅读演义过程中的愉悦和快乐。

十卷军师演义的内容十分宽泛，历史材料的收集也繁简不一；书写工程宏大，还要做好取其精华去其糟粕。在塑造典型人物和描绘战事的时候，还要尽量坚持“大事不虚，小事不拘”的原则。因此，书中可能会有些许疏漏与不足，敬请学者专家和读者不吝赐教、指正。

马光复

（编审、国务院有突出贡献专家、中国作家协会会员、北京作家协会儿童文学创作委员会副主任）

2022年4月

# 目录

Contents

# 第一回 游荷塘徐茂公遇艳 选美女袁紫烟入宫

晋朝灭亡之后，出现了十六国大混战，后来有一个叫杨坚的人发动宫廷政变灭了北周，改国号“隋”，他就是隋文帝。又经过十几年的征战，隋灭掉其他小国，实现了南北统一。

隋朝之初，杨坚励精图治，使人民得以安居乐业。可是没过多久，他的儿子杨广，以阴谋手段篡夺了帝位，他就是历史上有名的隋炀帝。他弑父鸩兄，欺母图嫂，遭到国人的唾弃。由于他生活奢靡，导致政治腐败、经济萧条，使人民又陷入水深火热之中。

隋炀帝当皇帝后，第一件事就是迁都洛阳，他征集十万劳工掘长堑，以作洛阳的关防。他又在洛阳附近，建造显仁宫，从大江以南、五岭以北运来奇材异石。建好之后，他从全国征选美树名花、珍禽异兽，装点宫苑。接着他又营造了一座天经宫，准备每年祭祀被他杀死的父亲杨坚。这真是天大笑话！再筑西苑，周围二十多里，苑内有人工海，海上有仙山神岛（高出水面一百多尺）。楼台亭榭，建在山上，布置格外精致。北面有龙鳞渠，不断注水入“海”；南面有鱼尾渠，徐徐向外泄水；沿着龙鳞渠，修了十六座宫院，院门临渠，景致优雅；院中堂阁楼观，穷极奢华。宫树秋冬残落时，宫女们剪绫做花叶，缀贴枝上，使其花叶如生。池沼内的水入冬也不结冰，使荷芰菱芡，鲜活如初。每逢月明之夜，隋炀帝即率宫中美女，弹唱清歌，游于苑上。

隋炀帝当皇帝办的第二件事，就是开挖运河，征集河南淮北诸郡民工，前后达百余万。渠旁修御道，两边种杨柳，沿途建造离宫四十多处。他又专派工部大臣王弘，亲赴江南监造龙舟及杂船上百艘。开挖期间，民工累死过半，真是尸骨遍地，哭声载道。

隋炀帝大业元年（605）八月，一切工程完备，炀帝乘龙舟从洛阳出发游扬州。龙舟有四层，高四十五尺，长二百尺。上层有中殿、内殿、东西朝堂；中间二层有一百二十间房，全用珠玉装饰；下层专供内侍居住。皇后乘的翔螭舟，比龙舟略小，装饰与龙舟无异。另外有浮景九艘，三层都是水殿。又有漾彩、朱雀、苍螭、白虎等数千艘，载后宫嫔妃、王公大臣、僧尼道士。一路上征用拉纤民夫就有八万余人。船工们都穿锦彩袍，称为“殿脚”。还有平乘、青龙等数千艘，乘载卫兵。船只衔接二百余里。骑兵夹两岸卫护，旌旗蔽日，彩照水陆。所过州县，五百里中，各献食物，一州多至一百抬，都是水陆珍品，龙船及其他船的人吃不了，就埋弃地下。

另外一件劳民伤财的事，就是在大业六年（610）正月，炀帝召集诸蕃酋长齐集洛阳城，在端门街大陈百戏。戏场广大，仅丝竹乐队就有一万八千人，声闻数十里外。杂戏有猞猁兽表演跳跃，激水满街，龟鳖虫鱼充盈水中。又有鲸鱼喷雾，遮天蔽日。又忽作黄龙，长七八丈。又有二人持竿，竿头设人歌舞，从这一竿头跳到另一竿头。还有神龟负山、幻人吐火，千变万化，使人目眩神迷。乐工都穿锦绣绘帛，舞女悬环佩、缀花球。炀帝命长安及洛阳的巧匠制衣，把东、西两京的彩帛统统用尽。

百戏从晨至昏，灯火映照天地，整整玩耍了一个月才散场，耗金巨万。此风一长，每年正月举行一次，后世称为元宵行乐，从此形成风俗。在此期间，诸小国商人到洛阳市场交易行商。炀帝命大臣整顿店肆，檐宇如一，盛设帷帐，珍宝充盈，连菜摊、饮食店也要用龙须席铺地，用缯帛缠树。

有些小国客商，见市郊农夫吃树根野菜，衣不蔽体，室无整顶，便惊讶地问当官的："为什么不拿这些物资去赈济贫民？"当官的窘态百出，无言以对。

炀帝的胡作非为给人民生活带来极大的痛苦。当时的穷人常常自断手足，逃避徭役，称为福手福足。把残疾称为福，足见人民对残暴徭役的恐惧和痛恨。人民无法生活下去，只有铤而走险，聚众起义，反抗炀帝的统治。于是，全国烽烟四起，隋朝政权处于风雨飘摇之中。

山东曹州地面有一个离狐镇（今山东菏泽市牡丹区李村镇），是个繁华殷实的地方。这里的徐姓是大户。有一个叫徐盖的人，是离狐的首富。此人广有田产，在镇上又有几处货栈，雇用许多农工和伙计，日子过得红红火火。

那年月贫富不均，越是有钱的人家越引人注目，越有危险，常常遭到抢掠和劫持。不过这徐盖倒是一个开明的富户，每逢灾年和青黄不接之时，他都要开仓放粮，接济贫民。平时镇上有些穷人挪借不开，他总是大义施舍，不斤斤计较，且不分亲疏远近。此举颇受乡民的称赞，所以他家虽然富有，却过得平平安安。

徐盖年已五十有余，堂上人丁兴旺。他有一个女儿、三个儿子。女儿已经出阁，三个儿子聪明好学，很有长进。大儿子名世勣，字茂公；二儿子名世弼；三儿子名世感。哥仨数老大茂公与众不同，他不但聪明过人，而且胆大心细，有智有谋。除了读孔孟之书外，他还喜欢读兵书战策，练排兵布阵之法，《孙子兵法》可以背诵如流。十几岁时，他就和一般大小的儿童们演习战事，操练用兵之法，被孩童们称为“大元帅”。他升帐点将，赏罚分明，治军严格，有人犯了军法，有的被“处斩”，有的被“杖打”。有一次，果真将一名犯了“军规”的顽皮孩子打成重伤，家里花了许多钱才把人家治好。父亲徐盖让他去给人家赔礼道歉。小茂公说什么也不肯，反而说：“军无规不行。本帅执掌三军帅印，全仗赏罚分明，军纪严格。”

一番话说得徐盖哑口无言。

茂公十八岁了，个子高高的，细腰宽肩，重眉朗目，又像书生，又像武士，很是英俊。

这年七月将尽的一天，天气炎热，暑气蒸人。茂公一个人到镇东大荷塘边的柳林中读书。他每到盛夏，都爱坐在柳林中读书，因为这里清静又凉爽。书读倦了，还可以脱吧脱吧跳到清清亮亮的荷塘中游个泳。

这荷塘方圆有四里多，塘中荷花开得正旺，娇媚动人。上边是粉红的荷花，下边是圆圆的绿叶，在阳光中闪着光。徐茂公在大柳树下看书久了，把书夹在树杈上，脱了衣服，跳入水中，仰凫立凫玩耍起来，好不惬意。游了一个时辰，茂公上了岸，穿上衣服，在绿柳荫中悠闲地踱步。

走着走着，听着荷池中有木桨划水的声音，接着又传来一串串少女的笑声，声音悦耳，像露珠从荷叶滴入水中。茂公循着声音好奇地走过去，口中不禁吟诵道：“但闻塘中笑，不见花间人。”

正在此时，见不远处走过来三个人。一个人年纪大一些，另外两个也就在二十左右。岁数大一些的驼着背，眯着眼睛，留着两撇稀疏的胡子。年轻的两个，一个着短衣襟，走路东绕西窜；另一个头戴生巾帽，着白色绣罗袍，手中摇着一柄折扇，一副文质彬彬的样子。

茂公一见，心中明白了八九。他们三个人中两个是仆人，一个是主人。他们议论着走过来了。

“少爷，人们都说紫烟这小女子奇美无双，可咱们却从来没见过。”驼背仆人谄媚地说。

“是呢，听说她美如天仙。”年轻仆人说，“要是少爷你看中了，咱们就留下，不送给皇上，谁能知道啊！”

“不过，这是皇帝大选美女，各州府县都有定员，而且明谕严令，如果谁藏匿不报，可要杀头的呀！”驼背仆人说，“少爷，咱得办得巧妙一些。”

“如果少爷看中了，什么法子没有啊！”年轻仆人说。

“袁紫烟可是远近出了名的美女，州县挂了号的。”驼背仆人说。

“咱就说她死了，假立个坟头，就把官府的人糊弄了。”年轻仆人不假思索地说。

“你想得太简单……”驼背仆人跟年轻仆人争论起来。

年轻的公子不言不语，往前走着。他问驼背仆人：“你探准了消息吗？那袁紫烟果然是躲到荷塘中来了？”

驼背仆人说：“没错。我花钱雇人，已经在西袁庄盯了两天了。今天一大早，他们跟我通了消息，说袁紫烟由丫鬟陪着，来荷塘了。因为这两天有官府的人来庄里选美，各家各户都要把十五至二十岁的未婚女子送出来。紫烟的父亲，那个看风水的老头儿是个胆小怕事的人，虽然不乐意送女儿入宫，但是更不敢得罪官府。只是紫烟这小女子倒有些胆识，她不乐意入宫侍候皇上，所以自己躲出来了。”

茂公躲在大柳树后边，把他们这些话听了个真真切切。心里琢磨：目前宫中选美颁令全国，是一件大事。谁都知道这隋炀帝淫乱无度，修了西苑，广选美女，供他享乐，人人痛恨。如今，这准是一良家女子为逃避灾难来到荷塘中。偏偏又来了这位少爷，想从中渔利，暗取美色。

茂公决心救下这位叫袁紫烟的姑娘，于是他敏捷地从他们的身后潜入水中，循着声音，他找到了那只彩绫小船。

茂公抬头望着船上的两个女子，一个二十左右，仆人打扮；另一个十五六岁光景，身穿紫色罗衣，头上没有多少装饰，很朴实的样子。但是细看她的脸蛋，真比出水的荷花还要娇艳，大眼睛如秋波荡漾，长睫毛像春山生翠，红唇小口皓齿如贝，嬉笑之间有一种迷心动魄的韵味。

茂公看着心中暗语：这真是天姿国色呀！古来美女出自荒村贫家，果真如此。

茂公怕惊动她们，便潜下水去，暗暗潜到彩舫下边，露出一半头，用一只手推动彩舫。彩舫不知不觉中向远处滑去。

彩舫上的紫烟和丫鬟小翠，观赏着荷花，互相嬉笑，没有觉出小船的移动。

小翠俯下身，想折下一枝鲜嫩的荷叶遮在头上。她伸手去折，可是还没等折下来，小船却过去了。小翠说：“这船在走吧！”

紫烟说："你怎么知道？"

"你看，我想折那枝荷叶，还没折下来，小船却过去了。也许是水冲的？"小翠说。

紫烟放下手中的荷花，定睛观看水面。水平如镜，水中游鱼历历在目，没有一点波浪。这小船怎么会自己走动呢？！

紫烟惊恐地站起身来，仔细窥视，果然小船在移动，而且移动得很平稳。紫烟心中着了急。她听人说，这荷塘当中水深过丈，有老鳖成了气候，在夜间能幻成白胡子老头，来到村中人家讨酒喝。莫非是这些神鳖在作怪？

紫烟害了怕，悄声对小翠说："小翠，咱们把小船划到浅处去吧！"

小翠也有些紧张，拿起橹板，使劲划动。荷塘中发出"哗哗"的水声。

岸上的三个人听见了声响，大声喊："听，在那里，在那里！"

又听那个公子说："你们下水去，把她们拖上岸来！"

接着听见"扑通扑通"两声水响。茂公心想，这一定是那两个仆人下塘了。

岸上的人声，紫烟也听见了。她说："小翠，咱们快躲起来吧！一定是选美的人寻到这里来了。"

小翠害怕了，便使劲划桨。

茂公在小船下边，着了急，一使劲跳上小船。忽然从水中跳上一个人来，把紫烟和小翠惊得目瞪口呆。

"你是什么人？"紫烟惊问。

"不要作声，我是来救你的！"茂公压低声音，做了个手势，拿起木桨来，迅速地把小船划向荷塘深处，隐藏在荷花茂盛的地方。

只听下水寻找小船的两个仆人喊："怎么，明明在这个地方，咋又不见了呢？"

"到深处寻寻，也许她们跑了。"那个驼背仆人沙哑着嗓子喊，"我水量小，不敢去。你去吧！"

"你水量小，我水量也不大。再说，听说那深处有许多大王八呢，我害怕。"

"那，咱们干脆上岸去吧！跟少爷说说，就在岸上等，不怕她们不出塘！"

二人"哗啦哗啦"地凫水去了。

紫烟听着这些话，心中明白了一切，眼见船上站着的这个小伙子，英武精神，一脸善相，也就放心了。

茂公问了她的情况，紫烟如实相告："我是西袁庄的人，只是为了躲避宫中选美，才到荷塘里来的。多谢公子相救，容日后报答。"于是问茂公的情况，茂公也如实相告。

紫烟把茂公的名字，深深记在心中。眉目之间，二人一见钟情，只是不便言表。

紫烟从身上取出一个玉坠儿，交给茂公说："公子，咱们生逢乱世，不知何日能见，此物送给公子，以示纪念吧！"

茂公接过玉坠儿来，放在掌上观看，只见此玉坠儿晶亮透明，当中刻着几道云霞，红色如火，犹如万里晴空朝阳初露。

茂公小心地藏了起来。小翠说："公子，这是我家小姐自小钟爱之物，从不示人的！见了玉坠儿就等于见着小姐了！"

茂公深表谢意，自己周身是水，身上也没带什么物件。左摸右寻，从衣袖中，寻出一枚竹制的书签儿。书签儿为长方形，一头有孔，拴着一丝锦绳儿。上边有茂公自己的刻字，横着是："孙子兵法"；下边是："离狐徐世勣"。

茂公将书签儿送给紫烟说："小生没带别物，刚才在老柳树下读《孙子兵法》，书签儿恰好带在身上，就将此物送给小姐，作为回赠吧！"

紫烟接过来，细细观看，说："此物甚好，尤其是上边有公子签字，就更加可贵了！我一定小心珍藏！"

二人萍水相逢，各自留下赠物，又说了些话。眼见日头偏西，茂公说："得想个办法，将岸上的人支走，你们好回家去呀！"

小翠问："有办法吗？"

茂公笑笑，对紫烟说："我把小船引到浅处，你主仆二人下去，我自有办法。"

接着茂公下水，悄悄地把小船推到浅处，说："小姐，你们请将外衣脱下，扔入水中。"

紫烟和小翠按着茂公吩咐，脱下外衣，然后下了小船，躲在绿荷丛中。茂公又推着小船来到离她们较远的地方，把小船翻过来，弄得水花四起，"哗哗"作响。

岸上等着的三个人听见水声，齐聚到这边来看。茂公手里抓着紫烟她们脱下来的湿衣服，旁若无人地游上岸来，骂骂咧咧地说："真他妈倒霉。没有打着狐狸，反倒弄一身骚！"

那个年轻仆人追过来："喂，塘里出了什么事？"

茂公假装听不见，仍然走。驼背仆人走过来，拽住茂公问："壮士，到底出了什么事？"

茂公问："你问这个干啥？"

驼背仆人说："壮士，不瞒你说，我们是奉旨来寻人的！你不知道宫中选美吗？荷塘里有个叫袁紫烟的，长得如花似玉，我们要寻她交差的！”

茂公说：“原来是这样。可是她大概已经喂了老鳖了！”

三个人很惊讶，急急追问。茂公说：“我本是来塘中洗澡的。忽然看见一只小船，船上有两个女子，其中一个果然美丽迷人，我想过去嬉戏一回，可是我刚刚游近小船，忽然从水中浮出一只绿毛神鳖，爬上小船，变成一个白胡子老头。他红光满面，二话不说，那两个小女子立即就沉下水中去了。不一会儿就飘上来这两件衣衫，把我吓得尿撒了一塘。我躲在荷叶中，看看平静了，这才把衣服拾了来。”

三个人听得毛骨悚然。那位少爷看着荷塘中扣翻的彩舫，暗暗叹了口气，跺跺脚说：“倒霉，倒霉！没有盼头了，回家去吧！”

两个仆人垂头丧气，跟着主人走了。

茂公望着他们走了，又等了一会儿，然后下到水中，游到小彩舫跟前，扳过来，推到紫烟她们的面前，让她们上了船，还给她们衣衫。

看看已红日西坠，茂公问：“小姐，你能躲过这一灾难吗？不然到我家中暂避几日如何？”

小翠说：“小姐，这倒是个办法。”

紫烟说：“不行，如不回去，家父要惦记的。如果有事，我们明日再躲吧！”茂公不便强留，便帮她们上岸，目送她们回家。紫烟扭头说：“公子后会有期。眼下皇上无道，百姓受苦，生逢乱世，人人自危。我见公子仪表不凡，又精读兵书，将来必能发迹。我劝公子一定要多多珍重！祝颂公子前程无量！”

茂公轻轻点头，招手送别，然后回到柳树下，取下书，回家去了。

紫烟她们到了家中，还没有坐稳，一群兵丁押着老父亲进了门。

原来，紫烟美貌远近出名，州县都已造册。选美官员到家中来寻，其父不知女儿去向，只说晚间一定归来。

袁紫烟躲了几天灾难，还是没有躲过去，她被抓走了。由县进州到府，一直被送到隋朝宫中。

隋炀帝一见紫烟，惊喜若狂，紫烟不但美貌绝顶，而且韵味不俗。

好一朵出水的荷花，刚刚开放，就遇上了暴风骤雨。

紫烟每日以泪洗面，只在夜深人静时，取出茂公的书签儿贴在胸口，暗暗祝诵：徐公子，小女子祝福你平安顺意。此生如能再见一面，足矣！

## 第二回 卫南镇翟让识茂公 瓦岗寨伯当荐李密

徐茂公和袁紫烟分手之后，心中十分惦念。他知道朝廷选美之事尚没有完，恐怕紫烟发生意外，躲不过这场灾难。隔了三四天，茂公步行十多里来到西袁庄探听消息，在村外遇上一个盲老人，便问："老人家，这庄是西袁庄吗？"

老人回答说是。茂公又问："村中可有个叫袁紫烟的姑娘？"

老人听了这话，暗暗抹了把泪说："咳，莫要提了。这姑娘的父亲叫袁野老，我们是至交。他是一把堪舆的高手，也是远近闻名的风水先生，可是却保不住自己的命。他的独生女儿紫烟被强行选入宫去，他痛心疾首，觉得对不起女儿，对不起早已逝去的老伴，在他女儿被抢走的当天夜里，就悬在门框上自缢身亡了……"

老人不住用手拭泪，茂公听了更加伤感，想到庄里看看紫烟的家。老人说："别去了，这年头穷人多，袁家家破人亡后，来了一帮花子住了进去。今天拆窗户，明日拆门，已经糟蹋得不像样子了。"

茂公听了心酸难耐，不禁落下两行热泪，告别老人，径自走了。

茂公回家多少天，茶饭不思，闭门不出，徐盖也不知儿子的心事，怎么问，茂公总也不说，只是在没人时拿出紫烟给他的玉坠儿呆呆地看着，耳旁似乎响起紫烟和他分手时说的那些话：

“眼下皇上无道，百姓受苦，生逢乱世，人人自危。我见公子仪表不凡，又精读兵书，将来必能发迹。我劝公子一定要多多珍重！祝颂公子前程无量……”

茂公想着这些话，突然眼前一亮，自语道：“儿女情长不是英雄之怀，男儿当自强，方能成就一番事业，也不辜负紫烟临别所赠之言。当今隋炀帝弑父鸩兄，欺娘图嫂，荒淫无道，横征暴敛，又对外用兵，节节失败，已天怨人怒，各地纷纷挑起了反隋大旗。最著名的起义军有山东王薄、孙安祖，河北窦建德、高开道，而河南翟让所率的瓦岗军更是声名大振……”

茂公想到这里，产生了离家闯荡的决心。他知道自己有个远房叔叔住在卫南（今河南滑县东），而且卫南离瓦岗寨不远，到那里走走，打听一下瓦岗军的真实情况，也是很方便的。

良禽择木而栖，良臣择主而事。大丈夫未曾行事，一定要选准方向，才不至于终生后悔。

于是，茂公告辞了父母，离开老家离狐，来到卫南。

卫南的远房叔叔，家道平平，但对侄子尚好，一日三餐可以吃饱，对茂公的事不闻不问，凭他自由。

这一天，茂公信步来到卫南小镇，进了镇口，见一群猎人从山冈上下来，议论纷纷。

“这年头打猎也不容易了！山上连只野鸡都没有了。”

“不管打着打不着，都要纳税，这日子没法过了。我们手中有弓箭刀枪，与其这样饿死，还不如投瓦岗寨去，跟着翟大王干，也有口饭吃！”

“咳，什么翟大王？不就是胆大的贼嘛，抢大户动客商，进饭馆吃饱肚皮，一抹嘴皮就走。掌柜的要钱，他把大刀一举，吓得掌柜的屎尿屁一齐出来。走，咱今也饿急了，也到镇上的‘独一处’吃上一顿，要钱时咱就说是瓦岗寨翟大王的同伙，掌柜的管保目瞪口呆！”

这个人的主意，大家都同意了，于是众人手提着刀枪弓弩，吵吵嚷嚷地向街心走去。

茂公听着、看着，也跟着他们来到街心。这里果真有一家酒楼，上下两层，很是体面。前首挂着一个行书横匾：独一处。两旁的明柱上刻着楹联，左边写：我有一寸钩；右边写：欲钓千丈流。

茂公看罢，暗自思索：这副楹联写得很别致。本来饭店酒楼之类，应该写什么“烹调三鲜美，料理五味香”，或是“财源茂盛通四海，经济繁华达三江”之类，这里为什么取这样一对楹联呢？

茂公进店坐下，店小二过来，端茶倒水，然后问客官用什么酒，吃什么菜。

茂公说：“酒菜不要，只喝杯茶如何？”

小二忙说：“可以，可以，只要进来，我们就欢迎。”

茂公看着这十几个山民猎手，正要了许多酒肉在大吃大喝。

临走时小二过来结账。一个黑大汉说：“老子没有钱，记在瓦岗寨名下。”

店小二问："瓦岗寨的头领是谁？"

黑大汉说："翟让，翟大王。"

店小二忙说："好说，你等着。我告知我家掌柜的一声。"说着"咚咚"地跑上楼去。不一会儿下来三个人。

前边两个二十几岁，一高一矮，笑吟吟地站着。后边一个有三十来岁，黑赤脸膛儿，浓眉朗目，左腮有块伤疤。他两手叉在腰间，望着眼前的人。

只见前边那个高个子微笑着问："你们这些人谁认得翟让翟大王？如果认得，不但这次酒饭分文不取，还欢迎下次再来！如果不认得，那就别在这儿撒野！没有钱不怕，你身上长着百八十斤肉，还不够这顿酒价？！"

其他人听了这话，有点傻眼，蔫蔫巴巴站着，都望着黑大汉。这黑大汉倒有胆量，他说："怎么，兴他翟让嘴上抹石灰——白吃，就不许我们吃呀？大隋朝不公平，你这也不公平，倒没处说理去了！"

"杀人偿命，吃酒给钱。有什么不公平？"矮个子说。

黑大汉没词儿，抓起桌子上的一把大斧子在手中一抡，喊道："走，看他们哪个敢拦？天下没有公平，我这把斧子讲公平！"

黑大汉说着领头便走，人们一窝蜂跟着，手中都晃动着兵器。

高矮两个掌柜的并不慌张，飞身上前堵住门。黑大汉抡起斧子就砍，一伙人打在一起。打着打着，黑大汉转到那个双手叉腰人的面前，抡斧便砍。那个人单手一抓，夺过斧子，扔在地上，飞起一脚踢倒黑大汉。其他的人都被他镇住了，立刻停了手脚。

那个人说：“哥们儿先坐下。”

黑大汉也爬起来，悄悄坐下。

那个人还是双手叉腰，向前走了两步，宏声大嗓地说：“这年月官逼民反，不足为奇。可是大丈夫行天地之间，一定要讲个义字。你们不认识翟让，却硬给他脸上抹黑，这就是不义呀！翟让也是人，不是牲口。他聚众造反，是为穷人争个出路，不光是为了自己吃个肚圆。再说，他更不是青红不分、皂白不辨，到处去抢、去夺、去欺负人。杀富济贫与隋朝官府抗衡，这是他的本分。像你们这样胡闹，老百姓都被你们吓跑了！这里是独一处门号，也叫贾柳楼，是这两位义士开设，一则赚钱谋生，更紧要的是结交天下英雄，为瓦岗军招募人才。有愿意入伙者，可以跟他们两位说，一说便准。高个子的叫贾润甫，矮个子的叫柳周臣，都是读书明理又有武艺的人。”

黑大汉听了这话，跳起来说：“我们愿意入伙，上瓦岗寨。我叫程咬金，人称程铁牛，是斑鸠镇（今山东泰安市东平县斑鸠店镇）的猎户。我们不懂事理，给翟大王抹了黑，望贾、柳两位哥哥向翟大王道歉！”

贾、柳二人笑了，说：“看来，你还是一个直爽的人呀！”

“嘿，我不但性耿心直，我也讲义气，只要翟大王不怪，收下我，我为他拴马坠镫都愿意！”程咬金大喊着说。

贾润甫笑着说：“你们没见过翟大王。翟大王远在天边，近在眼前。他就是翟让，咱瓦岗军一万多人的首领！”

人们又惊又喜，一齐给翟让跪下磕头。翟让说：“不分彼此，谁有能力谁为王，我翟让不争名分。”

程咬金一行人谢过翟让，走出店门，言好第二天结伙去瓦岗寨。

翟让及贾、柳二人送走了程咬金，转进店来。茂公坐在屋角一张桌子上喝茶，把刚才发生的一切看得清清楚楚。他对翟让产生了深深的敬意，不禁吟咏道：“我有一寸钩，欲钓千丈流。”

翟让早已经注意到这个不动声色的小伙子，听了他的吟咏便走过来，说：“壮士贵姓大名，家住哪里？今日到此有何贵干？”

茂公急忙站起身，说：“世间巧事真是颇多，今日天赐良机，使我得见翟大王。我姓徐，名世勣，字茂公。家住离狐，前几日来到卫南，只为能面见翟大王，不期在此相遇，正好聆听尊议。”

“草莽武夫，没有深谋大略，只是为穷苦百姓争口饭吃足矣！”翟让说着，把茂公引上楼来，坐在小桌前，贾、柳二人在旁坐陪。

茂公说：“我也是离狐一普通农夫。祖辈种田为业，到了父辈家道兴隆，有些钱粮。每逢荒年累月以家中之资，周济贫民。但这仅仅是杯水车薪，不能解决根本。像翟大王聚众造反为民谋利之举，我佩服不及。今日眼见翟大王之言行，更叫茂公刮目相看。”

翟让站起来说：“不必称什么大王了。你我相见这是天意安排，以兄弟相称，更觉亲近。我比你大，自然是我为兄，你为弟了。还有贾、柳二人，都称为哥哥算了。”

茂公说：“恭敬不如从命，就兄弟相称吧！”

二人谈了许久，翟让讲了他的身世。他老家是东郡韦城（今河南滑县南），二十岁在韦城县衙当一名法曹。他为人刚正，重义气，他的一位好友妻子被恶棍强暴，好友一怒杀了恶棍逃走，被官府抓捕，关进死牢。翟让很是气愤，一怒将好友放出逃生。他自己堂堂正正自首，为友辩理，愿意代友受戮。

翟让被关进大牢之后，只待秋决。狱吏黄君汉平时仰敬翟让的为人，在一天夜里，打开牢门说："翟法曹，天时人事也许是可以预料的，你怎么能在牢里等死呢？"

翟让说："我好比是关在圈里的一头猪，生死只能听凭黄兄了。"

黄君汉给他打开枷锁，让他快走。翟让却泪流满面，不忍离去。黄君汉鼓励他说："我道你是大丈夫，所以冒死相救，可你又这么婆婆妈妈的，真叫我灰心！"

翟让狠狠心跺脚逃出狱门，从此之后占据瓦岗山寨，广结天下英雄，终于竖起了起义大旗。

听了翟让的讲述，茂公说："如今上面是皇帝昏庸，下面是百姓怨恨。炀帝又出兵外侵，精锐部队都在外边打仗，和突厥也断绝了和好关系。现在炀帝只顾淫荡享乐，造龙船游扬州，就连东都洛阳也空虚了。现在正是各路英雄奋起的时候。以瓦岗军的现状，再迅速发展一下，完全可以席卷东、西二京，诛灭暴君，推翻隋朝。"

翟让听了笑笑说："我翟让每日生活在山冈草野间，不敢有这么大的举动。眼下瓦岗军人多势众，但是有谁知道，寨中粮草却很缺乏呀！"

茂公说："大哥，你该把眼光放开点。东郡这个地方是你的乡里，也很贫困，不宜只在自己的家门口做文章。你看荥阳、梁郡（今河南商丘一带）都是汴水流经的地方，我们在那里夺取官船粮秣，就可以壮大自己了。然后再攻取几个皇家粮仓，比如兴洛仓、黎阳仓，等等。这样不但有了军队的给养，还可以发放给农民，得到人民的拥戴，我们就可以大展宏图了！”

翟让听了这些主意，惊喜交加，连声说：“兄弟，我听你的。上瓦岗做我的军师吧！有了你，瓦岗军必能所向无敌！”

翟让和茂公第二天回了瓦岗山寨。留下贾、柳二人仍在这里开店。当天程咬金等也如约到达。

早就在这里的小首领还有王当仁、王伯当、周文举、翟弘、王儒信、单雄信，等等。

翟让按茂公的谋划，一连获得几次胜利。接着，他又率军深入荥阳、梁郡腹地，沿海劫取皇家粮船，使瓦岗军给养立刻充盈起来。前来投奔瓦岗军的人越来越多。

茂公又进一步完善了军纪军规，开展了练兵演武活动，使瓦岗军一天天壮大起来。

有一天，早就入伙的洛阳人王伯当，找到翟让说：“我有一个结拜兄弟，到了山穷水尽的地步，前来投奔瓦岗，不知可否收纳？”

翟让问：“他是干什么的？”

“他的父亲是隋朝大官，他也当过隋朝的官。后来他跟着不满隋炀帝的杨玄感谋反，被隋炀帝捉拿，后来又跑出来，去投郝孝德和王薄起义军。人家不重用他，他又跑出来，前些天托人捎信来，要上瓦岗。”

翟让拿不定主意，询问徐茂公：“兄弟，你的主意如何？”

茂公说：“只要反隋，咱们就可以收纳。古语说，泰山不辞抔土，大海不弃涓流。”

翟让说：“就依兄弟主意。我怕这些当官的造反，爱在窝里斗，歪心眼太多。”

“慢慢看吧！”茂公说。

就这样，李密在王伯当的引荐之下，来到了瓦岗军。

李密到了之后，力图在众人面前表现自己，在众首领间交朋友，大谈宏图大略。接着，他又为翟让出谋划策，去各地游说劝导其他的起义军首领投奔瓦岗山寨。果真有几股起义军放下自己的旗号，投了瓦岗军。

渐渐地李密得到翟让的信任。茂公也想：此人虽是公卿子弟，却有这样的志气和抱负，难能可贵。

谁知李密的心中却藏着不可告人的目的，一旦时机成熟，他就要夺取瓦岗军的领导权，以实现自己夺取隋家天下，取而代之的目的。

世间事就是这样难以料定。瓦岗军发展到如今，方兴未艾，却来了一个居心叵测的李密。

# 第三回 设巧计张须陀毙命 施阴谋蒲山公得逞

说起这个李密，倒也不那么简单。

李密是官宦世家，他的曾祖李弼，是北朝周国的太师，封魏国公。他的祖父李跃，封邢国公。父亲李宽，是隋朝的上柱国，封蒲山郡公。李密以祖上的荫封，任隋朝的左亲卫府大都督，东宫千牛备身。

有一次在宫中，炀帝见到了他，便问大臣宇文述："此黑小儿是谁？"

宇文述说："是蒲山公李宽之子。"

炀帝说："此子眼睛黑白分明，顾盼非常，应该深研学业，必有重任可赴！"

李密听了大喜，谢门读书三年。

有一天，他听说隋朝的重臣越国公杨素办事归来，要经过他家门前。他早就想巴结杨素，就在门前柳林边读书坐等，总等总不来就把书挂在牛角上，拆蒲杆打着牛慢慢走。这时杨素过来，见此情景，问身边人："这是哪家后生，这么用功读书？"

身旁人告知杨素。杨素很赏识，走过来问李密："你读什么书呀？”

李密说：“《项羽传》。”

杨素对李密印象颇深，常以此教训其子杨玄感：“我看李密非等闲之辈，将来必有出息！”

杨玄感亲自拜望李密，二人成了好朋友，什么心里话都说。一次杨玄感问：“皇上多忌，好景不长。如果一旦有变，你与我谁能争当皇上？”

李密说：“决两军之胜，我不如你；能够驾驭天下英雄为我所用，你不如我。”

大业九年（613）的时候，杨玄感在黎阳起兵谋反，遣人给李密送信。李密给杨玄感出谋划策，杨玄感没有采纳，导致失败。

李密跑出来，不敢入村，躲在田野里，吃树皮度日。后来更名刘智远，在淮阳郡（今河南淮阳县）一个村里教书。后来被人密报，他又逃走，辗转来到妹夫丘君明家。丘君明任当地知县，不敢收留他，暗暗转托游侠王秀才把他藏起来。接着，又有人告密，隋炀帝派大将杨汪去抓他。正好他不在家，没被抓住。丘君明和王秀才当时都被处死。

实在走投无路，李密才通过王伯当上了瓦岗山寨。

看自己站住了脚跟，李密的野心便越来越大。他见瓦岗军中真正的实权人物是徐茂公，翟让只是一个勇夫，他就设法接近茂公，在茂公面前恭恭敬敬，自称是学生。茂公很过意不去。一晚，二人喝酒谈心，李密的真诚和胆识感动了茂公。

李密说：“我们应该打打隋朝的锐气，不能只在夺粮夺物上下功夫。”

这个打算正合茂公的心思。瓦岗军虽然和隋朝官兵打过多次仗，不过都是防御战。当时势力最大，对他们最有威胁的官军是张须陀部。这个张须陀曾多次围剿瓦岗军。

茂公问："你说先打谁？"

李密说："咱们各自写在手上如何？"

于是二人拿起笔，写在自己手心上，展开一看，都是"张须陀"三个字。

李密说："只要军师安排好阵势，我打头阵。"

二人谈好之后，茂公跟翟让商量。翟让听了，心中犹豫说："张须陀武艺高强，人马精良，咱们躲之不及，怎能主动去捅这个马蜂窝呀！"

茂公听了翟让这个话，心中生凉。作为一个起义军的首领，不思谋久远，不敢主动出击，还能有什么前途呢？但是，茂公还是劝他："大哥，瓦岗军要想真正强大起来，必须打出自己的威风，才会受到百姓信赖。如果我们一味躲，放掉机遇，目前得到的胜利也会慢慢失去，瓦岗军本身也要涣散的。"

翟让对茂公这些话，有些反感，但不好反驳，只好又问："你认为打张大下巴有把握吗？"

这个张大下巴就是张须陀。他同翟让的几次交锋，都击败了翟让，翟让只有逃跑的份儿。所以翟让既怕他，也恨他。张须陀还曾扬言：踏平瓦岗，生啖贼肉。

茂公说："有把握。第一，瓦岗全军对张恨之入骨，这就是士气。第二，张须陀围剿几路起义军都取得了胜利，又受到皇上的封赏，正在得意骄纵之时。第三，我已安排好战地，引他出荥阳城到大海寺，我们出其不意，定能获胜。小胜不可取，要一举消灭他！"

翟让听了茂公的话，虽然不予反驳，但仍是没有信心。茂公说："成则大长士气，瓦岗军威震朝野；败则收军而回，不会有大的损失。如果兄长为难，可以留守山寨。"

翟让只好答应了。

为了取得首次主动出击的胜利，徐茂公做了充分的准备。首先是暗暗探察了预定的主战场——荥阳城东南五里的大海寺。荥阳城南有条大河，水深浪急，南岸是平川，北岸是高山峻岭。大海寺建筑在北岸的高山坡上。

茂公谋算这次战役可分三步进行：第一步，派一员猛将，把张须陀引出荥阳城；第二步，在大海寺密林中设伏；第三步，预防骁勇善战的张须陀突围，以精强之将，合力猛战，消灭张须陀。

战斗方案定好之后，就是派将。茂公把引张出城的任务交给程咬金，要他不带一兵一卒，设法把张须陀引出来。伏击的任务交给王伯当、王当仁和李密。其余众将以单雄信为首，准备合战突围出来的张须陀。茂公本人坐守大海寺内，随时准备处理临时发生的情况。作战如下棋一样，形势瞬息万变，再周密的部署，也可能出现突变。

时间定在八月十五日。八月十五日是中秋节，茂公把时间定在这一天，也是有所考虑的。

这天早起，瓦岗军早就开赴荥阳郊外，按部署准备妥当。

猛将程咬金骑一匹黑马，手提一柄大板斧，飞快地来到荥阳城东门外。城门开着，但门前的吊桥却没有放下来。城门垛子上站着手持长矛的护兵。

程咬金拉住马，望着城门上的护兵大喊："告诉张大下巴，就说城外来了一个要命的祖宗，让他出城受死！"接着朗声大笑，连着又骂声不绝。

此人来得异样，又这样破口大骂，护兵们报知守城官，守城官报告了张须陀。

这张须陀四十多岁，是镇压农民起义军的刽子手（残杀起义军数千人），老百姓都暗暗叫他“张杀锅”。因为镇压起义军有功，连连得到隋炀帝重赏，由一个小小县丞升到郡守，现在又升任荥阳通守，管辖十二个郡。听了守城官禀报，他哈哈大笑说：“哪里来的疯子？随便派个人把他的狗头揪下来，扔进护城河里喂鱼算了！”

守城官回来，派了个守城兵出城，见了程咬金用刀就砍。程咬金问：“你是张大下巴吗？肯定不是，不是我不动手！”

这个守城兵问他叫什么名字，程咬金说：“我姓不，叫不告诉。”

守城兵连连用刀劈来，程咬金生了气，瞅准空隙猛砍一斧，砍掉守城兵一只胳膊。守城兵哭喊着跑进城里，程咬金也不追，还是大骂张大下巴。

张须陀接到报告，大怒，说：“待我看看去。”

主帅出城，不带一兵一卒。程咬金见了，端详了一会儿，果然下巴不小，满脸络腮胡子，手中使一口大刀，骑一匹青鬃马，好不威风。不过程咬金胆大，仍大声喊：“你爷爷斧子快，拿着杀人当切菜，今日正是中秋节，砍下你的下巴好痛快！”

张须陀大怒问：“你姓什么？叫什么？”

程咬金说：“我姓要，叫要你命！”

张须陀举刀便剁，程咬金用斧子架住，说：“你一个人，爷爷不和你打。再说咧，你是个大官，出城来没有兵将护卫多么寒酸啊！你敢把你的兵马调出来，让爷爷见识见识吗？等爷爷杀了你，也好让大伙儿做个见证！”

张须陀是一个勇夫，架不住程咬金激他，便回身喊了一声：“全城兵将出列，看我如何收拾这个疯子！”

张须陀令一下，顷刻间大队人马出城，分前后左右排开，真是刀枪映日月、剑戟似麻林。

程咬金一看已达到目的，便大喊一声：“张须陀过来吧，小心下巴！”说着抡斧猛剁。张须陀用刀架住，躲开斧头，还刀劈来。程咬金又连连猛劈三斧，这三斧一斧比一斧力猛，张须陀心想，果然不是无名之辈，须认真对付。谁知程咬金劈完三斧，拨马便跑，高喊：“大下巴你小心着，爷爷用飞斧取你来了！”

张须陀一惊，向空中望望，哪里来的飞斧呀？于是他拍马追了上来。城下的兵将怕主帅有闪失，也都跟着追下来。

程咬金边跑边回头看，张须陀果然沿着河岸追来了。程咬金气喘吁吁地还是骂个不停。

荥阳城离大海寺仅五里路，马跑起来很快，一会儿张须陀的兵将就入了茂公的伏击圈。只听得一阵锣声，漫山遍野杀出黑压压的瓦岗军。张须陀心知中计，不再追赶程咬金，扭头便跑，恰好被王伯当等人截住。他厮杀一阵，寡不敌众，就奋力突围。

瓦岗军兵将居高临下猛扑过来，犹如猛虎下山，张须陀的兵将仓皇应战，受到前堵后截中间压，个个抱头鼠窜，大部分跳下河，企图凫水逃走。谁知河水湍急，下水以后就被旋涡卷入河底。

张须陀闯出重围，又被单雄信等人截住，轮番厮杀。张须陀累得浑身是汗，但见自己的兵将没一个出来，便又回身冲入重围。单雄信等人穷追不舍，使张须陀首尾难顾，慌忙间战马踩上石子，滑倒了。单雄信飞身上前，一连几槊，把张须陀打成肉泥。

主帅身亡，兵将们哭爹叫娘，有的被杀死，有的被水淹死，有的做了俘虏。

半天时间，围歼张须陀的战斗宣告结束。徐茂公与李密带着得胜的瓦岗军回到了瓦岗山寨。

取得了胜利，全军振奋，翟让更是喜出望外。

正当瓦岗军庆贺胜利的时候，瓦岗山寨又来了一个人。此人叫房彦藻，过去曾和李密一起参加过杨玄感谋反，失败后隐姓埋名，躲在山中学道。

李密上瓦岗之后，联络说服其他反隋起义军并入瓦岗军时，二人不期而遇，并且商定了夺取瓦岗军领导权的步骤。这是瓦岗军谁也不知道的事情。

今天他来了，见了李密，装作旧友重逢，痛哭失声。翟让与徐茂公等人自然是以礼相待，并且希望他留在瓦岗军。房彦藻求之不得。

房彦藻在瓦岗军中说："李密将来一定能替代隋朝坐天下。"

人们问他："你有什么根据？"

房彦藻说："你们在山寨很少听到外边的消息，现在有一首民谣到处传唱，这是天意呀！"

接着他唱民谣道："桃李子，皇后绕扬州，宛转花园里。勿浪言，谁道许！"

大家问他这是什么意思？

房彦藻解释说："'桃李子'，是说逃亡的人是李氏之子，皇与后都是君主。'宛转花园里'，指的是当今炀帝，在扬州游乐，不会回来了，将来死无葬身之地。'勿浪言，谁道许'，说的是一个'密'字。将来替代隋朝坐天下，不是李密是谁？"

在那个时候，人们很信天命。李密与房彦藻暗使阴谋，编此歌谣，正是利用了人们这种心理。

这个歌谣慢慢在瓦岗军中传开。翟让听到了之后，就偷偷问一个叫贾雄的人。这个人自称善知阴阳，能掐会算。

贾雄也听到了这个歌谣。翟让问他是否可信？贾雄说："我已经占了卜，果然不错。将来李密必然是帝王之尊。凡是古今帝王在开创之初，都历经磨难，大难不死，李密不正是这样吗？"

翟让又问："那他当初为什么还要来投靠我呢？"

贾雄笑笑说："这也是天意呀！他的父亲封号称蒲山公，他也自称蒲山公。蒲是一种水草，须知蒲得泽而生。你姓翟，和'泽'谐音。他当时需要你呀。依我看，你长期为王，恐怕瓦岗寨不能成功，要是拥立此人为尊，将来定有希望。"

翟让听了贾雄的话，信以为真，自己闷闷不乐了许多天。

一日，茂公找到他问："翟大哥，你这几天郁郁寡欢，必有什么心事呀？"

翟让说："兄弟，你不问我，我也正要找你商量呢！"

茂公问是什么事？

翟让说："是天大的事。非你定夺，我不好下决心！"

于是，翟让对茂公说起了自己的心事。他说："所以，我有意将瓦岗军的王位让给李密。"

茂公听了，问：“大哥，你真下了决心吗？”

“真下了决心，只听你一句话。”翟让说。

其实，茂公早已听见了这首歌谣，自己在心中苦苦思索了几天，这才找翟让问起。

茂公是不相信这首歌谣的。这显然是人为的一个阴谋。虽然他并没有想到是李密与房彦藻的合谋，以为这只是房彦藻为了迎合李密。但是茂公又想：瓦岗起义军目前声威大振，将来更是任重道远。翟让在初创瓦岗军时，有不可磨灭的功劳，但是他眼光短浅，很难担当起以后的重任。而李密的确有谋有略有远见，如果李密做了统领，对瓦岗军的前途是有好处的。

茂公从这个大局出发，思来想去，愿意翟让让位给李密。同时，他也看得出来，李密在瓦岗军中威信越来越高。

翟让连着叫茂公拿主意，茂公说：“既然大哥已经决断，小弟认同就是。”

第二天，翟让和茂公找到李密，直言相陈。李密听了，又惊又喜，表面上推辞了一番。翟让是个急性子，说：“好了，就说是茂公和我拥戴的，别人不敢说什么。为了瓦岗军的大业，我情愿让贤。”

于是翟让召集各部首领讲了这件事，推举李密为主，尊李密为蒲山魏公。选了个黄道吉日，李密正式设坛场即位。下颁公文书信，称行军元帅府。下设三司、六卫。封翟让为上柱国、司徒、东郡公；任命徐茂公为右武侯大将军，行军师职；任命单雄信为左武侯大将军、王伯当为元帅左长史、房彦藻为元帅右长史、咬金为左骠骑将军、王当仁为右骠骑将军、祖君彦为记室。其余诸将也均有封号。

不久，李密以瓦岗寨地处偏僻，不足以适应发展需要为由，迁都洛口，并在城中张贴榜文，安抚百姓，招贤纳士，广集人才。不到半年，瓦岗军壮大到十万人之众。

# 第四回 夺黎阳裴仁基归降 赏雕弓翟柱国遇害

李密做了首领，徐茂公自然更加鼎力相助。一天，他找到李密计议，问："如今队伍人数猛增，天下英雄纷纷来投，这是天大的好事，不知魏公有什么新的考虑？"

李密说："目前反隋浪潮迭起，比较起来，我军势力最大，皇上最害怕的也是我们。为了表示我们的正义、隋朝的腐败，我想发表讨炀帝檄文，颁布全国，以正视听。"

茂公说："这很好，应该马上进行。"

李密便召来记室祖君彦，由李密和茂公口述，列出隋炀帝十大罪状。

祖君彦写道："魏公李密，谨以大义宣告天下……"接着历数隋炀帝登基以来十大罪状，最后署年月日。写完之后，念给李密、茂公听。

茂公听完，说："最后再补上两句。"

祖君彦问："补什么？"

茂公随口念出："罄南山之竹，书罪无穷；决东海之波，流罪难尽。愿择有德于天下君，仗义讨逆，以安天下。"

祖君彦听了，急忙写上，连声夸好。李密心中也佩服，但多少有些嫉妒。不过，他想不管徐茂公有多大本事，只要跟我无二心，扶保于我，就不是坏事。

茂公为什么想起来补充这两句话，而且言辞有力，语言铿锵有声?

这是发自茂公的肺腑之言。此时此刻他想到隋炀帝无道，使全国百姓难以生存。加上天灾不断，每年都有数以万计的穷苦百姓活活饿死。荒郊野外，尸横罗列，白骨成堆，惨不忍睹，这都是他亲眼所见的。

尤其使茂公肝肠寸断的是，他钟情的袁紫烟被强行选入宫中，供炀帝玩乐，一个纯贞美丽的少女就这样被断送了。茂公在瓦岗军营中，虽然整日考虑大事，但每到夜深人静之时，他总要拿出紫烟给他的玉坠儿来，静静地观赏。见物如见人，紫烟的音容笑貌就在他的眼前。也许，今生今世不一定能见到了……

讨炀帝檄文发出以后，朝野震惊。

原来隋朝官僚们，只把瓦岗军想象成是一伙饿急了聚众抢粮的盗贼，但一见檄文，才知道他们有政治目的，要推翻隋朝，建立自己的天下。

过了一个月，李密对茂公说：“我派人侦探，现在东都（洛阳）空虚，军队散漫，战斗力不强，留守的越王杨侗年幼无知，大臣们钩心斗角，政令不一。依我看来，现在拿下东都易如反掌，乘炀帝在扬州游玩之时，我们掏了他的老巢。如果军师巧谋部署，一定能比围歼张须陀更容易！”

茂公听罢笑笑说：“魏公之胆识，实叫人佩服。但魏公只知其一，不知其二。世间万物如棋局，一时一个变化。据我了解，东都已经知道了魏公侦探的行动，已经向炀帝奏闻。炀帝已经派兵严防。这一步是行不通了。”

李密听了心中不快。他想徐茂公这个人太神了：我想到的事，他都想到了；我没想到的事，他也想到了。

“军师，你认为下一步如何动作？”李密问。

茂公说：“如今春荒，百姓饥馑，而黎阳仓有许多粮食。咱们若是选精锐之军，轻装前进，突然袭击，东都因路远难以救援，我们就像拾一只麦穗儿那样取得黎阳仓。然后发放粮食，赈济灾民，顺便招募青壮年入军。我想一个早晨，就可以召集百万之众。我们以逸待劳，纵然是东都知道消息而来夺取黎阳，我们也不怕了！”

李密听了表示同意，二人又研究了进军路线。

茂公选定三月初九，亲率精兵七千人，悄悄出发，越过方山，直逼黎阳。黎阳的守将还在睡梦之中，就做了刀下之鬼。天亮之时，茂公命人打开粮仓，听任百姓取粮。饥饿的百姓川流不息，齐声欢呼。

当天下午，茂公在黎阳城设帐招军，仅仅半天就招募精壮兵丁十万人。

留守东都的越王杨侗闻讯，派大将刘长恭率轻骑两万五千人讨伐黎阳；并且通知河南讨捕大使裴仁基率其所部，渡汜水与刘长恭会合。

茂公早知道了消息，派单雄信带领骁勇强壮之士埋伏在黎阳城南山中。刘长恭率军到达，刚要埋锅造饭，等候裴仁基前来会合，却不料单雄信率军大吼一声冲来。刘长恭一来毫无准备，二来士兵长途行军，又饿又累，所以顿时被打得落花流水。单雄信死死追赶刘长恭。刘长恭跑到汜水边，弃马脱衣，仓皇渡河而逃。单雄信站在岸上大笑，说：“刘长恭，留你一条狗命，回去向炀帝的狗子杨侗禀告去吧，让他砍了你的头，省得我动手了！”

隋军将士糊里糊涂就死伤一多半，茂公派人收拾辎重器械、马匹铠甲，补充军需。

裴仁基的部队怎么没有如期到达呢？原来他们刚刚渡河，见刘长恭等人狼狈地败下来，便扭头后退，上岸之后，屯兵于山谷，进退两难：进不能夺取黎阳；退怕朝廷治他的罪。

这正是茂公用兵的高妙之处，因为他料定刘长恭和裴仁基的部队是决不会同时到达的。

胜利之后，李密驰往黎阳为茂公祝贺。

李密说：“军师，你真神人也！”

茂公笑笑：“用兵之道，知己知彼。如果等待刘、裴两军会合，然后应战，那就要付出大代价了。如果使其一部立足未稳击之，另一部也会望风而逃。战国时候，有个人善于打猛虎，他可以一个人打死两只虎。其实他是让两只老虎先自相争斗，待其遍体鳞伤时，随便打哪一只，都轻而易举。我不过是先打死一只、后吓跑一只罢了！”

李密听了大笑起来，又问：“如何对付裴仁基呢？听说此人英勇善战，是隋朝不可多得的大将。”

茂公说：“我已安排妥当。不用一兵一卒，只许一人，就可以解决了！”

李密不明白，问：“此人是谁？怎么解决？”

茂公说着，派人到外边把贾润甫请了进来，并向李密做了介绍。原来，茂公早有安排，昨日就到贾柳店把贾润甫请来了。这贾润甫的父亲与裴仁基的父亲是生死弟兄。润甫与仁基小时候常在一起玩，以兄弟相称，交情极厚。

茂公对李密说："这裴仁基爱护士卒，可是他的监军萧怀静反对这样做，二人意见不合。萧怀静曾多次搜罗材料，弹劾裴仁基。这次裴仁基误时未能与刘长恭会合，致使兵败。萧怀静一定抓住这件事上奏皇上弹劾裴仁基。这时候润甫前去，晓以利害，裴仁基只有投降我们这一条路了！"

李密听了连连点头。

第二天，贾润甫化装成皮货商，进了裴仁基军营，见了裴仁基。裴仁基一想润甫肯定有事，就悄悄把他引入内室。

"兄弟，你来干什么？"仁基问。

"我来给兄长送明灯来了。"润甫说。

仁基不明白，润甫详细跟他挑明说了，仁基问："兄弟，你早投瓦岗军了？"

润甫说："正是，兄长何尝不明白，炀帝的好景不长了，赶紧寻条出路是识时务。"

仁基也把自己的心事说了："监军萧怀静像阴影一样，怎么处置他？"

润甫说："他就像窝里的一只鸡，就在于你一刀了！"

裴仁基说："他不仁，也别怪我不义了。"想了一会儿，他又说，"越王杨侗让我去守虎牢城，我想先去，然后以虎牢城相献，也算我给瓦岗军的一份进见礼吧！"

二人言好，润甫回了黎阳。裴仁基拔营起寨开赴虎牢城。

到了虎牢城之后，裴仁基暗暗注意萧怀静的动静。萧怀静果然在灯下写密札，准备报告皇上，弹劾裴仁基。

裴仁基大怒，亲自闯入萧怀静住室，杀了他。第二天派飞骑通知徐茂公，即日归降。

李密下书封裴仁基为上柱国、河东公。

瓦岗军原来的大首领翟让，这些日子十分轻闲，也十分无聊。他在洛口城待着没意思，就带领着亲随和家里的人到瓦岗山寨住些时日。瓦岗山寨仍有留住的家眷，还有几员大将守卫着。

有一天，他的亲随王儒信对他说："听说房彦藻在攻汝南的时候，得了许多宝贝，回来之后，都交给魏公了，他眼里实在没有人了！"

翟让听了哈哈大笑，立刻找到房彦藻说："听说你得了很多宝贝，什么火龙衣、月明珠之类，你只给魏公，为什么不给我？你要明白，魏公是我拥立的，是我让给他的。天下事变化无常，如果我再做了首领，不怕我给你小鞋穿？！"

几句话说得房彦藻满面通红，连说："没有什么宝贝，更没有火龙衣、月明珠。只是几样珍珠玉器，东郡公若喜欢，等我给你送几样去！"

翟让说："我争出来的物件，不要了。只告诉你知道，以后有什么油水，别忘了还有我这个上柱国就是了。"

这件事虽然过去了，但房彦藻心神不安，经常夜里做噩梦，梦见翟让手举大刀追杀他。

房彦藻害怕了，就找到李密说："翟让这个人粗鲁暴戾，根本没把魏公放在眼里，应该想法除掉他，不然早晚是祸。"

对于房彦藻的话，李密十分重视，只是现在安危未定，互相诛杀会使军心涣散，尤其是怕徐茂公因此和他分心。如果徐茂公跟他分了心，不论是拥兵自立，还是投奔别的起义军，都是很可怕的。

在夺取黎阳（今河南浚县东）、截击刘长恭、收服裴仁基之后，李密让徐茂公驻守黎阳。一则扩充地盘，使黎阳与洛口形成掎角之势，互相策应；二则把茂公调离洛口，使他少知道一些军国大事。

又过了一些时候，李密又听说翟让的哥哥翟弘大骂大喊：“天下是我翟家打下来的，为什么要让给别人！”

李密听了这些话，心中十分不是滋味，他就悄悄跟房彦藻商量。

房彦藻说：“毒蛇螫手，壮士断腕。应该早做决断，不然晚了一步，前功尽弃。”

李密说：“杀了翟让，如何跟众将解释呢？尤其是如何跟徐茂公说呢？”

房彦藻说：“大丈夫做事，要斩草除根，根不尽，终是后患。须把翟让之家属亲眷、结拜弟兄一齐除掉，包括徐茂公。”

李密摇头说：“其他可杀之，唯茂公不行。如果和大隋争江山，歼灭群雄，没有茂公辅佐，将毫无把握。”

房彦藻不语。

李密说：“我已想好，必须给翟让安下罪名，方可说服茂公，也好号令全军。”

房彦藻说：“欲加之罪，何患无辞。”

于是二人策划于密室，像那次编造民谣一样……

一天，李密召人通知翟让，说他得到一把好弓，请他过府饮酒赏弓。

翟让接到通知后，跟王儒信商议。王儒信说：“去可以，看看李密怀何鬼胎。但要做好准备。”

翟让说：“那就带领哥哥翟弘和侄子翟摩侯一同去！”

商量好了，当日晚间他们准时到了魏公府。

李密出室迎接，笑呵呵客气得很。坐定之后，李密向翟让问候了几句，见翟让身旁站着翟弘、翟摩侯和王儒信，便说：“东郡公，今晚兄弟赏弓谈天，多一个人在此也不自在畅快！”

翟让是红脸汉子，忘了一切，说：“都外边歇着去，这里一个人也不要！”

于是，王儒信等人只好到外间屋喝茶去了。

李密说：“有人从突厥得来一张雕弓，很是精巧，我不敢独专，特请东郡公赏识。我知道东郡公膂力过人，又有百步穿杨的功夫，如果东郡公中意，便转送阁下受用。”

李密拿出雕弓，翟让接在手中，仔细端详，果然是一张好弓。弓背是巨雕之骨做就，弓弦是牛筋绷成，看来没有五百斤的力气是拉不开的。

翟让很喜欢，口中说：“不常冲锋上阵了，有些荒疏，膂力也不比当年了。”

李密说：“东郡公不要过谦，可以试试嘛！”

翟让站起身来，一手拉住弓背，一手拽着弓弦，用力拉开。

就在此时，翟让的背后窜出李密的心腹大将蔡建德，手起刀落，削去翟让半个头面。翟让大吼一声，声如牛叫，躺在血泊之中。

在外间屋饮茶的王儒信、翟弘、翟摩侯不知发生什么事，刚要出屋，被闯进来的王伯当和郝孝德结果了性命。

单雄信闻知凶信，举鞭来跟李密讲理。李密将预先编好的罪状，公之于众：翟让以赏弓为由，企图射杀魏公，被当场杀死。

单雄信见时，李密正给翟让擦血，用白绫裹尸。他眼中落着泪，口中自语："……东郡公啊，我李密本不知你当初让位出于不情愿啊！如果是这样，你怎不明说呢？兄弟相残，外人耻笑啊……"

单雄信看了这个场面，只得悄悄出来了。

第二天，李密以隆重的仪式埋葬了翟让，安抚全军，并宣布翟让事件决不株连其他人。王儒信等人只因参与谋害魏公，才被当场杀死，死有余辜。

不管怎么说，单雄信心中很悲痛。瓦岗军的大旗是翟大哥挑起来的，如今落了这么个下场，好像挖心扒肝一样难受。他骑上快马，跑到黎阳，向徐茂公哭诉："军师啊，出了天大的事啊！"

其实，徐茂公早知道了。原来李密早就差专人送去信函，详细讲述了事情的经过。当然这都是李密与房彦藻设计好的。李密在信上还邀他参加翟让的安葬仪式。

茂公百感交集，没有去，只向着东南洛口方向拜了三拜，在十字路口默默地化了纸钱，口中诵道："翟大哥，冥路之上多多珍重！"

单雄信哭声不止。徐茂公说："雄信忍住悲伤，好好保着魏公干一番大事业吧！翟大哥心胸狭小，自招祸殃！"

茂公只有违心地对单雄信这样说。其实，他心中一切都明白。为了瓦岗军的前途，他只能如此。

单雄信回去当天夜里，徐茂公急火攻心，半夜时分，觉得左背火灼一般，用手一摸，平白生出一个大鼓包。茂公知道自己郁忿之极，生了恶疮，只有静养。

李密不见茂公来参加翟让葬礼，心中忐忑不安，过了几日，亲自到黎阳来见茂公。

茂公正在床上躺着，恶疮已经出了头儿，黄脓淋漓不止。李密一见很是惊讶，坐下来，一声不响地望着茂公。

茂公也不言语，慢慢地睡过去了。夜里，茂公醒来，见李密正伏在他的背上，用嘴一口一口地为他吮吸脓水。

茂公翻身坐起来，心中一热，对李密说："魏公天资聪颖，行为决断，是龙不是虫。我心中都明白！"

李密黑脸烧红，不做争辩。

茂公又说："我徐世勣出家闯荡，只求寻个明主，创业于乱世，推翻腐败的隋炀帝，使穷苦百姓都过上好日月，别无他求！"

李密小心翼翼地听着，眼中也淌下泪来。第二天回洛口以后，立刻派来郎中，专门为茂公治疮。

从此，茂公一直驻守黎阳。

# 第五回 二贤庄雄信逢叔宝 临潼山李渊伤雄忠

李密阴谋杀了翟让，虽然给翟让安上了一个莫须有的罪名，事后又安抚了兵丁将官，但从此而始，瓦岗军中人人自危，互相猜忌，人心不稳。

李密刚入瓦岗军时那种谦恭下士的劲头也没有了。不久，李密没与茂公商量，出兵金墉城，打败守城隋军，更使他趾高气扬。接着，他又把魏公府搬到了金墉城。

单雄信到了金墉城之后，知道这里离他的老家二贤庄不远了，不由产生了念母之情，就跟李密告假回家探母。

李密见他没精打采的样子，说："雄信，我看你是有心事吧？去吧，回来打起精神，好好干！"

单雄信自从翟让被杀以后，经常喝闷酒，寡言少语，打金墉城时因为饮酒误事，放跑了一股官军，李密很生气，给诸将记功，没有他的份。

告假出城，雄信翻山越岭，好不容易打听到回家的道路，就昼夜兼程，天黑之后来到了二贤庄。

单雄信家在二贤庄算是首户。他的父亲虽然早年亡故，但留下丰厚的家产。雄信在家时，广散资财济贫扶危，交友重义。有一年，山东历城人秦琼秦叔宝，因为到山西押送犯人，途经这里，客病在旅店，没钱交店费，落得当锏卖马，狼狈不堪。雄信因为买了他的瘦马，二人相识，谈得十分投机，结成生死之交。秦琼在他家养病多日，病好后走了，因为他在官府当差，身不由己。一别多年，不曾相见。雄信想，这次探母，若有机会一定去看看秦琼。

雄信想着这些，摸黑来到家门前。老家还是原来的样子，高门楼，门前有石阶，石阶下有棵槐树。正是槐树开花时，香气扑鼻，雄信多年离家，冷不丁闻到槐花香味，不禁引起他许多思乡之情，不觉眼中盈泪。他上前敲门，门没有上闩，虚掩着，雄信一推就进了院。绕过影壁，看见正房屋里亮着灯，便大步流星过去，在门外喊："娘，儿子回来了！"

雄信这一喊，立即从屋里走出一个人。她就是雄信的结发妻子张氏。张氏一见丈夫惊喜交加，连说："你来得正好，来得正好！"

雄信顾不上与妻子说话，便进了房间，见白发老娘躺在床上，身旁站着一个老仆人。老仆人见雄信进来，急忙给主人打躬、问安。

老娘刚刚睡下，妻子张氏说："娘生病已有月余，这些天渐渐好转。你一走五六年，音信皆无，有人到瓦岗军找你，说你出门打仗去了。娘生病以来，多亏叔宝兄弟时来照看，买药请医，都是他一人操持。你这个生死朋友算是交下了。"

雄信问："叔宝还好吗？"

张氏说："我不问他的情况，只看他总是有事，来去匆匆的。不过，今天正好，他来看娘，天晚了没有回去，又住村东店中去了。你们正好相见了！"

雄信听了这话，心花怒放。这真是天遂人愿，不期遇上秦琼兄弟。接着，他又问了老娘的病情，就要去找秦琼。张氏说："你走了这些天，吃完饭再去不迟。叔宝兄弟明日才走呢！"

雄信说："我到店里去，兄弟一起吃一顿饭，不是更好吗！"说罢悄悄出门，然后飞跑着来到村东店前。

这小店并不大，可是已经开了许多年，正在官道路边，来往行人不少，生意倒也兴隆。当年秦琼路过这里，客病在此，交不起店费，那店中老板是势利眼，非要钱不可。老板媳妇倒贤惠，宽容了秦琼。后来有单雄信接济，店老板忽然变得殷勤起来。不过秦琼不和他一般见识，商人嘛，见钱眼开、见利忘义的人不少，不足为怪。所以每次来二贤庄看望雄信的母亲，仍然住在这里。

这家小店叫"清风店"，两厢是客人住房，正房三间是厨房和餐厅。店门前有布幌子，迎风飘荡，门楣上三盏灯笼亮着，映出"清风店"三个大字。门旁有对联一副，左边是：孟尝君子店；右边是：千里客来投。

那时候，一般小店的门楣，大概都是这副对联，标榜自己是君子买卖，像古时的孟尝君一样乐善好施。其实店中买卖，还是以挣钱为本，少一个钱也不许你走。

雄信进了店，径直叫店老板，问秦琼住室。店老板笑呵呵地将雄信领到秦琼住室，秦琼刚刚洗完脚，准备歇息，冷丁见雄信进来，五六年没见，几乎认不出来了。故友相逢，热泪盈眶。雄信叫店老板准备酒菜，端到这屋来。店老板急忙去了。

二人双手紧紧相握，互相对望着，半晌说不出话来。雄信说："兄弟坐下吧，多年未见，喜得相逢，这是乐事。我刚刚归来，还没吃饭，一会儿，咱哥俩边喝边说！”

秦琼和单雄信分手以后，还是回去当他的差。因为有一身好武艺，又重义气，所以人缘很好。有一次，他被隋朝的要员、炀帝的叔叔杨林发现，调到军营当了个小官，准备有功之后再行晋升。只是这次去幽州（今北京市、河北北部及辽宁一带）看望姨父罗艺，罗艺说：“孩子，你哪里知道，那杨林正是你的杀父仇人哪！这件事，你母亲也不知道。当年，你的祖父秦旭和父亲秦彝，扶保齐朝，周朝派大将杨林攻打齐朝国都，齐主弃城而去，你的祖父战死，你的父亲誓守孤城，与杨林大战，终因寡不敌众，身负重伤，被杨林杀死，杀死之后，得了你父亲的铠甲。你父亲死后，你母亲带你流落到斑鸠镇，遇上了程有德的夫人莫氏，她帮你们母子渡过了难关。你父亲的家传金装锏给你留下了，宝甲却被杨林得去。你怎能在他手下做事呢？”

秦琼听了这话如雷轰顶，对姨父罗艺说：“我回去之后另谋他计，绝不再为杀父仇人效力了！”

就这样，秦琼离开姨父、姨母和表弟罗成，返回故里。只因惦念结拜兄弟的老母，辗转过来看望。

秦琼向雄信讲了这件事。雄信说：“你的幼年伙伴程咬金，也早上了瓦岗山寨，你也跟我一同去吧！如今大军驻扎在金墉城。”

秦琼想了想，说：“大哥，你先别急。等我回家跟母亲商量之后再定。”

不一会儿，店老板端来酒菜。二人坐在小桌前，边饮边说，互道离别之情，讲述各自的经历，感叹人生的坎坷。

谈话间，单雄信跟秦琼讲了徐茂公如何有本领，神机妙算；如何胸怀开阔，知恩重义；等等。秦琼则跟雄信谈起了表弟罗成如何武艺高强，罗家枪法如何高深莫测，等等。

秦琼听雄信讲茂公，恨不得及早相识；雄信听秦琼讲罗成，急不可耐要把罗成拉到自己身旁。

雄信非常感谢秦琼他不在家时，不忘家中老娘，时来看望。秦琼说："自你上了瓦岗山寨，五六年不归，你的老娘，就是我的老娘，这是咱做儿子应尽的孝道。"

二人边饮边谈到深夜，雄信才让秦琼休息，自己回了家。

第二天晨起，秦琼过来拜见雄信及老娘，登程上路。雄信送出老远，临分手时还说："别忘了，尽快到金墉城会面。"

秦琼说："一定，一定！"

二人依依惜别。

雄信见老娘身体康复，格外高兴，母子二人说些家长里短。老娘说："你五六年没有归家，这次好不容易回来，可要多住些时日。"

雄信问起哥哥。老娘说："他还是跑皮货，经常不在家，你嫂子带着孩子过日子，也不容易。明天过去看看，也是兄弟情分。"

雄信连声说是。

张氏带着女儿英莲拜见父亲。雄信欢喜异常，抱起女儿亲了又亲。英莲已经七岁了，雄信离家时，她刚一岁。

原来，雄信有一个亲哥哥，叫雄忠。雄忠比雄信长五岁，娶了媳妇之后，婆媳不和，分出去另过，雄信因此跟哥哥打过架，说哥哥不孝顺，只听媳妇的枕边风。雄信本名叫单通，自从参加了瓦岗军，就叫单雄信了。

哥哥雄忠，分家另过之后，常年做皮货生意，从口外进货到关中、河南、山东等地去卖。做买卖人，每天算计的都是钱，为钱而奔命。媳妇在家清锅冷灶度日，不耐寂寞，名声渐渐不好，婆婆几次劝她，反而因此反目，所以很少往来。

雄信看望她时，她说雄忠出门贩货，尚未归来。坐了一会儿，雄信就出来了。雄信每日陪伴母亲聊天，有时领着女儿到村外转转，没有别的事情。

再说叔宝秦琼，辞别好友单雄信，骑上黄骠马，背上斜插金装锏，驰上平川大道，向家中奔去。

走到中午时分，秦琼有些口渴，正好来到一座高山前。暮秋天气，金风飒飒，落叶缤纷。他见一位老僧在庙门前打扫树叶，便跳下马，近前问道："老方丈，有水喝吗？"

老僧说："有，请到庙中喝吧！"

秦琼知道，这座山叫临潼山，过了山再往西，就是西都长安（今西安）了。他听说山上有个伍相国神祠，可是没有见过，今日正好看一看。

伍相国就是春秋时期的伍子胥，昔日在临潼会上，力举千斤鼎，名震天下。后人在此建祠，以示敬仰。

秦琼到神祠中瞻仰已毕，然后由老僧人引着喝了水，走下山来，坐在石阶上，解开干粮袋，吃了两个馒头。他站起来，抱了一些树叶给黄骠马吃，接着，就仰躺在一块巨石之上慢慢地睡过去了。

不知睡了几个时辰，忽听得人喊马嘶之声，便激灵坐起来，四下张望。原来在前边的山脚下发生了一起不大不小的战斗。

这是怎么回事呢？还得从李渊说起。

李渊，字叔德，原籍陇西成纪，是西凉武昭王李暠七世孙。祖父李虎辅保西魏，官至太尉，是西魏八柱国之一。父亲李昞，在北周时历官御史大夫、安州总管、柱国大将军，袭封唐国公。他的妻子独孤氏与隋文帝的独孤皇后是同胞姐妹。因此李昞与隋文帝杨坚虽是君臣，但也是连襟的关系。独孤氏生了李渊后，隋文帝对李渊十分喜爱。传说这李渊胸生三乳，日角龙庭，很是不凡。李昞死后，令李渊袭父亲的爵位。隋炀帝当皇帝之后，封李渊为殿前监卫尉少卿。

炀帝游扬州，他留守东都，与大将宇文述不睦。宇文述是炀帝的亲信，权力很大。他有两个儿子，大儿子宇文化及正随炀帝游于扬州。宇文氏父子早有谋取隋朝帝位之心，但不到时机，不敢动手。

他见李渊是个人物，是他们的障碍，就谋算如何除掉他。

炀帝在京时，经常做噩梦，梦见洪水滚滚而来，追得他无藏身之地。

宇文述就借机中伤李渊，说："洪水乃是一个'渊'字，应落在李渊身上。"

炀帝虽然半信半疑，但因为李家与杨家的姻亲关系，没有动手。

宇文述仍不死心，寻缝下蛆。近来，他听市肆之中有人哼唱歌谣：日月照龙舟，淮南逆水流，打尽杨花落，天子季无头。

这首歌谣的含义很明显，炀帝姓杨，已经好景不长，将来的天子是"季无头"。"季"字无头，正是一个"李"字。

宇文述立即把这一民谣专奏给炀帝，并建议将朝中的李姓官员一齐杀死。炀帝准了他的奏本，杀了李姓官员五十二人。只留下李渊，将他贬出东都，任太原留守，即日出京。

宇文述仍没有达到除去李渊的目的，就与人设计，在李渊赴任之时化装强盗，在半路上将李渊杀死。

前面正是宇文述派的将官，化装成强盗，在此截杀。

李渊出京时，带了夫人、大儿子李建成及叔伯兄弟李道宗，仅有十几个随从人员。所以，他们并没有战斗力，经不起这伙强盗的劫杀。

秦琼站起身来，拴在树上的黄骠马也嘶鸣不止，扬鬃蹬蹄。秦琼解下马，骑上身去，抓起金装锏，就飞驰到发生战斗的地方。

秦琼抬头观看，前边平川地面，烟尘四起，喊杀声不断。只见一伙蒙面强盗，正在围杀几个穿官服的人。

秦琼跃马举锏杀了起来，众强盗吃了一惊，转身与秦琼厮杀。岂知他们都不是秦琼的对手，一会儿工夫有几个强盗死于金装锏下，其中的强盗头左膀之上也中了一锏，急忙抱鞍逃走，其余强盗也都鼠窜而去。

李渊等人正在危难之时，不期冒出来一个救星，惊喜非常。只见这员猛将，头戴遮阳斗笠，身穿皂袍箭衣，外罩淡黄马褂，脚穿虎皮靴，骑着黄骠马，手舞金装锏，左右突杀，如同猛虎下山，好不威风。李渊心中赞叹不已。

秦琼见强盗都跑了，不知究竟是怎么回事，催马上前抓住一个跑得慢的强盗，问："你们是何处强盗？为什么要劫杀他们！"

强盗跪在地下磕头如同捣蒜，说："我们是朝中宇文大人派来的，只因宇文大人与唐国公李渊不睦，故而在半路上扮作强盗，截杀他们，以除后患！"

秦琼听明白了事情的缘由，心中说："这都是官家的打混仗，你争我抢，与我何干！”于是飞马便走。

唐国公李渊见救命恩人跑了，便对李道宗说：“你带领家眷快走，待我追上壮士问个姓名，以图后报。”

李道宗和李建成带着人走了。李渊骑马飞跑，追了十多里，才追上秦琼，大声喊道：“壮士，请收住坐骑，受我李渊一拜。”

秦琼听见喊声，回头说：“你不要追了，我更不需要你谢。”

李渊又问：“恩公请留下姓名！”

秦琼说：“平民百姓，姓秦名琼！”说罢撒马便跑，举起右手摇了两摇。

李渊拉住马，心想追不上了，只得回来。刚才秦琼道姓名时，李渊只听清了一个“琼”字，其余都被秋风吹跑了。另外，他见秦琼右手摇动，以为是个“五”字。李渊心想：这个人一定叫琼五了。

李渊拨马回转，刚走不远，见后边追来几匹马，跑得很快，就要赶上他了。李渊心想又是强盗杀来了，便急忙解下弓箭，照定头前的那个人一箭射去，那个人翻身落马。李渊急忙快跑，刚跑几步，见李道宗接他来了，便对道宗说：“那救命的壮士急促去了，救命之恩不可忘记。我已打听了他的姓名。”

正说着，后边跑过来一群人，站在李渊面前说：“不知小人家主，怎么触怒了大人，你拿箭把他射死？”

李渊惊问：“我怎么射死了你家主人？有何为证？”

众人说：“这是刚从我家主人咽喉下拔出来的箭，上边有字号，看看是不是大人的吧？”

李渊接过箭来，低头观看，果然是自己刚刚射的那支箭。箭柄之上刻着“唐国公李渊”字样。

李渊急忙下马，连连赔礼，说：“我被强盗截杀，刚才被一位壮士救了。那壮士走了以后，我又见一队人马追来，以为是强盗重来，因此放了一箭。不知是你家主人。”说罢，随手掏出纹银二百两，交给众人。

其中一个人说：“谁要你的银子。跟我们到官府吃官司去吧！”

李渊又好言善劝说：“人死不能复生。我是误伤，也不是故意的。拿了纹银买棺收葬，超度亡魂吧！”

其中一个人说：“别寻思我们是好欺负的。我家主人叫单雄忠。我们还有位二主人，说出姓名叫你胆寒，他叫单雄信。他会向你们讨命的！”

李渊不知道单雄信的名字，可是李道宗知道，便暗暗对李渊说：“大哥，咱快跑吧！那单雄信是瓦岗军的骁勇大将，可了不得呀！”

李渊一听“瓦岗军”三个字，心中害怕，二话没说，扔下二百两纹银，飞身上马逃走了。

这伙儿人无奈，只好眼望着他们走了。

这单雄忠贩卖皮货，今天带着伙计们刚刚回来，不幸被李渊射死。

伙计们并不知道单雄信回家来了。回家之后，单雄信得知噩耗，从此跟李渊结下了仇恨。

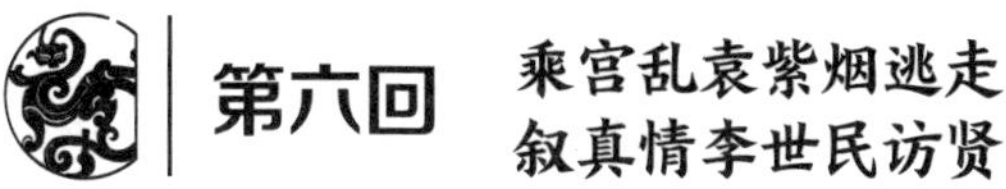

# 第六回 乘宫乱袁紫烟逃走 叙真情李世民访贤

隋炀帝在扬州荒淫作乐，从东都洛阳不断传来各地群起造反的消息：杜伏威在江苏自立为王；徐园朗在琅琊（今山东临沂）拥兵万众；窦建德在河北自称长乐王；刘武周借突厥兵壮大势力，自称皇帝；郭子和在山西自立称王；李轨、薛举、萧铣等都拥兵自立；瓦岗山寨的李密占据了金墉，势力更甚……

全国大乱，炀帝眼看不能收拾。这叫债多了不愁，虱子多了不怕咬。炀帝也就破罐子破摔了，不愿意回东都，只想着在扬州玩乐。他在宫中设立一百个房间，每个房间设美人十至二十人，每日轮换一房，饮酒行乐，杯不离口，昼夜昏醉。他对萧后说："现在外边有许多人想杀我，可是我不管他们，眼前有酒有美人就满足了！"

一次炀帝照着镜子，端详着自己的头对萧后说："一个俊美的头颅，不知将来会被谁砍下来！"

萧后听着不吉利的话，百般解劝他："天下的事不可料定，也许各地的谋反者，将来受到天的惩罚，各个自灭。天下还是皇上的。"

炀帝强作笑颜说："人一生贵贱苦乐也没有一定。就是有人斩了我的头也不要紧，你们都各自找主儿去算了！”

炀帝虽然这样说，对于身边卫士，还是尽力拉拢，使他们忠心护卫他。

这些卫士，多数是关中人，离家远，常年不能回家。炀帝就下令在扬州附近征了许多俊美的寡妇及少女，供这些卫士们任意选娶，或随时玩乐。

炀帝使尽了方法，也拉拢不住这些卫士。他们依然怨恨他。

宇文述的儿子宇文化及早有谋权夺位之心。他看到宫中卫士怨气很盛，就乘机挑拨，火上加油，使多数卫士靠拢在他的身边。

宇文化及准备好了，便带兵入宫。炀帝惊慌逃跑，被卫士抓回来，关进小屋里。宇文化及的亲信马文举、裴虔通、司马德戡三人拔出刀来要砍炀帝的头。

炀帝说：“我平时待你们不薄，为什么要杀我？”

马文举说：“你只顾自己享乐，奢侈荒淫，专任奸佞，不纳忠言，这就是你的罪过！”

炀帝说：“我对全国百姓问心有愧，可是对你们，我无半点亏待。今天的事，谁是首领？”

司马德戡说：“全国同怨，何止一人。”

炀帝听了，无话可说，只求痛快。

马文举举起刀来，刚要砍，炀帝又央求说：“我怕刀杀！让我饮毒酒而死吧！”

马文举不许。裴虔通过来，把炀帝按在地上。炀帝抬起头，解下自己的衣带，递给裴虔通。

裴虔通明白他的意思，向司马德戡使了个眼色，二人上前，用衣带将炀帝绞死。

炀帝死后，宇文化及下令将炀帝身边的子孙、宗室、外戚全部拉到街上处斩。

炀帝早知道自己会有这一天，所以给宫中的妃子们每人都发了毒酒，一旦有事，饮毒酒自尽。

隋炀帝万万没有想到，恰恰是他的亲信宇文化及杀死了他。

宇文化及杀死炀帝，在宫中大肆抢掠。从皇帝的传国玉玺到珍珠宝物，搜罗一空，然后是强占宫中美女。炀帝死后，有的美女果真饮毒酒而亡；有的不甘强暴触柱而死；有的乘机逃亡；有的竟从了宇文化及，比如萧后就第一个从了宇文化及。

得知消息最晚的是袁妃，也就是袁紫烟。

紫烟自从入宫以来，郁郁寡欢，终日以泪洗面。炀帝开始很喜欢她，对她百般宽容。可是紫烟被炀帝强暴了以后，就觉得活着不如死了好，曾经几次自寻短见，被人救下后，炀帝就慢慢疏远了她。后来，又有许多美女被选进宫来，炀帝就把她忘了。

炀帝乘龙舟来游扬州，宫中的妃子美女一个也不剩，全带着，紫烟自然也逃不掉。

紫烟在隋宫中这些年，每日思念茂公，夜间总偷偷地将茂公给她的书签儿拿出来观看，呆呆地落泪。

宫中有位沙夫人，年纪大了些，经常解劝她，紫烟才打消了死的念头。沙夫人说："熬着吧，兴许有个出路，遂了心愿。如果断然死了，不就什么盼头都没有了？"

紫烟想，是这么一个道理，就坚强地活了下来。每日里没有什么干的，就读书。小时候父亲是风水先生，所以她读了许多天文地理方面的书。这回在宫里，她仍然研读这些书。天文地理与排兵布阵大有关系，紫烟入了门，反而觉得生活有了乐趣。

宫中事变，宇文化及派兵杀炀帝的消息，为什么她知道得晚呢？只因当晚她没在宫中，而在宫外小花园的石洞里读书。

忽然，外边火亮冲天，紫烟很吃惊，不知发生了什么事，走出石洞，才知道宫中政变。宇文化及正在焚烧河中的龙舟和岸上的宫院，人声嘈杂，哭喊一团。

紫烟慌乱跑着，迎头来了一队人马，头里骑白马的正是宇文化及。她躲闪不及，被宇文化及看见。

宇文化及是炀帝的近身护卫将军，所以认识袁紫烟，也知道袁紫烟是隋宫中以命相抗而不遭炀帝长期玩弄的妃子。

紫烟被抓获了，宇文化及把她关在一间暖阁里，说："你先在这儿受点委屈吧，等我回东都时带着你。你这朵带刺儿的玫瑰！"

宇文化及走了，留下两个卫士在门前守着。

紫烟想：我必须赶快跑出去，不能在这儿久停，便思考脱身的办法。突然她看见凌乱的暖阁地下散落着许多状如豆粒般大小的珍珠，在黑暗中闪闪发光。

紫烟灵机一动，撕乱自己的头发，扯破身上的衣衫，随即狂狂颠颠地念诵起来："我叫天自在，天上事我看得清清楚楚，我能召来亭台楼阁，也能唤来云龙鸾凤，我能呼风唤雨，也能撒豆成兵。我知道此方人为恶日久，天将杀之……"

紫烟边喊边狂笑，两个卫士被吓得毛骨悚然。紫烟于黑暗中，抓起珍珠，飞速连发，一颗颗打在卫士的头上，卫士不知何故，慌用手摸。紫烟又捧起一掬珍珠，从门口抛向空中，珍珠散落下来，被火光映亮，如繁星纷落，如火花坠地。两个卫士害了怕，抱头躲避。紫烟乘机跑出暖阁，消失在黑暗中。

两个卫士回来向暖阁里看时，已经没有人影，急忙报知宇文化及。宇文化及听了，大为震惊，暗想：此女子，在宫中不事炀帝，不知练就了什么邪法？

紫烟逃出混乱的隋宫，乘着星光月色遁入乡野小路，无目的地走着……

也许是感应，不知紫烟生死存亡的茂公，今夜的心情特别烦乱。他睡不着坐不稳，便走出门，出了黎阳城，独自来到一座山头上。这里是他常来的地方，山头上有松，松下有床一样的平板巨石，可以乘凉，可以休息。山下流着汩汩的清泉。

今夜，茂公心潮激荡。这些天来，李密专横独断，越来越失去人心。眼见瓦岗军人心涣散，茂公忧心忡忡。心中所想，腹中之言，不禁脱口而出：

同室操戈事可伤，
刚愎自用太荒唐。
群雄逐鹿君堪恃，
细数当年楚霸王。

显而易见，茂公对李密已丧失信心……

突然，一声炸雷在头顶响起，狂风卷着树叶衰草掠过山头，接着铜钱大的雨点砸落下来。

茂公急忙跑回城中。到了城门口，他的卫士见他回来了，急忙禀告：“军师，有一个陌生人夤夜来访，商人打扮，二十多岁。马在城门下拴着，人在厅堂等候。”

茂公纳闷，这是哪里来的朋友？为什么偏偏夤夜至此？于是急忙来到厅堂。抬头一看，一个二十几岁的文质彬彬的汉子，安安稳稳地坐在椅子上。

茂公走过去打了招呼，那人站起来，说："世勣军师，夤夜来访，多有唐突，还望见谅！"

茂公细看，并不认识此人，只见他浓眉大眼，鼻直口方，顾盼灵活，一看就不是那种行商之人。

茂公说："世勣眼拙，未识君颜，还望赐教！"

来人说："其实，我们已有神交。军师大名如雷贯耳，谁人不知谁人不晓。在下姓李名世民，特来造访，望军师不要嫌弃！"

听说是李世民，徐茂公一惊，急忙走过去握手相见，并说："请到卧室一谈！"

世民并不推辞，随茂公来到卧室，二人坐下。茂公说："早听说公子深谋大略，协助父亲治理太原，而且令姐的娘子军颇有声望啊！"

世民听了很是佩服，连说："耳听是虚，眼见为实，军师运筹帷幄，虽在魏公之营，却洞察全国之事，实为治世安邦之才！"

茂公笑笑说："公子才是胸藏珠玑、深谋远虑的一代豪杰呢！"

世民连连摇手说："愧当，愧当！"

的确，李渊的大女儿颇有见识，与世民很是投契。姐弟两人纵观国情，需当用兵，于是他们精选女兵，组成女队，操演兵法，声名远扬，人称娘子军。娘子军个个头戴雉尾，身环兽甲，腰佩七星宝剑，足穿蛮靴，是名副其实的巾帼英雄。

二人情不由己谈起当今天下大事。

茂公说："当今天下，隋朝将终，这是大势。"刚说完这句，李世民接言道："昨天有飞报告知，炀帝已在扬州被其亲随宇文化及绞死了。"

茂公一震，说："这该是早晚的事。只因我闭守黎阳，魏公在金墉城消息尚未转来。"

世民说："那宇文化及杀死他的主子，淫乱隋宫，正宫娘娘萧后立刻从随了他。他趾高气扬，自称许王，建都魏县。"

茂公笑笑说："小人得志，命不久长。只是他不久定要夺取东、西二京的！"

世民点头赞同，沉默片刻。

茂公说："今晚相见，当着真人不说假话。公子，想谋取天下吗？"

这句话茂公直言不讳，是想看看世民的胆量和真伪。

世民一惊，但马上断然回答："虽荆棘丛生，其志犹坚。"

茂公哈哈大笑，竖起拇指赞成："英雄之语，英雄之志。茂公闯荡乱世，相识第一人也！"

世民也直言不讳，问："以兄之才，辅佐魏公，可否顺心？"

茂公回答："免其所难，忠其所义也。"

世民叹口气说："如果两雄争霸，我不愿与兄长较量，故而前来……"

茂公说："公子之意，我早已明白。但我与魏公乃主从关系，茂公不愿做为天下耻笑事。"

世民说："那就顺其自然吧！"

李世民访贤

茂公说："公子欲成大事，现在应马上进取西都（长安），那里只有炀帝的孙子、代王杨侑留住，炀帝一死，那里是一块肥肉，晚了就被别人夺去，窦建德、王世充、宇文化及都在跃跃欲试。夺下西都，便可拥立杨侑称帝，号令天下，消灭异己……"

世民会意，说："只是父亲尚不肯动手，有些为难。"

茂公说："兵贵神速，机不可失。指挥不了你父亲，还夺取什么天下呀！"

世民和茂公朗声大笑。

二人谈到天亮。世民仍打扮成商人，茂公送出黎阳。

二人握手相望。

世民笑着说："其实，你已经做了我的军师了。"

茂公也笑了笑："坦诚相见，坦诚相告。一拍即合，何谈军师？"

李世民骑上马，飞奔而去。

# 第七回　逞己能李密遭惨败　尽节义徐世感成仁

李密得悉炀帝被杀之后，对房彦藻说："隋失其鹿，群雄逐之，正是我大展宏图的时候了。"

玄藻问："魏公有何打算？"

李密说："我早已思谋好了。一举拿下东都（洛阳），就算成就了一半大业。"

玄藻说："我也这样想。只是应该将茂公调回，一同谋略。"

李密笑笑说："不，自从杀了翟让之后，茂公与我生分了许多。这个人深不可测，我们的事情，他全明白，只是不挑明。这是更加危险的。"

房彦藻问："那么魏公怎么不设法除掉他？"

李密岔开话题说："以后再说。只是目前不能再让他出谋划策了！当年，我意取东都与他商议，他因故阻止了我。此番取东都，就更不必与他商议了。"

房彦藻无语，于是二人商量了取东都的办法。一切安排好了，忽然有探子报告：王世充已经抢先攻下东都，把越王杨侗软禁在含春宫，自称郑王了。

李密听了，大怒。房彦藻便说：“魏公，既然王世充已经占了东都，咱们行动迟缓了一步，那王世充必定守备森严，是不是等等时机再说！”

李密说：“一个小小王世充怕他何来？如期发兵！”

李密亲自带领精兵一万、上将百员，昼夜行军杀奔东都洛阳。王世充闻报，对他的谋士恒法嗣说：“李密刚来，立足未稳，我意立刻迎战。”

恒法嗣说：“郑王，我想这不是上策。”

王世充问：“你有什么打算？”

恒法嗣说：“立刻迎战，他正有准备，而且气焰很盛，一万人就有两万人的战斗力。而且李密营中瓦岗军的大将很多，个个骁勇善战，我们恐怕不是他的对手。依我之见，应该泄其锐气，灭其气焰，待其松垮之时，再战不迟。”

王世充听了恒法嗣的主意，命令守城将士高垒不出，免战牌高悬。

李密大军，直压东都城下，依山傍水扎下大营。第二天派将讨战，先是单雄信，跨马提槊，来到城下。

这单雄信探母归来，首先到黎阳见了徐茂公。茂公见他精神低落，便说：“人不能老是想着不痛快的事，赶紧回去辅保魏公吧！”

单雄信于是把这次归家所发生的事情，告知茂公。第一是巧遇结拜兄弟秦琼，第二是闻知李渊射死胞兄雄忠。

茂公说：“这是一吉一凶两件事，权当互相抵消了。”

单雄信说：“秦琼为人很仗义，我不在时，多亏他经常看望老娘。我劝他前来见你，参加咱们瓦岗军；还有他的表弟罗成，是北平王罗艺的儿子，也兴许来投。”

茂公说："好吧，这样魏公又多了两员大将。"

雄信说："你张口魏公，闭口魏公，魏公有什么好，把你放在黎阳，什么事也不跟你商量，独断专行，把人心都伤透了！瓦岗军才是咱们的根儿。我还是叫咱瓦岗军，不称他魏公！"

茂公劝说："兄弟，千万别这样。如果你常念旧情，不尊魏公，可不是好兆头啊！好了，赶快回去吧！咱们都是辅保人的，魏公是你我之主，不能忘了这个根本啊！"

雄信不言语了。不过，他仍不想马上回金墉城，要在这里等秦琼和罗成。

茂公说："他们何日到来，尚不一定，你等到何时啊？"

雄信说："叔宝是讲义气的人。他答应了我，说到黎阳来集齐，他出言如钉子，不会变的。如果明日他不来，我想借这个时间去太原一趟，找着那个留守使李渊，杀了他算了，也算为胞兄报了仇！"

茂公说："唐国公李渊射杀胞兄，是出于误会，并不是有意杀害。兄弟之情可以理解，但不应以此而结仇！"

茂公又好言劝解，雄信才没有去太原，只在黎阳等候秦琼及罗成。

秦琼归家之后，见了母亲讲了姨夫罗艺之言，说杨林本是杀父仇人。秦琼母亲这才明白了当年的事情，便不让儿子再为杨林卖力了。秦琼便说要投瓦岗军，并说兄弟程咬金早已入伙。母亲说："生逢乱世，只好如此。将来能有个出头之日，也好为父报仇。"

事也凑巧，那罗成因替父办公务，顺便来看望秦琼及他的母亲。秦琼说起投靠瓦岗军的事，罗成也很愿意。眼下隋朝腐败，官场角斗，那杨林老儿与罗艺不睦，经常蓄意陷害。罗艺早已明是隋将，暗中自立了。

秦琼与罗成一拍即合。歇息数日，二人出发来到黎阳。正好单雄信等候他们，大家见面很是欢喜。秦琼和罗成见茂公果如雄信所讲，有智有谋，又平易待人，很重义气，便心甘情愿入伙。

茂公又说："眼下咱们是辅保魏公李密，争夺天下，不要再提瓦岗山寨之事。你们歇息几日，一齐去见魏公，他自有安置。"

就这样，单雄信与秦琼、罗成来到金墉城见了李密。李密自然很高兴，封秦琼、罗成为骠骑将军。

这次攻打王世充，秦琼和罗成、程咬金等人都来了。

单雄信叫阵一天，王世充也不派将迎战。第二天，李密又派秦琼、罗成等人轮番讨战，王世充只是坚守不出。离城门远了，城上的守军不理你；离城门近了，城上守军便射乱箭、敲铜锣，只是不出城。

李密下令强行攻城，从东西南北四面一齐动手。城上的守军，早预备好了滚木礌石，一齐向下砸，砸得李密军头破血流。李密军齐聚城下，望洋兴叹，没有办法。王世充又和恒法嗣商量，把棉花弄成团，蘸上油，点着火扔向李密的攻城军卒群中。烧着了衣服的军卒，便只能在地上打滚灭火，城上守军乘机放箭，杀死多人。

李密的攻城又失利了。军卒情绪低落，怨声满营，都说："这样打下去，没有好果子吃！"

李密与房彦藻计议，除了再从金墉城调集军队，加大攻势，别无他计。

于是下令，全军休战，等候增援人马，再行强攻。

王世充见李密军不来攻城，不知情由，便对恒法嗣说："李密军不来攻城，是何原因？"

恒法嗣说："不管是如何原因，李密军的锐气已经削减了，我们正好出战。"

王世充问："不知如何出战，可以打退李密军？"

恒法嗣说："我已想好，今夜，我们可以悄然出城，来个偷营劫寨，定获成功。"

王世充同意，接着又细致安排好偷营劫寨的方案。

到了夜间，王世充派几员大将，悄悄出城，用布包上马蹄，不使发出声响，按预定的部署，摸到李密的主帅营前。

李密的守军正在梦中，王世充的大军一窝蜂冲进来，东砍西杀。

李密被人喊马嘶声惊醒，急忙披挂迎战。刚来到帐外，见士兵们东奔西跑，他慌了手脚，跳上马就逃。

营中刀箭乱飞，李密刚刚跑到营门，就被飞来的一支乱箭射在胸口，跌落马下。王世充一员大将过来，举刀就砍。正好程咬金骑马举斧过来，急忙以斧将刀磕开，俯身把李密拽上马来，头也不回地飞跑而去。

李密军见没有主帅，便四散逃亡。秦琼等大将冲杀一阵，遇上咬金，只好一齐回了金墉城。

王世充大获全胜，犒赏三军。

夜里，世充来到含春宫见越王杨侗。

杨侗深知自己的处境，不敢得罪王世充。按说，王世充过去在隋朝做官，他们是君臣关系。现在拥兵得势，早不把杨侗放在眼里。他说："越王，你我过去虽是君臣，但今日隋朝已灭，你不可能再袭父位做皇帝了。现在有两条道供你选择：一是我拥你称帝，但你要诏召全国讨伐群雄，而且由我总揽军国大事；二是放你出城，死生由天，与我无关。我做我的郑王，等剪灭群雄，自做皇帝。你看怎么办？”

杨侗想，哪条道也不是好道。留在宫中做傀儡，早晚也是王世充的俎上肉；放出宫去，一定被乱军杀死。只好顾眼前，答应走第一条道。但是他说：“做皇帝并不是那么容易呀！皇帝是天子，是天之骄子，还是龙种。就看你是否有这个命了！”

王世充听了杨侗的话，心中也犯思量，便对恒法嗣说：“你说，做皇帝的人必是龙种吗？”

恒法嗣笑了：“大王，依我看来，你天庭饱满，地阁方圆，自然是大富大贵之尊。做皇帝必要人服，人服则言顺。这应是天意！待明日，大王抽个签儿，我看看。”原来，这个恒法嗣是个道士，以前以游乡算命抽签为生，后来投了王世充。

第二天，恒法嗣引世充到庙里，让他焚香净手，然后跪下磕了三个头。恒法嗣从案上拿下签桶来，让世充抽了一支签。

恒法嗣接过签来观看，只见此签只有图画，没有字。那图画的是，一个男人手持一木杆赶着一只羊，羊在前，男人在后。

王世充不懂签意，便问：“内中签语是什么？”

恒法嗣看罢，笑着说：“郑王，将来必是九五之尊啊！”

王世充问：“怎见得？”

恒法嗣解释说：“羊乃杨的谐音，指的是杨家隋朝。一男人手持一杆（干），干下一横，正是一个‘王’字。羊在前，王在后，正应了大王应接代杨家做皇帝。这再明白不过了！”

王世充听恒法嗣这样释签，信以为真，当时乐得手舞足蹈，便说："我做了皇帝，你就是护国军师了！"

恒法嗣急忙谢恩。

其实，这是恒法嗣自己演的一出戏。昨天回来之后，他绞尽脑汁想了这样一个招儿。签桶里的签早摆好了，由他拿着给王世充抽。王世充毕恭毕敬，低头猫腰，恒法嗣自然好做手脚了。

这叫王世充信以为真，恒法嗣自欺欺人。那时候的人，大多信这类占卦预卜之类。这出戏刚演完，马上传了开来。军士们以为有了好盼头，便甘愿卖力了。

过了些天，王世充对恒法嗣说："听说，李密营中有一个出类拔萃的人叫徐茂公，这个人智谋过人，是当今不可多得之才。欲成大事，非他不可。"

恒法嗣听了心中有些妒意，便说："李密有这么好的军师，怎么还吃了败仗呢？"

正世充说："不然。听说，这次李密把徐茂公放在了黎阳，让他只守一个黎阳仓，一切军国大事，不跟他商议。李密这次出兵，很可能没跟他商量！"

恒法嗣说："大王你有什么想法？"

王世充说："我想把徐茂公拉到咱们这边来，让他为我效力！"

恒法嗣说："他能来吗？"

王世充说："不怕他不来。茂公这个人重情义、讲仁道，以此相引，可达目的！"

恒法嗣仍不明白，王世充说："茂公老家离狐，家中尚有老父和两个弟弟，我派人虏其中一人，让他给茂公写信，召他前来！”恒法嗣只好认可，说：“试试看吧！”

过了几天，王世充便暗暗派人，乘快马到了离狐镇。正是中午时候，镇上人不多。二人下马，到一家酒馆喝酒，一边喝酒，一边转弯抹角地打听离狐徐家的情况。酒馆的人告诉他们，徐家是镇上的首户，因为兵荒马乱，家中雇了许多的护院。徐盖老人不常出门，只有老二世弼主持内务，老三世感年仅十五岁，好读书，喜交友，常常出门，闲时就到荷塘边去读书。

二人听了，暗暗叫苦。为什么呢？因为家有护院的，就不容易进去。如果硬是抢人，那就更做不到了。

二人在酒馆里消磨时间，偷偷地商量办法。大概过了晌午，街上逐渐人多了。突然酒馆小二指着街上走着的一个年轻人说：“看，那就是徐家三少爷，准是又到荷塘边去了。”

二人不动声色，付了酒钱就走。酒店小二疑惑，问：“你们找徐家人有事吗？”

二人说：“不，我们不找他们，另有别的事情，顺便问问。”说完，急忙出店，解开马缰绳，骑上马，跟上徐世感，慢慢地走着。

世感果真要到荷塘边的柳林中去读书。当年茂公在家时，经常来这里读书，茂公走后，世感在荷塘柳林中，建起了一个小亭台，起名“书香阁”。这样，一年四季都可以来这里读书了。

二人远远见世感进了书香阁，便快马加鞭，到了近前，跳下马来，突进小阁，二话不说，把世感捆绑起来，蒙上眼睛，堵上嘴，扛到马背上，打马如飞，直奔东都。

二人到了东都，面见王世充交了差。世充听说抓来了茂公的小兄弟，很是高兴，便奖励二人二百两白银，并叫人好好照顾徐世感，不准怠慢。

第二天晚上，王世充派人把徐世感带到他的府中。

徐世感懵懵懂懂被人抓到这里，不知为什么，不知出了什么事儿。莫不是强盗打劫，用他来做人质，讹取银钱？后来跟送饭的人打听，才知道这里是东都，如今是郑王王世充在这里。徐世感听了，才知道这不可能是为了讹取银钱了。

世感见了王世充，不言不语。王世充抬头见世感长得一表人才，儒生气概，便说："三公子，让你受委屈了，本王请你来，并没有恶意，请放宽心！"

接着，王世充让世感坐下，亲自为其倒上茶水。世感问："这难道是请人的办法吗？倒像强盗打家劫舍！"

王世充笑笑说："不用此法，他们怎能说动三公子，咱们怎能有缘相见呢？"

世感惦念老父和二哥，便说："你们这样将我抢来，家中不知消息，一定着急，有事快说，放我回去！"

王世充说："可以，可以，只要你能痛痛快快配合我！"

世感说："看你有什么事吧！"

王世充这才说出了他的打算："只因我佩服你大哥世勣的才能，想让三公子写信给你大哥，让他前来助我。将来打下天下，不但你大哥富贵荣耀，就连三公子也会跟着飞黄腾达呀！"

世感听了，不禁心中气恼，但却很平静地说："如今天下英雄，各立门户，都是为了争夺天下，而争夺天下目的各不相同，有的是救民于水火，有的是为了个人的享乐和权位。这是根本的不同。我哥哥闯荡在外，多年未曾回家，听说他上了瓦岗山寨，其他情况就不知道了！”

王世充说：“你哥哥现在已经保了李密，住在黎阳仓，他们早已离开瓦岗山寨了。我听说那李密刚愎自用，独断专横，根本没有重用你大哥。所以才叫你写信给他，前来东都辅保于我。”

世感说：“你若有德行，有威望，我哥自然来投，何用我写信去？大丈夫立天地间，以情义二字为重，夺取天下更应是仁义之师，方能获取人心，众望所归！”

王世充脸上一阵阵发烧，说不出话来，心想，徐家哥们儿真不简单，十五六岁的孩子竟然出语不凡，见识深远。

世感又说：“像你这样把我抢来，这难道是仁义之师、君子之所为吗？”

王世充发窘了，大声问：“我直言相问，这信你到底是写不写呀？”

世感毅然回答：“不，不写。”

王世充发怒道：“你要知道，到了东都可不是你逞强使性的地方。只要我一句话，就可以要你的小命，你可要考虑周全！”

世感笑笑说：“你果然露出了原形，乃豺狼之徒！”

王世充听世感骂他，更加上火，真想一怒杀了他。转念思索，还是先等一等。于是叫人把世感送出，让他好好想想，明天再说。

世感回来之后，坐在屋里自想：既然被抓，就得把生死置之度外了。只是家中老父和二哥，不知我去向。应该让他们知个消息。

正好，轮流送饭的人中，有个人操离狐口音，他便问：

"大叔，家住哪里？一定离离狐镇不远吧？"

送饭人说："非但不远，就在镇北刘家岗子。你是离狐人吗？"

世感便将详情告知送饭人。送饭人听了，连声说："啊呀，我叫刘大印，早年在东都营中做饭，每年归家一次。你父徐盖可是个善心之人，我家老父亡故时，买不起棺材，还是你父亲接济银两买的呢！"

"这就好了，"世感说，"我若有个差错，烦你将消息转告家中。"

刘大印急忙答应着走了。

第二天，王世充又把世感召到他的府中。在召他之前，王世充已经和恒法嗣商量好了，如果他答应写信，便高敬高待；如果他不答应写信，就将他杀死。

世感仍是不言不语，王世充问："怎么，小伙子，你读书识字，是个聪明人，我相信你会答应我！"

世感说："正因为我读书识字，所以才不答应你。生死由你，话不多说！"

王世充耐着性子说："小伙子，你刚刚十五岁，读书多年还没派上用场，一刀把脑袋砍下来，就再也长不上了。"

世感微微一笑，说："世感来到世上年头不多，但我不怕死。生逢乱世，谁能奢望活到百年？百姓涂炭，民不聊生，有的死于战乱，有的死于饥荒。有多少刚满周岁的孩子和母亲一起饿死荒野，有多少天真无邪的少年男女，在战乱中被大火烧死，被战马踩得血肉模糊。我生在富厚之家，得以读书识字，明达事理，已经满足了。我的确读了不少圣贤之书，也正是因为读了这些书，我才知理明事，知道应该怎么做人！只可惜，自从和大哥分别，多年未曾见面，真是思念。大哥自小喜欢小弟，但大哥比我明白，兄尚节义，昆弟不能移也！”说罢闭目无语。

王世充很难相信，一个年仅十五岁的孩子竟有如此胸怀。不过，他仍抱一线希望地大声呵斥，百般威胁。世感权当虎啸狼嚎。

王世充喊干了嗓子，世感仍静若磐石。实在没有办法了，王世充便下令：推出去，杀！

凶狠狠跑进几个卫士，抓起世感就走。世感站起，慢慢走到门首，突然挣扎脱身，猛然向明柱上撞去，顿时血流石阶，气绝身亡。

# 第八回 战沼州建德胜化及 拒祸水夏王送萧后

窦建德生在河北河间，家贫好义，常为贫苦百姓伸张正义，受到当地官府的训斥，后又因春荒，聚众向官府讨粮，被官府追拿，一怒聚众自立，自称长乐王。他打下乐寿（今河北献县），建立都城。隋炀帝曾多次派兵征讨，都被他打退。有一次，隋炀帝派大将薛世雄来讨，大战七天七夜，建德渐渐不支，所幸下起大雾，伸手不见五指，建德带兵突围，得以幸免。后来人马越来越多，势力越来越大。

建德为人坦荡无私，生活简朴，深得众将拥戴。他有一位好妻子曹氏，是名门闺秀，知书达理，又精通文韬武略，对建德帮助很大。他还有一个好女儿，名叫窦线娘，如今已长到十七岁。她自小读书习武，聪明贤惠，三年前，曾跟一个叫天贞子的道士学艺，功夫大有长进，地上、马上功夫都是绝活，且善使金丸弹，百发百中。

炀帝被杀之后，窦建德被众人拥立，改称夏王，国号为夏，建都洺州（治今河北邯郸市永年区）。

宇文化及自扬州起兵，自称许王，威风凛凛不可一世，准备返回东都称帝，路上听说王世充已经占领东都，越王杨侗被王世充所左右；接着又听说，西都长安已经被李世民父子占领，立代王杨侑为恭帝。

宇文化及傻了眼，便与他的谋士计议。东、西二都被人抢走，只有找一个安身之处，待时机成熟再去进攻。于是，他选择了魏县这个地方。到了魏县之后，一切安排停当，他就每日与隋宫中美女饮酒作乐，不思出兵了。隋宫中，那炀帝的正宫娘娘萧后很有手段，虽然已三十出头，却仍像妙龄少女一般风流妩媚，引得宇文化及神魂颠倒，一刻也不愿离开。本来宇文化及掠了许多美女，但萧后醋劲儿很大，不准他随便去和别人行乐。

宇文化及着急称帝，便学炀帝那一套，封萧后为正宫娘娘，其他美女分封为东宫、西宫和偏妃。化及轮流行乐，少了许多萧后的限制。

萧后在风流事上颇多经验，而且也有一套挟制六宫的本领。凡是化及喜欢的美女，她都刻意中伤，有的被恫吓，有的被安上罪名，到底化及还是逃不脱萧后的手掌，只得每日与萧后狂欢作乐。二人宫中玩腻了，就到野外消遣。魏县这个地方虽没有上好景致，但郊外野趣，倒也能使他们赏心悦目。

一日，宇文化及和萧后来到距城二十里外的丛林中。他们坐在山石上，看石上流泉，听山中鸟语，很是惬意。

萧后说："大王，你看卫士不离左右，不觉打扰咱们好事吗？"

化及会意，便令卫士们远去。

卫士们离去后，萧后便让化及给她脱了衣服，躺在清亮如镜的浅水中给化及看。化及也急忙脱衣下水，为其抚身，为其拢发。

正当化及与萧后于泉水之中，云雨巫山之际，四个卫士慌慌张张跑来，连声呼唤："大王，不好了，从北边来了一队人马，打着夏王的旗号，领头的是一个女子，绕山过来了，不知何故！"

宇文化及正在兴头上，听了卫士喊叫，吓得出了冷汗，瘫在水中。萧后把他抱在怀里，安抚半晌，他才醒了过来。

二人上了石板，穿好衣服。宇文化及对其中一个卫士说："你，把他们三个杀了！"

卫士不明其故，有些迟疑，宇文化及说："要不，我让他们杀你！"

卫士害怕，走过去一刀一个，连杀三人。

宇文化及又说："去，把远处的人都召到这儿来！"

远处的卫队守着山口，不敢擅自行动，听说大王让他们上山，便立即走了过来。到了近前，宇文化及骑上马，萧后坐上轿，人马开始下山。

那个传信的近身卫士，跟在化及身边，刚刚走出山口，被化及回手一刀杀了。

看看山下并没有动静，宇文化及和萧后回到魏县县城。

萧后说："你杀近身卫士算什么本领？难道怪他们冲了你的好事？其实，应该杀的倒是窦建德。他的都城洺州，离我们最近，大王何不发兵讨伐？"

宇文化及说："一个小小窦建德还没放在我的眼里，最使人头疼的是李世民、王世充和李密。打窦建德还不容易！"

萧后说："既然这样，我倒要等候大王的捷报了！"

宇文化及说："好。明日本王御驾亲征，管保一战可成！"

第二天，宇文化及带领他的全部人马直奔洺州。

这不仅仅是御驾亲征了，而是倾巢出动。因为他刚从扬州来到魏县，并没有什么设施，只是从隋宫中掠夺许多珍宝，可以带在身边。在夜间，他对萧后说：“明天，你也跟着，所有人等都要随从，只留下一些人守城。消灭窦建德，取下洺州城，咱们安都洺州，不是比这小小的魏县还风光吗？”

萧后自然高兴，所以也乘上软轿，被卫士们保护着随征了。

行至洺州，已是傍晚。宇文化及急不可待，命令将士叫阵。

窦建德早有准备，见宇文化及已来，便一声号令，大军从四面山上杀出，把宇文化及团团围住。

宇文化及的将士疲惫不堪，不是夏军的对手，一场激战，有的被杀，有的被俘。宇文化及一见不好，骑马抡刀向外突围。刚刚冲出阵中，忽听后边马铃震响，冲上来一个人。这个人不是别人，正是夏王窦建德的女儿窦线娘。

窦线娘见宇文化及突围，立刻拨马追去，赶到马头贴近马尾，举刀便砍，宇文化及伏鞍躲过，二人战在一起。战了两个回合，线娘故意败走，宇文化及见是一个年轻女将，便打马抡刀紧追。

窦线娘在前边跑，宇文化及在后边追。线娘故意将马放慢，看着将要赶上时，飞快从箭壶中掏出三颗金丸弹。这金丸弹实际是铁的，外边镀上一层铜皮，每颗约有核桃大小。

线娘手疾眼快，三颗金丸弹连发，颗颗命中，打得宇文化及头晕目眩，落下马来。线娘赶上前，举刀想结果他的性命。宇文化及连连磕头求饶。线娘问：“你是谁？”

“我乃许王宇文化及。”

线娘听说是宇文化及，便住手说：“站起来，在前边老老实实走，不然狗命难活。”

就这样，窦线娘生擒了宇文化及。

夏军大获全胜。宇文化及万万没有想到窦建德原来这么厉害。

窦建德抓获宇文化及所有的人，包括萧后和所有的美女。

第二天，夏王颁布命令，斩宇文化及于郊外。其他协从人员，愿意投降者，允许投降；愿意回家者，发给路费。宫中美女，尽皆令其归家，有几个无家可归者，留在城中，选户嫁人。宫中奇珍异宝，尽皆封好，连同隋朝的传国玉玺，差人送往东都越王杨侗处。

晚上的时候，建德召见萧后，问：“你有什么打算？”

萧后见了建德，痛哭失声，诉说宇文化及如何差人杀害炀帝，又如何淫乱隋宫，等等。

建德说：“炀帝无道，国人皆想诛之。但宇文化及别有异图，罪在可杀。”

萧后连连称是，说：“妾身遭宇文化及奸污，大王杀了他，正是为妾身解恨。妾身见大王仪表堂堂，果是人中丈夫。妾身别无他路，愿随大王左右，终生报答！”

建德笑了，正色说：“隋政腐败，官逼民反，本王乃一农夫，只图为贫苦百姓争口饭吃，争个安居乐业，一旦有明主治世，我窦建德可解甲归田，仍旧做个种田农夫。”

萧后对窦建德的话不能理解，只是眉飞色舞，向建德暗送秋波，说：“大王，人生一世，草木一秋，谁不图个享乐？食色，性也，难道大王不贪别的，也不图个风流痛快？”

窦建德哈哈大笑：“本王虽非草木之人，但深知风流惹恨多这个道理。我念你妇道人家，生逢乱世，实不容易，才为你思谋一条出路，请你自重，不要再有非礼之想，不要再做非分之事。”

萧后仍不死心，走近前来，单手搭在建德的膀子上，做出媚态，哼哼唧唧。

建德一拍桌案站起来，大步走了出去。

建德回到卧房，见了曹后，仍是闷闷不乐。曹后问：“大王，有何不快之事？我听说，你只留下萧后一人，不知有何打算？”

建德长吁一口气，说：“这个女人实在厚颜寡耻。有心杀她，总不忍下手。古人云，女为祸水，果然不错。”

曹后笑笑说：“除了杀她以外，还有什么打算？”

窦建德说：“我想把她送到突厥去。当年隋文帝的女儿，为了和亲曾远嫁突厥。我最近听说，隋宫中的沙夫人逃出来后，辗转到了突厥，还带了萧后的儿子赵王杨佐。这样，也好让她们母子团聚。”

曹后听了，也动了恻隐之心，说：“大王，你这一片好心，她难道不接受？”

建德沉思不语。

曹后笑笑，戏谑说：“莫非大王还有些情意缠绵，想将她纳入宫中？”

建德说：“夫人绝非妒妇，但建德也非好色之徒！”说罢，二人都笑了。

建德把与萧后谈话从头学说一遍。曹后说：“按说此种妇人，本该一刀了之，免得祸及他人。可是，她一年比一年老了，让她去了突厥，母子在一起，便可收敛行止，重新做人，平静终身了！”

建德说：“我也是这么想。那就决计将她送往突厥吧！”

第二天，建德把这个决定通知了萧后。萧后听了，并不高兴，但也只能照办。

窦建德派军师凌敬带上盘资和给突厥王启民可汗的书信，送萧后上路。

萧后怀着丧魂落魄的神情，一路不言不语。到了突厥，不巧启民可汗到高昌国给国王拜寿去了。

隋文帝的女儿、启民可汗的王妃义成公主，听说中原又来了人，出来相见。凌敬将窦建德的书信呈上。义成公主看完信，不禁泪流满面，急着要见萧后。

义成公主按家常旧礼，呼萧后为嫂子。萧后也笑面相迎。

义成公主说：“沙夫人已和赵王前来。”

萧后听说儿子在这里，便说：“佐儿在哪里？快快叫来见我。”

不一会儿，沙夫人出来。她仍以大礼参见，跪下说：“娘娘在上，妾身有礼了！”

萧后让她站起来，仍问赵王去向。沙夫人说，他和其他的孩子们打猎去了。

说了一阵子话，杨佐归来。沙夫人说：“孩子，你母亲来了，快去拜见。”

杨佐过来，拜了萧后，但又马上离开她，靠在沙夫人怀中。

萧后见杨佐这种情形，不禁泪如泉涌，心中不由感到苍凉起来，想道：是啊，也难怪孩子如此，炀帝被杀，我又从了宇文化及，自己已是一个失节的妇人，有何颜面与孩子亲近？

自己弄得东飘西荡，子不认母，要贞节没贞节，要快乐没快乐……想到这里便更加悲怆，竟放声大哭起来。

义成公主和沙夫人百般劝慰，她才止住了哭泣。

义成公主与沙夫人都说："这夏王果是好心之人，成全了你们母子团聚！"

其实，窦建德做的这件事，到后来验证，并非好事。

久在突厥，萧后难耐寂寞，后来以为炀帝上坟为名，又回到中原，在一个偶然机会中，遇上了唐高祖李渊。这自然是唐朝扫灭群雄、统一天下之后的事。

李渊见了萧后，禁不住萧后的妩媚勾引，又把她纳入宫中。萧后施展手段与六宫争宠，弄得李渊招架不住，惹出许多麻烦难缠之事。

后来，萧后老了，一天天被人冷落。她只有自嗟自叹，拥衾而泣，逐渐染上怯疾，疯疯癫癫，狂言浪语，不成体统，终于被扔进冷宫中，不久悄然死去。

这都是后话，本书中也不再提及了。

## 第九回 起毒心世充杀杨侗 献忠志凌敬骗徐盖

且说王世充大败李密之后，士气正旺。忽一日，又见窦建德差人送来奇珍异宝，还有隋朝传国的玉玺，很是惊讶。差官说，这是夏王送给越王的。

王世充听了，不禁打了个寒战。窦建德并没有书信寄来，只是差官当面一说，心中更加狐疑。

于是，他找谋士恒法嗣商量："你看这是怎么回事？也许窦建德有什么阴谋诡计？"

恒法嗣想了想说："大王不要多疑，依我看来，这是求之不得的事。一则说明这窦建德乃农夫之见，鼠目寸光，根本就没有称帝的想法；二则说明，窦建德仰望大王，结交大王，想图来日有个好前程。不过，这些物件，全是送给杨侗的，说明窦建德还是心中有个越王。这对大王是不利的。"

王世充一想，恒法嗣的提醒很有道理。在那个封建帝王时代，人们心中总有个帝王观念，其实，这正是"历史的局限性"。

不过，王世充不是这么想，而是想如何能早一天称帝，所以怎样处理这个杨侗，成了他心腹之患。窦建德的事，提醒了他，东都不断发生的一些事，也提醒了他。

东都洛阳，原来留守的官员们，做了王世充的俘虏。虽然表面上对他恭恭敬敬，以大王相称，可是背地里，却常常聚在一起饮酒议论，追怀往事。这些旧臣们并不完全相信恒法嗣的抽签儿伎俩，也看出王世充无智无谋无德无行，并不是能成大业的人。当今时势，烟尘四起，李渊及世民父子占领西都，李密则虎视眈眈，又有高开道、刘武周各路反王，中原逐鹿，鹿死谁手，还很难说呢！

王世充一想到这些，心中火起，便对恒法嗣说："我欲除去杨侗，你看可否？"

恒法嗣说："大王早该如此，留那么一个兔子尾巴有什么用，反弄得人心散失！只是大王要做得天衣无缝，才好。"

王世充听了，向恒法嗣求计。恒法嗣见左右无人，便凑过去，献上一计。

越王杨侗被王世充软禁着，任何人也不能见，只有饮酒或玩女人的份儿。他自己揣度着王世充早晚要对他下毒手，总在思谋着逃走的方法，只是深墙高垒，实在没有办法。

过了两天，王世充大宴群臣，宣布：夏王窦建德不忘旧主，杀死叛臣贼子宇文化及，得了传国玉玺和奇珍异宝，送来东都，交给越王。我王世充过去是隋臣，现在和以后仍做隋臣。所以自明日起，尊越王为皇泰，待讨平各路反王后，扶皇泰登基。

当时，许多人相信了王世充的话，都笑逐颜开地表示赞赏。

到了晚间，王世充把越王杨侗请到府中，向他详述窦建德送来宝物和玉玺的事。越王自然很高兴，王世充能把这些东西交给他，他更是得意忘形。

王世充说："从明日起，尊你为皇泰，可以完全给你自由。"

杨侗越发高兴起来。王世充着人拿酒来，与杨侗共饮。杨侗不经世事，想不到王世充会对他下毒手。其实，他喝的酒里早下了毒，一杯饮下，即肚腹剧疼，倒地身亡了。

王世充把杨侗的尸体送回含春宫，然后公布消息：越王杨侗得暴疾死去了。

东都中一片哗然。人人心中明白，可是谁也不敢挑明。

恒法嗣又为王世充献计说："赶快写信给夏王，就说物件收下，已经转给越王，不想越王近日暴病而卒。愿意与夏王共结同心，扫灭诸路反王，共享富贵！"

王世充立刻命人修书一封，差人送至夏王驻地乐寿城。

窦建德拆开王世充的来信，立即明白了事情的原因。他心中气恼、烦闷，后悔自己办了一件错事。

凌敬送萧后到突厥，很快就回来了，见窦建德禀明情况，并说："萧后一路之上，精神不振，到了突厥之后，她的儿子杨佐不认她，弄得萧后十分尴尬。"

建德听着紧锁眉头，自言自语说："我本想以仁义之心，做点好事，谁知是好是坏呢？"

凌敬说："事情已经过去了，也不必多想了！"

建德说："只是目前仍有一事，使人头疼！"

于是，他把东都来信，以及他自己的猜度讲给凌敬听。

凌敬说："其实，大王不该这样做的。那王世充也是虎狼之辈。原是隋臣，后来拥兵自立，还不是为当皇帝？他们这些反王，都是怀着野心，从隋朝窝里反出来的，与大王你不一样啊！”

窦建德说：“如果天下太平，老百姓能安居乐业，我就解散众人，回家躬耕。如果遇一明主，我也愿俯首称臣。”

凌敬原是一个落魄的文人，好读兵书，擅长绘画，因为生活所迫，走街串巷为人画门斗谋生。一日，凌敬宿于太行山中，遇见一个老和尚，二人谈到深夜，颇为投机。当被问及终生抱负，凌敬说：“像我这样的穷书生，还有什么大志向，只求个终日不饿，四季有衣穿，足矣！”

这老和尚说：“最难书生落魄，最苦浪子白头，但你还年轻，不能这样混下去。炀帝腐败，早晚被人取代。以你的才学，应投个英明之主，辅佐成其大业，也算有个前程。”

凌敬被老和尚鼓起勇气，决计闯荡一回。老和尚留他于山中多日，早晚教给他一些武艺。临下山时，老和尚嘱咐他一路珍重，早早有所作为。凌敬不解地说：“我想一入空门，便万事皆空，谁想师傅还有这样的胸襟，当是尘缘未了！”

老和尚笑了：“和尚也是人。所谓看破红尘，实际上是处处碰壁之后，产生的颓丧心理。这年头，和尚也并不例外，世上根本没有绝对的世外桃源。老僧已经七旬开外，年轻时和你一样灰心冷漠，这才出家为僧，等到老来，才明白人活着，应该有一番作为。”

就这样，凌敬下山之后，正遇上窦建德聚众河间，自立称王。凌敬入营随了他。这么多年来，二人无话不说，成了挚友。

今见窦建德又说出这样话来，便说：“大王，你时常说这样的话，实在叫我心凉。大家跟了你，为了什么？都想有个好盼头。争天下，当皇帝，如果为了济世安民，不是为一己之私，有什么不可？！大王聚众兴兵这么些年，南北冲杀，东西征讨，众人跟着你负伤流血，难道只为图口饭吃？你想着终究有一天，遇上所谓明主，就可以将兵权相让，归家躬耕。如果大家知道这个，还跟你干什么？谁还愿意为夏王流血牺牲？你盼着明主，谁是明主？也许夏王你就是明主。以你的仁义之心，完全可以扩大势力，大展宏图伟业。大王你为什么不这么想呢？如果照你这种想法做下去，早晚会被人利用，甚至被人消灭的。”

凌敬说着的时候，建德有时生气，有时默服，有时暗笑。但凌敬的目的，他心中明白。这是个很大的问题，需要认真考虑。

凌敬又说：“目前形势，与炀帝被杀之前完全不同。炀帝被杀前，咱们自立称尊，反对隋朝，朝廷发兵讨逆，我们可以挡，可以藏，以保自己的实力。现在不同，各路反王，都想争夺天下，必然互相征战，以剪除异己而统一天下。这叫树欲静而风不止，逆水行舟不进则退。”

窦建德听着凌敬的话，像小学生听老师讲课一样。听到这里，他接上话茬儿说：“我这样想，就是心如平原走马，易放难收了！”

凌敬说：“不。大王这样想，说明大王为人本分厚道。我这样劝大王，只是为夏军的前程着想。”

窦建德与凌敬谈了好长时间。窦建德想致信王世充问个究竟。凌敬说：“且慢，看看动静再说。”

窦建德对曹后讲起凌敬的话。曹后说：“凌敬说的不无道理。大王既然聚义起兵，天下纷争如此，应该有个长期打算，有个远大目标，才不会使众人散心。如果大王真做了皇帝，有什么不好？不是更便于为贫穷百姓着想了吗？！”

建德起兵以来，真没有这么想过。如今形势急转直下，不得不使他深思一番。

过了些天，晚饭之后，窦建德在小花园中舞剑。只见凌敬走来，说：“大王，请你到前庭，我有事相告。”

窦建德不知何事，随了凌敬来到前庭。这前庭是窦建德与内臣议事的地方，雅致而肃静。前厅横匾镏金四个大字：青宫树范。两旁垂楹联一副：

立品如岩上松，必历千百载风霜，方可柱明堂而成大厦；

检身如璞中玉，须磨数十番沙石，乃堪琢圭璋而宝庙廊。

大厅外边是东西厢房，东厢房是待客厅，西厢房是藏书房。别看窦建德读书不多，但很重视读书人。军中有识字读书的人，都到这里来借书。他本人也拜曹后为师，一有时间就读书。

到了前庭，窦建德问：“有什么事，这么神神道道的？”

凌敬问：“夏王，如果我背着你，干了一点点为了你好，为了夏军好的事，你愿意吗？”

建德说：“别这样转弯抹角。什么事你该做主，什么事你该先跟我说，这都有规定，你心里都明白。”

凌敬说：“要是我做了违犯规定的事，你一定怪罪了？”

建德说：“那要看什么事。如果你无辜杀人，或是奸人妻女，我自然是不饶你了！”

凌敬说：“这样就好说了。”

于是，凌敬把事情从头至尾说出来。

原来，这凌敬是个有心之人，他常常为夏王的大业操心，知道自己不能担当夏王军师的重任，就常常留心寻找合适的人。那次和建德谈话之后，他派人到东都洛阳去探听王世充的实况。探子回来跟他讲了许多东都的情况。其中谈到王世充曾经派人抓来徐茂公的弟弟做人质，争取茂公投诚，但茂公弟弟拒绝了，并撞柱身亡。

听了这个消息，凌敬这才动了心眼儿。他早就听说，魏公李密营中有一位高人，那就是徐茂公，可是没有办法把他请来。王世充不近人情，逼茂公弟弟致死。可是如果动之以情，晓之以理，也许能够感化徐茂公的家里人，使徐茂公能为夏王效力。

有了这个想法，凌敬便悄悄出了乐寿城，骑马来到曹州离狐，带着进见礼物，找到了徐家，见到了茂公的父亲徐盖。

凌敬作了自我介绍，然后说：“茂公现在夏王营中，深得夏王重用。现在军务很忙，不能脱身。茂公多年未归故里，很思念父亲，今日差小可前来，请老人家到夏王府住上几日，以叙父子之情。”

徐盖问：“我儿早年投靠瓦岗军，怎么又到了夏王那里？”

凌敬说：“古人云，良禽择木而栖，良臣择主而事。只因李密排斥茂公，使茂公才智不能发展，这才归了夏王。那夏王虽是农夫出身，却深明大义，仁义待人，不是势利小人可比呀！”

徐盖也常听人说，如今在众多反王中，夏王窦建德是个正人君子，生活朴素，爱护士兵，抚恤百姓，得到群众的拥戴，既然儿子已在夏营，派人来接，正好去见上一面。

老人心中做了决定，便同二子世弼商量。世弼多了个心眼儿，说："父亲要去，儿子不敢阻拦，只是这凌敬咱们未曾见过面，一旦遭骗，恐怕悔之晚矣！"

这也难怪世弼多心。前者弟弟被逼身亡，这个消息，是东都伙夫刘大印转来的。当时徐盖老人冲着东南大骂王世充，于悲愤交加中得了一场重病，多亏二子世弼百般宽慰，延请良医调治，才得以康复。

所以世弼提醒父亲，以免上当。

徐盖说："生死有命，富贵在天。我儿小小年纪，尚知节义，死得壮烈，我老头子年过八旬，还怕死吗？再说，这夏王有口皆碑，他不会加害于我的！"

就这样，歇息了一日，凌敬想找人用轿抬着老人，徐盖老人说："不用了，路途遥远，耽搁时日，莫如骑马同行。"

徐盖随凌敬来到乐寿。这里果真是一个好地方，有山有水有平川，一路看着庄稼长得水灵灵，农夫在田里锄草，一派平安景象，到了城中，大街上有买有卖，市肆繁华。老人暗暗叫好，心想：果然是夏王的天地，与别处大不相同啊！

进了夏王府，凌敬先把老人安置在东厢房里喝茶，然后，怀着忐忑的心情来见窦建德。

窦建德耐着性子，听完了凌敬的话，黑脸气得发白。他大声说："你我共事这么多年，没有想到你是这样的人。你是个读书人，你该知道，罪莫大于失信于人。像你这样，把老人家骗来，叫我如何交代、如何做人啊！"

凌敬见建德真生气了，心中有些害怕，连声说："我凌敬别无他心，只是为了夏王你呀！我知道应该在未做之前，跟你说一声。可是，我怕你不同意，去不成啊！”

窦建德大吼：“难道你去成了，就立了功吗？”凌敬说：“凌敬不求有功，但求无过！”

窦建德气喘吁吁，断然说：“第一，你明天要把老人送回原籍，而且要安然无恙。你撒的谎你去说，向老人赔礼道歉。第二，你回来之后，闭门思过一个月，再来见我。”

窦建德的声音太高，曹后在小花园散步，听到了喊声，但因不知出了何事，便来到前厅探望。

凌敬见了曹后，又小心翼翼地说了一遍。曹后思忖半晌，对窦建德说：“凌敬虽然办了一件不该办的事，但你应念其一片忠心。老人既然来了，咱们就以诚相见吧！”于是，吩咐凌敬快把老人请到前厅。

话音刚落，徐盖老人撞了进来。窦建德哑口无语，凌敬窘态百出，曹后让老人坐下。

徐盖老人说：“我全听见了，我儿子徐世勣并没有在夏王这里，是凌敬骗我而来。可是，我不怪他，两军相争各为其主嘛！百闻不如一见，都说夏王仁义，果然不错，让我老汉开了眼界。我儿世勣无德无才，无命辅保夏王，这是天意。老汉我歇息一夜，明日便可乘马归去。多蒙夏王怜爱了！”

徐盖老人的一番话，说得真诚直率，窦建德更是无地自容。他扶老人坐下，说：“人同此心，心同此理，老人家这么高抬于我，使我惭愧至极。你儿茂公有智有谋，有才有德，早使我仰慕不已，但我无缘相识，也是天意。老人家到了这里，不要见外，好好玩上几日，我派人专程送回府上。只怪我的属下，做事荒唐，使老人家劳乏一程，实在于心不忍了！”

曹后也在一旁说：“老人家请放宽心，世勣虽然不在这里，建德和我会像儿子、儿媳一样，照顾好您老。”

徐盖老人深为感动，当下便说：“今夜，我便修书一封，请夏王差人送给我儿世勣，让他前来看我。如夏王愿意世勣在夏效力，我当为之进言。”

窦建德连忙说：“世勣乃魏臣，专事魏王，是其忠心，子忠其主，为父的不可为难于他。”

曹后说：“老人家多年不见世勣的面，一定思念，我们派人去请，理所应当。如果想去世勣那里会面，我们可派专人相送。”

窦建德说：“还是请世勣来这里吧，不然道路遥远，老人的身体受不了。万一世勣不在黎阳，来回周折，就更加麻烦了！”

事情决定了，徐盖老人连夜给儿子徐茂公写了一封信，早起交给窦建德。窦建德对凌敬说：“这个差使，还得你去，请来茂公，使其父子相见，就是你将功补过，不必再闭门思过了！”

凌敬遵照建德吩咐，立即打马上路，直奔黎阳。

## 第十回 缔良缘银杏树做媒 结知己两颗心为证

李密自从攻东都洛阳失利之后，多日闭门不出。房彦藻说胜败乃兵家常事，不足为虑，应该思谋下一步的行动。李密整顿军务，发誓取下东都。

金墉城的粮草，全靠黎阳仓接济。一天，他派骠骑将军罗成，前往黎阳通知徐茂公向金墉城运粮。

罗成奉命到了黎阳，见到茂公，言明李密的口谕。茂公说："三五天内，定将粮食送到金墉。"

议完运粮的事，茂公很思念单雄信、程咬金、秦琼等众将，一一问了他们的近况。罗成说："他们都很好。只是常常有怨气，怪魏王只相信那个房彦藻，不重用军师，把你放在黎阳，大材小用。程咬金喝了酒，大吵大叫，上次攻东都，要是军师指挥，也不至于大败而归。单雄信跟他一唱一和，有人报告给魏王，结果每人挨了四十军棍。"

茂公紧锁眉头听着，便说："咳，我几次劝雄信，叫他忠心扶魏，他只是听不进去。你回去之后，向他们说说，千万不能中伤魏公，不要怨气冲天，分散军心。秦琼比他们老练，要他多管管他们。"

罗成一一答应，告别茂公回金墉。

初春季节，乍暖还寒。田野山川刚刚泛出绿色，山间流泉叮咚作响，更增加了山川的宁静。

罗成骑马走在山间小路上，吸着新鲜的空气，很悠闲的样子。走到一个山谷前，阳光透过山上的树隙，照在他的脸上，立即生出一股暖意。

已近中午了，罗成下了马，到谷口的一棵银杏树下，小解一回，回到马前。谷口的阳坡上，已经长出茸茸嫩草，骏马低头啃着，津津有味。罗成不忍立刻骑马上路，任它啃吃一阵。

马啃着草芽儿，罗成靠在树上，手拄着一杆梨花银枪闭目养神。

突然从银杏树上落下一只雉鸡，正落在罗成的面前。这只雉鸡，细脖黑羽翠尾，很是好看，只是胸脯上鲜血流淌，扑腾了几下，就不动了。

罗成拾起雉鸡，见它的胸脯上有一个洞，不知何物所伤。正在纳闷，又听见一串马挂鸾铃之声，他抬头一看，一员年轻女将站在他的面前，笑吟吟地望着他。

只见这个年轻女将，头戴凤翅金盔，鹅黄绢帕罩顶，双肩下如滚浪涛涛垂一双绒穗儿，彩凤团花绣的锦袍，下身是鹦鹉绿的裤子，小弯靴上钉着金钉，骑一匹桃红胭脂马，绣花锦囊斜挂在胯下，手提绣绒刀，在阳光之下闪放光华，看长相更是出众，秀眉朗目透出英气，芙蓉粉面瓜子儿脸型，微笑时两腮露着浅浅的酒窝儿。

罗成抬头望着女将，不禁升起爱慕之心。

年轻女将跳下马来，问："你是什么人，无故拾了我的猎物？"

罗成故意不做回答，反问："你是什么人，怎知这猎物是你的？"

二人霎时僵持住了，过了一会儿，又同时笑了。

年轻女将故意生气地说："你可以看看，那雉鸡身上定有一颗金丸弹。如果有，就是我的；如果没有，我上马就走。"

罗成提着雉鸡抖搂几下，果然从雉鸡的胸脯上落下一颗金丸弹来。金丸弹上带着殷红的血。

罗成很吃惊，心想：这女将的金丸弹打得好准啊！她不但人长得好，而且武艺精绝。便说："姑娘，好武艺呀！那么，我告诉你我的名字，也算交个朋友吧！"

于是罗成告诉她说："我姓罗，名成。家住山东登州，父亲罗艺，现在幽州上任。我在魏公李密营中任骠骑将军，今日去黎阳办事，回金墉城去，不期在此与姑娘相遇，真是三生有幸了！"

年轻女将笑笑，仔细地望着他："我是夏王的女儿，我叫线娘，前几日到五台山看望我的恩师天贞子，回来路过山口，偶然一弹，打下雉鸡，才使咱二人相见，也算有缘了！"

二人互通了姓名，本来可以分道扬镳了，可是他们都不愿意离去。

线娘又暗暗审视罗成，只见他膀宽腰细，一派英武神气：浑身上下银盔银甲素罗袍，手擎一杆梨花长枪。她早听父亲和师父讲过，罗家祖传枪法很是厉害，八八六十四路，舞动起来真如蟒蛇出洞、蛟龙闹海。尤其是那回马枪，直刺人的咽喉，无人能躲。

线娘想试试他的武艺，便说："罗家枪法名扬天下，今日相遇，姑娘我要试你一试！"

罗成说：“罗家祖传枪法，的确不虚，只是在下学艺不精，恐怕使姑娘见笑。”

虽然这么说，罗成很想施展一番，一则可让她见识见识，二则也看看她的武艺。

想到这里，便说：“姑娘，我就献丑了。”

寻了一块平坦地面，罗成摆开架势，手握梨花银枪，舞动起来，但见一路生两路，两路变四路，四路翻八路，路路相接，套套相连，共舞了八八六十四路。线娘耳旁如疾风劲吹，眼前如梨花翻卷。

线娘看了，不禁连声叫好。

罗成收了势，气不长吁，面不改色，站了一会儿又说：“姑娘，这只是地下枪法，给人看的。马上功夫，还要有个对手才行。”

线娘说：“我来奉陪。”

罗成说：“可要小心了。”

于是二人一齐上了马。线娘舞刀，罗成举枪，战在一起。线娘使了个刀劈华山，罗成使了个托龙架海。二人把马分开，又拨回来，一招一式地较量。线娘刀劈不离天灵盖，罗成枪挑不离两膀和前胸。四只膀臂空中舞动，八个马蹄打得石板铮铮有声。刚开始，二人还是有点客气，到后来都难藏其性，使出了真功夫，连续大战十几个回合，不分胜败，每个人都暗暗惊叹对方的武艺。

罗成想要用回马枪取胜，战着战着拨马便走，窦线娘拍马便追，追到马头近了马尾，罗成回手一枪直照线娘的咽喉刺来。线娘急忙镫里藏身躲了过去，罗成一枪刺空，只待线娘再次挺起身来，再来一枪。谁知线娘伏下身去，乘机从锦囊中取出三颗金丸弹，贴着马背，猛甩过去。连发三弹，弹弹打在罗成的虎口之上。罗成顿觉疼痛，梨花银枪拖在马下。罗成暗暗吃惊，这姑娘果真好弹法，便跳下马来，躬身施礼说："罗成甘拜下风了！"

线娘也跳下马，嘻嘻笑着走过去，抓住罗成的左手，看他的虎口说："没有打破吧？"

罗成说："可你也够狠的呀！我手下留情你不觉得，反而真打我！"

刚才罗成的回马枪，的确故意放慢了速度，如果真杀真战，一般的镫里藏身是来不及的。罗成心想，如果线娘闪不过，他就收住枪，他见线娘闪过了，就没有刺第二枪。

其实，线娘也手下留情了。她说："你说我狠，我为什么不打你的脑袋？我为什么不用那么大力气呀？"

线娘的金丸弹不但百发百中，想打哪儿就打哪儿，而且劲头很大，一弹可以打开天灵盖。上次抓宇文化及，她没有想一弹打死他，只打得他面门青肿。

这下打罗成，只用了三分劲。

"难道你这么不经打？"线娘笑着说，"我有心打你的枪杆，恐怕打坏了，你心疼。虎口疼一会儿就好了！"

罗成舒展着手腕，说："不妨事，大丈夫不堪一击，岂不成了纸糊泥捏的啦！"

二人说着话，又回到银杏树下，互相对望着，脉脉含情。

罗成说："你是千金公主身份……"

线娘说："你，你也是北平王的公子啊！"

罗成说："我不该问，不知公主你芳龄几何？"

线娘答："十九岁。你呢？"

罗成答："二十有五。尚未结婚呢！"

线娘含羞一笑说："谁问你这个了。我也仍待字闺中。"

罗成听了，十分高兴。他也看出线娘的心意。这叫锣鼓听音儿，听话猜心儿。二人互相产生了爱慕之意。

谁来捅开这层窗户纸呢？还是线娘心快，她说："罗公子，你看这银杏树多粗啊，咱二人接上手，能围过来吗？如果能围过来，那咱们就真有缘分了。"

罗成望望银杏树，说："试试看。"

于是，二人先拉起一只手，然后展开胳臂，围抱银杏树。另外两只手，一下子接在一起。二人都说："我们有缘，我们有缘！"

二人松开一只手，回过身来，罗成一用力把线娘拢在怀里。两颗"咚咚"跳的心，响在一起。

二人在银杏树下坐了好长时间。罗成说："只是咱们俩，一个在夏王那边，一个在魏公营中。将来打起仗来，我们还要刀兵相见呢！再说，你父母会同意吗？"

线娘说："你不会来我们这边，为我父效力？"

罗成说："不能。大丈夫生于天地之间，以义字为重，我不能离开魏公，那要叫众人耻笑的。情和义都是无价的，只要我们真情相许，总有圆满的那一天！"

线娘听了，心中更加佩服，便说："但愿有这一天吧！银杏为媒，一言定情，线娘终生不变！"

罗成也对银杏树立誓说："银杏作证，我罗成非线娘，终身不娶！"

两人娓娓而谈，情意切切，不觉日头已经偏西，罗成说："咱们走吧，你离家还远，叫我惦记。"

线娘说："那你就送我一程。"

二人骑上马，走出山谷，罗成送线娘上了平川大道。

徐茂公送走罗成，命手下人准备粮草，明日送往金墉城。

天黑了，茂公忙了一天，吃过饭刚要歇息，忽然有卫士来报，有个远道而来的陌生人求见。茂公让卫士把那人引来，一看果然不认识，便问："先生从何而来，找茂公有什么事？"

那人说："你就是茂公军师吧？果然有仙风道骨之姿！我叫凌敬，从夏王营中来，特将令尊一封信函交予先生。"

冷不丁之间，茂公很吃惊，老父怎么到了夏王那里？不过，他早闻知夏王窦建德为人仁义厚道，不会有什么大事，便接过信来观看。虽然多年未见，父亲的字迹，他完全可以认定。信上语言不多，只写："世勣吾儿见字如面，我被夏王请来做客，见信速来一会。"接着是年月日。

茂公看罢，问凌敬："先生来前，一定看见家父，他老人家身体可好？"

凌敬说："军师放心。令尊身体很好，精神也愉快。只是想见军师一面。"

徐茂公暗自思索，明日应去金墉城送粮，本该他亲自前往，现今就只好派人代办了。思念老父心切的茂公，立刻做了安排，便跟随凌敬，连夜直奔洺州。凌敬在前，茂公在后，他们马不停蹄，疾驰如飞，走到第二天中午，便赶到夏王府前。凌敬也不通报，径直领着茂公进了夏王府，把茂公安排在待客厅等候，然后跑着去见窦建德。

窦建德早盼着凌敬的消息，听说徐茂公果真来了，"腾腾"跑出来，一边着人去请徐盖，一边自己先来待客厅见茂公。

建德进了屋，连声说："茂公军师，愚人窦建德施礼了！欢迎之至！"

接着他双手打躬。茂公站起来，还了礼，仔细端详夏王，果然是一个憨厚之人。只见他身高膀宽，黑红面堂，浓眉大眼，透出一种刚正之气。

坐下之后，茂公问："承蒙关照，不知何时可见家父？"

建德说："马上，马上，老人家刚刚吃过午饭，回屋歇息去了。我已着人去请。军师是否先去用饭，回来再见老人家。"

茂公说："不急用饭，只是多年离家，思父心切。家父八旬之身，为何远道来此？"

建德刚要细说，只见徐盖进来，喊了一声"世勣吾儿"，竟扑了过去。茂公抱住老人家，潸潸泪下。

窦建德见父子相聚，甚是情深，眼眶也红了，便悄悄离开。

茂公父子相对流泪，分别多年的话卡住咽喉，竟一句也说不出来。茂公向老人跪下，说："不孝之子，难尽孝道，让父亲操心了！该打该骂，任凭父亲了！"

徐盖扶起茂公，复又坐下："孩子啊，你出外闯荡，辅保魏公争夺天下，自古忠孝不能两全，为父不怪你！"

父子二人默坐了多时，徐盖说起世感被王世充掳去，被逼触柱而亡的事，世勣泪流满面，自言自语道："是我害了他呀！"

徐盖说："世感死得刚烈，没有给我抹黑。"

茂公也跟父亲讲起他这么多年闯荡的情况，说了从瓦岗山寨到洛口，再到金墉城，然后是李密杀翟让，让他孤守黎阳的经过。

老人听了，为瓦岗军抱不平，为儿子担心、委屈，便说："自古道，明珠不能暗投，为人应择明主而事。既然李密专横独行，凉了众人的心，我儿何不弃暗投明呢？我见夏王就是一个好人。俗话说，得人心者得天下，好人会有好结果，投了夏王，我儿也可施展才能啊！"

茂公说："闯荡在外，讲个义气，魏公虽然不重用我，可我不能背了魏公。"说到这里又问，"父亲，你这次来，是不是被夏王骗来，才逼你写信，叫儿来的？"

徐盖连说："不是，夏王和曹后都是通情达理、重义重情的人，一点儿也没有逼我！"接着，他就把来这里的情由从头到尾讲了一遍。

茂公听了，更加敬重窦建德的为人，只是凌敬这样做事，未免有些卑琐。

徐盖说："吾儿之志，为父不能勉强。在此相见一面，我也就知足了。回到魏营之后，要好自为之。"

父子二人正说着，建德进来请茂公去吃饭。

茂公随建德来到餐厅。建德陪着，二人一边饮酒一边谈话。从魏主谈到李渊父子，又说到王世充、刘黑闼等诸方势力。二人对事物和形势的看法很一致。谈到夏王的事业，建德说："我是个种田的人，只因生活不下去，才起事。以前只为生存，挑头和隋朝作对。眼下，炀帝死了，隋朝亡了。当今诸家反王，不过是为争夺天下做皇帝。我窦建德压根儿没这么想过，这些天细想，也叫身不由己了。既在激流中，就得扑腾着往前游，不然就会被水淹死。想起这些，真不该挑起这个头，而今反而放不下了。”

茂公说：“天下动乱，民不聊生，只希望早早平静下来，百姓们过平平安安的日子。这一点你我想法一样。夏王为人忠厚，深得民心，只要谋略得当，将来未必不能得天下。”

建德说：“我的谋士凌敬也这样鼓动我，我只有认同。只是夏军之中，深谋远虑之人甚少，也是力不从心啊！”说罢，深情地望着茂公。

茂公说：“夏王之意，茂公明白。刚才家父已经相劝归夏。只是我实在难允，代家父向夏王谢罪了！”

窦建德急忙站起来，连说：“儿子在魏，忠于魏主，其父何罪之有？！好，不谈这些烦人的事了，尽情喝酒，只叙友情。人生难得一良朋，良朋相聚，如春风在怀，不胜欢畅！”

世上事多是天意，聚散乃是定数。但心气相投，一见如故，不论时间暂久，都是人生之乐事。

茂公与建德正饮着，曹后领着女儿线娘来见。

刚才在后室，线娘听说魏营那边来了徐茂公，很是高兴，撺掇母亲前来拜望。她是怀着自己的小九九。那罗公子正是在魏营效力，一定认识茂公，现在不说，将来也可能用得上他。

曹后对茂公说：“此次诳令尊前来，多有冒犯了，我再次代建德向你赔礼。这是小女线娘，也过来向你致歉。”

线娘听着，近前向茂公施礼，说：“今日得见军师，线娘记下了。将来，还望军师多多帮助！”

线娘话中有话，别人自然是听不出来的。

茂公站起身向曹后还礼，向线娘致意。茂公暗暗说：“这真是一个美好的家庭啊！”想到这里，袁紫烟的影子浮在他的眼前，不禁有些悲伤。建德不知茂公因何悲伤，急忙叫茂公坐下，引开话题。

又过了一日，徐盖和茂公都要回去，建德苦苦挽留不住，只好同意。

茂公说："我本应该亲自送家父归里，也到家中看看，只是公务在身，不能同去，只好烦夏王代劳了！"

建德说："军师不要过谦。我早已备好车马，令凌敬亲自送令尊到家中。为防不测，派骑士百名，一路护送，军师只管放心。"

第二天，徐盖上了车，茂公与老父含泪而别，说："父亲，原谅孩儿不孝之罪。公务在身，不能相送了。"

徐盖也落了泪，不过他很刚强，仍旧嘱咐儿子不要恋家，好好效力。建德想给徐盖老人带些金银珠宝之类，徐盖老人一样不收，只好装了一车洺州地方的土特产品送上。

茂公不归夏府，向夏王致意打马走了。

凌敬领着百名骑士送徐盖归家。

窦建德、曹氏和线娘，直望着他们远去，才转身回府。

# 第十一回 北邙山李世民遇险 老君堂程咬金劈蛇

徐茂公来到黎阳，见粮草已经运往金墉城，才稍稍放心。他怕出意外，便打算到金墉城去，一则看个究竟，二则当面向魏公李密禀明情况。

李密在金墉城，接到了黎阳的粮草，命人查点，结果一点也没有错。只是不明白徐茂公为什么不亲自押运粮草前来金墉？莫非与自己生分了，生了异心？

李密把徐茂公放在黎阳，却不失联络，经常派人看看他。有时亲自到黎阳走走，和茂公叙一叙，表面上还是很亲近的样子。他恐怕逼走茂公于他不利。

李密狐疑了几天，茂公来到金墉城。李密见了高兴地说："我说军师一定来吧，果然来了。来人说你有点私事处理，不知是何事啊！"

茂公说："只因家父因事外出，误入夏王营中，着人带信令我去见。家父已返故里，我就飞马而回，报知魏公。"

李密听说茂公曾到夏王营中去过，不禁有些不悦，心想：夏王窦建德势力很大，而且都说他仁义待人，对部下宽厚，这次约茂公前去，莫非有什么企图。茂公变心没变心呢？李密对茂公产生了怀疑。

茂公以实相告，只是将父亲被凌敬骗去的事隐去，说是误入夏营。他不愿毁坏夏王的名声。

茂公见李密说话断断续续，知他心中有些疑问，就说："魏公，茂公待你是一片诚心，请莫多想。大丈夫行天地间，做事光明磊落，青天可鉴。我随魏公多年，魏公曾为我吸脓于黎阳，使我铭刻于心。至于魏公行事，我虽或有保留，但却完全为魏公着想。"

茂公一番话，说得李密有些尴尬，李密忙解释："我怎能有疑心呢？我只是想，你何不把老伯父接到金墉城，共同欢快几天，总比在夏王那里强得多吧！"

李密这人很机灵，能言善辩。他这么说，一是表示亲近，二是批评了茂公。并且言外有言，话外有话，意思是说，你是魏公之人，反而到夏王那里父子相见，这是很不应该的事情嘛！

茂公说："家父年迈，行动不便，故而叫我过去一见。多年没见家父，思念之至，慌乱中未加慎思，望魏公海涵。如果茂公心有他图，何来见魏公以实相告？"

茂公这句话很有分量，也是实情。如果别有他图，他完全可以随便编个理由，不提此事不是完全可以吗？

二人一来一往，近乎唇枪舌剑，说到这个程度，也就不了了之了。

茂公问："不知魏公近来有什么新谋？"

李密说："东、西二都，皆落别人之手，我心中甚为不服。凭我们的势力，怎能让王世充、李渊父子占去便宜。所以，我的目标仍在夺取东、西二都。我已派雄信去西都长安，打听消息，摸清李家父子实情，然后再做定夺。不知军师有何见教？”

徐茂公想了想，说：“纵观天下大势，力量最雄者，乃李家兵马。他手下猛将如雨、谋士如云。那李世民雄心勃勃，他的姐姐平阳公主自立娘子军，威风大震。依我看来，夺取西都，乃是下策。王世充虽然有勇无谋，但虎踞东都，气势正旺，眼下取他，也不到时机，但比取西都，又要容易些，这是中策。北边的刘黑闼，气焰嚣张，早晚是祸，而且易取，以我之势，消灭刘黑闼，这是上策。如果联合李家父子，合战王世充，这是上上之策。这是茂公一孔之见，望魏公参酌。”

茂公的分析，使李密从心里佩服，便点点头说：“好，等雄信回来，权衡利弊，审时度势，再做决定吧！”

二人谈了许久，李密让茂公在此住几天，茂公也想见见秦琼、咬金等弟兄，便留下了。

且说秦琼和咬金在营中待着没意思，常常出去打猎游玩。一日，二人来到一片山林之中，半晌寻不见猎物，就在林中躺下，望着蓝天白云出神。

突然一只梅花鹿匆匆从身边跑过去，秦琼看见，对咬金说：“兄弟，有一猎物跑过去了。”

咬金站起来问：“在哪里？”

秦琼说：“向东跑了！追不上了。”

咬金埋怨他说：“你怎么不早说！”

二人又躺下了。正在此时，从西边过来两个人。这两个人都骑着马。前边的人手提宝刀，腰挂七星宝剑，一张白里透红的脸，眉宇轩昂。后边的一个人手提银枪，腰中佩剑，黑瘦面堂，倒也精神。

来到近前，后边的人跑到前边问："喂，两位壮士可看见一只梅花鹿从此跑过去吗？"

程咬金说："山林中猎物甚多，爷爷难道给你看着不成。你花了多少银两雇的爷爷呀！"

黑瘦人说："你这个人，好生无礼。平白无故当谁的爷爷？"

程咬金不怕打架，这些天他情绪不好，更加蛮横无理。他站起身来："怎么，你要问，我就是你爷爷！"

黑瘦人也急了，跳下马来说："要打架吗？你爷爷也不惧怕。"

二人就要打起来，秦琼拉住程咬金说："兄弟，消消火气吧！"

后边的白脸汉子也跳下马走过来，呵斥住黑瘦人。

程咬金和秦琼的马，拴在一棵树上，兵器放在马的一旁。程咬金的黑马下，放着一把板斧；秦琼的黄骠马下，放着两柄光闪闪的金装锏。

白脸汉子瞅见这黄骠马和金装锏后，顾不上刚才的争吵，走过去问："这马和锏是哪位壮士的？"

秦琼说："是在下所有。"

白脸汉子喜形于色，问："你姓琼名五，对吧？"

秦琼笑而不答，程咬金大叫道："什么姓琼名五，他叫秦琼，字叔宝，是我的哥哥。"

白脸汉子又仔细地端详着秦琼的相貌：黄白脸膛，宽肩粗臂，左眼角有一黑痣。便说："原来是恩公在此，世民有礼了！"

秦琼问："你是何人，误认恩公？"

李世民便说："恩公还曾记得，两年前在临潼山救过一人，那便是我父王李渊。"

秦琼一听便明白了，说："过去的一桩小事，还提它做什么！"

原来，李渊自那次被秦琼救了之后，铭刻于怀，就在各处寻找"琼五"的下落。可是人海茫茫，真比捞针还难。他向儿子李建成、李世民和李元吉都讲了"琼五"的长相及所乘之马、所使之兵器。

李世民在此偶然遇见秦琼，真是天大幸事。

李世民今日为什么来到此地呢？内中情由是：李世民自那次见到茂公之后，回到晋阳，说服了父亲李渊，进兵西都，一举而得。接着招兵买马，广集人才，势力立刻壮大起来。曾几番出击刘武周、梁师都、高开道等诸路反王，虽取得了胜利，却未能将之全歼。

一日，李世民向父亲李渊说："刘武周居于西北，王世充居于东都，势力最大，我想，先联合王世充，一齐对付诸路反王，可以取得事半功倍的效果。"

李渊说："如果那王世充不愿跟我们合作呢？"

李世民说："那也不怕，起码可以先稳住他，使其不与我们作战，我们就减少了后顾之忧。"

李渊同意了李世民的主意，立即修书一封，派两个使臣送往东都洛阳。

王世充见了信，不禁大怒："小小李渊，也来糊弄于我！"说罢，将信撕成碎片，将两个使臣，一个斩首于阶下，一个削双耳放回。

使臣回长安向李渊哭诉，李渊听了十分震怒，想亲领大兵征讨王世充。李世民劝父亲少安毋躁，接着便回到西府，与众谋士商量。

李渊的大儿子李建成和三儿子李元吉住在东府，二儿子李世民住在西府。世民胸怀坦荡，眼光深远，为成就大业，遍访人才，所以西府人才济济，有杜如晦、房玄龄、袁天罡、李淳风、侯君集、长孙无忌、李靖，等等。

经过诸人计议，定下行动方案。第二天，李世民向父王李渊奏明：派大将李靖，领兵十万去扼住刘武周，不使南犯。由世民本人，领兵十万，分水旱两路进兵东都洛阳。殷开山为先锋，史岳、王常为左右护卫，刘弘基为中军正使，段志玄、白显道为后军。长孙无忌与马三保从水路挺进。

李渊准了李世民的安排，即日起兵。

王世充闻报，领兵十万屯于睢水。两军交锋，王世充失利，领兵败回洛阳城，坚守不出。

唐军大胜，犒赏三军。喝完酒后，李世民在营外闲走，问当地百姓："这里有什么好风景，可以看看去？"

当地百姓告诉他："这里城北二十里外，有一座北邙山，是一个好大的古陵园，古时帝王、名臣的坟墓，星罗棋布。那儿苍松翠柏，风景别致。还有珍禽异兽，可以猎取。"

李世民听了很高兴，想去逛逛。众人都劝他不要去，人生地不熟的，还是小心为好。李世民说："我整日驰骋弓马之间，有什么可怕的？"

众人还是不放心，要派兵跟随。李世民一概不要。马三保说："我跟殿下一同走走。"于是就一同来了。

这马三保是驸马柴绍的家将，因为有些武艺，人也精明，就做了大将。

李世民和马三保一路驰骋来到北邙山。这里的古墓果然不少，埋葬的全是前朝帝王和大臣。世民看着这些坟墓，心潮起伏，颇多伤感，心里想：这些人生前拥兵百万，演出过许多悲壮豪迈的活剧，如今埋在这里，荒草丛生，荆棘满地，以狐兔为侣、石人石马相陪，实在可叹。如今，我辈苦苦相争，只为了一个王位，死后不也是如同古人一样，掩埋于草丛之间吗？！

想到这里，心中升起一种苍凉之感。猛然从古墓后边蹿出一只梅花鹿，世民心不在焉取弓射了一箭，没有射着，这才一路追过来，正遇上了丧魂落魄的秦琼和咬金。

程咬金听说，此人叫李世民，便大声叫起来："好一个李世民，你们父子夺取西都，也不告诉我家主公一声，自己独吞了。今日正好拿住你！"说罢跑到树前，解开马，抓起板斧，就向世民奔来。

李世民和马三保急忙上马，转头就跑。秦琼也上马，大喊："兄弟，且莫胡来！"

程咬金不听这一套，穷追不舍。马三保在程咬金身后，手持银枪，直刺程咬金后背。秦琼怕程咬金吃亏，也拍马追上来，大吼："莫伤我弟！"

马三保被秦琼追着，跑向另一条路，秦琼追了一程，见树木遮眼，就停住马，回来寻程咬金。

李世民来到一座庙前，庙后是高山险岭，不能跑了，便扭头向程咬金射了一箭，咬金一低头，被射掉头盔上的一颗绒缨子。程咬金大怒，抡斧杀过来。

李世民见前无进路，就跳下马，跑入庙中。程咬金也下了马，追进庙里。

这是一座很古很破的庙。庙门已经倒塌，大殿的木柱也斑剥腐朽，隐隐约约可以看见两行字：花暖青牛卧，山空碧水流。

这是崇尚道教的老子庙。可是许久没人来过，殿堂里蛛网密布，壁虎满墙，尘土很厚。李世民跑进来，就钻到香案的下边，里边黑洞洞的，什么也看不见。

程咬金追进来，先被蜘蛛网罩了满脸，用手扒拉开了，才勉强睁开眼睛，仔细寻找李世民。他走过香案，来到老子的神像前，也不知是什么物件，探头细看，有一条闪亮的东西，似乎还在动，咬金一手提着板斧，另一只手猛抓过去，嘴里大喊："你往哪里跑？"

咬金觉得手中冰凉，软软乎乎，不像是人的胳膊。再细一看，那闪亮的物件走了，一闪一亮，一弯一直，向香案下爬去。

程咬金疑惑不解，他刚才抓到的是什么物件？眨巴眨巴眼睛细看，原来是一条很粗很长的黄白色大蛇。

程咬金胆子大，举起板斧照着大蛇，劈了下去："看斧子！"

他的斧子劈在香案之上，看见没动静，又举斧连劈两下。香案坚硬，竟没被劈开。

李世民在案下，被巨响震得直哆嗦，身子一闪，把大蛇挤在案脚上。李世民看见大蛇，慌忙蹿出来，跑出大殿。

大蛇受了惊，一下蹿上案面，伸头吐信，扑向程咬金。咬金害了怕，胡乱抡了两斧子，也跑出大殿。

从黑暗中猛然来到亮处，煞是眼花，看不见物件。

此时，秦琼已经赶到，见庙门前有两匹马，知是程咬金和李世民进了破庙，刚要进去，只见李世民跑了出来，便一把抱住他。

李世民说："恩公在此，可否放世民一条生路？"

秦琼正在犹豫。程咬金跑出来，听见李世民求饶，猛跑过来，举斧要劈，被秦琼架住。

"兄弟，莫伤他命！"秦琼说。

程咬金说："也好，拿回营去，交魏公发落，也算立了头功。"

秦琼有心将李世民放掉，他知道程咬金一定不干。如果让魏公知道，他平白无故放掉李渊的儿子李世民，魏公一定生疑。想了想便说："好，那就带他回营吧！"

秦琼在心里暗暗打算：如果魏公能放李世民回去，这是明智之举；如果魏公心胸狭小，想加害于李世民，他就告诉徐茂公，设法将李世民放回去。

回来的路上，李世民骑马在前走，思谋着面临的险境。他没有跟李密见过面，不知道他的为人。

程咬金和秦琼在后边走着。程咬金说："大哥，你不知道，那庙里有一条大蛇，我连劈三斧，就爬到这小子的身上去了。我又连劈两斧，斧子劈在香案上，那大蛇蹿出来探头吐信要咬我。多亏我跑得快，才没有被咬伤！"

秦琼听了，也很吃惊，便说："都说皇帝是紫微星下凡，乃是真龙。莫非那就是一条龙？李世民是真命天子，被你吓得真龙出窍了？"

那时候的人信这个。被秦琼这么一说，程咬金真害了怕："啊呀，他要是真命天子，将来做了皇帝，哪有我的好啊！"

秦琼说："我随便说说，逗你玩呢！不过，不能杀害于他。天下纷争，谁也得留条后路呀！"

# 第十二回 义狱官以义款囚犯 智军师用智改诏书

李世民被带到金墉城，秦琼和程咬金把他交到李密面前。

李密在隋朝为官时，与李渊相交甚密。后来李密暗与杨玄感起兵反隋，失败之后，东躲西藏，又辗转投靠瓦岗军，这么多年失去了联络。李世民小的时候，李密曾经见过他。如今长大了，仪表非凡，举止不俗。这是李密想不到的。

李世民早不认识李密了，只听父亲讲过，因此见了李密口称叔叔。

李密不言不语。李世民说："只因王世充杀我使臣，因而带兵来讨。世充兵败，坚守不出。我们屯兵千松岭，今日出外闲散，才被秦琼和咬金带来，面见叔叔。"

李密不耐烦地说："你嘴真甜，一口一个叔叔。谁是你叔叔啊！如今我和你父是双雄并立，水火不容。你一定是前来探我虚实，然后来攻取我们的。你们父子先占了西都，野心勃勃，还来跟我攀亲，天大笑话。"

一番话说得李世民脸上发烧，哑口无语。

李密又说："不是我去抓你，是你送上门来，那就别怪我了！"说罢，喝令刀斧手推出去斩了！

刀斧手上前，就要拉出李世民。

房彦藻对李密说：“且慢动手。暂把李世民押往南牢！”

李密见房彦藻已吩咐下去，也就同意了。

李世民被押走了，房彦藻近前对李密说：“李世民暂不可杀。如果杀了他，对我们大大不利。”

李密本来想，李渊父子占了西都，李世民的势力最大，如果一刀杀了李世民，就等于灭了唐军一大半势力。听房彦藻说“大大不利”，他不明白，便问：“却为何这么说？”

房彦藻说：“目下西都猛将如雨、谋士如云，一旦杀了李世民，那些人兴兵而来，我们难以抗争。如果将李世民监禁起来，以做人质，李渊必然着急。我们便可提出条件，以他的西都长安换取儿子。这样一来，西都不就唾手可得了吗？！”

李密连声说好。他想夺取西都日久，只是无能为力，如今有了这个好机会，真是天遂人愿。

听说李世民被押进南牢，秦琼很着急，正好徐茂公就在金墉城，便去找他。

茂公原先不知李世民被抓来，也不知李密要杀害于他，听秦琼一说，紧锁眉头，思谋着办法。他对秦琼说：“你可先跟狱卒通融一下，好吃好喝照料，别让李世民受罪。容我再想办法。”

秦琼去到南牢，徐茂公来见李密。

恰在这时，李密得报，唐王李渊派刘文静前来，向李密讲情。

那个马三保跑回千松岭，向诸将说李世民遇险，很可能被李密的人抓去了。众将不敢自专，飞报李渊。

李渊大惊，就要下令攻取金墉城，以救李世民。谋士刘文静说："主公莫要惊慌，请你修书具札，我到李密营中，说服外甥，让他放人！"

李渊见是刘文静，才稍稍放心。因为这刘文静乃是李密的舅父，靠这一层关系，估计不会有什么问题。于是修书具札，给刘文静带上。刘文静打马如飞，赶来金墉城，面见李密。

徐茂公还没来得及提起放李世民的事，插进来这么一杠子，便只得先在一旁看着。

刘文静见了李密，以长辈的口气跟李密说话，李密一脸不悦。他看了李渊的信，把它扔在一旁。

刘文静说："我身虽在唐营，但还是你舅舅，我陈明利害关系，求你放了李世民。你当年随杨玄感起兵，失败之后到处被人捉拿，因为藏你、保护你，几个人为你丧了命。后来你投了瓦岗军才有了今日。为人做事不要太绝，太绝了准没好下场。你我虽然天各一方，争夺天下，但以你的势力，怎能和唐王相比？放了李世民，结交友好，对你会有好处的。你的属下也会敬服你的人品！"

李密听刘文静的话，句句如利箭直刺心肺，不由无名火起，大叫道："你虽然是我舅父，但你为唐王效力，就是我的敌手。你还敢当着众人训斥于我，我怎能容你？别怪我大义灭亲了！"说罢，便喝令刀斧手推出去斩了！

看着李密疯狂的样子，谁也不敢求情。茂公慢慢站起来说："主公请息怒。文静先生毕竟是你亲舅。俗话说，娘亲舅大。现在你是魏主，他倒成了阶下囚，传扬出去，众人会耻笑的。身为一国之主，仁义二字最重要。"

李密听了茂公的话，句句也是这么难听，本该是火上浇油。但他又一想：外甥杀舅确是大逆不道，传扬天下，于我争夺江山不利，莫如给徐茂公一个人情。便下令说：“也好，把他押送南牢，听候处置！”

刘文静被押走了。徐茂公见李密正在气头上，不便再说李世民的事。

这时候，有探子来报：并州守将杨通，举旗自立，攻下孟津，不知要杀奔何方！

听了这个消息，李密手拍桌案，大吼：“这个忘恩负义的小人，我封他并州镇守使，是重用于他，他反而恩将仇报，实可杀也！”

徐茂公一见，来了机会，便对李密说：“主公，并州失守问题不大，只是孟津失守，对主公会有威胁。因为那是咽喉之地，杨通一旦得逞，完全可以与主公抗衡了！”

李密听茂公这么说，深知平灭杨通的重要，于是立即下令：程咬金为先锋，罗成、王伯当为左右护军，王当仁为后卫，他亲统大军十五万，直取孟津，剪灭杨通。

李密带兵走了，茂公找来秦琼，问：“南牢的狱卒可曾打点好了？”

秦琼说：“打点好了。不是狱卒，而是狱官。”

茂公问：“那狱官叫什么名字？”

秦琼说：“他姓徐，名立本，字义扶，是个很有见识的人。虽然是个小官，却眼力颇精，一看李世民，便认为将来此人一定大有作为。”

茂公吩咐秦琼再仔细查考一番，回来告诉于他。秦琼去了。

这个徐义扶，出身书香世家。他的父亲曾考取探花，只因朝中没有靠山，被外放做官，曾任济阴通判。谁知赴任不久，因为得罪了朝中重臣杨林，而被贬为民，悲愤而死。只留一根苗，就是徐义扶。

徐义扶发奋读书，不图功名，只图个心里明白。他说："不读书是瞎子，读书为做官，是疯子。"所以他反对"学而优则仕"那一套，只求做一个读书明礼有见识的人。一般人书读多了，怨气就多，什么都明白，什么都看不惯，就爱发牢骚。他却不然，什么事都能忍。自己能办的事就办，不能办的事，一笑了之。

他没有参加瓦岗起义军，只是李密到了洛口之后，有人介绍，说他饱学多才。李密问他想做什么官？他说："我做个狱官吧！"

狱官干什么？只是管着几个狱卒。犯人入狱，不叫他跑了；死囚临刑前，为他送上一壶酒。

徐义扶为什么要当这么一个小官呢？只因他有一个乡亲交不起租税，被抓入狱后，又被打得遍体鳞伤，回家后死了。临死前他说，入狱就是入了阎王殿，有罪没罪，罪大罪轻，都得脱一层皮。

徐义扶想，别的我管不了，做个小小狱官，可以善待犯人，不使他在狱中受那些无名的罪。所以，徐义扶不嫌前程渺小，尽力行善，利物济人。

秦琼找到他，求他多关照李世民，莫要让他受苦。义扶说："这个请你放心，不劳嘱咐。"

秦琼连着看过几次，果然不差。徐义扶把李世民安排到一个单间住，床和被褥，都很干净，吃饭有专人送，而且有酒有菜。

刘文静被押进来后，徐义扶也是这么对待，而且让李世民与刘文静见面，谈话也很随便。

秦琼又细致考察了徐义扶的情况，回报茂公说：“这徐义扶忠实可靠，而且善待所有的犯人。他的妻子早年亡故，只有一个女儿，名唤惠英，今年十八岁，尚未许配人家。父女相依为命。”

茂公沉思了一会儿，说：“这倒是个很大的方便。”过了一会儿，忽然问秦琼，“叔宝，你为什么对放出李世民这般用力？”

秦琼说：“不瞒军师，我当年曾救过李世民的父亲李渊，今见李世民果然不是一般英雄可比，所以如此。”

茂公说：“你不知道，李世民曾经冒着雷雨暗暗去过黎阳，我们深谈一夜。我深知他是一个能成大事的人，所以设法救他。”

秦琼笑着说：“原来咱们与李世民早有些瓜葛了！”

茂公点头称是，又说：“你到南牢去，见了徐义扶，就说我们一起到南牢看望李世民和刘文静，让他给些方便。”

秦琼通知了徐义扶，时间定在晚上。

刘文静到了南牢，见到李世民，说：“殿下，文静无能，不能解救于你，实在惭愧得很。李密那个畜生六亲不认，差点将我斩首。多亏那军师徐茂公说情，这才押往这里。依我看来，李密这个人刚愎自用，独断专横，早晚必败。”

李世民说：“可惜那徐茂公，空怀壮志，有翅难展。还有那恩公秦叔宝也在魏营，使我有恩无以图报。”

二人正谈话间，徐义扶告诉他俩：“今晚，军师和秦琼前来探视。”

李世民和刘文静听了，很是高兴。

晚上，茂公和秦琼便装打扮，来到南牢。

茂公对徐义扶说："多蒙费心照顾李世民和刘文静，十分感谢。"

于是，茂公又让徐义扶备了酒菜，约他一起入席饮酒。

茂公和秦琼见了李世民和刘文静，先是问候一番，李世民和刘文静自然对茂公和秦琼深深致谢。

茂公说："这都是义扶做的，应该谢他。"

徐义扶连说："区区小事，不必挂齿，在我这里，别说是唐王的殿下，就是一般平民，我也从未虐待，从未给气儿受过。"

徐义扶说着话，有狱卒过来，对他悄悄说了几句话。义扶便说："你们先坐下饮酒，我去去便回。"说完，走出去了。

李世民对茂公说："承两位盛情，世民有何德能，敢劳如此青睐。"

茂公说："天生是一个缘字。我听叔宝说，当年他曾救过唐王。"

李世民说："正是。父王曾多次提及，遍访恩公。今日得见，三生有幸。只是世民身陷囹圄，不能回报，甚为悲伤。"

秦琼说："魏公做事实在叫人寒心。但他是我家主公，叔宝无力相救，这才搬出军师策划。"

李世民说："如此相救，更加刻骨铭心，不知如何相报？"

茂公说："我意说服徐义扶，让他夤夜将你们二人放出，一切事情由我跟魏公交代。只是义扶必须随殿下一同走。他还有一女，名唤惠英，也得离去。"

徐义扶回来，手中拿着一张纸，神色有些紧张。

大家不知发生了什么事情，茂公问："出了什么事？"

徐义扶说："魏公此次出征，剪灭了杨通，拿下孟津，大获全胜。他在那里安排后事，有消息先传过来。为了庆贺胜利，大赦天下，全军将士均有封赏。刚才房彦藻差人送来魏公诏书，叫我好好看管世民及文静。"

茂公接过李密诏书，只见上面写着：天下罪犯皆可赦，不赦南牢李世民。

秦琼看罢，十分气恼，把拳头握得"咯咯"直响。茂公说："别忙，大家先饮酒。"又特别招呼徐义扶坐下。

徐义扶愁眉不展。茂公暗暗望着他，说："没有过不去的河。义扶不要发愁，快快乐乐饮酒吧！"

大家坐下来饮酒，酒至半酣。茂公让义扶拿来笔砚，自己慢慢研着墨。

大家不知茂公要写什么。徐义扶问："军师，还需要纸吗？"

茂公说："不必了，只把魏公的诏书展在桌子上吧！"

大家听了，更加不解，不知茂公意欲何为？

李密写的诏书展在桌子上。茂公拿起笔来，在墨盘里蘸蘸墨，然后在诏书的"不"字上，轻轻画了两笔，就变成了一个"本"字。

大家再读诏书，就变成了"天下罪犯皆可赦，本赦南牢李世民"。

两句话，只改了一个字，而且毫无痕迹，意思就变了。

四个人轻轻拍手说："军师轻轻动笔，拨开了满天云雾。"

茂公说："不然。那魏公是极精细之人，他不会认为自己笔误，把‘不’写成了‘本’。另外，细细推敲，前后两句文意，也不通顺。魏公一定会生疑虑。”

李世民和刘文静细细一想，是这么一个道理，但不知如何解决。

茂公问义扶：“你愿辞去南牢狱官，随殿下一同投唐去吗？”

徐义扶说：“我求之不得。只是家中有小女惠英，是个拖累。”

茂公又问李世民：“殿下，义扶愿意投唐，可否带上义扶的女儿惠英同行？”

李世民说：“父女相依为命，这是自然。义扶相救于我，恩同再造，一切听军师安排。”

茂公说：“这就好了。不然魏公回来，一定加罪于义扶。没有这个诏书，义扶和你们走不出南牢，有了这个诏书，你们可以顺畅而去，义扶也省得遭险。余下的事，由我和叔宝周旋！”

李世民和刘文静千恩万谢。

李世民说：“秦琼恩公，两次相救我父子，不知何日可报答。但望军师与恩公，不日归唐，遂我心愿。”

茂公说：“凡事不能强行，只听凭自然而已！”

当夜，茂公和秦琼又准备两匹马，让徐义扶和惠英骑。

准备妥当，李世民、刘文静、徐义扶、惠英骑马出南牢而去。

后来，惠英嫁了李世民。李世民做了皇帝，她为徐惠妃。这是后话。

## 第十三回 丧家犬李密遭冷遇 得胜归世民扬威风

李密得胜归来之后，犒赏三军，金墉全城张灯结彩。他向房彦藻打听南牢的情况，房彦藻说："已将诏书下到南牢。"

李密说："快将李世民、刘文静押来，我有话说！"

房彦藻派人去押李世民和刘文静。来人只拿回来诏书，人已经放走了。李密大怒，接过诏书来看，顿生疑团：是自己笔误？还是有人矫诏？

他对房彦藻说："速将狱官徐义扶叫来！"

房彦藻又派人去叫。来人禀报说："徐义扶和他的女儿均不知去向！"

李密骂道："肯定是徐义扶做了手脚，畏罪而去了！"

李密派人缉拿徐义扶父女，自己暗暗生气。他对茂公和秦琼等人虽然有些怀疑，但是不便说出。只有抓住徐义扶才能弄个明白。

过了数日，单雄信回来，言说西都长安的情况。李渊兵精粮足，设防森严，是当今最大的势力，不好攻取。又说，李世民已经退兵于松岭，回到长安去了。

李密听了，觉得攻取长安暂不可行，只有等待时机了。他恐怕孟津要塞有失，又派了秦琼和罗成一同去驻守。

秦琼和罗成即刻上任去了。

刚刚安排停当，贾润甫从洛口回来，说王世充昨日奇袭了洛口粮仓，夺走了大批粮草。

李密闻报十分愤怒，立刻下令再次进兵东都，以报抢粮之仇。

房彦藻说："魏公暂且息怒。徐茂公曾经说过，不宜强攻东都。"

这时，茂公已经回黎阳去了。他见魏公对他冷冷淡淡，也不愿意听他的意见，只好怏怏离去。

李密听了房彦藻的话，正在犹豫间，忽然有探子来报：郑王王世充发兵二十万，杀奔金墉而来。

李密说："如此正好，我正要找他，他便来了。"

于是，李密派程咬金和王伯当为先锋，单雄信为左军，王当仁为右军，出城迎敌。两军对峙，扎下营盘。

王世充的军师恒法嗣是个善用旁门左道的人。一日，他对王世充说："大王，我昨夜得一梦，梦见周公哭诉于我，说金墉城乃是他的住地，如今被李密占了多年，请大王帮他夺回来！"

王世充信以为真。这时，有人来报：营门外一个兵士，披头散发，大喊大叫，要见大王。王世充和恒法嗣出屋来看，果见一兵士紧闭双眼，躺在地上，口中念念有词："吾乃周文王之子姬公旦便是。蒙上界赐我为神，庙宇在金墉城内，被李密拆了，做了他的魏公府，使我漂泊无依。我观李密多行不义，气数将尽，愿郑王为吾复仇，夺回金墉，吾愿助你一臂之力，借你阴兵三千。"说罢，坐在地上。

恒法嗣悄悄对王世充说："此乃周公附体于他。快快跪下！"

恒法嗣拉着王世充跪在那个兵士面前。王世充说："谨遵周公之命，我等将齐心破贼，夺回旧宫，重修庙宇。"

其他兵将见王世充跪下，也都跪下，虔诚至极。其实，这都是恒法嗣预谋的。

接着，恒法嗣选彪形大汉三千，脚踩高跷，面罩鬼脸，身披五彩衣服，在黑夜中演习战术。

另外，恒法嗣又选了几个跟李密相貌相近、口音相同的人，教给他们机密。

李密等他数日，不见王世充来叫阵，坐不住了，派王伯当出营叫阵。王世充仍不迎战。到了夜间，王世充营门大开，杀出一队兵来，到李密营前叫喊："李密出来受死！"

李密大怒，开营迎敌。首先冲出来的是程咬金，他东杀西砍，勇猛无比。正杀得起劲，突然王世充营中冲出一片火光，迎前一看，都是高不见颈的怪人。他们手舞足蹈，像幽灵一样飘动，头上是鬼脸面具，身上穿着五色彩衣，口中大叫："吾乃周公在此，索李密之命来也！"

程咬金被照得眼花迷乱，他举斧乱砍，可是一个也砍不着。接着从这些怪兵的身后又发出许多箭来。程咬金身中数箭，虽不危及性命，却也不能再战。他刚跑出不远，只见几匹马押着一个人跑来，那个被押的人大叫："程将军莫要再战，我已做俘虏了！"

程咬金猛然抬头，见是李密，心中大惊：这不是魏公李密吗？！他已经被人家抓住了，我还战个什么劲儿！

想到这里，便拨马慌慌张张地跑了。

单雄信在黑暗中厮杀，不小心被钩镰枪拉下马来，上来几个人把他捆绑上，拉走了。

李密被王伯当保护着，冲出营外，正遇上王当仁。王当仁说："魏公，我们中了王世充的诡计，说你做了俘虏，军心大乱了！"

李密大呼："本王在此，本王在此！"

可是，黑夜乱军之中，杀声震天，谁又能听得见他的呼号呢！

李密冲出重围，天已放亮了。忽然一队骑兵跑来。向他报告：大王，金墉城已被王世充占了。他们押着一个人，很像大王，叫开了城门，然后一拥而入，杀死了房彦藻，裴仁基被俘。

李密闻报，如泄了气的皮球。王伯当说："主公莫忧，我们尚可去虎牢和洛口。"

李密说："也只好如此。"

他们刚要行动，只见王世充领兵赶来："李密，你多行不义，气数已尽，还不下马受死？你的洛口、虎牢等城，我们均已拿下了！"

原来，这两个地方都被恒法嗣用假李密骗开城门，一举占领了。

李密不敢回话，骑马便跑。王伯当等人死命断后，才得以逃生。

过午时分，李密等人跑到一片山林中，看看没有追兵，才下马歇息。

李密看看身旁，兵不过百，将不过五六，不禁泪如雨下，自叹说："不期今日一战，如此凄惨，实乃天灭我李密也！"

说罢，抽出宝剑，欲横颈自刎。

王伯当急忙上前阻止，说："主公，你屡经困苦，熬到今天，好不容易。今日失利，怎能断定不能复兴？"

二人相抱而哭。李密与王伯当是结拜弟兄，情谊最深。众人见了，也都落泪。

李密对伯当说："如今我走投无路，要这七尺之躯何用？"

伯当说："主公，茂公在黎阳，安然无恙，何不疾驰黎阳？茂公足智多谋，我们还可以东山再起！"

李密暗想：自从杀了翟让，徐茂公心中什么都明白，只是不说。这几年来，军国大事很少与他商量，如果去黎阳，就等于向徐茂公服输认短，将来就是有个出头之日，也在徐茂公的肘腋之下，硬不起腰杆来。

李密想到这些，不愿意去黎阳，便对王伯当说："徐茂公这个人，深不可测，如去黎阳吉凶难卜，不能去。"

王伯当不愿再劝，默不作声。这时，李密突然说："莫如去投唐王李渊。过去在隋朝，我们是一殿之臣，还有个旧交情。"

王伯当说："不可。主公不要忘了，你曾下诏要杀李世民，如今再去投唐，不是飞蛾投火吗？"

李密微微一笑，说："我意已决，不必多虑！"

王伯当无奈，只好同去。

其实，李密却另有打算。

他知道自己今日受挫，恢复元气，非一时可以办到。唐王李渊势力最大，投奔于他，一则暂且大树底下好乘凉，二则等待时机重演密杀翟让之戏，如果借得唐王势力，争霸天下，便大有希望。唐王李渊心慈面软，不会拒绝。如李世民不能相容，再另作打算。

李密自认为这是一个进可以施展计谋，退可以暂且保身的好办法。决定之后，李密与王伯当、贾润甫等人向关中而来。李密不时看看身后士卒狼狈不堪的样子，心中甚是凄然。到了这一步，他仍不知自检其过，可见其为人之险恶。

走了数日，进了关中，李密首先给唐王李渊写了一封信，派人送入长安。

李渊接到李密的信，看完之后十分怜惜。信上语气哀婉、情真意切，似乎真诚来投。

李渊不能立决，与李靖、魏征等商议。

李靖说："此人多行不义，早年追随杨玄感，兵败逃亡，后来投靠瓦岗军，夺了翟让的权，此次又监禁秦王殿下，应该乘机杀掉。"

李渊说："乘人之危落井下石，非义士所为。我不能这样做。"

魏征说："李密这个人，虽然刚愎自用，独断专行，落得今日之惨败，但是他的部下流散四方，其中如秦琼、罗成、程咬金等人，都是不可多得的勇将，他的军师徐茂公，更是安邦定国的人才。如果主公接纳李密，就可以招来这些贤良，此乃事半功倍之举。"

李渊沉思良久说："回信告知李密，就说我热诚相迎。"

李密接到李渊复信，甚是高兴，领着王伯当、贾润甫等人来见李渊。

李密走进李渊的宫殿，看着威严豪华的建筑，心中暗想：天下事竟如此变化多端，昔日我与李渊都被人称为主公，现今一朝失利，却俯首称臣，做人下之人了。

李密无限不平，无限忧悒，但也没有办法。

李渊听从李世民的主意，占了西都长安之后，先是尊隋炀帝的孙子杨侑为代王，自己称臣。过了不久，杨侑见李渊势力很大，自己不愿当傀儡，所以就情愿禅位给李渊，自己落个轻松自在。李渊受禅，定国号为唐，进一步扩充势力，东讨西伐，只待平定天下，建立大唐帝国，自己当皇帝。

李渊宣李密上殿后，让李密坐下，说：“贤弟，一路劳乏，宜好好休息几日。”

李密说：“败军之主，如丧家之犬。今日相投，渊公雅量收纳，甚是感谢。”说罢，即向李渊介绍了王伯当、贾润甫等人。李渊也一一让他们坐下。

二人又说了许多分别之后的话，李渊说：“既然来到这里，就是一家之人。按例都应封赏。”于是下诏：封李密为光禄卿上柱国，赐邢国公之爵；封王伯当为左武卫将军、贾润甫为右武卫将军。

李密与王伯当、贾润甫拜谢出宫，到早已准备好的府第歇息。

又过了数日，李渊召李密到偏殿小饮。

李渊问：“贤弟聪明过人，愚兄望尘莫及。但望贤弟诚意在唐，早晚交谈，如有什么高见还望及时赐教。”

李密很谨慎地说：“渊公过谦了。我是中药铺的材料——茯（浮）苓，徒有外表，内里空空，还能有什么高见呢？”

李渊又说：“我有一恩公，名叫秦琼，听说此人武艺高强，情重如山，就在贤弟部下，不知身落何方？我很想见上一面，更希望他投奔唐营。”

李渊的意思是让李密把秦琼召来。李密听了这话有些不懂，便问："秦琼怎么会是你的恩公？"

李渊遂把临潼山遇难，秦琼路遇相救之事讲了一遍。又说："当时我没听准名字，错记了'琼五'，寻他多年未能得见。此番世民误入魏营，结识秦琼，才得知其实。"

李密听了，心想：原来秦琼对李渊有救命之恩，这次李世民被放出南牢，很可能与秦琼有些关系。他们暗暗有这样的关系，一旦李世民归来，少不了有些麻烦。这里不是久留之地，随时准备脱身方为上策！

李密来唐营时，正赶上李世民出征去了，不在长安，所以二人没有见面。

李渊心中念着秦琼，倒使李密提高了警惕。

李渊说："贤弟飘零，家眷不在身旁。我欲把表妹独孤氏配你为妻，不知贤弟意下如何？"

李渊这样做是出于好意，想将李密留住。李密却想：我在这里，看来不会长久，如果娶了独孤氏，这不是害了她吗？！可是又一转念，考虑这些干什么？娶了独孤氏倒是多了一个保护伞，临到脱身时，扔掉她又有何妨？

李密做出异常惊喜的样子，说："多蒙渊公垂爱，求之不得。"

李渊说："成亲之后，咱们就是亲戚了，望贤弟诚意留在这里。"

李密连连应诺。

过了几天，择个吉日，李密做了新郎，娶了独孤氏，成了唐王李渊的妹夫。

第二天，消息传来，李世民得胜归来，众将也随着入宫来见李渊。

听到这个消息，李密心中有些不安，便对独孤氏说：“我曾经囚禁过李世民。这次他归来，恐怕要记我的仇。”

独孤氏说：“你怕什么？论家法，你还是他的长辈呢！”

李密心想也是这个道理，便挺起精神，早早地出城相迎。

李世民早听说了李密投唐，心中有些不悦。但又一想，既然父王已经这样做了，自己只好忍住性子。

世民出征月余，大获全胜。来到城门外，金鼓震动，炮声连天，锦衣队队，花彩飞扬。左右总管十名，剑戟排拥，戈矛耀日。

李密低着头，站在对面迎接。只听马上一将官大喊：“眼前站着何人？我不是秦王，殿下尚在后边。”说着打马飞驰而过。

李密受此污辱，好生懊悔。正在此时，又见一队人马排列而来。前面一对回避牌，高高擎起，中间旗分五色，剑戟森严，舆从耀目，凤舞龙飞。

李密暗想：这一定是李世民了，忙深深打躬。只听马上之人笑道：“我乃马三保是也，此前曾到金墉城拜望你，今日你怎么来到长安？殿下尚在后面帷帐安坐，你要小心伺候了！”说罢，扬长而去。

李密再受如此污辱，跺足捶胸，说：“大丈夫不能自立，屈居人下，羞辱如此，有何面颜活在世上？”说罢，又欲拔剑自刎。

王伯当拦住宝剑说：“主公何必寻此短见？当年文王囚于羑里，勾践辱于会稽，后来都成了大业。所以还要忍耐，以图后事。”

正说间，见前面卷出一面黄旗，上面绣着“秦王”二字。李密断定是李世民过来了，急忙侧身路边。接着前导五色绣旗，银鬃对对，彤弓壶矢，彩耀生光。前导过去，李世民如天王之状，冠带蟒服，端坐幔中。

李密偷偷抬头，看得真切，忙上前俯伏道：“老夫李密迎接殿下，望殿下宽责。”

李世民怒气横生，拉弓搭箭，吓得王伯当魂飞霄外，连连叩头，说：“望殿下宽宏大量，我等终生不忘！”

李世民收了弓箭，微微一笑，端坐如初，慢慢走了。

李密面如土色，双手抱头，浑身颤抖，如同筛糠一般。

# 第十四回 入瓦岗程咬金怀旧 守黎阳徐茂公制敌

李世民及诸将入宫见李渊。李渊说：“你此去征讨，鞍马劳疲，父亲为你摆酒庆功。”

李世民说：“仰仗父王洪福，诸将用命，才获其胜。”

李渊又问：“可见李密了吗？”

李世民说：“见了。可惜不见叔宝、茂公，实在惋惜。”

李渊说：“我儿知恩不忘，与父同心。只要留住李密，他们早晚会来。”

李世民微微摇头说：“不然。李密已把事情做绝，众叛亲离，指望不大。若想让恩公早早投唐，孩儿倒有一计。”

于是，李世民把自己的想法对李渊说了。李渊说：“倒也可行。”

第二天，李世民找到贾润甫说：“我欲将恩公秦琼的母亲及妻子接来长安，不知你可愿往？”

贾润甫说：“但听殿下吩咐。”

李世民又嘱咐：“第一，先不要跟任何人走漏消息，包括李密；第二，见了秦琼老母，也不要说接来唐营。”

润甫一一答应。李世民给他拿了丰厚的盘资，送他上路。

又说："你办好此事，记大功一次。"

贾润甫上路，直奔山东历城。

秦琼的母亲宁老夫人已经七旬开外，住在山东历城秦家庄。自从丈夫阵亡之后，逃出来遇上了程咬金的母亲莫氏。两对孤儿寡母遂相依为命，一齐住在斑鸠镇。秦琼乳名太平郎，咬金乳名铁牛。后来秦琼和咬金长大了，出外闯荡，宁氏夫人又搬回了秦家庄。

秦琼在历城当差时，早有妻室张氏，所生一子，名唤怀玉。

现今祖孙三代在一起生活。

这一天，怀玉在街上玩耍，中午时分回家吃饭，见从庄西头过来一个人。这个人高高的个子，黑长方形的脸，留着胡子，身边背着一个包袱，风尘仆仆的样子。见了怀玉，那个人便问："小伙子，这是秦家庄吗？这里有个人叫秦琼，你知道吗？"

秦怀玉听了，上下打量着这个人，说："你打听他做什么？你告诉我，我就告诉你。"

来人正是贾润甫。他见这个小伙子长得浓眉大眼，黄白面孔，很像秦琼，便说："我跟他叫哥哥，回家看看老娘。"

秦怀玉又问："你既然跟他叫哥哥，怎么不认识他们家呀？"

贾润甫说："我们不是亲生兄弟，但比亲生兄弟还要亲。"

秦怀玉说："你叫什么名字呀？"

贾润甫说："我姓贾，名润甫。"

秦怀玉转着眼珠想了一会儿，说："哦，贾叔叔。我听奶奶和母亲说过。当年英雄聚义贾柳楼，结拜兄弟，是有一个贾润甫。那，我带你到他家去吧！”

贾润甫问：“你叫什么名字？”

秦怀玉说：“我是秦琼的儿子，名叫秦怀玉。”

贾润甫心里说：“果真不错。真是将门出虎子啊！”

来到家中，秦怀玉向母亲做了介绍。张氏没有见过贾润甫，只知道这个名字。

张氏说：“婆婆没在家中，去了斑鸠镇莫婆婆那里住着，过些天才回来呢！是不是去叫她老人家归来？”

贾润甫想了想，说：“斑鸠镇离这里不远，不如我自己去吧！”

“你认识吗？”张氏问。

贾润甫说：“认识。不但认识地方，还认识人呢！还有铁牛的老娘，我都见过。”

母子把贾润甫送出门外，嘱咐他快回来。

贾润甫也不歇着，赶太阳下山就来到了斑鸠镇。他曾经来过这里，细细观看，倒没有多大变化。

东折西拐来到一座门楼前，这是他记忆中的程咬金家。他明明记得，这门楼的两旁门框上曾有一副对联，写的是：自得山中趣，谁论世上名。

如今怎么没有了呢？莫非走错了门？

贾润甫心里虽有些疑惑，但还是悄悄进了院子。院子里安安静静，只有一个白胡子老人在浇花。贾润甫问：“这是程家吗？”

老汉抬头说：“是程家，你有何事？”

贾润甫说：“不知秦府宁老太太，是否在这里？”

老人说："在。请问贵姓大名？我好通禀一声。"

贾润甫通了姓名，老人听了放下手中的水壶，大声说："咳，老眼昏花不认识了，我是程安啊！"

贾润甫上前细看，果然是程宅的家人程安。当年他来时，还是一个壮年汉子，如今已老态龙钟，难怪不认识了。

贾润甫说："不但人不认识了，连这门楼也不敢相认了。我记得门上边曾有一副对联。"

老人说："咳，只因铁牛上了瓦岗，做了起义军，那隋朝的兵几次来家里要人，烧了门楼和宅院，这都是后来重修的！"

老家人程安把贾润甫引到内宅，见了宁氏和莫氏两位老夫人。贾润甫通了姓名，两位老人喜出望外，近前端详润甫的容貌。润甫说："两位老娘，我老多了。"

宁氏夫人说："日月如梭催人老，我们的头发都白了，眼也花了，你怎么不老啊！"

三个人坐下来，润甫说明来意。两位老人全都十分感伤。

宁氏老夫人说："我实在想见叔宝啊！东拼西杀的，当年你们贾柳楼的哥们儿，还剩下几个呀？"

贾润甫不愿细数往事，便岔开话题，强作笑颜说："老娘，叔宝让我接你去，就是思念着老娘啊！"

莫氏夫人听着，问："那铁牛好吗？他咋不接我去呢？"

贾润甫随机应变说："是，铁牛也好。他也要我接老娘同去。一时高兴，我的话没说全。"

贾润甫心想，不能伤了老太太的心，一同接去，也不会有多大闪失。

宁、莫两位老人很高兴，当夜留润甫住下。第二天，三个人来到秦家庄，见了张氏夫人，说明情况。张氏自然也很高兴，于是带上儿子怀玉，一同登程。

贾润甫出钱雇了两辆马车，拉上些简单的衣物，直奔长安。不过，贾润甫没说上长安，只说上金墉城。

且说程咬金，自从那夜在混战中逃出来后，没有去处，就上了瓦岗山寨。

瓦岗山如今还住着些人，由尤俊达和史大奈守着山寨。

到了山寨，程咬金带着箭伤，尤俊达和史大奈找郎中为他治伤，在寨里休养。

说起别后的话，程咬金痛哭失声。他说："我老程是直肠子，不像有些人弯了一百零八个弯儿。翟大王做寨主时，多么红火。可是不知为什么，魏公就把他杀了，从那儿就伤了大伙儿的心。那茂公哥哥，有智有谋的，魏公就是不让他管事，就干守着一个黎阳仓。攻哪儿打哪儿都是魏公一个人说了算。这回失败，真窝囊，没容分辨出东西南北，就中了那王世充的诡计。咳，瓦岗军就这样灭了！"说到这儿，程咬金放声大哭。

尤俊达和史大奈劝他，虽然劝他，他们心中也不无伤感。俊达说："当年贾柳店结拜的弟兄们，各自飘零，有许多成了故人，实在叫人悲痛。"

史大奈也说："瓦岗山寨，仍然有聚义厅，仍然有替天行道、除暴安良的大旗，可是没有那时的风景了！"

程咬金叫尤俊达和史大奈扶着他到外边看看。

三个人来到聚义厅前，凝神站立。

瓦岗山虽然不高，但树木葱茏，山峦起伏，山后和山左有水泊围绕，只有山前、山右一马平川。

进山寨的路口，两棵高耸入云的松树，就像两个门柱。两棵松树上，一边挑着一面杏黄大旗，一面是“替天行道”，一面是“除暴安良”。

进了寨口，登上石阶，来到群山的主峰，这里便是聚义大厅。厅门横匾草书四个镏金大字：聚义扬威。两旁楹柱之上，一边一行大字。左边是：是真才子能济世；右边是：唯大英雄敢抗隋。

看着眼前的情景，忆当年的岁月，三个人猛然抱在一起，放声大哭。

突然，程咬金像炸雷一样大吼：“让我回去看看老娘，回来我当山寨主，重新再干！”

尤俊达和史大奈都说：“好。我们等着你，重打鼓，另开张！”

过了数日，程咬金养好了箭伤，下山寨探母。他仍骑那匹黑马，板斧插在腰间，打马疾驰，直奔斑鸠镇。

中午进了镇，找到自己的家。多年离家，倍觉亲切。刚刚进院，就大声吼叫：“娘，娘，你不孝的儿子铁牛回来了！”

连吼带跑，进了屋。在堂屋与老家人程安撞了个满怀。

程安见了程咬金，悲喜交加，老泪纵横。程咬金让老人坐下，问老娘怎么没在家。

程安不解地说：“你们母子走岔了。老夫人刚刚被贾润甫接走了。还有宁老夫人，她们一起走的。说是你们想老娘，专派贾润甫来接的。”

程咬金一听这话，傻了眼。他说：“哪有这么一回事啊！贾润甫没说接到什么地方去吗？”

程安说：“说是接到金墉城魏公那里去，你们都在那里了。”

程咬金越听越急，不知发生了什么事情。魏公兵败，生死未卜，金墉城已经被王世充夺去，怎么还能到金墉城里去呢？

程咬金急得满头大汗，忽然想出一个办法。他知道秦琼和罗成守着孟津，何不到那里去看看呢？

于是，程咬金急匆匆告别程安，连口水也没有喝，就骑上马跑了。

徐茂公在黎阳，得知金墉城失守，虎牢和洛口也被王世充夺去，魏公李密生死不明，一股急火攻心，背上的痈疮再发，躺在床上不住地呻吟。他的卫士请来郎中给他治痈，让他安心静养。

茂公心中不安，怎能躺得住，一边安排加固黎阳仓的防卫，一边派人打探李密及诸将的消息。

他知道，秦琼和罗成守着孟津，便写信召秦琼、罗成前来。孟津虽是要塞之地，但金墉已失，孤守孟津已经没有价值了。黎阳城是粮仓，一旦被王世充抢走，将会造成极大损失，所以召回秦琼、罗成固守。

秦琼和罗成见了茂公的信，便按着茂公的吩咐，留下两员副将坚守城池，他们自己仅领一千人马星夜赶回黎阳城。

茂公见了秦琼和罗成，立刻部署守仓之计。第一，在黎阳护城河外，深挖堑壕，深一丈，宽两丈，里边插上竹尖，如同利箭一般，上边以乱草覆盖；第二，退出黎阳，在城外山坡扎营，人马埋伏在山林之中。

秦琼和罗成问："军师，那王世充肯定来攻黎阳吗？"

茂公说："不出三日，必然到来。我们有两个粮仓，一个洛口，已被他们夺取。黎阳储粮比洛口多两倍，他怎能放过呢！"

一切安排停当，专等王世充来攻。果然在第二天，有探子报来消息：王世充的人马已经开赴黎阳。

王世充气焰很盛，一举歼灭了李密，这是他意想不到的。他仍想以假李密骗开黎阳城，不费一兵一卒夺取城池。恒法嗣说：“不行。这徐茂公不比别人，他肯定不会上当。”

王世充问：“那用什么办法呢？”

恒法嗣说：“据我所知，黎阳守军不多，可以派重兵猛攻，一举可取。”

王世充按恒法嗣的主意，亲率十万人马来攻黎阳城。来到黎阳城外，扎下营盘，王世充派将到城下叫阵。黎阳城上有几个兵士走动，听到叫阵，下了城去，不一会儿城门大开，出来一员将官，二话不说举枪便刺，二人战在一起。战不多时，那将官拨马便走，王世充的将官骑马便追，左中右三路兵士一拥而进。

那骑马的将官，先掉下堑壕，后边的兵士跑在前边的，也“咕咚咕咚”掉下去，其余的兵士一看不好，转身往后跑。

这时候，秦琼和罗成猛然杀出，从后边堵上来。王世充的兵转身前进时，大部分掉进堑壕里；退回来的，又被秦琼和罗成杀了个精光。

王世充坐在大营里等候好消息，只听营外杀声震天，不见探子回报，立刻派人去打探。原来攻城的兵将，没有一人生还。

王世充大怒，亲自出营观看。他来到黎阳城下，见城门之上，只有几个兵士持枪走动，安安稳稳，好像根本没有发生过战事。城外却死伤一片，全是王世充的兵士。来到堑壕边，低头一看，惨不忍睹。大部分将士被竹尖扎住，有的死了、有的在哭叫，浑身是尘土柴草，浑身淌着血。

王世充想把这些伤兵救上来。恒法嗣说："救上来，反而是负担！莫如立刻攻城！"

王世充下令填土平壕。壕里的伤兵有的哭、有的喊、有的骂，等土没了顶，就哭喊不出来了。

填平了堑壕，王世充下令攻城。这时候，听得后边喊叫声大作，有探子来报：大王，不好了，魏军攻营了！

王世充大惊，一时间弄不明白是怎么回事。

这都是茂公的安排。秦琼和罗成一阵猛杀，完成了消灭攻城军队之后，急速退回来，从山后绕道奔袭王世充的大本营。

完全不出茂公所料，王世充第一次攻城失败，必然亲自出营，借这工夫抄他的后路。

王世充的大本营虽有兵将留守，但毫无准备。秦琼和罗成，一双金装锏、一条梨花银枪横冲直撞，如履平地，杀得王世充大本营的兵将哭爹叫娘，抱头鼠窜。

王世充闻报，顾不得攻黎阳城，返回来救援大本营。可是为时已晚，败兵如水一般冲出营盘，四散逃跑。

王世充见大本营已被占领，难以救援，立即领兵绕路奔向洛阳。

秦琼和罗成领兵追杀一阵，收兵回黎阳城。

回来的路上，罗成说："只可惜魏公这个人，不重贤良，只相信他自己，落得惨败。如像军师这样用兵，还能叫王世充得逞！"

秦琼说："嫉贤妒能，心胸狭小，使魏公办了许多错事。经过这次惨败，倘还活着，他也许能接受教训。"

秦琼和罗成按茂公吩咐，追杀一阵回来。二人刚进城，见两个卫士用竹舆抬着茂公也来了。

茂公的脸色很难看，昏昏欲睡的样子。秦琼上前问：“军师，痈疮很疼吧？”

茂公说：“不妨事。我只是盼着探听魏公消息的人赶快回来。魏公不知下落，我心中像压着一块石头。他是我们的主公，我们是他的臣子，主公有失，臣子何为？”

秦琼和罗成扶着茂公来到卧室，劝慰他好好歇息，耐心等候消息。

## 第十五回　尽孝道叔宝见老娘　展胸怀世民赦莽将

徐茂公只盼着李密的消息，坐卧不宁，背上的痈疮虽然逐渐好转，却仍然吃不好饭，睡不好觉。

派出去的探子已经回来好几个，都说不知主公下落。

又过了几天，最后一个探子回来了，向茂公禀报："军师，我已探听明白，魏主已经投唐，现在西都长安，被唐王封了官。随去的还有贾润甫和王伯当等人。另外，我还得知秦将军和程将军的母亲也在长安。"

徐茂公听了报告，心中好不是滋味。他高兴的是魏公至今未死，可叹的是魏公此时投唐已经晚了，前程很难预料。更使他伤心的是，既然是要投唐，应该及早来个消息，共同谋划一下。诚心在唐，也不是坏事。只是魏公这个人，总不甘居人下，将来必生事端，想再演当年翟让之事，这是绝对不可能的了。那李渊尚不足虑，只是李世民兵权在握，本身精明强干，又有许多能人谋士，不像当年瓦岗军的情景。

探子走了之后，徐茂公把秦琼叫来，告诉他说："魏公已经投唐。"

秦琼高兴地说："这是好事啊！军师为何不快？"

茂公说："此时投唐为时已晚，何况魏公这人很难真心在唐，恐怕后果难料。"

秦琼说："魏公曾拘禁秦王殿下，这是不好。不过，我看李世民这个人宽宏大量，不会结记前仇的！"

茂公说："凡事都不是一方情愿可成的。李世民虽然宽宏大量，可是魏公心窄多疑，就不免生出事端。"

茂公又告诉秦琼："探子又说，你的老娘，还有程咬金的老娘，也都在西都长安。你应该去看一看才是。"

秦琼很吃惊，不知老娘为什么去了长安。

茂公说："依我看来，这是李世民派人骗去的。当然骗到长安的目的并不坏。一是想报恩，二是以你老娘为饵，诱使你投唐，辅保于他。所以，你不要担心，老娘一定会得到很好的照料的。"

秦琼辞别茂公和罗成，去长安看望老娘。临行他说："我见过老娘，住上几日马上便归来！"

茂公说："见了魏公问问他有什么打算，就说我劝他，既然投唐，就要安心在唐，勿生二心！"

秦琼一一记下，便向长安进发。

贾润甫把秦母和程母骗来，一路上自己押着马车，小心翼翼，恐怕有个闪失。到了长安，面见李世民复命。李世民很高兴，说："可记你大功一件。"

贾润甫把程母也一同接来了，怕李世民动怒。谁知李世民却更加欢喜，连说："好，好，你很会办事。程咬金虽然过去曾在'老君堂'追杀于我，我不怪他。两国相争，各为其主嘛！我倒喜欢他的忠诚与爽快！"

接着，李世民命人将秦母及张氏、怀玉、程母等安排在西府东首一个大院子里住下，拨二十名妇女，专门伺候。又拨军士二十名，守卫门户。每日供应不断，又送去许多上好的衣服。

秦母与程母不知这是什么地方，只急着想见儿子。一日，贾润甫来了，她们催着要见秦琼和程咬金。

贾润甫到这个时候，只好说了实话。两位老人听了，都非常失望和气恼。程母性急，扯着润甫大骂：“你和我儿在贾柳楼结拜弟兄，不愿同生愿同死，难道你变了心不成！”

贾润甫便把魏公投唐，李世民求贤心切，又如何想报恩的话说了一遍。秦母和程母听了这话，才稍稍安稳些。只是不见儿子的面，仍然放心不下。

秦母问：“如今叔宝和咬金到底在哪里呀？”

润甫说：“原先叔宝守着孟津，咬金随魏公出战，不知逃向何方去了！”

程母听了“呜呜”地哭。

润甫说：“程兄弟是大命之人，他不会有事的。”

虽然这样说，两位老人仍放心不下，无奈只好耐心等候。

秦琼来到长安，不知到何处去寻母亲，便打听秦王李世民的住处。有人告诉他，秦王住在西府，他就径直到西府来。

秦王府十分气派，门口有上下马石和高高台阶，门匾刻着“鹤禁灵台”四个大字。没有人说，谁也不知这是秦王府。

秦琼见了门卫，说要见秦王殿下。卫士上下打量他，果然气轩神昂，便说：“你后站，等候通禀。你叫什么名字？”

秦琼以实相告，便站着等候。不多时，有人引着，李世民果然来了。二人一打照面，秦琼近前说：“叔宝拜见秦王殿下。”

李世民异常高兴，拉着秦琼的手，走进内厅。到了内厅，世民吩咐人端水，让秦琼洗了手脸，又端上茶来，二人喝着茶。

秦琼着急，说："秦王殿下，一别数月，情况发生了如此大的变化。我知道魏公已经投唐，老娘也被你骗了来，不知何意？我此次来，一来看望魏公，二来拜望老娘。望秦王殿下行个方便！"

李世民急忙站起来说："接来令堂，世民并无恶意。只因恩公不来投唐，心中甚急，才出此下策，还望见谅。现今令堂就在西府东首大院里，一切都好，勿念。恩公到来，此是大幸，世民还要禀知父王，以便相见。"

秦琼见母心切，和李世民说了些话，就由人领着来见母亲。

此时秦母与程母坐在房中，正掰着指头计算时日，盼着秦琼和咬金快快到来。贾润甫每天来坐坐，让她们耐心等候。儿媳张氏虽然自己也坐卧不宁，可还要宽慰两位老人。怀玉只在一个小房子里读书，有时练练武艺。

见秦琼突然到来，秦母以为是在梦中。她不知是真是假，用嘴咬咬中指，很是疼痛，才知不在梦中。

母子多年不见，抱头痛哭。秦琼告诉她，表弟罗成现在黎阳，此次没来。秦母擦干泪，叫来张氏和孙子怀玉。夫妻、父子相见，十分高兴，更有叙不完的离别之情。

程咬金的母亲，见秦琼到来，自然高兴，心中更加惦念咬金。秦琼告诉她："咬金兄弟，混战之中逃出去了，现不知在何处，等侄儿出了长安，便察访他的下落，我想不会有事的！"

程母心想：秦琼来了，就有指望了。

第二天晨起，秦琼去见魏公。

李密自从迎接李世民受到了侮辱，心中郁郁不乐。独孤氏劝他宽心，说事情慢慢就会过去的。

李密在这里，一切条件都很优厚，李渊专拨一个大院给他住，称之为邢国公府。他出门车马轿骑，好不威风。但他仍然不高兴，心里老是打着主意。

那日狩猎归来，有人传报，说是秦琼来见。

李密一惊：他怎么来了？莫不是也来投唐？如果他来投唐，是李渊的救命恩人，又与李世民有特殊的关系，一定会得到重用。秦琼必然跟李世民一个心眼儿，自己应当十分小心。

秦琼进来，拜见李密，眼含热泪，说不出话来。

李密劝他："不要过于悲伤，如今事过境迁，我已不是当年的魏公了！"

秦琼说："主公不要伤感。不管如何变化，你仍是我的主公。不知主公在这里顺心不顺心？是不是还有别的打算？"

李密想了想说："唐王待我很好，好吃好住，任意游玩。唐王还把表妹嫁给我，每日于温柔乡里，早把锐气磨尽了，还能有什么打算？倒不知秦将军有何新图？不知可曾见到茂公？"

秦琼是个直人，不知李密跟他动心眼儿，便说："主公在唐，我们无所适从，但听主公吩咐。临来之时，军师曾说……"

秦琼刚说到这儿，李密急问："军师有什么打算？"

秦琼说："军师和叔宝一样，但听主公吩咐。"

李密又问："他怎么说的？"

秦琼说："他说，主公既然投唐，就要诚心在唐，不能再起二心！"

李密听了，心中不高兴，暗想：这个徐茂公真是深不可测。但也不可否认，他是十分了解我这个人的。

秦琼又说："王世充进攻黎阳城，被军师用计谋打得落花流水，败回东都去了！"

李密听了这话，心中更加不悦，觉得很不是滋味。

李密不愿再听秦琼的话，说话冷冷淡淡。秦琼只好告辞出来。

在长安住了三天，秦琼向老母、妻儿及程母告别。他说："我要赶紧回到黎阳去见茂公，然后再去寻找咬金，让他前来见母！"

李世民听说秦琼急急忙忙要走，十分着急，特备了宴席请他喝酒。秦琼见了李世民，说："殿下不要对我这般器重。秦琼乃一武夫，只讲情义，只认旧主。至于对唐王、对殿下的所谓恩情，乃是出于己愿，并不希图回报！"

李世民说："人生于世，情义二字重如泰山。恩公于我父子都有救命之恩。此等情义，铭刻于心。父王多年前，幸蒙相救，画像立龛，每逢初一、十五，都要祈祷，祝恩公平安！"

秦琼说："唐王如此情重，叔宝受之有愧。今日不能相随左右，待看来日是否有这个缘分吧！"

饮酒已毕，秦琼出了西府，李世民送出门外，依依惜别。

秦琼来到黎阳，向茂公备述一切。茂公问："你看魏公的神情如何？"

秦琼说："唐王那么厚待于他，魏公却仍不高兴。"

茂公忧心忡忡，微微摇头说："咳，魏公一生，争强好胜，又有天分，可叹不能达观处世。往后的事情难以预料。你没问他，对于咱们他想怎么办啊？”

秦琼说：“我问他有什么打算，他说什么打算也没有。”

茂公说：“且任自然吧！”

二人说着话，罗成领着饥肠辘辘的程咬金进来。茂公叫人去给他做饭。程咬金问秦琼：“咱们老娘，都让那李世民给骗到长安去了。还是贾润甫去的，你说可恨不可恨！”

程咬金自那日从斑鸠镇出来，直奔孟津。等到了孟津，和留守的副将打听，说是秦、罗两位将军，刚刚奉军师令赴黎阳设防。程咬金好不生气，说：“怎么，我老程这么命苦，又扑了个空！”

两个副将留住程咬金，歇息一夜。第二天赶路，路上又遇上王世充的军队，被追杀了一阵，跑迷了路，好不容易才找到黎阳城。在城外，他看见了罗成，喜出望外。罗成问他从哪里来？他向罗成说了战败之后的情形。罗成告诉他，秦琼已经去长安探望过老母了。还告诉他李世民怎样让贾润甫去骗两位老娘的事。

程咬金听了既气恼又着急，恨不得立刻上马奔往长安。

程咬金狼吞虎咽吃了饭，便对军师茂公说：“这个李世民骗我老娘，还有那个贾润甫怎么就听他的呢？”

茂公望着他笑。

秦琼说：“兄弟，不要担心，我刚刚回来，就是想寻找你的下落。快去长安，老人家实在惦念你。不过，老人家很好。秦王殿下照顾得非常周到，有专人伺候，有专人保护。只等你去呢！”

程咬金说：“李世民对你错不了。可是对我老程不会好。

他不会忘了，我在老君堂劈他那几板斧。这回去了，不是杀就是打，不会有好果子给我吃！”

徐茂公说：“兄弟，别怕，我想那李世民不是气量狭小之人，他不会加害于你！”

程咬金说：“为了老娘，豁出去了！刀山火海，我也得闯！那李世民要是翻脸，我腰掖着板斧，临死也划拉他几个！”

徐茂公正色说：“兄弟，可不要这样。为了老人家，你也得忍耐忍耐呀！”

程咬金想了想，说：“好，听军师的！”

住了一夜，程咬金骑马上路。他心里思念老娘，恨不得立时飞到长安。这一个月来，程咬金确实吃苦了。败阵跑到瓦岗山，跑到斑鸠镇，又跑到孟津，再辗转跑到黎阳，接着又要到长安。为了见老娘，累得他又黑又瘦，胡子满面。

秦琼告诉他，老娘住在西府东首的大院里。程咬金到了长安城，找了几个来回，没有找见。正牵马走着，只见一队人马过来。程咬金闪在一旁。人马过去后，见一个人骑着红鬃马，身穿紫色锦袍，头戴官帽，逍逍遥遥走过来。程咬金一看，认出是李世民，拉马要走。李世民也看见了程咬金，大吼一声：“抓住那个黑面贼！”

在旁的十几个武士，不容程咬金还手，就将他捆住，推推搡搡押到西府。

李世民传令全府将士披挂整齐，排列森严。李世民端坐帅位，一声吆喝：“将程咬金押上来！”

程咬金一看这阵势，心中明白，这李世民要报前仇了。但他并不害怕，挺直腰板站定，昂头大吼：“李世民，今日我老程落在你的手上，就不想活了，要杀要砍，自便吧！”

李世民说：“程咬金，你记得当年在老君堂，我险些被你劈成两半，今日你来送死，我把你锅烹油煎，也难消此恨！”

程咬金哈哈大笑：“我老程活了三十多岁，东砍西杀，没有皱过眉头，怕你什么锅烹油煎？只可惜那时在老君堂没有劈了你。我老程那时，只知有魏公，哪知有你秦王？大丈夫恩要图报，怨要说明，只可叹没有见到老娘……”

程咬金一提起老娘，放声大哭，捶胸跺足，大喊：“老娘啊，不孝儿子铁牛，来生再报养育之恩了！”说罢，跪在地上，面向门口磕了三个头，又立刻起来，“要杀要砍，请便吧！”

李世民说：“来人，将这黑面贼送到他母亲面前，然后再行发落！”

军士们将程咬金送到东首院子里。进了院子，军士们将程咬金的绑绳松开，站在门前等候。

秦琼回黎阳后，李世民亲自到东首院里看望秦母和程母，彬彬有礼，以晚辈的身份向两位老人致歉，并希望两位老人说服秦琼和程咬金前来投唐。

秦母和程母见世民为人至诚厚道，都说等他们来了，一定劝他们归唐。

今日李世民对程咬金的态度，无非是想看看程咬金是个什么人。程咬金大义凛然、誓不低头的性格，深得李世民欢心。

程咬金到院子里，大吼：“娘，孩儿铁牛来了！”

秦母与程母听见喊声，心中一激灵。程母说：“听，是我儿来了！”

不管分别多少年，母亲对儿子的声音，永远不会忘却。

程母走出来，咬金见了跑过来，扑通跪在母亲面前，抱着老人的腿，放声大哭，嘴里喊："娘，你让儿子好找啊！"

程母颤抖着双手，把程咬金拉起来，仰头端详着儿子，热泪直流。她说："孩子啊，你看你又黑又瘦，满脸胡子连着鬓，可苦了你了！"

秦母过来，让母子二人进屋里。程咬金又拜过秦母。秦琼媳妇张氏和儿子怀玉也出来见礼。看见怀玉，程咬金乐了："好，我们总算有后代根苗了！"

程咬金就是这样一个直肠子，说得张氏脸直红。

秦母问："孩儿，你还没成家呀！"

程咬金说："没有。成天打仗，不知生死，要了媳妇也得跟着受罪！"

程母说："你尽说傻话，早晚也得娶个媳妇，成个家呀！"

程咬金笑呵呵说："中，等着太平了，我就娶媳妇。"

程咬金见母亲生活很好，有人伺候，有人守卫，便说："这个李世民，没给你罪受呀？"

程母说："秦王殿下可是个厚道善施之人，对我们照顾得很周到，像对他的老娘一样。孩子，你可不要跟他做仇呀！"

程咬金想想说："娘，你不知道，当年我曾经用斧子劈过他，他记着仇呢！这回到长安见了老娘，我心中满足了，杀剐存留但凭他了！"

程母听说程咬金曾经与李世民做下仇，有些害怕，向秦母说："这可怎么办呢？"

秦母说："我看这李世民不是那种鸡肠小肚的人，如果他不饶恕铁牛，我去说说情！"

程母说："孩子，你自个儿也得向世民认个错去呀！"

程咬金固执，不愿去。他说："认错，他也是杀我；不认错，他还是杀我。我不去认错。"

程母生气地说："自小你就是这个牛脾气，长这么大也没改。今天你一定去认个错，就算为了老娘。"

程咬金虽然倔强，但很孝顺。老娘让他这么做，只有这么做了。

正在计议着，忽然有差官到来，后面跟着几个校卫，手里托着冠带袍服。差官说："秦王殿下有诏，赦程咬金无罪。赐冠带袍服，速去西府相见。"

程母和秦母听了，十分高兴。咬金愣愣的，不知说什么。

程咬金换上新衣，随着差官来到西府。李世民正在庭前踱步，见程咬金到来，急忙上前说："程将军勿怪，方才我是试探一下将军的为人，果然是忠直之士。"

程咬金见李世民这样真诚，感动得热泪盈眶，说："咬金有眼无珠，不识英雄之主。又蒙殿下对老母的照顾，感激涕零！"

李世民伸手拉着程咬金在庭内坐下，说："我还有事求程将军，请勿推辞。"

程咬金说："只要我能做到的，尽管吩咐。"

李世民说："请程将军去黎阳，将茂公军师和秦将军一并请来长安！"

程咬金说："中。如今魏主已经投唐，我们自然也该归唐。瓦岗山寨还有尤俊达和史大奈，我也一并请他们来！"

李世民十分高兴。第二天，他又将程咬金引着朝见李渊。李渊见程咬金说话爽直，很是欢喜，立刻封程咬金为虎翼大将军，兼西府行军总管，一切听秦王调动。

程咬金受了唐王封赏，秦母和程母更是欢喜，嘱咐他好好为唐王效力。

程咬金要去黎阳和瓦岗寨，便辞别秦王出发了。

# 第十六回 怀异志李密离京城 显忠义伯当箭穿身

且说李密在长安，总是坐卧不宁，长吁短叹。独孤公主几经劝慰，也无济于事。

这几天，听说程咬金到了长安，心里盼着他来拜见。因为他知道程咬金与李世民有仇，不比秦琼于李渊有恩，听听他的消息，也是好事。可是左等右等，程咬金也没来看他。接着他又听说，程咬金被李渊封了官，李密更是怒火中烧，百爪挠心。他想，程咬金被封了官，将来徐茂公、秦琼等人也必然前来投唐。这样一来，我李密就彻底完了。住在长安如行尸走肉，再没有出头之日，无异于等死。

一日，他找到王伯当说："长此下去，怎能东山再起呢！"

王伯当说："不知主公有何定夺？我想莫如及早离开长安。如果晚了，咱们的部下都被李世民拉过去，就一切都完了。徐茂公在黎阳，张善相在伊州。听说单雄信做了俘虏，被王世充说服，归了郑王。权衡利弊，眼下只有投茂公和善相去，再聚众兴兵，以图后事。"

此时贾润甫也来了，在一旁默默听着。李密自认贾润甫也是他的心腹，说话也不避讳。

王伯当接着说："这事好办，就说去山东和河南等地招募旧部，一齐投唐，就名正言顺了！"

贾润甫在旁听着，劝李密说："主公这样做，我以为不妥。第一，唐王待主公不薄，况且以公主相许，我看是真意。第二，主公既已投唐，再离唐而去，就称叛逆，如被发觉，性命难保。第三，独孤公主真心相随，你一走留下她一人，怎么生活？我想主公还是安心于唐，听凭自然，以图其便，这是万全之计。当今天下纷争，百姓都图个安宁，谁也不愿再打仗了。如果唐王一统天下，百姓安居乐业，主公就不应再有什么异想了！"

李密听了很不高兴，说："我把你看成我的心腹，你怎么这样说话？"

贾润甫见李密不以为然的样子，想起往事，痛上心头，流着泪说："主公啊，当年瓦岗起义势如破竹，气势很盛。可是自从翟让大哥被杀之后，人心涣散，上下离心。人人都明白是怎么一回事，暗地里都说你弃恩忘本。翟大哥亲手扯起瓦岗大旗，落那么个下场，他死得好惨好屈呀！假如主公弃长安而去，企图东山再起，那么以主公对翟让之心，以主公对茂公之心，谁还能在你身旁聚义？我说这话，完全是肺腑之言，愿主公能听得进去！"

李密被贾润甫揭了短处，立时大怒，说："你不同心于我，要你何用！"说罢举剑要杀润甫。王伯当急忙上前拦住了。

王伯当说："润甫之言虽然有伤尊颜，但也有可取之处。我劝主公还是要告知独孤公主，一同潜出长安。就是李世民得知，派兵来阻，有独孤公主在旁，他们也不敢胡来。”

李密听计，夜里的时候，便沉着脸对独孤公主说：“我有一事郁结于心，不敢言明。”

独孤公主说：“大丈夫胸怀磊落，夫妻之间，有何话难言？”

李密说：“我身在长安，总是不安。上次世民污辱于我，可见他仍耿耿于怀。再说，我李密绝非人下之人，所以想离开长安，另图他计。”

独孤公主听了很是伤心，说：“唐王对你这么厚待，你仍与他二心，实在不应当。我已嫁你，你如此行事，将我如何安排？”

李密说：“我想携你同行，不知意下如何？”

独孤公主大怒说：“你是一个不忠不义的人，就是随你而去，也不会有什么好结果。”

李密大怒，恨不得一剑杀了她。此时一个侍女相劝说：“有什么事好商量，不必伤了夫妻伉俪之情。”

李密看说不动独孤公主，径自走出来，见了王伯当学说经过。王伯当听了大惊：“此事已经败露，应该及早行动，不然性命难保！”

李密连连点头。二人商量一阵，决计去伊州投奔张善相。这张善相是李密老部下，眼下守伊州，王世充因路途遥远，没有去攻打他。

计议已定，王伯当领二十几名亲兵相随，乘着夜晚出了长安城，打马如飞向山林中跑去。等逃到安全之处，再寻去伊州的路径。

李密潜走的消息，很快传到了西府。这是独孤公主报的信。李世民听了，急忙来见唐王李渊。李渊听了拍案大怒：“好一个忘恩负义的东西，我这样厚待于他，他不图报，反而背我而去！”说罢，要发兵去追。

李世民说：“父王不要着急。我想他们也跑不远，请父王发虎头令牌，通知各州县，处处设卡，见着李密和王伯当，立刻拿下解来长安！”

李渊依言，发下虎头令牌，捉拿李密和王伯当。

李密和王伯当等二十几人，跑到天亮，来到一座城池跟前。李密和伯当不知是什么地界，便找当地人打听。当地人说这是桃林县。

这桃林县是个大山区，县城坐落在山坡上，四外都是高山峻岭，不能通过，必须从县城过去。李密派了两个卫士来到城门，守门军卒戒备森严，因为他们早得到县官的号令：严查行人，一旦可疑，就拿到县衙。

这个县官叫方正治，是个忠实可靠的人，自从接到虎头令牌之后，昼夜值班，不敢粗心。

李密的两个卫士对守门军卒说：“我们要从此通过。”

守门军卒见有二十几人，心中怀疑，便说：“等我禀知守门官，方能放行。上边有令要缉拿逃犯李密和王伯当。”

两个卫士本是粗野之人，听说一个小小县城竟敢这样对待魏主，立时大怒，抽出兵器要砍。守门军卒急忙逃跑。

王伯当见出了事端，便要上前劝解。李密说：“不要再动口舌，杀人就是了！”

二十几个卫士听李密这样说，便各自抽出兵器，杀向前去。守门的军卒看抵挡不住，便跑到县官方正治这里报告。方正治害了怕，正要命令军卒关门，李密的卫士冲了进来，守门军卒仓促应付，尽被杀死。县官方正治藏在悬阁之上，躲过了灾难。

李密与王伯当叫卫士们赶快出城，卫士们抢了一些吃食和银两，匆匆地护着李密和王伯当出了桃林县城。

方正治躲在悬阁之上，听着安静了，慢慢下来，得知李密和王伯当跑了，恐怕吃罪不起，连夜跑到熊州城（今河南宜阳）。熊州城刺史叫史万宝，听方正治报告了情况，说："这一定是李密和王伯当了，但不知逃向何方。如果咱们放走了李密和王伯当，秦王怪罪下来，可吃罪不起。"

熊州总管盛彦师说："这个不难。出桃林县向东南方向，两旁是山，只有一条道路，可通熊耳山。到了熊耳山，山高林密，他们要躲藏起来，我们不好捉拿。我们先不惊动他们，悄悄派兵守住熊耳山的出口。我想他们不能在熊耳山久留，等他们出来时，一拥上前，准能抓获。"

史万宝认为盛彦师的主意很好，便下令调兵一千人，攀山路绕到熊耳山出口，埋伏在草丛中，等候李密和王伯当诸人。

李密和王伯当领着二十几人，出了桃林县沿着山路往前走。走到天黑，见前面是高山横路，寻了半天，才寻见一条道路，便顺着道路进了山。

天黑了，路窄难走，大家又累又饿。李密说："先歇歇脚，打打尖（吃饭），天亮再走吧！"

王伯当说："如此山高路窄，万一有强人出没，我们可就难办了！"

李密说："没事。那县官吓得屁滚尿流，还能追咱们来吗？如有山大王出来更好，我们收服了他们，在此处落草，也是好事。"

王伯当无奈，只好坐下。二十几个人吃了饭，便靠着树，慢慢睡着了。

李密睡不着，与王伯当说话："伯当，如今只剩下你我至交了。我李密闯荡半生，混到这个地步，真叫人悲伤啊！"

王伯当安慰他："人生前途难以预料，今日河东，明日河西。日月两车轮，乾坤如旅舍。人逢乱世，民不聊生，所以出来闯荡。当年我与魏公草草相依，时至今日，至死不移，这就是我的为人。生事魏公以忠，死全魏公以义。"

李密听了甚为感动，拍着王伯当的肩头说："你武艺高强，人讲信义，只是因我连累了你，使你随我东躲西藏，不能施展抱负。"

王伯当说："人各有志，随魏公受苦受累，没有怨言。"

说着话，二人肩靠肩睡着了。一觉醒来，山涧流泉"叮咚"作响，林中鸟雀鸣啭不停。李密望着群山，激情满怀，壮志不已，对王伯当说："我李密如有神灵保护，一朝得势，便封你为一字并肩王，封此山为卧龙山。"

王伯当笑笑，催促大家快走。二十几个人睡了一夜觉，有了精神，快步前行。李密和伯当骑着马在后。走出大山，前面是一片密林，密林边上仍是曲曲弯弯的小路。他们顺着小路走去，刚到路头，只听密林中，几声炮响，冲出一队人马，拦住去路，为首的将官正是盛彦师。他大吼道："李密、王伯当，快快下马受缚！"

李密和王伯当吃了一惊，看看人家人马很多，不敢抵抗，只好说："将军请了，你认错了人，我们不知李密和王伯当为何人，请让开出路！"

盛彦师大笑道："还敢欺骗我们？我们奉命捉拿逃犯。

如不是李密和王伯当，就请跟我回熊州城，验明正身，再放你们！”

李密和伯当见盛彦师不放他们，没有办法，就拨马后退，企图就原路逃跑。谁知这盛彦师也不追赶，只是在马上大笑。

又听得一声炮响，山林之中又冲出一队人马，领头的正是史万宝。他站在山头高喊：“李密、王伯当，赶快下马就擒！”

李密见前无进路，后无退路，对王伯当说：“兄弟，如何办？”

王伯当狠狠心说：“主公，只有冲杀出去，求个生路！”

李密点头，命令二十几个卫士冲杀，自己也抽出宝剑与王伯当合力冲向史万宝。史万宝本想抓个活的，献唐王请赏，现在看李密等人拼死向外冲，早忘了原来的打算。紧急之中史万宝下令：“放箭！”

他这一声令下，埋伏在山坡上、密林中的弓弩手，一齐向李密和伯当放箭。一时间飞矢如蝗，前边的二十几个卫士，早早地中箭身亡。李密和伯当跑出来时，没有甲胄在身，只靠用剑拨打箭矢，没有多久，李密身中数箭，跌下马来。那马也中了许多箭，嘶鸣暴叫逃跑了。

王伯当见李密中箭落马，急忙跳下马来，抱起李密躲在一棵大树后，为他拔掉身上的箭矢。

李密周身淌血，眼泪汪汪，对王伯当说：“兄弟，我李密当死于今日，你武艺高强，快闯出重围，逃命吧！来年周日，为我烧上一把纸，我就含笑于九泉了！”

王伯当哭着说：“主公，伯当绝不愿个人逃生！”

二人正说着，从对面又射来许多箭矢，王伯当以自己的身

李密、王伯当之死

躯挡住李密，背后连中数箭死于李密怀中。

李密轻轻将他放下，刚刚抬起头来，又一阵箭矢飞来，都中脑门。

过了许多时候，史万宝和盛彦师走了过来，看看李密和王伯当已死于树下。

盛彦师说：“应该拿活的，咱向秦王方好交代。如今都射死了，不知他们到底是不是李密和王伯当。”

史万宝说：“这有何难。将他们的首级砍下，解往长安。如是李密和王伯当，咱是大功一件；如果不是，秦王也不会怪罪，可见我们已努力抓捕逃犯了！”

盛彦师想了想说：“只好如此！”

于是，二人命兵士将李密和王伯当的首级砍了下来，将尸体扔在荒山野草间，就收兵回熊州去了。

可怜两具无头的尸体，被蚁钻蜂咬横躺在山坡大树之下。山风吹来，树叶悲鸣，似乎述说着王伯当的忠义和李密的罪孽。

# 第十七回 祭旧主泪洒熊耳寨 归李唐酬志聚长安

徐茂公在黎阳忧心忡忡，常对秦琼、罗成二人谈吐心曲。为臣当忠，交友当义，只是魏公自恃己能，不从人谏，始有今日之败。

秦琼说李世民真诚要他归唐，也费了许多苦心，实在叫人难办。

茂公说："且看魏公怎么定夺吧！如果魏公决计归唐，当然是件好事。只怕魏公不能善始善终啊！"

程咬金冠带锦衣来到黎阳。茂公见了，情知一切，便笑着戏谑说："程将军，此来一定是说客了！"

秦琼和罗成也数落他："李渊封你个什么官？这样神气的样子！"

程咬金脸上有些发烧，但说话理直气壮："怎么，连魏公都投唐了，何况我老程？那李世民果然不错，他不但善待老娘，而且不记旧仇，我想这样的人，才配为明主。我们要是跟了他，也不枉在外闯荡一回！我劝你们三个，也快快归唐吧！秦王殿下可盼着你们呢！"

茂公问："如果我们不投唐呢？你就要抡起斧子劈了

我们？”

咬金听了这话，好不是滋味，“咕咚”给茂公跪下，说：“军师，别这样为难老程了！当年，不是军师提携，我怎能上了瓦岗山？这么多年交情，还不知道我老程？就是让我死在你面前，我也不动军师一根毫毛！我只是相劝。如果军师说一声，不要叫我投唐，我立马回去，背来老娘住在黎阳。军师，你的话，比魏公的话还重要。你说吧！”

茂公将咬金扶起来，真诚地说：“咬金，你投唐我不反对，我也想投唐。只是得见魏公的诏意才行啊！”

咬金说：“此番在长安，我没去看他。听说他娶了独孤公主把什么事都忘了，心中哪里还有咱们？”

咬金住在黎阳等候茂公的决定，不敢再去瓦岗山寨联络。在他心目中，茂公的话值千金，凡事茂公说怎么办就怎么办。

两天之后，咬金想再问问茂公如何打算，听得外间屋哭声大作，乱成一团。咬金不知发生了什么事，跑出来看。原来哭声来自茂公房中。

咬金进屋，贾润甫来了，满脸是泪，眼皮红肿，秦琼和罗成眼泪汪汪。茂公坐在椅子上，扬着头，两行热泪流到嘴角。

咬金不知出了什么大事，便悄悄问润甫：“喂，咋的了？”

润甫说：“魏公与伯当死于乱箭之下！”

“啊！”程咬金十分惊讶，“到底是怎么死的？”

于是，润甫跟他讲了事情的经过。程咬金听了，大声吼叫：“军师，让我去长安，问问那李渊老儿、世民小子，为什么这么狠？可惜伯当兄弟呀，呜呜……”

茂公沉重地说：“咬金，切勿胡来！我与魏公也曾推心置腹，并且向翟大哥推荐他为主公。如今只有伯当兄弟为他尽了忠义。现在他们二人暴尸荒山，身首异处，实在叫人心如刀割！”

茂公说到伤心处，众人又呜呜悲啼。润甫说：“魏公与伯当的首级挂在长安南门，号令示众，叫人惨不忍睹。请军师拿个妥善的主意！”

茂公沉思半晌，说：“如今瓦岗兄弟烟消云散。听说雄信已经归了王世充，李世民又这样拉我们投唐。魏公已经死了，可是我们不能穷鸟投林，摇尾乞怜，让唐王父子看不起我们！”

大家点头赞同。

茂公接着说：“我今夜准备一下，明日起身赴长安。我们要号令黎阳城军卒尽皆穿白挂缟。罗成留守黎阳，等候消息。叔宝、咬金、润甫速奔熊耳山，寻找魏公与伯当尸体，妥为保护起来，等候我的消息。瓦岗山其他兄弟，且莫通知他们。一则我此去长安，不知是祸是福，留此一地，暂为退路；二则恐怕他们得知消息，都与伯当情重，举兵复仇，把事情弄砸。”

大家听了茂公的安排，连连称是。

第二天，茂公离开黎阳，急急加鞭，次日早上，来到长安。进城之后，茂公扮作书生打扮，让一个卫士也扮成家童跟着。他们来到南门，茂公抬头观望，只见双杆竖起，上面有两个匣子，匣子里装着两颗人头。茂公看得真切，左边魏公，右边伯当，头发散乱，怒目圆睁。茂公禁不住放声大哭，跪在双杆下边，拜了三拜，站起来要走。

几个守门的军卒上前抓住茂公，问他是干什么的，敢来哭拜逃犯？茂公不作回答，跟着他们便走。军卒交给军校，军校交给狱官，狱官不敢自专，送至朝门交唐王发落。

这期间，定阳王刘武周自称皇帝，差大将宋金刚领两万人马攻打晋阳，其先锋尉迟敬德十分勇猛。晋阳由齐王元吉留守，被尉迟敬德连杀数员大将，元吉便星夜到长安请求救兵。唐王先派大将裴寂领兵一万，驰救太原。秦王李世民在校场操练人马，准备一举消灭刘武周。

唐王李渊见黄门官启奏，说南门外有人抱杆哭拜李密与王伯当的首级，现已将人犯拿到，请唐王发落。

李渊听了大怒，心想：光天化日之下，还有人敢来送死！于是，下令将人犯带上来。

茂公被军校推进来，昂首挺胸，傲而不语。

李渊说："你是李密什么人？竟这般大胆，敢抱杆而哭。如不实言，立斩不饶！"

茂公高声说道："三国末年王经之死，向雄哭于东市，后又收葬其尸，文帝未有加罪。董卓既诛，蔡邕伏尸而哭，魏祖信谗加刑，卒至享国不永。此数人者，当时岂先卜其功罪，而后哭葬哉！今李密、王伯当，王已定罪加诛，于法已备。我与李密、伯当，有君臣兄弟之义，向杆而哭拜，乃为尽忠尽义也。如尧舜之主，应有所容。若唐王仇其枯骨，而加害于我，将来贤者谁还来投暴戾之主？"

茂公引经据典地讲了一通。李渊听了，稍稍消了气，便问："你到底姓甚名谁？"

茂公说："我姓徐，名世勣，字茂公。"

李渊听了这个姓名，急忙下阶，握住茂公的手，说："哎呀，你怎么不早说！世民曾多次念起，茂公乃当世奇才，又是南牢救命恩公。我们望眼欲穿，今日相见，实三生有幸也。"

茂公笑笑说："如今魏公已亡，我是游离无根之人，怎敢奢求唐王如此厚爱！"

唐王李渊说："如不推辞，立马加官晋爵。"

茂公谢绝，说："我事魏多年，理当尽忠。如今魏公与伯当身首异处，头颅高悬，我实在疼痛难忍，请唐王且将二人头颅取下，以尽我君臣之忠、兄弟之义。"

李渊立刻答应，下诏将李、王二人首级放下，用棺木收殓。

李渊又说："我儿世民盼君日久，他正在校场操演人马，我让他速来相见。"说罢，命黄门官召世民速来宫中。

不多时，李世民满面汗水来到金阙。李渊说："世民，你日思夜想的恩公到了！"

李世民抬头望见徐茂公，惊喜交加，上前先打一恭说："不知军师到来，世民见迟，望祈海涵！"

茂公以礼相还，说："秦王殿下公务繁忙，怎敢打扰！我只为魏公、伯当而来。"

李渊急忙插话说："我已下诏将李、王二人首级妥为收殓了！"

茂公说："我还要速去熊耳山，安葬魏公、伯当，明日就要起程，望唐王能允！"

李世民对唐王说："父王，应该下旨一道，李密及伯当应以原官品级，以礼葬之。"

唐王立刻下旨，按李世民所言行事。

茂公感谢出宫，李世民为他安排了极好的住处。第二天晨起，茂公雇了车马，载着李密及伯当的首级棺木，离开长安，往熊耳山而去。

秦琼、程咬金、贾润甫带了些兵将，早到了熊耳山。路过熊州时，不敢声张，只和一个山民打听到熊耳山的路径。熊耳山果然险要难行，到了山上，也不知李密与伯当死在何处，幸好山上有一庙宇，住着和尚。秦琼进寺，问一方丈："老师傅可曾听说，日前在熊耳山中发生战事？"

老方丈上下打量秦琼多时，问："将军，可是来寻故人的吗？"

秦琼以实相告。老方丈说："那日从山外归来，见两具无头尸体，甚觉凄凉，我已用苇席覆盖了，只等亲人来取。"

秦琼听了十分感谢，双手打躬，深深致意。

老方丈领着秦琼、程咬金、贾润甫来到山口，很快找到那棵大树。大树底下，一领苇席覆盖着李密与伯当的尸体。

秦琼慢慢掀开苇席，见了尸体，放声大哭。咬金和润甫也跪在尸体前痛哭失声。

老方丈不忍目睹，悄悄地走了。

秦琼、程咬金、贾润甫轻轻地拔了扎在李密与伯当身上的箭矢，将四周的落叶杂草打扫干净。秦琼差人下山赶制两副上好的棺木，及早运上山来。

三人守着尸身，等候茂公到来。

徐茂公骑马，穿一身素缟衣服。军士们押着灵车，急急赶路，好不容易来到熊耳山。进了山，早有秦琼派来的军卒来接。到了山口，秦琼、咬金和润甫见茂公来了，不知在长安怎么交涉的，便近前来问。

茂公说："唐王及秦王殿下，果然英明贤达，不但准予将首级装殓送来，还准以恢复魏公及伯当的原来官职，以礼下葬。"

秦琼等三人都很高兴。

茂公来到李密及伯当尸身前，不禁潸然泪下，嘴里轻声念道：“魏公啊，你乃隋朝大臣后裔，门高第显，却起身反隋，愿与草泽英雄为伍，难能可贵；你聪颖果敢，智谋深远，非常人所能比。只是你心高气傲，狭隘多疑，自害已身，也坑了义军。伯当兄弟，你以忠勇见称，矢志不二，魏公营中唯你忠义全节。一朝归去，万古尘埃。我等肝肠寸断，泣泪成血。但愿冥都路上，好自珍重吧！”

接着，茂公又亲自启开李密与伯当的首级棺木，轻轻将二人首级抱出来，安放在各自的尸体上。秦琼、程咬金、贾润甫走过来，慢慢擦去他们脸上的血痕，用山下运来的两副棺木，将李密和伯当入殓。

茂公说：“我看这熊耳山风景不错，就将魏公与伯当安葬在这里吧！”

秦琼等三人也都同意。于是他们选了一块平坦之地，背靠山峰，面对清泉。军卒们深深挖了墓坑，将两副棺木下葬。两个坟头紧挨着，坟前立着两块墓碑。李密的墓碑刻着：唐故光禄卿上柱国邢国公李讳密之墓；王伯当的墓碑上刻着：唐故右卫大将军王讳伯当之墓。

一切安顿停当，茂公与秦琼、程咬金、贾润甫在此守墓三天。茂公说：“我已派人去请魏公之妻、伯当之妻及子，估计也快到了。”

第二天，李密之妻王氏、王伯当之妻陈氏及儿子启运来到墓前，放声哭泣，祭拜亡灵。祭拜已毕，王氏与陈氏甘愿守墓，不愿下山。茂公用手拉着王伯当的儿子启运，沉痛地说：“也好，启运稍稍长大，便去找我！”

三天已过，茂公等人就要下山了，忽然有兵卒来报：秦王殿下亲来吊唁，已来到山口。

茂公听了，让所有卫士站立两旁。墓前左边守着秦琼、程咬金、贾润甫；墓前右边守着王氏、陈氏及儿子启运。墓前旗幡飘摆，人人素缟如雪。

茂公领着二十白衣卫士来接，见了李世民双手打躬："茂公迎接秦王殿下！"

李世民说："父王命我前来祭奠，请军师引路！"

李世民身着素衣，后边跟随的将军也都穿孝，缓步来到李密与王伯当的墓前，俯身下拜，后边的将官也都跪下。

李世民哭诉说："想当年魏公何等气概，大业不成，实为可惜。伯当忠勇，千秋可鉴。世民祭拜英灵，以表心志，但望英灵相助，以统一天下，为百姓谋求安康！"

李世民哭祭完毕，茂公说："此地不得歇息，请秦王殿下先回熊州。我料理完毕，立即去长安相见。"

送走了李世民，茂公对秦琼等人说："今时投唐，你们可愿意否？"

程咬金大呼："就等你军师一句话了。"

茂公说："由此看来，李世民胸怀深远，气度不凡，将来必成大业。今日我等已属无主之臣，兄弟们也各自东西，李世民尚且可以这样对待我们，我们投唐前程可以料知！"

秦琼和贾润甫都很同意，说："到了长安，再知会瓦岗山寨诸家兄弟，一并投唐。"

茂公说："这也不是简单的事。你们先回长安，通知黎阳罗成。我这就去瓦岗山寨，告知尤俊达、史大奈，说明详情，领他们一同到长安去！"

大家都赞成茂公的安排，第二天各自行动。临行之前，拜别王、陈两位夫人，又在李密、伯当墓前拜别，下山而去。

茂公只带了一个卫士。二人骑着马，一路奔跑，第三天中午时分到了瓦岗山寨。

尤俊达和史大奈等人见军师来了，久别重逢，十分亲热。他们见茂公脸上并无喜色，便问："军师，有什么心事在怀？"

茂公笑笑，跟他们来到聚义大厅。坐下之后，尤俊达叫人送上茶来。茂公喝了一口，说："还是这里的茶香啊！"

尤俊达高兴地说："当然了，是咱瓦岗山出产的嘛！军师，山下的情况咋样？上次咬金来，说魏公战败，不知去向，如今到底如何？"

茂公实在抑制不住心中的激动，抓住尤俊达和史大奈的手，说："魏公与伯当已经升天了！"

尤俊达和史大奈不知情由，大惊失色。茂公遂把详情对他们说了。

尤俊达和史大奈都是爽直汉子，跪在地上向天呼叫魏公与伯当，茂公把他们扶起来。

尤俊达说："军师，我们瓦岗英雄，当日何等威风，如今落得群龙无首。军师，你说咋办？"

史大奈说："莫如我们保了军师，占据瓦岗山，从头再来！"

茂公摇摇头说："我无德无能，更不想称王称霸，只想投一明主，匡扶江山，为百姓争个安居乐业的日子。近日看来，唐王父子对我们真情实意，我欲领众位投唐，不知是否愿意？"

尤俊达和史大奈一听急了，大声说："军师，你可不能这样啊！那唐王父子是黄鼠狼给鸡拜年没安好心啊！如果一入他的套儿，回过头来，再整治咱们，后悔就晚了！"

茂公问："如不投唐，你们说咋办？投窦建德？投刘武周？投王世充？投……"

尤俊达说："我们谁也不投！"

茂公说："那，你自立为王？"

尤俊达和史大奈连连摇头："不，不能。想都不想！我们只求拥你为王！"说罢，跪在地下，给茂公磕头。

茂公想了想，抽出宝剑，扔给尤俊达，说："若再要相逼于我，请用此剑将我杀了，以谢瓦岗山众家弟兄！"

尤俊达和史大奈蔫蔫地站起来，说："那，我们就听军师的了！"

茂公说："投唐则不疑，疑则不投唐。如两位兄弟真心愿意，明日我们便下山去长安！"

尤俊达说："这里的事，咋办？"

茂公说："留下人马占领，改换唐王旗号！"

尤俊达和史大奈默默点头。茂公说："我们到厅外走走！"

来到厅外，一片空旷，回头凝视聚义厅的匾额，金字生辉，两旁楹联历历在目，似乎述说着往日的峥嵘。

尤俊达说："这匾额和楹联还是军师的手笔呢！"

茂公微笑不语，抬头望望门前两棵高树上，飘飘扬扬的杏黄大旗，更加心潮起伏。

茂公自言自语道："历朝历代，官逼民反，闯出无数农民起义的英雄。秦末陈胜、吴广，后被刘邦、项羽取而代之。

西汉绿林起义、赤眉起义、吕母起义，后被刘秀荡平。东汉华孟起义、黄巾起义，后被曹操、刘备、孙权代之，成为鼎足之势。晋朝张昌起义、孙恩起义，后被王敦所收服。南北朝时期起义众多，后逐一消亡于官宦朝臣之手。我瓦岗起义，翟大哥挑头称王，后又惨死不明不白之中。纵观这些史实，我不明白，为什么众多农民起义，最后都归于皇帝官宦，竟没有一个统一天下善始善终的！”说到这里，茂公不由大声呼喊，声震群山：“天不公道，天不公道！”

接着，他俯身拾起一个石块，在石壁上挥臂疾书八个大字：瓦岗千古，英风长存。

俊达遂命人照着茂公的笔画，用锤錾刻出重重的笔道，留于石壁。

茂公望着自己书写的这八个大字，沉思不语，两行清泪滚落在胸前。

尤俊达和史大奈望着他，暗暗抽噎……

# 第十八回　柏壁关单鞭换双锏　介休城尉迟恭降唐

徐茂公领着尤俊达和史大奈到了长安，此时秦琼早已将罗成叫来。大家会齐之后，先到西府，谒见李世民。李世民十分高兴，遂率领大家一起入宫，拜见唐王李渊。李渊见这些人个个虎背熊腰，神采飞扬，不胜欢喜，立刻照名册封赏。封徐茂公为护国军师，秦琼为右卫大将军，罗成为马军总管，尤俊达与史大奈为左右统军。程咬金与贾润甫均照原封。

赏毕，只见黄门官启奏，说晋阳有文书到来，刘武周围城甚紧，晋阳危在旦夕，请火速派兵救援。

李渊看过文书，说：“晋阳乃中原要地，不可有失。”说罢，望望李世民。李世民说：“兵将业已备足，只是缺一能人。”

李渊不明白他的心思，便问：“依你之见呢？”

李世民说：“茂公军师足智多谋，足可胜任。”

徐茂公听李世民推荐他，不便推辞，说：“臣愿领兵荡平刘武周，以图一报。听说刘武周的先锋宋金刚帐下有一猛将，手使钢鞭，锐不可当。”

李世民说：“此人叫尉迟恭，字敬德。”说着，拿出一张画像展开。大家近前细看，只见此人身高九尺，铁脸圆睛，横唇阔口，满脸虾须；头戴铁幕头，身穿红勒甲，手持一根竹节钢鞭，竟如黑煞天神一般。

茂公看罢，说："此将果然不凡……"

没等说完，秦琼上前，一把拽过画来，踩于脚下，说："臣愿辅军师前往晋阳，不灭此贼甘愿伏法。"

李世民大喜说："秦将军不要生怒发誓，但闻你好消息传来！"

唐王李渊下旨："徐茂公为讨虏大元帅，秦琼为讨虏大将军，罗成为讨虏正印先锋，程咬金为催粮总管，秦王李世民为监军大使、灭虏都招讨。"

众人领旨下殿，因军情紧急，连夜起兵，直奔晋阳。

刘武周祖籍瀛洲，后随父迁到马邑。他自小习武，好结交朋友，长大后参加隋军，太守王仁恭爱他骁勇，留做亲军卫士，不离左右。后来他和王仁恭的侍女勾搭成奸，怕王仁恭发觉，密使城中恶少，入室杀死王仁恭，并自立为定杨王，开仓放粮招募兵将，逐渐成了气候。

尉迟恭原籍山西朔州，就在这时候投军刘武周，做了先锋宋金刚的偏将。此人手使竹节钢鞭，英勇无比。他可以夺过敌人手中之矛，反刺敌人，使其猝不及防。

晋阳留守齐王元吉，连连吃败仗，弃城逃跑，奔回长安。刘武周拿下晋阳城，正待举兵前进，听得探马飞报：长安发来大兵，离城不远，扎营柏壁关前。

宋金刚派尉迟恭到柏壁关把守。

茂公扎下营盘之后，让众将暂时歇息，明日出战。谁知尉迟恭耐不住性子，催马来到唐营跟前叫阵。军校报知茂公，茂公说："待我出营见见这位钢鞭将军！"

秦琼近前说："元帅，兵来将挡，水来土掩，我正要与他一战！"

茂公说："这家伙气焰正旺，要加小心！"

秦琼说："不劳吩咐！"说罢，催动黄骠马，手提双锏，撒马冲出营门。茂公跟随其后。

二人见了面，互相端详半晌，通了姓名，就战在一起。鞭锏相撞，火星迸射，打了五十个回合，不分胜负。

宋金刚在关前观阵，见尉迟恭不能战胜秦琼，有些生疑。平时尉迟恭出战，不过三四个回合，就能杀败对手，今日怎么战了五十个回合没有取胜？于是，派军校到阵前督战，大喊："尉迟将军，先锋有令，不取敌首，不得回营！"

尉迟恭听了，更加性起，拨马又战。

看看日色已暮，徐茂公心疼秦琼，便命鸣金收兵。秦琼只得回营。

尉迟恭在营外大叫："去点几盏灯笼，我要与这黄面贼，挑灯夜战！"

秦琼哪里受得了这个刺激，便对茂公说："元帅，不要让这黑贼小看于我，让我再出营交战！"

茂公只好同意，秦琼拍马出营。

二人打了照面。尉迟恭说："我今日若杀不了你，誓不回营！"

秦琼说："我今日不取你头颅，也不回营！"

二人各自抖擞精神，各逞武艺，又战了一百个回合，不分胜负。尉迟恭收鞭在手，说："惭愧！惭愧！这是我出征以来，头一回遇上对手。你我武艺不分胜败，不如斗力如何？"

秦琼问："怎么斗法？"

尉迟恭说："昔时孟贲夏育，能生拔牛角，伍子胥能力举巨鼎，项羽力可拔山。今天咱们两个明人不做暗事，跳下马来，你先打我几锏，我再打你几鞭，以定强弱。"

秦琼听了哈哈大笑说："你这个人有些傻吧？再不就是大人说孩子话。你想想，牛是牲畜，鼎是铁器，山是石堆，都是不足惜的。人的皮肉，受之父母，就是打不死，也得闹个毁伤。再说，谁先动手谁占便宜。让我先打你，我不忍；让你先打我，我不干。这怎么办？所以，此种斗力法不可取！"

尉迟恭想了想，左右看看，灯笼火把照耀如同白昼，见两块巨石躺在山坡之上，大小相差不多，便有了主意，说："你看，面前这两块巨石，大小差不多，咱俩交换兵器，打这两块石头。一人打一块，各打三下，如果你打不碎，我砍下你的脑袋；如果我打不碎，你砍下我的脑袋。"

秦琼问："你的单鞭重多少斤？"

尉迟恭答："一百二十斤。"

秦琼说："我的金装锏，每只六十四斤，加在一起也差不多。"

二人刚才在马上杀得红了眼睛，可是现在商商量量，很是和气，根本不像敌我双方在战斗。

其实，秦琼暗暗佩服尉迟恭是员猛将，尉迟恭也赞赏秦琼的武艺。二人互相敬佩，只是不说。

二人交换了兵器，尉迟恭忽然说："啊呀，我上你的当了。两只锏我怎么合在一起打呀！"

秦琼笑笑说："这又不是我让你上的当。若不然，咱们只用一种兵器吧。或者用鞭，或者用锏，只看臂力，谁也不吃亏。”

尉迟恭说：“大丈夫一言既出，驷马难追。说咋办，就咋办。”

秦琼说：“这可是赌了头的呀！”

尉迟恭说：“赌头怕什么！难道肯定我输？”

二人讲好了，各自站在一块巨石跟前。尉迟恭说：“你先打！”

秦琼手握钢鞭，照定巨石，一鞭下去，火星四溅；再使劲一鞭，巨石分为两半。

秦琼说：“你来吧！我只打了两鞭。”

尉迟恭把一只锏放在地上，握住一只锏，单膀用力，一锏下去，巨石出了一道沟儿；再打一锏，巨石仍未裂开。秦琼在一旁看着，为尉迟恭着急，暗暗为他加劲。

尉迟恭不慌不忙，第三锏使出平生力气，只听“咔嚓”一声，巨石一裂到底。

秦琼笑了，尉迟恭也笑了。二人交换了兵器。

尉迟恭说：“我打了三下，算你赢了。”

秦琼说：“不分胜负。三下之内打开巨石，就可以。再说，你的兵器轻。”

二人正谦让着，两个军校捧着食盘过来，说：“两位将军，茂公元帅命我们送来酒肉，请用。”

尉迟恭上了马，说：“谁喝你家酒！上马再战！”

秦琼也上了马，二人又战在一起，仍是不分胜败。听得唐营中鸣金收兵，秦琼收锏说：“尉迟将军，明日再会！”说完，拨马回营。

尉迟恭无奈，只得回了柏壁关。进了大帐，尉迟恭刚要禀报战斗经过，只见宋金刚拍案大怒，说："两军交锋，怎能下马比力，莫不是与那敌将有私，泄我军机？来人，推出去斩了！"

接着上来几个刀斧手，拉着尉迟恭就往外走，尉迟恭大声喊屈。刘武周正好进了大帐，尉迟恭向他跪下，述说情由。

刘武周也很生气，但是他不想杀尉迟恭，便说："将他发往介休，调运粮草，以观后效！"

尉迟恭保了性命，向刘武周谢恩后，连夜奔赴介休，做运粮官去了。

徐茂公早料到了，尉迟恭回营之后必遭处罚，便派探子打听消息。探子回来，禀明情况。茂公说："尉迟恭是一员难得的大将，不得伤害于他。"

秦琼说："此人不但勇猛超群，而且颇重义气，如果能使他归顺唐营，是唐营幸事！"

茂公点头沉思良久，聚众将吩咐道："已知尉迟恭被调往介休运粮，柏壁关守将已换了寻相。今夜休息，明日依令行事……"

茂公正要下令，忽有探马飞报：突厥王曷婆那可汗领兵十万增援刘武周。

茂公听了，吸一口冷气，说："众将回去，各守营寨，明日五鼓帐前听用！"

众将散去，茂公回到内室，秉烛沉思……

刘武周本来势力不大，他借用了突厥的力量，向南挺进。当时言好，突厥和他合力，去剪灭东都的王世充。可是刘武周一路上却击败了齐王李元吉，与唐王对垒了。突厥王得知以后，发兵前来，明是增援刘武周，实则催促他向东都洛阳挺进，剪灭王世充。

茂公不知这种内幕，但有一条，目前只有阻止住突厥王曷婆那可汗进兵，才能保证一举歼灭刘武周。

茂公深思熟虑，安排好行动计划。第二天五鼓升帐，众将等候分派。

茂公先对后营总管刘世让说："你只带军校一百，携金银珠宝玉器，速去曷婆那可汗军营，交结于他，凭你如簧之舌，延迟他进兵时间，如延一日，大功一件。"

刘世让领命而去。

茂公又对罗成、程咬金说："你二人只带马队一千，急去介休，如何行动，且看书柬！"

罗成接过书柬，和咬金得令而去。

茂公接着又对秦琼及众将说："今日攻关，必须一举攻下，然后围困晋阳城。"

秦琼和诸将各自领命。吃过早饭，唐营一声炮响，全营将士奋勇向前。秦琼关前叫阵，寻相打开关寨，不料却策马向前说："我寻相早有降唐之心，今日时机已到，请将军入城。"

秦琼在后，寻相在前，众兵将也一拥而进。

寻相果然是真心投降，他还告知秦琼攻取晋阳的方法：南门易攻，北门设防森严。

秦琼领兵攻开南门，刘武周和宋金刚一看大势已去，开了北门，狼狈逃窜。

尉迟恭到了介休，按刘武周的命令，押着粮草车缓缓向并州而来。行至安封地界，天已黑了，尉迟恭便命令运粮军士就地休息，大家围坐在粮草车四周，不得喧哗，不得擅自离开。尉迟恭自己甲胄在身，只下马靠在粮车上打盹。

时近子夜，霜侵露冷，尉迟恭冷不丁醒来，听见不远处有奔马之声，便急促上马，迎上前去。两匹马跑个对面，借着月光，尉迟恭见一个黑脸将官，手提板斧，站在面前，便问：“你是何人，深夜到此何意？”

程咬金哈哈大笑：“告诉你，黑面贼，我乃唐营大将程爷爷，知道厉害快快下马缴械，如果逞能，看爷爷的斧子！”

尉迟恭说：“没听说过有个程孙子，只知唐营有个秦叔宝，那可是不含糊！”

程咬金大吼：“他不含糊，我更不含糊，看斧子吧！”说罢，抡斧就砍，尉迟恭举鞭相迎，打了三个照面，程咬金拨马就跑，边跑边骂“黑脸贼”。尉迟恭大怒，催马追赶。

正赶着，尉迟恭觉得身后突然大亮，扭头一看，粮草车处火光冲天。尉迟恭只说“不好”，放开程咬金，回到粮草车前，只见守卫粮草车的兵卒已被打散，所有的粮车、草车都着了火，烧得拉车的骡马“咴咴”乱叫，四处乱窜。

尉迟恭心急如焚，也没有办法，只差没有哭出来。这时候，面前冲过两匹战马，马上一个是刚才的程咬金，另一个是罗成。

这就是茂公书柬上的安排：调虎离山，烧毁粮草。

尉迟恭一见，心中明白自己上了当，恐怕介休城再被人夺去，不敢恋战，驰马跑回介休城，将四门紧闭。

茂公等人进了晋阳，立即差降将寻相去介休劝降尉迟恭。

寻相到了介休，叫开城门，见了尉迟恭说明来意：“我已降唐营，那刘武周、宋金刚已逃之夭夭。唐营元帅徐茂公智谋过人，知人善任，他对将军很器重，所以用计烧了粮草车，逼你来降！”

尉迟恭想了想，说："刘武周虽然愧对于我，但我跟他多年，没有他的死讯，我断不投降！"

寻相无奈，回了唐营，告知茂公。茂公说："待思良谋图之！"

正在此时，刘世让回营复命。茂公正盼他归来，便问："世让，事情办得如何？"

刘世让将手中包裹扔在地上："元帅请看刘武周、宋金刚的首级！"

茂公一见大喜，便问细情。

刘世让说："我到了曷娑那可汗大营，将礼物献上。可汗很高兴，他说：'我并不是助刘武周，而是催促他进兵东都，剪灭王世充的。谁知他与唐营交上锋。'正说着，刘武周与宋金刚败进大营，曷娑那可汗很生气，刘武周不服，二人打了起来，曷娑那可汗一怒之下，杀了刘武周和宋金刚，言称与唐王结好，共同剪灭王世充。"

茂公听了，连连夸奖刘世让。世让说："此天助我也！"

茂公厚赏刘世让，并差他速去介休，将刘武周、宋金刚首级送给尉迟恭。

刘世让领命，脚不停步到了介休，在门外喊叫，城门不开。世让说："请尉迟将军前来对话！"

不多时，尉迟恭来到城门，往下一瞅，不认识来人。

刘世让说："尉迟将军不认识我，可认识包里的物件？"

尉迟恭不知何物，忙命军卒开了城门，来到吊桥边，刘世让将手中包裹扔过去。军卒拾起，拿给尉迟恭看。尉迟恭解开包裹，刘武周与宋金刚的头颅滚在地上，像两个冻南瓜。

尉迟恭放声痛哭，接着命军卒开了城门，迎接刘世让进城。

刘世让先是自我介绍，又说了刘武周、宋金刚是如何死的。

尉迟恭跺跺脚说："天意难违！"于是，下令归唐。

茂公见了尉迟恭，满面含笑，说："将军乃难得之人，从此归唐，定建奇功！"

尉迟恭说："唐营之中有元帅你，有秦琼将军，我生平足矣！"

茂公立即将战况禀告李世民，李世民转奏唐王李渊。李渊封尉迟恭为左府统将军，升刘世让为并州太守，其余将士均论功行赏。

茂公下令，犒赏三军，歇兵一日，班师长安。

## 第十九回 断魂涧世民遇雄信 五虎谷敬德救秦王

徐茂公班师回到长安，李世民过府来与他商量讨伐王世充的事。

茂公分析了王世充的实力和应该采取的对策。他说："王世充自从灭了魏公之后，得了许多地方，增了许多人马，重要关口都是他的兄弟子侄把守：王宏烈守襄阳，王行本守虎牢，王泰守陈州，王世恽守南城，王世伟守宝城，王君度守东城，王玄恕守含嘉城，王道御守曜仪城。所以，我们必须抓紧时间，不然时日久了，他的势力会更加壮大。"

世民问："应该怎样部署呢？"

茂公说："对待王世充，就像抓一只张牙舞爪的螃蟹，先断其八足，剩下双钳虽然厉害，但因不能横行，我们就好抓了。眼下曷婆那可汗愿与我们合力，我们不妨先斩断其爪，然后围困东都洛阳，这样就不愁他不灭了。"

李世民认为茂公分析得条条是道，很是赞同。于是，茂公派将四路出击。曷婆那可汗的将官也听从茂公调遣。

不过几日，各路将官连连报捷。李世民很高兴，问茂公："是否可以将大本营挺进东都附近，以待机行动？"

茂公说："可以移营。"

于是，唐军主力出离长安，行十余日到达离东都不远的鸿沟界口扎下大营。

几日没有战事，李世民领茂公与尉迟恭出营闲逛，顺便察看一下地形。

三人出营门不远，见一群山民走过来，边走边议论，说前边山上有一只大鸟，很是美丽，只是不能射取。

李世民好奇，问山民："那只大鸟，离这里很远吗？"

山民们说，不算太远。李世民对茂公说："可否去看看？"

茂公犹豫了一会儿，说："殿下如要去，快去快回。那里离大营很远了！"

尉迟恭说："去看看不妨！"

于是，三个人快马加鞭，沿着山路猛跑。不多时，来到一座山峰跟前。一块巨石横在面前，上刻三个大字：五虎谷。

三个人跳下鞍来，牵马慢行。这里松柏苍翠，怪石横空，谷口左边有一水塘，是山泉汇聚而成。水清波平，水中的游鱼历历可数。塘边野草野花密密匝匝，很是幽美。

尉迟恭的马渴了，走过去喝水。尉迟恭便说："暖暖和和的，我在这儿给马洗个澡。你们回来时叫我一声。"

茂公与李世民仍然牵马慢走，来到谷后边，果然见一棵大松树，翠绿放光。树枝之上，有一只大鸟正站在枝头，用嘴梳理着羽毛。

二人见那大鸟红肚黑头，双翅翠蓝；顶上有长羽，尾巴飘飘如带。因为实在太美了，所以李世民与茂公只是观赏，不忍用箭去射。

二人看得出神，李世民无意中把马缰绳松开，红鬃马便循着山路向上走去，一边走一边觅着山路上的嫩草吃。

看了多时，茂公说：“殿下，我们该回去了。”

李世民冷不丁低下头，见自己的马已经走到五虎谷的顶上去了，便对茂公说：“等我把马牵来，就回去！”

山中的石路弯弯曲曲，看着不远，实际得绕几个弯，才能到达马的身边。李世民转悠到了马前，拉住缰绳要走时，只见冲上来一员将官，冲着李世民大喊：“你是什么人？随我到营中受审！”

李世民大惊，见此人穿着王世充军队的号坎儿，举刀就要过来。李世民搭弓放箭，一箭正中咽喉，那人掉下马来惨叫。

李世民骑上马，刚要走，又听得一声怒吼：“贼子休走，无故杀我将官，拿命来换！”

这员将红黑大脸，手擎一条枣阳槊，一跃来到李世民跟前，一槊将李世民打下马来。幸好山石挡了一下，不然李世民性命难保。

李世民爬起来，不能上马。如走山中小路，弯弯曲曲，实在难行；若照直走，前边是一深涧，涧水幽深，落下去有死无活。

这涧叫断魂涧，从山顶朝下望，深不见底，足有两丈多宽。

李世民慌了手脚，只有沿山间小路走。后边的那将跑过来，用槊压住李世民，问：“你到底是什么人？快快报上名来！”

李世民不敢报出姓名，支支吾吾。

这时茂公不见李世民回来，又听得山顶吵吵嚷嚷，急忙跑上山来。到了山顶，茂公不禁大惊，连声大喊：“兄弟，且慢动手！”

原来此人不是别人，正是单雄信。

单雄信自从随李密出征，混战之中，被王世充捉拿过去。他一连几日不吃不喝，王世充把他软禁起来，不准他行动。

王世充劝他投降。单雄信说：“如有魏公或是军师的书信到来，允我投降，我便降你。”

单雄信正在奄奄一息时，王世充得知李密投唐，忙将此信告知雄信。雄信打听茂公消息，王世充以假话骗他，说：“你们原来的瓦岗军烟消云散了，有的死了，有的投唐。”

单雄信听说李密投了唐，不禁大怒，面对苍天说：“主公，你既投唐，莫怪我不忠了。”

从此，雄信降了王世充。

王世充见各地城池均被唐军攻破，便命单雄信前去救援。行至五虎谷，王世充的军队败回，单雄信只好回来，不期在此与李世民狭路相逢。

单雄信听见喊声，抬头观看，难怪声音好熟，原来是徐茂公！

单雄信又惊又喜，跳下马来，不顾李世民，跑过来抱住茂公失声痛哭。

茂公也倍觉伤心。雄信跟他讲了投郑的经过后，说：“军师，莫要怪我。魏公投唐，好伤我心，你是知道的。我单雄信死也不投唐王，那李渊于我有杀兄之仇啊！”

茂公也把自己投唐的经过简要说了一遍。单雄信说：“军师，想当年咱们朝夕相依，情同手足。现在你已投唐，我单雄信虽是粗人，却一条道走到黑，终生不投唐。我们各事其主，就是仇敌了，但我绝不加害军师。”

二人说着话的时候，李世民想乘机逃跑，但被他们挡着去路，后边是单雄信的军队，前面是深涧，实在走脱不开。

单雄信过来，对李世民说：“这样看来，你就是李渊的儿子李世民了。父债子还，这是理所应当的！当年你父李渊在临潼山上箭射家兄，当时我便要去晋阳找你们父子算账，怎奈被军师劝止。今日相遇，正是天意如此。”

单雄信说着举槊要打。茂公上前拦住说：“雄信，当年我们情同骨肉，你父即是我父，你母即是我母。今日讲来，我主即是你主，你怎能加害于他？”

雄信听了茂公的话，狠狠心咬咬牙，对苍天呼道：“天意如此，莫怪雄信了！”

于是，雄信抽出佩剑，“嗖”的一声，割断衣襟，然后又将佩剑插入鞘中，说：“军师，就此恩断义绝，请莫要拦我！”

谁知就在单雄信割袍断义的时候，李世民乘机从茂公的身后钻了过去，撒腿便跑。

茂公见雄信割袍断义，决心杀害李世民，也慌了手脚，连声大喊：“敬德，敬德，保护主公！”

其时，尉迟恭正在水塘中洗马，他哪里听得见啊！马被洗得油光闪亮，他望着马笑，一时高兴，也脱光了衣服，跳进水塘中自己洗起澡来，弄得水花四溅，好不惬意。

单雄信追赶李世民，徐茂公追赶单雄信，只差几步之遥。茂公气喘吁吁，追不上雄信，心急如焚。李世民的马也跟着跑过来，茂公灵机一动，狠狠打了马一拳头，那马疼痛，大叫一声，猛向前跑去，跑在了雄信前边，挡住了去路。雄信左躲右闪，茂公跑过来，抱住雄信的腰。

雄信使劲甩着膀子，茂公只是不放，连声说：“兄弟，我既投唐，秦王殿下就是我的主公，为臣的舍命救主，理所应当。如兄弟要报杀兄之仇，可将我杀死，权且代之。”

雄信说：“杀兄之仇要报，这是家事。如今两国交兵，捉拿秦王这也是我为主尽忠，这是国事，你怎能相拦？你为其主，难道我雄信就不为其主吗？！我与你虽然割袍断义，但我不忍向你下手，请军师放开手！”

茂公听了雄信的话，很有道理，便把手松开了。

雄信脱开茂公，撒腿又追。

李世民吓得魂飞霄外，连滚带爬，顺着山坡七折八颠滚下山来，到了谷口，爬起来又跑。他的脸上被石尖撞破了好几处，血水和汗水混在一起，蒙住了眼睛，看不见路途。他估摸离尉迟恭已不远了，便破开嗓子大吼：“敬德，敬德，快来救我！”

尉迟恭正在水塘中洗得高兴，听着谷门有人喊他的名字，一激灵站起来，水从他的头上流下来，堵住耳朵听不真切。他走出水塘，跳了跳，把耳朵里的水抖出来，这回他听清了，原来是李世民的声音！

尉迟恭来不及穿衣服，光着屁股，抓起钢鞭也不骑马，就向谷口跑来。跑到近前，只见李世民满脸是血，浑身是泥，连滚带爬地跑来，嘴里大喊：“快来救我，快来救我！”

尉迟恭手举钢鞭迎上去，截住了单雄信。大吼：“何处强人，敢伤我主公，看鞭！”

单雄信遇上对手，也不说话，就打在一起。二人都是步行，单雄信看这个黑脸人，满脸杂草一般的胡子，赤条身体，不禁好笑。渐渐地发觉，此人武艺不错，就认真对待起来。

二人你来我往，一招一式，打得难解难分。尉迟恭一见不好取胜，就使出了夺矛绝招，将钢鞭一摆，头一低，往前一蹿，腾出一只手，抓住雄信的槊杆，使劲一夺。雄信不提防，松了手，枣阳槊落在地上。雄信刚要去捡，被尉迟恭上前一鞭打在左肩头。

雄信顾不得疼痛，捡起槊来，继续交战。毕竟是左肩受了伤，渐渐力不从心，只得虚晃一招，败下阵去。

尉迟恭哈哈大笑，也不追赶。

雄信跑不多远，回头说："好小子，有点武艺，等下次再会。告诉李世民，这次杀不了他，让他多活一时！"

单雄信回到山顶，骑马走了。

茂公乘着尉迟恭与雄信交战的时候，跑下山来，背着李世民跑了。

尉迟恭回到水塘边，那马站在树下打响鼻儿。自己急忙穿上衣服，戴上帽子。刚刚洗的澡，经过一阵厮杀，又弄了一身泥。他不见茂公和李世民，心中着急，骑上马便追了下来。

跑不多远，见茂公背着世民跑，累得满头是汗，便跳下马来说："军师，放下殿下，骑上马走吧！"

茂公问："那单雄信呢？"

尉迟恭说："被我打了一鞭，败走了。放心吧，他不会追来了。"

茂公说："三个人怎能骑一匹马？"

尉迟恭说："待我去取马来。"说着，往回跑去，不多时把茂公和李世民的马都牵了来。

李世民周身是伤，无精打采。茂公劝他："回去好好养几天就好了，这是不幸中之大幸了。多亏敬德相救，当记首功一件。”

李世民说：“尉迟将军，今日救驾之功，我刻骨铭心，只要有我李世民在，你在唐营就是第一，除了军师，就是你大！”

尉迟恭神采飞扬，连声谢恩。

回到大营，世民恐怕众将耻笑，进营之前，用袖子把脸上的血迹擦去，悄悄来到住室，卧床静养。

三日之后，李世民消除了惊恐，身上和脸上的皮肉之伤也逐渐好了，召茂公来到他的身边。

茂公问他有什么事？李世民站起来说：“此次遇险，多蒙军师舍命相救，我都听见、看见了。”

茂公笑笑说：“不，茂公只尽了绵薄之力，还是敬德救驾有功。”

李世民说：“我心中有数。敬德之功终生不忘。军师对我之忠，我更是明白。”不等茂公说话，又接着说，“你叫徐世勣，我叫李世民。只差一姓，就是哥们儿。我想咱莫如同姓一姓，更加亲密！”

茂公听了，心想如果姓一个姓，就得姓李，不能姓徐了，便说：“殿下赐我姓李，是茂公之荣幸，只是茂公功薄劳微，不敢接受啊！”

李世民抓住徐茂公的手，很真诚地说：“军师，可曾记得那次在黎阳相见时，我们一见如故、倾心交谈的情景？如今父王年事已高，将来扫平群雄，天下谁来坐，尚不可知。哥哥建成早已被父王定成储君，立为太子；弟弟元吉封了齐王。可是他们却暗中与我较劲，东征西讨他们躲躲闪闪，只把我秦王推出来作战。将来争夺天下，难不在外敌，而在家事啊！”

李世民把这种深藏的担忧告知茂公，使茂公很受感动。茂公便说："太子建成、齐王元吉众望难归，只有秦王殿下对唐屡建奇功。依我之见。秦王先不必推想后事，只要扫灭群雄，你的功劳就会有口皆碑，不论太子或是齐王，都要另眼相看的。再说，通过征战，你会拥有众多将才和谋士，太子和齐王也许会自行谦让。即使他们不让，另有别图，秦王实力既有，还怕江山被人抢去？唐王年事虽高，但心中清亮，眼下只有顺从，不可违抗，这对铺平后路，甚有好处。"

李世民听了，连连称赞，笑着说："如果我做了皇帝，赐你李姓，你敢推辞吗？"

茂公也笑了，说："好，那我就先领受了！"

李世民很高兴，与茂公携手坐下。茂公又说："我有一事相求，望殿下能允。"

李世民问是什么事，茂公说："这次单雄信冒犯殿下，几乎害了性命。但他是我结义兄弟，如果将来拿获，请殿下高抬贵手，放其性命！"

李世民听了这话，沉思良久，说："军师放心，我应允就是。"

茂公笑笑说："恐怕有那么一天，殿下记起他的仇恨，会忘了刚才的话！"

李世民说："军师莫疑。你忘了当年程咬金在老君堂曾劈我那么几斧子吗？那次，我也险些丧了性命，后来我不是照样饶过了他吗？"

茂公听李世民这样说，也就只好点头了。

# 第二十回 牛口谷窦建德丧师 洛阳城王世充被捉

夏王窦建德接受了凌敬等人的建议，修好唐王，发兵剪灭了孟海公、李子通诸部，班师而回。正在养兵之时，忽然有人来报：郑王王世充派谋士孙安世前来送礼。

窦建德不知王世充为什么又要交好于他，便把孙安世请进来。

孙安世先将礼物呈上，窦建德说："礼下于人，必有所求，不知郑王有何打算？"

孙安世说："郑王有书信在此，请夏王一阅。"

窦建德接过书信，仔细看过。原来王世充是向他告急，请求救援。

徐茂公派出去的战将连连获捷，攻下了所有的城池，目下将大营扎在东都洛阳城外。王世充每日龟缩在洛阳孤城之中，惶惶不可终日，这才让孙安世带了重礼和书札，请夏王发兵，从背后攻打唐营，使其首尾难顾而退兵。

窦建德看完信，说："此事使我难办。第一，我与唐早已修好，不互相攻打；第二，我刚刚出师归来，正在修整，不想再兴师征讨。"

孙安世说："郑与夏原是唇齿之邦。唇亡齿寒，这是常理。夏不救郑，郑面临危亡，郑亡之后夏亦离亡不远了！"

建德听了，沉思良久。不过，他没有立即表态，只是说："孙先生先退下，容我与诸位将军商议。"

孙安世退了出来。建德召来众将，说明了王世充派人来的心意。

这些将官多数先接受了孙安世的礼物，自然倾向于发兵救助王世充。他们的理由是：现今隋朝已亡，天下分崩，各路群雄逐渐归于消亡，只剩河北夏王、河南郑王、关中唐王势力最强，成为鼎足之势。现在唐王伐郑，郑危在旦夕，郑亡之后，唐王必进兵伐夏，到那时夏孤军奋战，恐怕力不能支。不如先发兵救郑，内外夹击。倘取胜，再合兵进取关中。待唐亡之后，再图洛阳，是为上策。

窦建德听了，甚觉合适。这时，谋士凌敬说："依我看来，解救洛阳，莫如逾太行，直赴关中。如今李世民精锐之师都在洛阳，我们攻打关中，他必然急于救援，这样洛阳之围可解，此为上策。"

诸将听了，不以为然，反驳说："照你这样做，一定延误时间，时间一久，洛阳失守，岂不鸡飞蛋打？"

凌敬说："郑王守城十日不成问题，十日之内，我们定可到达长安。"

大家争来争去，窦建德没了主意，只好令众将退去，回宫跟曹后商议。

曹后说："凌敬之计甚好，不但可以解洛阳之围，而且我们也不会有多大损失！"

建德有些不耐烦，说："妇人之见。为了不受损失，不发兵算了！”

曹后不再言语。

第二天升帐议事，孙安世又百般哀求，建德当即决定：兵发洛阳，与李世民直接交锋。窦建德派曹旦为先锋、刘黑闼为行军总管，他自己与孙安世为后队。公主窦线娘因前日偶得风寒，不能出征。其实，她十分愿意前去，心中常常挂念唐营的罗成，两军交战时，唯恐他有闪失。怎奈母亲曹后说什么也不让她去，她只好作罢。

夏王都城，只留下曹后、凌敬在家守护。

窦建德大军直奔虎牢城，然后再赴洛阳。

唐营细作探知消息，立刻将窦建德的行止告知李世民和茂公。

李世民很着急，对茂公说：“如果夏兵到来，我们即腹背受敌，你看怎么办？”

茂公沉思片刻说：“殿下，该着咱们一箭双雕了。夏王发兵，对咱们是件好事。”

李世民不明白他的意思，问：“军师有何良策？”

茂公说：“建德兵马到虎牢城必经牛口谷。我们在那儿设下埋伏，便一战可取。建德一败，洛阳唾手可得。”

李世民听了甚为满意。当天夜里，茂公升帐，说：“洛阳三日内只围不攻，由李靖全权执掌。我与殿下、叔宝、尉迟恭，连夜奔赴虎牢城。”说完，又对李靖悄悄说了几句，便与世民、秦琼、尉迟恭带三千人马走了。

到了虎牢城，建德大兵果然未到。李世民说：“听说建德亲率大军十万，我们只有三千，这太悬殊了！”

茂公笑笑说：“不管建德有多少兵马，我只用三千，管保叫他吃惊不小。”说罢，又对秦琼、尉迟恭说：“你们二人各领一千人马，速去牛口谷，但要马裹蹄、刀解铃，不出任何声响。到了牛口谷，秦琼在左，尉迟恭在右，埋伏等待，只等窦建德大军一入谷，两边便放乱箭，扔石头。见了窦建德只许活捉，不可杀死。违令者，斩！”

秦琼与尉迟恭领令去了。

这牛口谷全长二十多里，两旁是高山绝壁，谷中路窄，只可容两个人通过。因为山谷的东西都是大河，人马过多，渡河太浪费时间。

茂公推断建德进兵心切，一定穿谷而过，所以有了这个安排。

秦琼与尉迟恭按茂公吩咐，连夜赶到牛口谷，悄悄埋伏好了。

正是夏季，草丛中蚊虫太多，咬得兵士龇牙咧嘴，但谁也不敢出声。

窦建德的大军，傍黑来到牛口谷。先锋曹旦说：“在谷口休息一夜，明日过谷吧！”

窦建德说：“黑夜过谷，无人发觉，如白天过谷，走漏风声，两头一堵，我们全军覆没。”

将士依言，休息片时，立刻入谷。

夏军将士跌跌撞撞地在谷中行走，深一脚浅一脚，互相碰撞，碰疼了就吵吵嚷嚷地骂起来。

埋伏在东西两边山岭上的秦琼和尉迟恭听见了声音，心中都暗暗佩服徐军师果真料事如神。

估摸着，窦建德的大军已经过了一半了，秦琼按茂公吩咐，向空中射出一支带火球儿的箭。这就是命令：两边一见火球儿，立刻向谷中射箭、扔石头。

这一来，可苦了夏军。有的被射中了箭，有的被砸扁了头。你叫我喊，你进我退，挤成一团，人撞马，马踩人，乱成一锅粥。

先锋曹旦未及施展本领，就被一块大石头砸烂脑袋，呜呼哀哉了！

窦建德和孙安世刚刚进了谷中，见前军发生突变，情知中了埋伏。他想拨马后退，怎奈后边的兵士乱成一团，实在过不去，只好靠在石壁上躲避着弓箭、石头。

孙安世伏下身，想往石壁的缝儿里钻，可是刚刚猫下腰，有一块巨石滚下来，正好击中他的脊背，砸折了脊梁骨，他惨叫一声，就不动弹了。

山顶上的唐军齐声大喊："活捉窦建德，活捉窦建德！"

窦建德想，如果向前，还有二十来里，莫如后退，寻个活路。于是，他扔了马，在兵士中挤着、跑着，艰难后退。好不容易快退至谷口，却见谷口灯笼火把，亮如白昼。唐营兵士正严阵以待，并且大声齐呼："豆入牛口，其势不久！豆入牛口，其势不久！"

窦建德大惊失色，暗暗叫道："天亡我也！"说罢，抽出护身宝剑，要横颈自刎。恰在这时，一只手上前，夺过了他的宝剑，将他绑上，送到李世民和茂公面前。

这堵住谷口的兵将是怎么来的呢？

这是李靖派来的，也正是茂公当时对李靖说的悄悄话的内容：准时派兵到达谷口。

刚才夺下窦建德宝剑的将军，正是罗成。

窦建德十万人马，所剩无几。第二天天亮，唐军收拾战

牛口谷窦建德丧师

场，夏军将官中只跑了个刘黑闼。

唐军急驰洛阳城外大营。茂公问李靖："可通知柴绍夫妻到来？"

李靖说："按你吩咐，我已差快马奔赴长安，着柴绍及平阳公主尽快到达。"

这时，王世充和恒法嗣正在悄悄商量。恒法嗣说："大丈夫能屈能伸，依我之见，莫如献城投降。咱们只要保住性命，仍可聚众争雄。"

王世充说："这个办法倒是不错，只怕众将不愿投降。"

恒法嗣说："且莫管他们，只要我们悄悄出去，投奔唐营就是。"

王世充依计，二人刚刚要走，单雄信风风火火进来说："城外有一年轻女子，戎装素裹，说是夏王之女窦线娘带女兵前来助战。"

王世充问："夏王军队如何还不到达？"

单雄信说："窦线娘说：'正在虎牢城与唐兵交锋，不日即可到达。线娘先来进城报信的。'"

王世充听了顿时又来了精神，便说："快开城门，放她们进来！"

单雄信去了，王世充和恒法嗣等候着好消息。

忽然听着门外人喊马嘶之声不绝于耳，二人不知发生了什么事情，便起身往外欲看个究竟。

刚要出门，冲进来几个女兵，不由分说，上前把王世充和恒法嗣捆绑上了。

王世充问："我是郑王，你们不是夏王的兵吗？"

女兵笑着说："拿的就是你。我们是平阳公主的娘子军，哪里来的夏王兵！”

王世充和恒法嗣被拉走了。

原来，平阳公主假扮线娘，骗开了城门。

单雄信开了城，平阳公主带兵进来，雄信要领她去见郑王。平阳公主一声令下，女兵们舞动兵器，杀奔四门。雄信一见不好，举槊向平阳公主打来。平阳公主手使双刀，上下翻飞，打得雄信只有招架之功，没有还手之力。他边战边退，突然腿下被绳索绊住，众女兵上前，撸肩头拢二臂，将他擒住。

不多时，四门守将均做了刀下之鬼。娘子军好厉害，一举拿下了洛阳城。

茂公见了平阳公主，称赞说：“早听说公主的娘子军训练有素，今日看来果然名不虚传！”

平阳公主说：“还是军师调度有方，把攻取东都的功劳让给我们！”

茂公笑笑说：“用兵如下棋，只有把全盘的子儿都调动起来，用活了，用准了，才能以一当十，克敌制胜。”

李世民佩服茂公，对李靖说：“唐营中有茂公与你，何愁天下不平！”

这李靖也是善于用兵之人，只是有人向唐王参奏他用兵无纪，有抢掠行为，他才常有怨气。

回到长安，唐王李渊大喜，对茂公及诸将进行封赏。

茂公说：“臣为主效力，理所应当，望唐王只对众将封赠就是了。”

唐王很受感动，说：“为人见利而知止者甚少，足见军师人品之高。”

茂公笑而不语。

唐王问茂公，将如何处分窦建德、王世充诸人。

茂公说：“凡成大业者，必以宽容为先。窦建德自起义以来，为百姓谋利，外用良臣，内有贤助，为人豁达厚重，不图皇位。我看应该收容于他，而且高封厚禄，使其安度余生。王世充为人奸猾，多行不义，是个见利忘义之徒，不可重用，宜将他放回原籍了事。其余俘将，应尽皆收容，随军效用。如不愿留者，也放回家中，给足盘资。”

唐王听了，问李世民有何主意？李世民说：“儿臣完全同意军师主意！”

窦建德与王世充押在一间牢房里。其余俘将押在另一间屋里。

建德坐在板凳上，默默无语，闭目养神。王世充望着他说：“夏王，你此时心中有何打算？”

建德睁开眼睛说：“猛虎入笼，任人宰割，还有何打算！”

王世充说：“依我之见，莫如好言好语向唐王求情，只要出了牢门，天仍是自由的。我们再聚众兴师，与唐家决战。”

窦建德摇摇头说：“我自举义以来，就从无称霸天下、流芳百世之念，只图为百姓争个公道，图个太平。如今成了阶下之囚，但求一死，不作他想。”

王世充摇摇头，叹了一声，说：“可惜咱百万之众，毁于一旦，我心中不服，死难瞑目！”

建德说：“我跟你不一样。你是官宦世家。我一农夫，农闲贩盐谋生，谁想到竟闯出了轰轰烈烈的局面。我只伤心那些为我战死的将士们，可谓一将功成万骨枯啊！以我之死，回报他们的阴魂，也算我对得起他们！”

王世充听建德的话，句句与他谈不到一起，便不再言语了。

茂公点将去建德旧都守备，顺便告知曹后及线娘建德被俘的消息，请她们前来。茂公准备让贾润甫去，罗成得知了消息，便去找茂公，要求让他去。

茂公不解，问："罗将军为何愿意前去，其中定有原因吧？"

罗成红了脸，说："军师且莫问，以后尽皆告知！"

茂公沉思了一会儿，说："那就准你前往，要好生对待建德妻女！"

罗成立刻遵命，说："不劳军师嘱咐！"

刘黑闼果然狡猾，他在谷中见发生变故，便将身上甲胄脱下，抓住一根藤条，爬到山壁上去。这山壁上斜着长了一棵松树，他就攀上去，藏了起来。等唐军收拾完了战场，他又抓着藤条落下来，一路狂跑，回到建德旧都，见了曹后和凌敬述说一切，然后收拾了自己的东西，骑上马一溜烟儿跑了。

曹后听说夏王被俘，肝肠寸断。夫妻多年，情深义厚。她又深知建德的为人，便想自尽身亡。只是担心女儿不知去向，放心不下，就来找凌敬商量。谁知凌敬也不知去向。

建德的女儿窦线娘，在家中坐不住，第二天就说服了母亲，前去追随父亲。等她到了牛口谷，唐军已经赶赴洛阳了。线娘见谷中尸横狼藉，情知遇了埋伏。她找遍了山谷，也没有见到父亲的尸体，心中又悲又急。她有心回家告诉娘知，恐怕误了时间，便打马如飞向长安而来。她想，父亲如果被俘，就一定押送长安了。

曹后想寻凌敬拿个主意，不见他人影，便问军卒。军卒告诉她："凌先生听说夏王兵败，沉默不语，换上道袍走了。"

凌敬对建德的惨败，悔恨万分。他后悔自己当时没有劝住夏王，以致兵败。他心灰意冷，想起当年在太行山上与老和尚那一番谈话，不知是苦、是酸？决定脱离凡尘，入山修行。

曹后听说凌敬走了，女儿下落不明，建德一定不甘受辱，有死无生。自己看看城中百姓，个个垂头丧气，便穿白挂孝为建德祭奠。她心中悲痛难支，走进卧室，便悬梁自尽了。那些宫中使女见主人身亡，有的逃走，有的也悬梁自尽。

罗成因惦记线娘，自愿请命到建德旧宫守卫。他高高兴兴来到宫院，眼前却是一片惨状。

曹后的尸体已被人解下来，放在凉床之上。罗成一阵伤痛，泪流成行。罗成寻找线娘下落，兵士告诉他：她早就出城寻父去了，至今未归！

罗成命人把曹后装殓停当，埋在旧宫的后山上。墓前立了碑，碑上刻：已故大夏王后曹氏之墓。旁边小字：唐将罗成敬立。

安顿好一切，罗成返回长安，一则向茂公禀明情况，二则寻找线娘下落。

# 第二十一回 获赦诏英雄遁空门 回旧都夫妻祭曹后

茂公把建德请到自己住处，屏退卫士，上前拉住建德的手，深情地说："夏王，让你受惊了。人各为其主，茂公今已事唐，不得不效力唐王，请夏王宽恕。自那次在夏王宫中一见，铭刻于心，深知夏王人品，只是夏王如今败绩，叫我伤心。"

建德说："两军相争，有胜有败，不足为奇。只可惜当初未听凌敬与曹后之言，性急救郑，遭此下场。军师不要为我伤心，大不了一死了之！大丈夫生有何欢、死有何惧！"

茂公佩服建德的英雄气概，心中更是凄然，说："前朝多少次农民起义，多不得善终，但英气长存人间。我当年入瓦岗，如今瓦岗军已经烟消云散，我观唐王殿下李世民，为人忠义，心胸高远，将来必成大器。如果他能立国，百姓们安居乐业有望，这才投唐效力。我本想，等灭了王世充，我便派人去请夏王一起事唐，也遂了你我的心愿，不料夏王进兵救郑。"

建德说："往事如烟，不久都可忘怀。我窦建德有幸结识军师，也算幸事。如今我可以把后事委托于你。请好生对待我的妻子，使她有个安静日子。我一生只有一个女儿，我可以写下遗书，让她对你以叔父相尊，将来请你为她寻个合适的人家。除此之外，建德别无他求！”

茂公连连答应，又说：“夏王不必为此悲伤，唐王已经同意，不杀夏王，留在唐营共事。”

建德听了，连连摇头说：“这样生不如死，这就是建德的为人。”

茂公想了想，实在没有别的办法，说：“我知道夏王意志如钢，不便多劝，那就请回归原籍，做个逍遥百姓吧！一则遂了你的心愿，二则我也可以时常去看望，聊天谈心，也不失为乐事。”

建德听了，正在犹豫之间，卫士进来禀报：罗成将军有急事求见。

茂公想，他为什么这么快就返了回来？一定有急事，便说：“让他进来！”

建德起身告辞。茂公说：“不妨，是我让他去夏王旧都安排事情的。也许有什么事情，你也可以知晓。”

建德听说是去旧都的人，便坐了下来。

罗成进来，他认识窦建德，那夜在牛口谷曾夺下建德的宝剑。窦建德也认识他，只是不知他叫什么名字。

建德见罗成英姿勃发，威风凛凛，心中暗想：莫怪唐王兴盛，全营中竟有这么多好的将官啊！

正这样想着，听罗成向茂公讲述了夏王旧都的情况。

建德听说曹后自尽身亡，女儿不知去向，一阵目眩，跌倒在地。罗成过去把他扶起，安放在椅子上。建德只是流泪，暗暗自语：“国破家亡，国破家亡……”

听了罗成的叙述，茂公心里又是悲伤，又是惭愧，连连说道："去迟了，去迟了！如果早一点派人去，不致有如此结果！"

罗成说："我已将曹后妥为安葬，请军师与夏王安心吧！"

建德望着罗成，深深感谢，便问茂公："此位将军尊姓大名？受我建德一拜。"

罗成上前扶住建德说："夏王，我叫罗成。不敢受夏王大礼！"

建德一定要拜，罗成一定不允，二人推推搡搡。罗成性急，便跪在建德面前，说："夏王，罗成乃晚辈之人，怎能受你大礼？"转过头来又对茂公说："罗成早有心事，一并告知吧！"

罗成便把去黎阳回金墉之时，路遇线娘，二人定情于银杏树下之事说了一遍。

茂公听了大喜，拉起罗成说："你怎不早说，让我蒙在鼓里！"

建德一听此事，顿觉宽慰，说："线娘也从未提及。罗将军武艺人才都是上乘，我同意便是。只是线娘尚不知音信，如何是好？"

罗成说："我回来，就是禀明情由，去寻线娘的！"

罗成刚要走，卫士进来禀报：夏王之女窦线娘，要见父亲。

茂公听了，拍手庆贺道："这真是天意如此！快快请进来！"

原来，窦线娘到长安以后，四处打听消息，听说父亲押在牢里，便来牢中打听。牢卒告诉她，今早已被徐军师请去了。

窦线娘这才打听到茂公住处，请卫士通禀。

线娘不知罗成在这里，进了门见了罗成，百感交集，不知说什么好。她望着父亲，一头扑过来，哭倒在建德怀中。

建德抚着她的头说：“孩子，你与罗成的事，为父已经知道了，我同意你们的姻缘。这样，我也就完全放心了！”

线娘抬起头，望着罗成，有说不出来的情意。

茂公说：“两情依依，应该及早完婚。只是……”

茂公没有说出来，望望建德。建德说：“线娘，莫要悲伤，你的母亲已经故去了。幸有罗将军安葬，也是天意如此！等过了你母亲的周年，你们再完婚吧！”

线娘听说母亲死了，放声大哭。建德说：“孩儿，不要悲痛了，你母亲一生克勤克俭，把你抚养成人，她今升天，心中一定惦记着你，你应到墓前拜祭一回。”

说到这里，他转向茂公，说：“军师，刚才我倒愿意退归故里，安守田园，再做一农夫。可是现在，我又有新的选择。终南山中有一道观，名曰清虚观。年轻时，我曾去过那里，很羡慕那里的清静日子，等唐王下旨赦免之后，我便去那里做个长年的道士！这样，便可清静无为，与世无争，饮山泉吃松子儿，老死观中。”

茂公想了想，说：“如果夏王执意如此，倒也不错。只待唐王下旨赦免，我送夏王一程！”

线娘要去旧都看望母亲的坟墓，罗成对茂公说：“军师，我也想同去，不知可否？”

茂公说：“理应如此，一同去吧！”

二人拜别建德走了。茂公把建德送回牢中，来到西府见世民，说了窦线娘与罗成的事。世民很是高兴，想了想，又说：

“军师，你已三十多岁，难道不想成个家吗？”

茂公听了，微微笑笑说：“刚来唐营效力，哪里顾得上啊！”

世民说：“国事虽忙，家室也不能不立。如有合适的，我为军师物色一人。”

茂公连忙说：“婚姻之事，不敢从命。等我有了所爱，即禀告殿下就是了！”

世民说：“攻下洛阳，隋朝宫女甚多，我意将其中优善者，选配众将成家，不知军师以为如何？”

茂公说：“殿下关怀众将，众将岂不舍身效命，此举甚好。不过，得要双方愿意才好。”

世民笑笑说：“那是自然。”

茂公见世民情绪很好，便说：“殿下，我来找你，是说关于单雄信的事情。不知当初我们说的话，你还曾记得？”

世民说：“我怎能忘却。”

茂公问：“殿下能否放雄信一条生路？”

世民说：“愿意投唐，我欢喜。如不愿投唐，就放他归家为民，只是不能与唐为仇。”

茂公听了，沉思不语。

世民说：“那王世充如何发落？依我看来，莫如斩首为妥。当时在父王跟前，军师那样说了，我只有同意！”

茂公说：“王世充为人刁钻奸猾，人人心中明白。只是两国交兵，他做了俘虏，如果杀了他，我们显得有些不容人。不如我们放了他，任他自去。他若能安分守己，也就罢了；如他贼心不改，等不了许久，就会暴露出来，那时捉而杀之，世人会更加赞服。这对殿下将来的功业会有好处。”

李世民大喜说："军师所谋深远，世民终生难以报答。如果我真当了皇帝，分给你半壁江山也是应该。"

茂公说："殿下莫要戏言。茂公到死也不会与殿下平起平坐，安心做个忠义臣子，足矣。说句玩笑话，殿下有了九五之尊时，恐怕就不会有这种想法了，还可能疑心茂公有功高盖主之嫌呢！"

李世民也笑了，说："将来不敢瞎说，大概我不会的。"

茂公说："自古君王与臣子只可共患难，不可共富贵，一旦君王坐稳了江山，疑心就多了。所以有远见的臣子，这时候便会飘然离去，范蠡就是一例。"

李世民说："军师，你说过头了。你把我看成了什么人！世民到死，也不做那种乱杀功臣、株连无辜的事！"

茂公说："说句笑话而已。等你当了皇帝，我就不敢随便说了！"

茂公与世民来见唐王李渊，请求下旨，释放诸俘虏。茂公又说："夏王建德，请求到终南山静虚观做道人。请王允诺。"

唐王说："夏王刚义，任凭他去吧！"

旨意下来，有的俘将愿留唐营效力，有的愿意归家。只有单雄信不愿投唐，也不愿归家，只求一死。茂公遂下令，将雄信囚于牢中，但要好生照顾，又派秦琼前往牢中劝解。

王世充和恒法嗣特别高兴，打点了一下东西，走了。

夏王窦建德想从旧都一过，顺便祭祭曹后亡灵。临行之前，拜见茂公。茂公携手相送，直到长安郊外。

建德说："我一农夫，读书不多，但我闯荡多年，有一言相告，虽是愚者之言，望能为智者参酌。人生天地之间，是真是假，是假是真，难以寻个明白。家庭中同胞兄弟，或因财帛不均，或听妻妾挑拨，弄得离心离德，甚至殴斗。国家之中，争权夺利，互相倾轧，钩心斗角，难有几人善始善终。我劝军师量力而行，一旦功成名就，就思急流勇退。”

茂公深为感动，说：“我也有这种想法，只是到了关节之上，身不由己呀！不过，有一点夏王可以放心，茂公绝不会有非分之想、非分之图。既然投了唐，我就要真心效力，权势之争于我无缘。我自觉能保全此身，但不能保全儿孙后代呀！”

建德听了笑笑：“军师正值旺年，还没有家室，不知如何思考？”

茂公深情地说：“夏王，茂公的私事，从未跟任何人说过。今见夏王真心，我以实相告。我闯荡之初，偶遇一女子，一见钟情，心心相印，当年她送我的玉坠儿仍藏在身边。只是那女子不幸被隋炀帝硬抢入宫。宇文化及杀死炀帝，隋朝灭亡，宫中女人散失已尽。我曾多方打听，也没有她的消息，是死是活概不得知。只是感情所钟，难以忘却。”

建德问：“那，你也不能只这般等待呀！”

茂公说：“但愿天下有情人终成眷属。也许能寻见她。如果她果真死了，我也要到她的坟头祭拜一回，然后再想立室之事。”

建德敬佩茂公感情的专一，连连点头。

已经走出好远了，建德说：“送君千里，终须一别。请留步吧！”

茂公站住脚，望着建德远去。他情不自禁地说道：“半生龙虎风云，今朝飘然而去，也算不容易了！”

窦建德步行了数日，才到了他的旧都。正是上午的时候，他进了城。街上的买卖铺户都开张营业，来来往往的行人众多。建德见了他们，一阵伤感，红了眼眶。他想，过去时候，人们见了他喜笑颜开，不分彼此拉家常，好不快活。建德常常跟百姓一起到田里去，看看收成，人们也不把他当夏王看，只当是种田农夫。在他治理之下，这方百姓安居乐业。一到中秋，家家请他吃饭，他便把百姓都唤出来，摆上大桌子，吃一个大团圆饭。

如今时过境迁，不堪回首了。

建德走着，百姓见到了他，开始悄悄议论：莫不是见了鬼？莫非夏王惦记咱们，阴魂才回来看看？

后来，大家看看自己在太阳底下有影子，咬咬手指头也是疼的，这才欢呼起来：这不是做梦，也不是遇上鬼，真是夏王回来了！大家一拥而上，把建德围了个水泄不通。

建德说：“乡亲们随我到家中坐坐。”

众人跟了来。坐下之后，建德含着泪说：“我窦建德被打败了，损兵折将，对不起乡亲们。当年项羽无颜见江东父老，可是我又回来了！”

众人说：“房子倒了重新垒。我们有儿子有孙子，还是跟着你干！”

建德笑笑说：“我窦建德自打聚众造反那天起，就是想为乡亲们争个安居乐业。如今唐王大势已成，不久就可安定天下。那李世民是个英明贤良的人，只要他当皇帝，大家会有好日子过。不能再挑头作乱了，天下百姓惧怕乱世已久了！”

众人说：“那你就跟我们一齐种田。老了种不了地，儿子孙子们照样养你！”

建德点头，感谢乡亲们的真诚。他说了许多话，送走乡亲们，自己踱出宫门，向北山走去。

夕阳西下，照得建德眯起眼睛。

这是一片不高的山，山岭起伏如海浪一般，山上松柏茂密，山下绿草如茵。山中有一亭子，掩在松柏之间。过去他曾多次与曹氏来这里游逛，留下许多美好的记忆。他想到亭子里坐坐，重温往事的甜蜜。但他又止住了脚，不想去了，只在山坡上站着，四下寻找曹后的坟墓。

忽然听得女儿线娘的声音，建德扭头，见线娘与罗成下了山坡，来到他面前。

线娘说："母亲的墓地在阳坡巨松之下，是罗成选的墓址。"

建德随着他俩来到曹后墓前站住脚。墓冢被松枝覆盖，一块石碑树立墓前。建德看了看碑文，回头望望罗成，表示心中的感谢。

建德在墓前站了许久，然后深深拜了三拜，焚烧了纸钱，便走下山坡。

线娘与罗成随在身后，到了山脚下，建德寻了个石板坐下来，让罗成与线娘也坐下。

建德对罗成说："茂公军师告诉我，你是官宦世家，娶我这农夫出身的女儿，心中不委屈吗？"

罗成说："岳父放心，罗成不做违心之事，我与线娘一见钟情，她人好，武艺好，心地纯善，都是我所不及的，怎么会委屈呢！"

建德说："只要你们真心，这个世界上就没有我挂牵的事了！等过了周年，你们即可完婚，为父就不能来了。你一定要带领线娘，前去幽州，见见你的父母，也替我向北平王致意。”

罗成说：“一定做到。我父已经上表归唐，仍袭旧职，镇守幽州城。”

建德说：“如此甚好。百万军中，刀枪无眼，要处处小心，莫要逞一时之勇，造成百年遗恨。功名利禄乃过眼云烟，我只图你与线娘白头偕老，儿孙满堂。当今时势，唐王平定乱世已成定局。那李世民身旁有茂公军师辅佐，有众将效力，天下太平为时不会久远了。到那时，无论封个什么，随遇而安即可，万不可心有不足，争名争位。茂公军师是有才有德尽忠守义的人，遇上难事多跟他商量。我不在时，对他应该像父亲一样尊重。”

罗成和线娘认真地听着，一一记下。天色将暮，线娘让父亲回宫歇息。

窦建德站起身来说：“孩子们，为父就此离开你们，前往静虚观了。好自珍重吧！”说罢，转身而去。

线娘和罗成望着他的背影，不由暗暗地流泪。

松柏遮掩的山间小路上，窦建德时隐时现地走在暮色中……

# 第二十二回　报前仇李靖扮渔翁　辞义友雄信求一死

王世充和恒法嗣被放出来，匆匆离开长安。走到中午时分，二人来到一个小镇上，进了一家小饭馆吃饭。

这家小店紧靠路旁，是为来往行人专设的。刚进店时，没有几个人吃饭，王世充和恒法嗣坐下，要了两壶酒、两盘牛肉，边吃边喝。他们已经换上老百姓的服装，所以也没有人注意他们。二人闷着头吃肉喝酒，也不敢多说话。

过了一会儿，来往行人进店吃饭的逐渐多了。南北西东的口音各不相同，他们大多是行商之人，什么地方都去，所以知道的事情也特别多，聚在一起，饮起酒来，就胡扯乱拉，传布着听到见到的消息。

"我刚从长安来，"一个人说，"长安发生了大事。唐王一举歼灭了郑、夏两国，夏王、郑王都被俘了。可是唐王却放了他们。听说那夏王当道士去了，那郑王回老家去了！"

"我也是从长安出来的，"另一个人说，"唐营有一个军师叫徐茂公，足智多谋，打胜仗全是他的功劳。排兵布阵，手段多着呢！长安人都称他半拉神仙。"

另一个上了年纪的人说："我从东都洛阳来，郑王被俘后，李渊的闺女平阳公主留守洛阳，那娘子军可厉害了，每天操演人马，军纪也好，唐王该着有天下，连女人都成了气候！也难怪，听说郑王在洛阳时，每日花天酒地，就知道享乐，弄得兵败被俘。还有一个谋士叫什么恒法嗣的，尽出些坏主意。这回放了回去，也不知他们要干什么？”

另一个人接住话茬儿：“那王世充本是西域人，后来在隋朝做了官。他一定不服唐王，回西域再兴兵造反呗！”

“咳，这些人就知道争权夺势，称霸一方还不成，还想做皇帝呢！”上了年纪的人叹息道，“他们不顾老百姓死活，上次我从江南运了一车绸缎就硬是被王世充的兵抢走了！”

……

来往客人议论纷纷。酒越喝越多，话就越来越多，声音也越来越高。

王世充听不下去，向恒法嗣使了个眼色，二人便出了小店。

恒法嗣问：“主公，你打算到什么地方去站脚？”

王世充胸有成竹地说：“去榆林，投奔郭子和。隋炀帝时他是我的部下，现在他在榆林拥兵自立，势力不小。那里是大草原，马壮粮足，唐王又鞭长莫及。我想郭子和一定会收纳我的。”

恒法嗣连连说好。于是，二人就向榆林而去。

中午时分，二人来到一座大山前。山的左右，荆棘满地，树木横生，没有通道，只能攀山而上。好不容易到了山顶上，向前望去，却是一条大河。二人来到河边，河水虽然平稳，却深不见底。二人你望望我，我望望你，没有办法。

恒法嗣说：“到榆林去，不知对不对？莫如绕道而回！”

王世充说："这条路不错，绕道就远了。早到那里早见郭子和，心里也就有底了。只要他能接纳咱们，咱们借他兵马，杀将回来，乘唐王不备，取下他的首级，就可以与李世民抗衡了。"

恒法嗣说："先虑败后虑胜，如果那郭子和不借给我们兵马呢？"

王世充说："那咱们就耐心等待，寻机杀了郭子和，取而代之！"

二人正说着，突然听得河边垂柳丛中，有人哈哈大笑。二人一惊，王世充问："什么人在此？"

垂柳丛中跳出一个老头儿来，他花白胡子，头戴青色斗笠，光着脚，绾着裤腿儿，一派渔翁打扮。

老渔翁说："两位要过河吗？我这里有船，可以送你们一程。不过，要二两白银。"

这真是踏破铁鞋无觅处，得来全不费功夫！王世充说："船价好说。你那船呢？"

老渔翁钻入垂柳丛中，撑出一条舢板来，说："拿银子来吧！"

恒法嗣拿出二两白银交给渔翁。渔翁说："上船吧！"

王世充和恒法嗣跳上舢板，老渔翁摇起橹板，"吱吱呀呀"漂向河中。到了河心，小舢板停住了。

王世充和恒法嗣不由害怕了，心想：莫不是专做这种买卖的？

恒法嗣说："老人家，我们有急事，请快摇橹吧！"

王世充也说："你要多少银子？到了岸边，我们把所有的银子都给你！"

老渔翁哈哈大笑，放下橹板，用手捋去下巴上的胡子，摘下斗笠，站直了身子说："王世充，你仔细看看我是谁？"

王世充抬头仔细端详一会儿，心中大惊，说不出话来。

这人是谁呢？他便是唐营的李靖。这李靖原籍京兆三原，年轻时就放荡不羁。但他很聪明，又很爱读书，是个风流才子。邻村有个姑娘叫巧云，爱上了他，他也很爱姑娘。两家父母也都愿意，便择定吉日为其完婚。花轿走在半路上，王世充到郊外游玩，那时他已是隋朝的官员，身旁带了许多随从。随从们看见花轿，便议论纷纷："不知轿里的新媳妇长得俊不俊？"

王世充骑在马上，胳膊上架着一只铜嘴鸟。这鸟善解人意，王世充十分喜爱，出外游玩，总要架在胳膊上。

王世充听着人们议论，说许多下流的话，便说："瞎说什么？叫他们停轿，让新媳妇走出轿来，叫你们看看，过过眼瘾！"

随从听了这话，跑过去，喊住了轿，冲着轿里说："小媳妇，出来让我们看看模样！"

巧云在轿里羞红了脸，不敢出来。随从便上前掀开轿帘。

王世充看见巧云，果然长得漂亮，便对随从说："休要无理，看我的手段！"

随从住了手，王世充对胳膊上架着的铜嘴鸟说："去，把那新媳妇头上的金钗叼了来！"接着，又指指点点一番。

铜嘴鸟明白主人的意思，扑棱飞过去，落在巧云的头上，用坚硬的嘴，啄巧云头上的金钗。金钗插得结实，几下没啄下来。

巧云不知何处飞来一只鸟，在她头上乱啄，抬手抓住铜嘴鸟，使劲往地下一摔，那鸟就扑棱几下翅膀，口中流血，滚地死了。

王世充的爱鸟被摔死了，这还了得！他大怒，一声吆喝：“给我打，往死里打！”

随从不管三七二十一，把巧云从轿子里拖出来，掼在地上，不分脑袋屁股，一阵乱拳乱脚，登时把个水葱儿一样的姑娘，活活打死在花轿前。抬轿的、吹唢呐的、送行的、接亲的，一跑而散。

王世充打死了巧云，仍不出气，悻悻地回了长安。

李靖得知消息，又悲又痛，几次寻机找王世充复仇，都因寡不敌众而失败。李靖一怒，投在李渊门下做了一个小官，只为寻机报仇。后来，王世充官越做越大，李靖复仇的机会就更难得了。

仇人相见分外眼红。在长安时，李靖就想杀了王世充，但听茂公那样说，就只好忍了。王世充被放走以后，他心中愤愤不平，就悄悄跟了过来。那日在小店中饮酒就有他。他一路跟着，终于在大河边扮成渔翁等到了他。

王世充苦苦哀求，放他一条生路。

李靖说：“要我不杀你，你得立下誓言，将来与我平分江山。”

王世充说：“好，只要我灭了唐王，得了天下，分你一半。”

李靖说：“我放荡江湖多年，就是寻你报仇。今日放了你，口说无凭，须写血书。”

王世充无奈，从身上扯下一块衣襟，展在舢板上，用牙咬破手指，忍着疼痛写下：吾灭唐之后，定分李靖半壁江山，以报放生之恩。王世充誓之。某年某月某日。

王世充写毕，李靖收藏起来，哈哈大笑道："明人不做暗事，让你死个明白。我早已投唐，今日特取你命。国仇家恨算是一起报了！"

王世充和恒法嗣一见上了当，站起来反抗。李靖轻轻踩了一下舢板，舢板失去平衡，把王世充和恒法嗣翻下水去。两个人像笨猪一样，划拉了一阵，死了。

李靖割下他们首级，用布包包上，回到长安，来见茂公和李世民。

那日，茂公正和李世民说单雄信的事。李靖进来，将两个首级扔在茂公与李世民面前，把杀王世充和恒法嗣的经过讲了一遍。接着，又把王世充写的誓言递给茂公，说："军师，空口无凭，有王世充手迹在此。他确实要去榆林找郭子和借兵，卷土重来呀！"

李世民解恨地说："杀了此贼，正合我意。可以免去后患了！"

茂公看着王世充的手迹，笑着说："李将军，何必弄此凭据，难道怕我不信？为唐杀贼，光明正大。"

李靖说："无军师将令，独自杀了他，怕军师怪罪。"

茂公说："李将军，你足智多谋，茂公心中明白。以后有什么妙算，还望赐教！"

李世民一想，李靖做事是有些不妥当，杀了王世充是件好事，可是事前不向茂公言明，自已独去行事，将来难办，便说："李靖，你此举可以将功补过。没有军师将令，是犯军纪的！"

茂公急忙说："殿下莫要多责李将军了。人都是慢慢相处，才慢慢了解的。他杀王世充心切，疏忽军规，下次不犯即可。李将军，你去歇息吧，有事没事常来我这里坐坐！”

李靖辞别茂公和李世民出来了，心中暗想，茂公这个人，的确满腹珠玑，非常人可比。

单雄信在牢中，虽然被好生招待，却常常大骂李渊。狱卒们没有办法，不敢劝，也不敢外传。他们都知道单雄信是茂公、秦琼和程咬金的结拜兄弟。

秦琼和程咬金多次到牢中解劝雄信：如果实在不愿归唐，那就寻条生路，回到二贤庄安度余生算了。

雄信是个倔强汉子，他说：“只要我活着，李家父子就是我的仇人，胞兄之仇就一定要报。”

秦琼、程咬金实在没有办法，来找茂公问计。

茂公也是愁眉不展，没有什么好办法，只好说：“让时间磨去他的仇恨吧！我向殿下说说，拖延时间，你们再好好劝他。”

咬金说：“我去二贤庄，请嫂子和孩子来相劝，也许能奏效。”

茂公想了想，说：“这也是一个办法。”

程咬金当天就上二贤庄请单雄信的夫人张氏和女儿英莲去了。

茂公找到李世民，说起单雄信的事。李世民说：“军师，你们情深义厚，我都理解，只是那雄信，哪条也不依，如何对待？让他归唐，他不干；放他回家，他仍与唐为仇，将来也是麻烦事啊！军师你还有好办法吗？”

茂公说：“春生秋死，春赦秋决，这是古之常理。莫如等到来秋，如果雄信还是只求一死，那就凭他去吧！”

李世民笑笑说："军师果然总有办法，那就照你说的办！"

不多日，程咬金请来张氏和英莲，那管家单全也随了来。这时候雄信的老母已经亡故，家里知道雄信被俘，而且喊着"求死不求生"的话，人人发愁。英莲姑娘只是哭。

到了长安城，咬金领着她们到牢中见雄信。

雄信埋怨咬金："谁让你去叫她们母女，跟着伤心一场！"

咬金不语，摇着头出来了。

张氏见了丈夫，女儿英莲见了父亲，三人抱头痛哭。管家单全站在一旁，泣不成声。

哭了多时，雄信对张氏说："咱们夫妻一场，我对不起你。可是我自离开二贤庄，出门闯荡，就没想要活着回去。只是，我没遇上明主。那李渊杀死了胞兄，此仇不报，难活世上。如今做了他的俘虏，也就自认命短了！"

单全说："主人，我来替你一死可以吗？"

雄信说："老人家，别说傻话。如果我想活，不用你去替我死。不投唐，还可以回二贤庄呢！"

单全哭哭啼啼说："主人，这是何苦呢？"

单雄信说："大丈夫生当做英雄，死也要为鬼雄。"

张氏非常了解自己的丈夫，擦擦泪说："雄信，我不劝你了。好生去吧，保佑我把孩子抚养大，等她出嫁找了婆家，我立即去追你！"

雄信听了这话，笑了。他佩服妻子的刚强，猛然抱住张氏，说："这才是我的好妻子，知道我单雄信的为人。"

英莲只是哭。

单全看着这个场景，实在受不了。在家时雄信仗义疏财，曾救过他一家性命。后来，他做了雄信的管家，料理一切，深得雄信重用。单全念及主人恩情，便说："主人，我先走一步，到阴曹地府也和你在一起。"说罢，起身向牢房门柱上撞去，雄信上前拉住说："老人家，你要活着，我的妻子和孩子还要你照顾呢！二贤庄尚有许多家产，还要你料理呢！如果你一死，我怎能放心啊！"

单全听了这些话，觉得很对，不再说什么了。

天黑了，咬金和秦琼来了，见雄信还是这样，只好把张氏、英莲和单全领走，安排住宿去了。

当夜，咬金和秦琼来见茂公。茂公问雄信可否有些活动？咬金和秦琼都摇摇头。

茂公长吁一口气，说："山可摇，志不可夺。那就送雄信痛痛快快走吧！"

咬金和秦琼见茂公说出这样的话，都放声大哭起来，连声说："军师，难道你就没有好主意了吗？"

茂公轻轻摇头，说："两位贤弟，莫要再折磨雄信了。死，对他来说是一种快事！问他还有什么要求没有。今夜，你们二人自备酒席，为他送别吧！我就不去了，雄信为人刚毅，他已跟我割袍断义，我去了反而使他不快！"

咬金和秦琼实在没有办法，出来之后，自备了一桌酒席，抬到牢中，放在雄信面前。

雄信一见，放声大笑："结义一场，分道扬镳，心是连在一起的，让我们痛饮吧！来生再会，还是好兄弟！"

秦琼和咬金默不作声，只是流泪。雄信说："都是好汉子，怎么这般婆婆妈妈！"

秦琼与咬金强忍住抽泣。大家先斟了一大碗酒，一饮而尽，正要吃菜时，咬金站起来说：“再喝两大碗！”

于是，他又给雄信和秦琼斟了酒。三个人一连喝了三大碗。

然后雄信又给秦琼和咬金斟满酒，三人举起碗来，一饮而尽。

秦琼和咬金还要说什么，雄信说：“别说了，今生之事，来生也许还记得。你们快去歇着，我也睡觉了。”说罢，躺下身去，顷刻呼噜声起，震得窗户纸发颤。

# 第二十三回　闻噩耗徐茂公归里　出意料真情人重逢

雄信的灵柩，由秦琼和咬金送往二贤庄。

茂公自雄信被斩于市曹，心情郁闷不乐，他曾问秦琼和咬金："雄信临走之前，可曾留下遗言？"

咬金说："哎呀，我们忘了问了。"

秦琼也说："雄信不愿再说什么，躺下就睡过去了。"

茂公摇摇头，心中难受，也不埋怨他们。

茂公躺在屋里，眼望房顶，思潮起伏，又想起了当年聚义于瓦岗的情景。雄信大战张须陀的英武神姿时时浮现于他的面前。

侍从给他送来饭，放在桌子上，凉了再换，换了又凉，他一直不吃，还一连几日不出房门。

李世民知道茂公的心情，过府来看望他。

茂公想坐起来，李世民让他躺下，说："你我之间，何必拘礼！"

茂公躺下，望着李世民说："虽然无人处罚我，可是我自责难熬。雄信与我交情深厚，自那日在山中，他竟与我割袍断义，此次又不能救他，他临走之时，我连送他的勇气都没有。

殿下，你受过这样的折磨吗？”

茂公几句话，说得李世民脸红。过了半晌，李世民说：“如果军师离我而去，我受的摧残将大于此。”

茂公笑笑，默默不语。

李世民又说：“以雄信一人，换世民一人，军师觉得如何？”

茂公说：“这是不能类比的事，如同山与水一样。我求山水俱全，但水终于流走了。”

李世民问：“雄信一死，难道动摇了军师之心？”

茂公坐起来，正色说：“殿下，你若如此揣度茂公之心，那么茂公莫如追雄信而去！”

李世民觉得此话言重了，急忙劝解茂公，说这只是戏言。

两个人正说着，有卫士进门通报：离狐来人，要见军师。

李世民与茂公都一惊。离狐是徐茂公老家，突然来人，必有要事。

李世民对卫士说：“快，请进来。”

不一会儿，徐世弼进来，见了茂公问声大哥近来可好。茂公说：“这是秦王殿下，赶快见礼！”

世弼恭身下拜：“草民徐世弼，给秦王殿下施礼了！”

李世民忙扶住他，让他坐下。

兄弟二人多年未见，世弼已成壮年。茂公说：“多年未曾归家，家中老父多亏你照顾，为兄深表歉意。”

世弼听茂公说到这儿，望望世民。李世民说：“有话尽管说来，我与你兄，无话不谈。”

世弼听了，止不住落下泪来。他说：“大哥，你多年不回家，家中这次发生了大事啊！”

茂公站起来问："发生了什么事，赶快如实告诉为兄！"

世弼说："老父去年病故，大病期间，我说到营中找你回去，和老父见上一面。可他老人家说，你军国大事在身，就不要叫了！"

茂公听说老父已去，心中好不悲伤，热泪不由涌满双眼。

世弼又说："因此事，我还不来。老父已经故去一年多了。只因上月，家中遭了天火，所有财物一烧而尽。我实在在家待着心闷，这才找大哥来了。"

茂公更觉悲伤，问："那火，是怎么起的呢？"

世弼说："那天夜里，夜黑风高，不知何故，火先从外宅燃起，等家人发现，已经烧到内宅了。"

李世民在一旁，暗暗伤心。他赞佩世弼为人沉稳，家中发生了这么大的事，竟无慌乱颓唐的样子，便说："世弼，你莫要回离狐了，就做我的记室吧！"

茂公忙说："殿下，可不能因为茂公，而重用其弟呀！"

李世民说："兄强弟不弱。做个记室也不是什么大官，等有功之后，再加升赏！"

茂公心想，家中失了火，一个亲人也没有了，也难为世弼了。想到这里，便对世弼说："既然殿下让你做记室，就要好生为秦王办事。"

世弼向秦王谢恩。

李世民望望茂公说："军师，你自离家，一次也没有回去过，你对唐家的忠诚，世民深深感动。但人都是父母生养，老父故去，你也不知道，我想你应该回家祭祭老父了！"

茂公对李世民的关怀领悟于心，自己此时也真想家了，便说："谢谢殿下如此体谅人心，茂公遵命就是！"

李世民走后，茂公留弟弟世弼住在自己房间，详叙离别之情。茂公嘱咐弟弟，在秦王身旁做记室，要谨慎小心。一不能徇私舞弊；二不能虚报浮夸；三不能擅自妄为。又说："明日我回离狐，你不要同去了。要立刻到任，不能荒弃公务。"

第二天早起，徐茂公轻装简从，只准备带两名卫士。他去向秦王辞行。李世民说："我想为了路上安全，应该多带些卫士。"

茂公说："不必了。第一，茂公回家是为了祭拜老父亡灵，并不是衣锦回乡，炫耀乡里；第二，人多了反而不安全。"

李世民说："但愿早日归来，我好放下悬着的心。莫让我挂念于你！"

茂公说："只要祭父完毕，即刻归来，请殿下放心吧！"

辞别秦王，三个人乘马离开长安。长安城大小官员、文臣武将都不知晓此事。

夏季天气，赤日炎炎，田间禾苗都被日头晒得蔫蔫巴巴。树上蝉鸣，草间蝶飞，一股股热气扑面而来。远山灰灰楚楚，远树绿色生烟，远水碧绿如黛，远人星星点点，真可谓远山无树，远树无枝，远水无波，远人无目。

茂公无心观看路途景象，领着两个卫士骑马飞奔，三个人汗流如注，都敞开了衣襟。

走了十余天，到了离狐。中午时分进了镇。镇上没有行人，安安静静。茂公到了家中，大火已将外宅烧塌，只有内宅几间房子孤零零站着。

茂公进了家，追忆往事，不禁流下泪来。

听说茂公来了，老家人徐忠出来，迎接主人进屋，说：

“没有过去的情景了。不过这也不难，主人拿钱再重盖吧！俗话说，火烧旺运嘛，这也许是好事。”

茂公说：“我哪里有钱再盖呀！”

徐忠问：“难道这样破破烂烂地放着？”

茂公拉着徐忠的手说：“老人家，你在我徐家这么多年，辛苦一辈子了。房产虽然被火烧了，还有许多田产，就全交给你了。等明年有了收成，你爱怎么盖就怎么盖吧！”

接着，茂公告诉他，世弼不回来了，留在唐营供事。

徐忠不好意思地说：“你们都不回来，难道这家就归我了吗？”

茂公说：“归你也是应当的。每年清明在我老父坟头烧上几张纸，代我们祭扫祭扫！”

徐忠只好接受。下午，徐忠领茂公来到徐盖坟前。茂公从镇上买了祭品，祭拜完毕回到家中，歇一夜，准备第二天返回长安。

夜里很静，茂公躺在床上，翻来覆去睡不着。他听着两个卫士打着鼾声，心中烦躁，就穿衣出了屋。走在街上，想着往事，好像就在昨天。

他忽然想到了村东的荷塘，十多年前，也就是在夏季，他去塘边柳林中读书，偶遇袁紫烟，二人一见倾心，这么多年竟不能忘怀。紫烟送给他的那只玉坠儿时时带在身边，但生逢乱世，两人却天各一方。隋炀帝死了之后，他几次打听紫烟下落，却如大海捞针。但茂公心中只有紫烟，所以这么多年不提婚事。

想起往事，茂公不由自主地向镇东荷塘走去。月光如水，洒在柳树林子；一股股荷香，沁人心脾。茂公来到塘边，在岸上站了许久，又转身向林中走去。他想寻到当年读书时的那棵大柳树，可是树木繁杂，实在难寻了。他穿过林中草径，想往回走。没走几步，看见一座房舍，青砖绿瓦，柴门竹篱，不禁生了疑惑。多年离家，谁在此盖了这么一个小小房舍呢？莫不是镇上设此守塘？

茂公想着，接近小房。走到篱边，向院子里看看。只见一个很精瘦的男人，静坐在小院石凳之上。

茂公在外边看着，不想惊动他。那人只是静静地坐着，微微抬着头，望着北斗星。

茂公站了许久，不知其故，迈步轻轻离去。刚一转身，脚下被一根树枝挂住，险些跌到，发出“哗啦”声响。院内的那个男人急站起来，抓起石桌上的宝剑，问：“谁？”

茂公只好站住脚，说：“闲逛至此，打扰壮士了！”

月光之下，茂公见此人头戴灰色方巾，身穿青色短衣短裤，脚穿草鞋，完全是村野山民的打扮。但听声音，却是细软绵润。

“你是哪里人，怎么夤夜到此？”壮士问。

茂公说：“少小离家，今日回来，睡不着觉，来荷塘散散心！”

壮士听了这话，放下宝剑，走出竹篱，来到茂公身边，仔细端详了一会儿，说：“有见面的朋友，没有见面的冤家，请进来坐一坐。”

茂公心想：回去也是睡不着，不如进去坐坐。于是跟了壮士，来到小院，二人在石凳上对面坐下。

壮士从屋里取来茶壶茶碗，缓缓斟上水，说：“闲坐无聊，喝点茶吧！”

茂公不客气，端起茶碗喝茶。他的一举一动，壮士都仔细地看着。

壮士又问：“你叫什么名字？家在离狐，出外做什么去了？！”

茂公说：“我姓徐，名世勣。早年离开离狐，去外闯荡，这是回来祭拜老父亡灵的！”

壮士听了这话，手中的茶碗落在地下，险些打碎。他伸手拾起来，放在手中看看说：“还好，仍是完完整整的！”

茂公笑笑说：“我在家时，常来这里读书。那时没有这个房子，不知壮士何时搬来？到此做何营生？”

壮士说：“我来此不久。我本游方郎中，四海为家。来到贵宝地，看到此地风景不错，又有这么一个闲室，就住下了。我每日外出为人治病，晚间归来，倒也逍遥自在。”

茂公又问：“那，这个原来的院主呢？”

壮士说：“人间巧事多多有。我来时，这里空着，问镇上人这院子归谁？镇上人告诉我，是镇上首户徐家的。那徐盖老人见我要住，便说：‘这小院是我小儿子读书之所，前些年被王世充抓去，逼着他写信给他的哥哥为王世充效力，小儿子被迫撞柱而亡，这房子就闲下来了。你没住处，就住下吧，分文不取。’那老人心眼儿真好，就这样我就住下了。听说，王世充要找的人就是老人的大儿子徐世勣啊。那不正是你吗？！”

茂公点点头说：“正是。可叹小弟英年早逝，为我失了性命！”

二人坐了一阵儿，壮士又问：“听说，你已归唐，很受秦王殿下重用，一定荣华富贵、儿女满堂了吧？”

茂公大笑不语。壮士又问：“怎么发笑啊？”

茂公喝口水说："我茂公半生闯荡，一贫如洗，还讲什么荣华富贵、儿女满堂？我连媳妇还没娶呢！"

壮士又追问，好像什么都感兴趣："怎么不娶媳妇？莫非没有中意的？还是想等做了大官，娶个名门闺秀啊？"

茂公听了这话，沉下脸说："请壮士不要取笑于我。茂公没有那个奢望。"

壮士说："并不是取笑，是同病相怜，我也三十出头，没有妻室。恳请赐教，应该找个什么样的？"

茂公说："人各有志，人各有情，谁也不能替代谁！"

壮士又说："那你为什么不娶呀？再不然已有定情，受了什么挫折，使你心灰意冷？"

壮士这些话，正触茂公心中痛处，低下头说："咱们萍水相逢，不愿相谈此事。只是你刚才的话，确有几分道理。"

壮士说："噢，看来我是猜对了。既然猜对了，就说明我们有缘。我一山野村民，也不会张扬你的隐私，对你而言，这也不是军事机密，何不谈出来，权作消遣，也好开开你的心窍，省得憋在心中难熬啊！"

茂公见这壮士口齿伶俐，说话很有分量，也正中心怀，便说："说起来，一言难尽。"

壮士笑着说："一言难尽，就说两言，两言不尽，就说三言。我听了也许能为你排解排解。"

茂公喝了一口水，便把十七年前在此偶遇袁紫烟，两个人心心相印，后来听说袁紫烟被隋炀帝硬抢入宫，炀帝亡了之后，几经寻访，不见消息的事，讲了一遍。

壮士听了，又说："十七年了。那袁紫烟当年十六岁，现今已三十三岁了，你还等着她吗？再说，她已随了炀帝，已是不贞之妇，你还想要她？她既是活着，想必也早嫁人了，你这样傻等，不是白费时间吗？”

茂公说：“人的感情，不是朝夕可变的。我这个人钟情如命。一朝定情，终生难变，不管如何，我也要等她。只要她不死，就会有见面的机会。她若嫁了人，或是死了，我必要等个准音信。嫁人了，是她负我；已经死了，我要到她的坟头烧烧纸，年年祭拜于她。”

壮士说：“十七年了，就是见了面，你也不认识她了。当年她是如花少女，如今她是干柴妇女，容貌大变了。”

茂公说：“这不怕，我身边有她当年的定情之物，一见便知。”说着从内衣里取出玉坠儿，送给壮士观看，“这么多年，我一直把它带在身边，犹如紫烟在我身边一样。”

壮士接过玉坠儿，拿在手中观看。晶亮透明，几道彩霞刻在上边，如同红云，此时被月光照着，更是晶亮生辉。

壮士拿着玉坠儿，眼里流出了泪。茂公不解地说：“壮士很重感情，被我的故事感动了！”

壮士不言不语，从怀中也拿出一样东西，递给茂公，说：“你看此物！”

茂公接过来，大惊说：“这就是我当年送给紫烟的信物。这个书签儿虽小，却刻着我的名字啊！它怎么到了你的手里？莫非紫烟已经做了故人？”

壮士站起身，一把捋掉头上的方巾，露出光头，大呼道：“我便是紫烟啊！”说罢，伏在石桌上呜呜抽泣。

茂公愣在那里，不知是真是假。

这袁紫烟，自从逃出隋朝宫中之后，无目的地奔走。后来来到一座尼姑庵中，削发为尼，心想老死庵中，不再入世了。

不料，尼姑庵也遭兵祸，有的尼姑被糟蹋，有的被杀死。紫烟躲在一口枯井中，才免于遭难。后来，为躲避一些恶少调戏，她就索性女扮男装，学习医术，走村串巷为穷人治病。

她每天忙忙碌碌，一到晚间，就思念茂公，拿出书签儿来细看。看毕，就朝北斗坐着，心中暗暗祈祷茂公平安。

她早打听到茂公的消息，几次想去找他。可是她自知自己已经是残花败柳，又削了头发，思前想后没有勇气。来到这里之后，见了柳林，见了荷塘，又有茂公父亲给她的小院，她就十分满足了。烦闷时到塘边走走，思念时拿出书签儿看看，就别无他求了。只盼有个机缘，能见上茂公一面，此生也不白来……

茂公详问她的苦难经历，紫烟一五一十地说了。

茂公扶着紫烟，紫烟依偎在他的怀中，激动得说不出话来……

# 第二十四回　庆圣典李渊登宝座　闹御宴尉迟恭撒泼

意外见到紫烟，茂公的心情很好。第二天，他便带了紫烟在两个卫士的陪伴下离开离狐，回长安去了。

李世民一天天计算，盼着茂公回来。这日，他正在西府与众官员议事，忽然卫士来报：军师已经回到长安。

世民听了，喜出望外，放下一切事情，立即来到茂公住处。

茂公正要带着紫烟去西府见李世民，李世民却来了。茂公让紫烟过来见礼，并做了介绍。

紫烟仍是山民扮相，李世民惊问："军师此去，怎么带个客人？"

茂公便说："你常常为我操心婚姻大事，今日我便把她带来了！"说罢，便对李世民讲了他和紫烟之间的来龙去脉。

李世民听了惊喜不止，连连叹道："难为军师这样钟情，又遇上了这样钟情的女子。这正是一曲清歌传里巷，千秋佳话付笙箫了！"

茂公说："我们这个不用媒人，只需证人，就请殿下做个证婚之人吧！"

李世民连说："好好，我求之不得。"

李世民再细一观察紫烟，眉眼身段果是个俊俏女子。两个人苦苦相盼，等了这么多年，遇上这么大周折，也该完婚了，便说："军师，选个吉时良辰，举行婚礼吧！"

茂公说："但凭殿下安排。可是不要排场，像平民百姓一样操办就成了。"

李世民说："军师之意我明白，就由我安排吧！"

茂公只好应允。

吉日择定，举行婚礼。秦琼、咬金、润甫、尉迟恭等众将，魏征、房玄龄、杜如晦、李靖等人前来祝贺。

唐王李渊下诏，全城挂彩，鼓乐齐鸣，祝贺军师成婚，并送了许多礼品。

茂公婚后三天，没有离开府中，不知外边发生的事情。

一日，秦琼来见茂公，说："殿下请军师过府议事。"

茂公对紫烟说："三日已过，往后我就忙了，你随便看看书吧！"

紫烟说："不要管我，自去忙国事，家中自有我来料理。"

茂公来到西府。原先的文臣武将尽皆散去，只剩李世民一人，在房中踱步。

茂公见李世民脸上凝思百结，必然有事，便问："殿下，叫茂公来何事？"

李世民笑笑说："打扰军师了。不是大事，不敢轻劳。"

二人坐下，李世民便将事情经过告诉茂公。

如今天下基本平定，几路势力大的称王称霸者，业已荡平。几股小势力，有的自消自灭，有的在互相攻打中两败俱伤，土崩瓦解。在此情况下，李渊想当皇帝，不叫唐王叫唐帝，国号为唐，建都长安，称为唐高祖、神尧皇帝，年号武德。还准备大封群臣，大赦天下。已选定七月初七为登基大典。

茂公听了，说："不是已经决定，还有何事？"

李世民说："父亲问我是否可行？我拿不定主意。东府建成大哥和弟弟元吉，不同意过早登基，只说天下方定，待日后再视情况而定。父王说，只要我同意，就可以了。"

茂公想了想，问："殿下如何想法？"

李世民说："父亲登基是早晚的事。我想从父之意。可是我这样一说，必然伤了哥哥和弟弟。"

茂公又问："殿下可曾想过，建成和元吉为什么不同意唐王早日登基？"

李世民说："我百思不得其解，军师你说呢？"

茂公皱着眉头思考半晌，说："依我之见，应听从唐王旨意。东府之事，你只当不知就可以了！"

茂公不愿意把建成和元吉的想法说出来，只让李世民听从父意。

李世民很为难，说："这样与东府不一致，不是伤了哥哥和弟弟吗？"

茂公笑了："树欲静而风不止，想躲是不可能的。太子名分仍是建成嘛！"

李世民说："是。父王安慰我说：'他是兄，你是弟。虽然你对建立大唐有功，但也只好如此。只要你弟兄同心合力就可以了。'"

茂公轻轻问："殿下心服吗？"

李世民不语。茂公说："人都为名为利而奔忙。但人不知道，无荣无贵最消闲。"

事情就这样决定了。东府建成、元吉见李渊主意已定，就只好遵从。

到了七月初七，一切准备完备。唐王李渊正式登基做了皇帝，向天下发布诏书，安抚民心，普天同庆。由隋亡到唐兴，打了二十来年仗，老百姓盼望太平，唐一统天下，实是民心所归。

唐高祖大封群臣。第一个封赏的就是徐茂公。他被封为护国军师、兵马都招讨，赐爵英国公。

第二个封秦琼，为左武卫大将军，赐爵秦国公。第三个封尉迟恭，为右武卫大将军，赐爵敖国公。

程咬金为左领军大将军，赐爵卢国公；罗成为右领军大将军，赐爵越国公。

文臣魏征、杜如晦、房玄龄、长孙无忌均封为左右仆射。

李靖封为兵部尚书。

李渊的叔伯兄弟李道宗封为任城王。

其余诸文臣武将，尽皆封赠。

当夜，李渊大宴群臣，好不威风，好不热闹。宫中设御宴，上等好酒，珍馐美味，应有尽有。宴间笙管笛箫齐鸣，宫中舞女翩翩起舞，如同仙境一般。

文武大臣按文东武西，依次坐好。

正中席位是高祖李渊。左边陪着太子建成、齐王元吉，右边是秦王李世民。

文臣这边，魏征、房玄龄、杜如晦、长孙无忌等次第排开。

武将这边，李道宗、徐茂公、秦琼、尉迟恭、程咬金、罗成、李靖等一溜儿坐齐。

李渊满面春风地说："各位爱卿，朕自起兵晋阳以来，多得诸位合心同力，奋战沙场。时至今日，扫灭群雄，统一中原，建立了大唐帝国。各位卿家朕已论功封赏，望大家仍要齐心协力，共兴大唐，使之千秋万代，世世昌隆。"

说到这里，李渊举杯，和大家同饮。

文臣、武将起身三呼"万岁"，然后跟李渊一饮而尽。

李渊又说："太子建成，将来要接替龙位，望众位卿家，鼎力扶持。秦王世民和齐王元吉，统为殿下，也望众卿不分厚薄。西府乃是世民所居，东府乃是建成、元吉府第。两府文臣、武将，都要同心同德，不能互拉山头，各长势力。如有违抗不尊者，朕当一律问罪！"

李渊说这些话，是给东、西两府敲警钟。因为他已经发觉，东、西两府有些不睦。他这样要求臣僚，也是转弯抹角地说给太子建成和秦王李世民听的。

大臣们都默默无语。茂公望望李世民，见他不动声色，而太子建成却是趾高气扬的样子。茂公心想：不过许久，东、西两府必将有一场殊死斗争。古往今来，为了争夺皇位，父子相残、兄弟相杀的事，屡见不鲜。李世民东征西讨，为大唐帝国建立了丰功伟绩，身边又聚集了许多文臣、武将。太子建成和齐王元吉，没有立下什么汗马功劳，而且身旁文武大臣也不多。重要的、有作为的文臣和武将都在西府。难怪李渊有这番担心。所以登基头一天，君臣宴会，他就提出了这一点，李渊虽然看到了，也提出来了，可是并不能彻底解决。按理说，按功绩论，秦王李世民应立为太子，将来接替皇位。可是他不是长子，李渊又不敢破这个例，所以还是伏下了危机。

茂公就这样想着，并且默默思考着将来的局势。

李渊祝罢酒，接下来是大臣们自饮，随便谈笑，互相敬酒。

尉迟恭为人豪爽，喝起酒来，也是勇猛。他挨着个儿敬酒，先文后武，一人一大盏，全都是一饮而干。半圈下来，他已经喝过了头，脚下无跟，晃晃悠悠。

敬完了文臣，不能不敬武将。尉迟恭强打精神，硬充量大，东倒西歪地来到武将这一边。他眼睛生花，看不清面庞，走到第一位桌前，举起杯来，嘴里说："来，军师，建立大唐，你的功劳最大，我佩服你，特敬一杯，一齐饮下。"

任城王李道宗，心中不高兴，但仍做笑脸，站起来，说："尉迟将军，你认错人了。我不是军师，我是任城王。"

尉迟恭说："怎么，错了？你不是军师？姓任叫城王。我知道有个程咬金善使大斧子，可你偏偏姓任，又不姓程。我怎么不认识你呀！再说你这个名字也不好听。"

李道宗笑着问："怎么不好听呀？"

尉迟恭说："城亡，城亡，任城必亡！"

李道宗有些生气了："尉迟将军，这可是万岁封我的官号啊！"

尉迟恭一听是万岁封的，不敢再说什么。但仍不示弱，说："你有什么功劳，竟然坐在徐军师的上首？我只佩服军师，不尿你！"

茂公见尉迟恭酒后失礼，看看要把事情弄大，便过去拉他一把，说："敬德，快快回到座位上去吧！"

尉迟恭一听这话，立刻大怒。他没听清是茂公的声音，寻思是任城王拒绝了他的敬酒，便上前把酒杯砸向了李道宗。李道宗一闪身，酒杯落在地上。

李道宗怎能受他这个污辱，不由上前抓住尉迟恭的前胸，抡起就是一拳，打得尉迟恭一趔趄。尉迟恭急了，大吼："你敢打老子，看拳头！"

尉迟恭的铁拳使足了劲，正好打在李道宗的左腮上。李道宗顿时满嘴流血，吐出两颗牙来，双手抱头，跪在李渊面前，哭着说："请万岁为臣做主！"

秦琼跑过去，拉着尉迟恭坐到原位。尉迟恭仍然怒气未消，大喊："他先打我，我才还手。怎么他还有理了？"

秦琼按住他，堵上他的嘴。尉迟恭还是大喊不止："你是谁？你们都欺负我！"

文武大臣都站起来，不知该如何收场。

李渊震怒，着卫士把李道宗扶下去，然后说："尉迟恭酒后无德，搅乱御宴，拉出去斩了！"

李世民都看在眼里，虽然尉迟恭打了任城王是酒后无德，但也不至于斩首，急忙说："父皇，且息雷霆之怒。尉迟恭行为不端，但念他功高位显，请父皇饶他一死。再说，父皇刚刚登基，就斩大将，是不吉利的呀！"

李渊听了后一句，想想说："好，且将尉迟恭监押入狱，听候发落。"

太子建成和齐王元吉见李渊松了口气，便说："尉迟恭胆敢闹御宴，是对万岁极大冒犯，理应处斩，不然以后君威难树。"

李渊听了，觉得也有道理，一时竟决断不下。

茂公一见，急忙上前跪倒："启奏万岁，臣徐茂公有话要说。”

李渊说：“徐爱卿平身，有事奏来。”

徐茂公站起来说：“陛下，今日乃普天同庆之日。秦王殿下说得对，陛下刚刚登坐大宝，就斩大臣，实为不利。另外，尉迟恭虽然怒打任城王，搅了御宴，乃是喜庆所致。不然他为什么要打任城王？陛下封了他的官，他高兴；陛下赏他饮酒，他欢喜，所以多饮了几杯，才闹出了与任城王不愉快的事。再者，他们是话赶话，这话原由茂公身上所起，陛下如若降罪，应降于茂公。至于尉迟恭与任城王，均挨不上边。请陛下三思。”

茂公这一番话说得李渊无话可答，建成和元吉只是干生气，没有办法。

李渊问：“依你之见，应该怎样处罚他们？”

茂公说：“依臣看来，任城王虽然拒绝了尉迟恭敬酒，却挨了打，他就莫再处罚了。尉迟恭应该监禁三天，闭门思过，然后向任城王道歉，向陛下谢恩。”

李渊听了，连声说：“好，就依卿之奏。”

御宴散了。太子建成和齐王元吉并马而行，回到东府。二人都愤愤不平。元吉说：“大哥，看出来了？这就是苗头。西府一帮一群的，互相袒护，一切都是世民做后台。照此下去，父皇百年之后，你的江山恐怕难坐呀！”

建成耸着眉，恶狠狠地说：“别看他们一帮一群，只要我们整了世民，他们就树倒猢狲散了。”

元吉说：“大哥，不能掉以轻心。西府那帮谋士们鬼点子可多着呢，尤其是那个徐茂公！”

建成说：“不妨事。你我向父皇密奏，先拆散了他们一帮一群，然后对秦王下手。”

二人又密谋了许久，才歇息。

过了三日，尉迟恭释了监禁，首先来见茂公。茂公佯做不见他。

尉迟恭是个急脾气，“扑通”给茂公跪在门外，哀求说：“军师，你要再不理我，我就一头撞死在你门前。”

茂公果真害了怕。因为他知道尉迟恭说到做到，便走出来一把拉起他，说：“监禁三天，闭门思过。你错在什么地方了？”

尉迟恭说：“我不该饮那么多酒，不该逞强，不该给你和殿下脸上抹黑！”

茂公问：“还有呢？”

尉迟恭说：“我不该打那个李道宗。原来他是万岁的叔伯弟弟呀！”

茂公见他都没有说到正经地方，便问：“敬德，你读了几年书？”

“读了三年。”尉迟恭说。

茂公笑笑说：“三年就不少了。你知道汉高祖刘邦杀韩信的故事吗？知道他杀彭越、英布的故事吗？这些人都曾为刘邦立过大功，后来刘邦做了皇帝，他们居功自傲，有的甚至举兵叛变，所以刘邦把他们杀了。史书和野史都批评刘邦不对，自己当了皇帝容不得人，忍心杀戮功臣。依你的事看来，我认为不是刘邦之过。居功自傲，是坏事的病根。你以为你曾救过秦王殿下的命，秦王当时也那样说过，有他就有你，所以你才忘乎所以了。闭门思过三日，应该找到致过的病根，牢记终生。不管功劳多大，都要谦虚谨慎做事，平平常常做人！”

尉迟恭听茂公讲了这么一番道理，拜伏在地。他反问自己：如果心里没有底，敢那般放肆饮酒吗？敢那样对待李道宗吗？

茂公见尉迟恭从根本上认了错，便说：“放下架子，到李道宗那里赔个礼，言归于好！”

尉迟恭迟迟不动。茂公说：“不敢去，还是不愿去？”

“有什么不敢的？只是有些不愿。”尉迟恭说。

茂公严肃地说：“那就说明你不想改正！”

尉迟恭站起来，一跺脚，说：“我去！”

# 第二十五回 暗争斗军师守晋阳 诉衷情秦王说东府

半年以后，以保国安民、镇守要津为由，李渊下旨，西府大将陆陆续续被派往外地。

徐茂公为晋阳兵马行军总管，辖十七个州。

秦琼为洛阳镇守史。

罗成为渔阳镇守史。

程咬金为任城镇守史。

贾润甫为历阳镇守史。

李靖为朔方镇守史。

只有尉迟恭留在长安，为京兆三军统领。

眼见一道道旨意下来，李世民如百爪挠心，坐卧不宁。就连徐世弼也外放，做云州刺史去了。他在长安待不住，骑快马来到晋阳，找茂公问计。

茂公自赴晋阳之后，心里倒觉得很轻松。他整顿军务，体察民情，常到各州县走走看看，解决问题。他与紫烟伉俪之情如浓酒般醇厚。晚上二人读读书，谈谈各自的经历，生活十分和谐。紫烟的头发也快蓄上来了，茂公早起为她梳头。

紫烟说：“我自己来吧，免得下人们看见，有失你行军总管的尊严！”

茂公笑着说：“亲人面前，没有伟人，何况我一个小小行军总管。”

紫烟对茂公更是十分关怀，起居冷暖，事事时时注意。茂公生活简朴，从不讲究吃穿。紫烟说：“穿戴乃是人的门面，常言说人靠衣服马靠鞍，就是这个道理。不给别人看，还要给我看呢！吃呢，也总要好一些。咱不贪不占，每日你的俸禄，也够了。咱也不希图多积攒。”

茂公见紫烟这般贤惠，又能理家过日子，心中甚是欣慰，说：“过去有人说，宁娶大家奴，不娶小家女。这真是偏见。依我看，大家奴羡慕享受，而小家之女，受过艰辛之苦，才会过好日子呢！”

紫烟说：“这都不能一概而论。大家奴和小家女都有好、有坏。我生于贫寒之家，但也经历过炀帝宫中的豪华生活。终归还是在个人的品行、个人的心地。”

茂公听紫烟说得很近情理，连连点头说：“对，世间事总不是绝对的。统而论之，往往出现偏颇。不过，咱们还要攒一点点钱。你没有一个亲人了，可我除了二弟，尚有一个老姐姐，自幼就许配一个农夫，仍旧过那种贫寒岁月。另外，你也该生养了，照顾孩子也要花一些钱。”

紫烟说：“咱们的孩子从小不要让他生活特别好，或者有什么优越感。泥里水里滚过来的孩子，将来不怕大风大浪。”

对于紫烟的话，茂公觉得句句有道理，便说：“看来我有一个贤内助，什么事也不要让我挂怀了。当年，我从心里羡慕窦建德两口子，那曹后可算一位大贤人，可惜，没落个好结果。而今看来，我觉得自己比窦建德要幸运得多！”

一天晚上，茂公与紫烟在后园子里给菜畦浇水。茂公转辘轳，紫烟提水浇菜。

他们的后园子不种花，而种了各种四时青菜。紫烟说："富人种花赏花，他自己不动手。我们不种花而种菜，既锻炼身体，也不用花钱买菜了。"

茂公见妻子很像个农妇，心中畅爽，戏谑说："可要悠着点劲儿呀，把肚子里孩子牵动了，我可不饶你呀！"

紫烟羞红脸说："你们男人自私自利，一说就是你的孩子。女人十月怀胎，生养时受尽辛苦，容易吗？"

说得茂公哈哈大笑，说："如果让你当女皇，你一定下一道旨，把我们男人都贬到地狱十八层！"

紫烟说："那倒不至于，可也要有个平等。我常想，女人不自强，那就只有做男人的玩物了！"

二人嘻嘻哈哈地边说边劳作，出一身汗，弄一身泥，心中却轻松。

夫妻二人正在浇菜，家童来报："老爷，门外有人求见。"

茂公松开手中辘轳把儿，心想：天已黑了，什么人来访？便对紫烟说："你也歇一会儿，我去看看。"

刚要走，只见园子门口站着一个人，哈哈大笑说："哈哈，总管大人做了农夫，总管夫人也甘为农妇了！"

茂公抬头一见是李世民，急忙近前深深打躬："殿下，别来无恙！"

李世民叹口气说："哪有你好啊，天高皇帝远，减去了多少忧烦！"

茂公说："在其位当谋其政。你是殿下，我是臣僚。万岁给我的使命，总要竭力完成。闲余时间种种菜，也是简省一些嘛！”

李世民说：“我哪有你这样的怡然情绪呀！”

茂公笑着说：“所以，殿下又大远来忧烦于我！”

茂公洗洗手，紫烟也过来给李世民行礼。李世民说：“嫂夫人的气色要比在长安时好多了。”

紫烟说：“我本贫贱之女，越是平淡对我越适宜。在长安你来我往地应酬，空熬去多少精神！”

茂公引着李世民来到住室。李世民让下人在另屋休息。茂公问吃饭了没有？李世民说已吃过了。

茂公问：“殿下，屈驾到此，并不是游玩吧？”

李世民说：“看看你，还不成吗？实在是想念啊！”

茂公又问：“除了想念，还有什么呢？”

李世民知道茂公为人，不喜欢转弯抹角。用他自己的话说，便是“为人贵直，用兵贵曲”。何况自己心中的事，都在茂公心里装着呢！

李世民说：“还是那句话，当着真人不说假话。我直言相告：心情郁闷难解，想请军师指点迷津。”

茂公笑了，单刀直入地问：“那么，殿下我问你，太子之位让建成当，将来他坐宝殿，你甘心吗？”

茂公一语道出李世民之忧烦。他这样问，是要看看李世民是不是讲真话。

李世民毫不隐瞒地回答：“我不甘心。”

茂公听了很高兴，心想李世民拿我确实不当外人，李世民还是原来的李世民，便又问：“如果太子建成登基之后，治理国家有方，使大唐江山固若金汤，得到百姓的拥戴呢？”

李世民说："若真是如此，世民求之不得。只恐怕他不是这个心胸，也没有这个韬略呀！"

茂公深深吸一口气，说："看来如此。此次将西府大将外放，这谁都明白是建成和元吉的意思，只是借了万岁的旨意而已。"

李世民问："那他们为什么偏偏留尉迟恭在长安啊？"

茂公说："这也在意料之中。那次敬德去给道宗赔礼，他们认为敬德这个人乃一介武夫，心直性爽，极好拉拢，将来可为他们所用。其实，他们看错了人，敬德这个人刚毅多于柔润，忠义而偏于倔强，他是不容易转变看法的，更不是见风使舵那种人！"

李世民说："近些天来，建成和元吉经常请敬德去饮酒，还请道宗作陪。二人已经和好如初了。"

茂公说："这有何妨，不是坏事而是好事。殿下也不应该与东府耿耿于怀。都是同胞兄弟，何必那么紧张呢！"

李世民不解茂公的心思，难道他让我与东府融洽起来，省得我为将来的事情发愁？便说："依你之见，是让我忍了，不做长远打算，安心做这个秦王？"

茂公知道这是个难题，可是又不得不回答："殿下，这个事，茂公心里不知想过多少遍。你们是同胞兄弟，一母所生啊！把话说白了，我不愿意见到你们兄弟自残骨肉啊！可是，反过来说，殿下的确不同凡响，为大唐的基业立了汗马功劳，将来你做了皇帝，于民有利，于我茂公也有利。出于这一点，我应尽心竭力设谋，扶你夺取正位。这正是我的矛盾心态。请殿下能理解我。"

李世民说："如果为大唐江山、为大唐百姓着想呢？"

茂公说："若是这样，我将全力以赴，如同剪灭王世充等人一样，义无反顾了；可是万岁已立建成为太子，你要夺权即为不忠不孝了，而且将来的情况也很难预料。"

李世民心眼最灵，他一听就听出弦外之音，便说："难道你不相信我李世民？也就是说怕我将来有一天会变坏？"

茂公佩服李世民的机敏，也深知他志向高远，是为大唐江山百年之计着想，但谁敢保他当上皇帝以后还是这样呢？

茂公直截了当地说："设想一个昏庸皇帝和一个凶暴的皇帝，谁对老百姓的残害大些呢？自然是凶暴的皇帝了。一个昏庸皇帝，虽然无能，甚至尽听信谗言，那无非是炀帝之流，人们尽可起来造反，推翻它。若推翻一个有心术的暴君，就不那么容易了。殿下，恕我直言，请莫见怪！"

二人推心置腹，语出深层，不愿让任何人听见。紫烟出来为二人续茶，茂公说："不必再来了，我们都有两只手。"

紫烟明白茂公的意思，便说："不劳嘱咐。"说完，一笑退了下去。

茂公想了想，又说："总之一句话，茂公不愿意见到你们兄弟相残。如果能和和平平解决最好了。我也知道建成和元吉，如果论治国治军，不能与殿下同日而语。"

李世民说："我岂愿意自残骨肉啊！如果他们苦苦相逼呢？"

茂公说："如迫不得已，那别说是殿下，谁都要自卫的。所以，我的主意，眼下殿下应该尽力和东府融洽起来。如果东府有别的意思，殿下也应该先顺水推舟。我常想一个理，天下大事，冥冥中自有定数。用老百姓的话说，是你的，别人抢不走，不是你的，你也抢不来。"

李世民说："你的心胸，我得好好学习。回去之后，定按所教之言行事。"

茂公说："多读读书，多想些抵御外邦入侵之计。殿下莫要想，唐家江山自此安定了。北边突厥，东边高句丽，南边南诏，西边吐谷浑，时时伺机进犯中原，不得不防啊！如果只想窝里相争，将来一旦异族入侵，就会慌了手脚。前些天，我已上书万岁，请他不忘操练人马，加强戒备，不可懈怠。不知万岁有何设想？"

李世民说："你想得很对。如果一起战争，父皇还是要调你回去的。"

说到这里，茂公又说："别忘了李靖。万岁把他发放得最远。其实有利有弊。利者，李靖用兵有方，在朔方镇守，可使朔方太平；弊者，放他太远，一旦用人，怕延误时机。再说李靖生性放荡，对军队约束不严。朔方离京城太远，万岁也难以了解。一旦出了事，也不好了解真情，不好解决。"

李世民听茂公对李靖这么器重，心中不解，便说："你难道忘了，他曾不讨将令，私杀了王世充？"

茂公笑笑说："怎能忘却。但对人不要存成见，不能压制人才。我浑身是铁能打成多少钉子！如讲用兵，他可以为帅，别人只可为将。"

李世民点点头。

茂公又说："就是刚才咱们议论之事，到了重要关口，也可向他问计。"

李世民一一应诺。二人直说到深夜。

李世民在茂公这里住了三天。白天没事，二人到晋阳城转转，谈谈往事，议议将来。

李世民说："晋阳是我们李家兴兵之地，是我们的老家。父皇把你安排到这儿来，等于替我们看老家了！"

谈话之间，不知从哪个话题，他们又议论起尉迟恭来。

李世民说："这个尉迟恭大大咧咧，到了西府，就像到了他的家。渴了就喝，饿了就吃。这还不算，有时困乏了，就躺在我床上睡觉，打起呼噜来，惊天动地。"

茂公听了，微微摇摇头，说："这个尉迟将军，对殿下有救命之恩，所以殿下也不怪他。可是长久下去，并不是好事。君臣失去秩序，我以为不是治国之道。其实我与殿下的交谈就已失去了秩序。如果将来殿下果然做了皇帝，我也就不敢这么做了。对于敬德，殿下不能太放纵他，这是为他好。若助长他居功自傲的情绪，就是害他了。"

李世民说："敬德于我有救命之恩，交情深厚，不会有事吧？"

茂公说："这是现在。如果你当了皇帝，你的龙床，他任意躺了，你愿意吗？说大了，你当了皇帝，他不把你放在眼里，举兵反抗你，你杀他不杀他？"

李世民说："敬德不会反对我吧？"

茂公说："对，现在不会。如果把他宠坏，也许他不高兴时，就会起来反对殿下！所以，现在殿下过分放纵他，不是好事。汉朝时，光武皇帝与严子陵同榻而眠，严子陵把脚放在光武的肚子上，光武皇帝也不说什么。赶到后来，就不行了。所以君臣之间，不论感情多深，还是有个秩序好！"

李世民对茂公的话，听得津津有味，觉得与他在一起，长见识开心智，实在难得。思想起长远来，治国安邦非他莫属。

李世民说："你放心，纵是我将来做了皇帝，也要做一个明君，绝不无辜杀人，尤其是开国功臣。我可以对天盟誓，如果我李世民有朝一日对不起徐茂公，那就是我灭亡之时！”

茂公捂住他的嘴，说：“殿下，实在言重了！”

# 第二十六回　逞淫情太子乱宫闱　藏头诗世民遮家丑

唐高祖已经年老，但好色之心犹炽。他宫中的美人，仅生儿育女者，就有三十人。可他仍不满足，还不断地从宫外选美，以资玩乐。一些臣僚为了投其所好，也争相献美。有人竟把隋文帝当年的张、尹二妃也献上了。

这张、尹二妃虽然已经三十出头，却浪情多姿，手段相当的厉害，把个李渊折腾得神迷魄飞。

此时窦后已经死了，张、尹二妃虽然不能扶为正宫，但在李渊面前，十分得宠，说一不二。

太子建成和齐王元吉，很会看风头。觉得若想在父皇面前说话算数，就得要抓住张、尹二妃，何况这两个人又都是拈花惹草的高手。

唐高祖李渊毕竟年纪大了，架不住许多把板斧的消磨，经常身体倦怠。这一日，又值身体不爽，在丹霄宫中静养。一般嫔妃，不召不得进去，唯有张、尹二妃可以随时看望。

高祖病了，张、尹二妃闲着没有意思，就请人来宫中踢毽玩。这日，尹妃的侍女小莺又去请人来，正好遇上了建成和元吉的两个小宫监，便笑嘻嘻地问：“近日来，两位王爷干什么了？”

小宫监说：“你真是有眼无珠，这不就在身后。”

建成和元吉走过来，见小莺俊俏伶俐，就嬉皮笑脸地说话。

“小莺，你十几了？”建成问。

“十六岁。”小莺答。

元吉笑着说：“好，正是花枝乱颤的年纪，实在招人喜欢。”说罢，上前抓住小莺的手，要亲。

小莺急忙躲闪，说：“王爷自要珍重，要叫人看见，多不好意思啊！”

建成也凑过来说：“不妨事。”一把将小莺拉入宫槛内，抱住亲了一口。

小莺推推搡搡说：“两位必是有事，快去做吧！我要去请人踢毬玩了。”

建成说：“你们夫人这些天做什么？”

小莺说：“昨天是张夫人寿诞，前日是尹夫人寿诞，前日和昨日可忙活了。前日、昨日，两位王爷怎么不来？”

建成和元吉说：“我们没有接过请柬呀！”

小莺说：“今日我告诉了，那就补上吧！”

建成和元吉齐声说：“好吧，明天我们补上，你先通知张、尹两位夫人！”

小莺调情地问：“那，两位王爷给我什么谢礼呀？”

建成和元吉看看身边没有带别的物件，便解下腰间八宝十锦合欢丝鸾带，递给小莺。小莺接了，高高兴兴地走了。

建成和元吉回到东府，开始准备给张、尹二妃的礼物。二人各拿了一些珍珠美玉，用两个金龙盒子装上，打点得整整齐齐，只待明日去见张、尹二妃。

到了第二天，建成和元吉骑了马，来到后宰门，跳下马来，提了礼物，来到分宫楼。

小莺正站在宫门前翘首张望呢，见建成和元吉来了，嘻嘻笑着："两位王爷果真讲信用，来得真早。"

于是，小莺带着他俩去见张、尹二妃。

张、尹二妃早已梳妆打扮完毕，等着建成和元吉到来。几个小宫娥轻移莲步，还在忙活。

建成和元吉见了张、尹二妃，要行大礼。张、尹二妃急忙拦住，齐说："二王要行大礼，岂不折死我们！"

建成说："两位夫人，你们如同庶母，焉有圣寿不行恭拜之礼呀！"

张妃说："请二王以常礼相待，我们倒心安理得。"

二王只好顺从。尹妃说："在这里不便说话，何不到楼上坐坐。"

张妃也说好。二王随二妃上了楼。

四人坐下，慢慢品着茶膳，彼此含情脉脉地说话。张妃说："前些时候，二王曾经来过，你们走后，叫我们姐妹梦寐难忘。今日可盼来了，真叫我们高兴。"

元吉说："夫人说哪里话来，骨肉之间，我们应早来拜望，这是我们应有的孝道。"

建成说："我们心里也常挂着两位夫人，只是不敢常来打扰。再说，也怕父皇看见，有点不好意思。"

尹妃说："我和姐姐时常议论，三位殿下都是万岁所生，只是那秦王傲然不可接近，见了我们，随便一揖，什么话也不说就走了。"

元吉说："他这个人骄矜强悍，趾高气扬，靠着西府那帮文臣武将，谁也瞧不起。"

尹妃说："哼，前些时候，万岁要让他迁居洛阳，离开长安。还是我和张姐在万岁面前说的情，才没让他走。"

建成说："这个情，你不说为好。秦王狼心狗肺，不会领情。让他走算了，省得在父皇面前生事，拿我们当眼中钉。我们做事，还得提防着他。"

张妃说："怕什么。我们四人一块做事，还怕他李世民飞上天去！"

元吉见张妃这样说，连连鼓掌欢迎："若得两位夫人与我们这样同心，真是我们的福分，不枉叫你们一声后母了！"

说得张、尹二妃都笑了起来。

宫娥们进上雕盘异果、山珍海馐。四个人猜谜行令，饮酒赋诗，说说笑笑好不热闹。

建成和元吉都是酒色中人，刚开始还循些礼貌，渐渐酒越饮越多，就开始浪言飞语，动手动脚，无所不至了。俗语说，酒是色之媒，建成和元吉原本醉翁之意不在酒，假装醉态，往张、尹二妃怀里撞。

张、尹二妃更是迫不及待，她们让宫娥们都出去，到外边等着呼唤。

建成对元吉说："清风玉磬，音响袅袅，正如巫山云梦，难以言传。"

元吉也笑着说："拥香抚琴，莺啭猿吟，只是我粗浅之人难以形容。"

张、尹二妃得意忘形，顾不得羞，把建成和元吉拢在怀中，轻轻地抚摸，不断发出淫浪之声。

建成与元吉受不了她们的挑逗，便各个脱了衣襟，与二妃云雨一番。

事毕，建成和元吉神魂颠倒，连连称快，说："莫怪父皇不爱少女，专爱你们啊。果然是风月手段过人。"

秦王李世民听说父亲病了，自昨日就来到丹霄宫伺候父亲。昨夜未回西府，调奉汤药尽心服侍。

今日夜间，高祖李渊说："我今日身体稍觉安稳，你回西府去吧！"

李世民从命，便起身告辞。

正是人约黄昏后、月上柳梢头的时候，李世民走出丹霄宫，舒展一下身子，往前就走。刚刚来到分宫楼前，忽然听到琵琶悠扬。仔细观看才知这里是张、尹二妃的住所，心下不悦说："她们知道父皇病了，虽不忧闷寡欢，也不该如此欢畅啊！"

李世民正想着，从楼上又传来元吉的声音："大哥，你再痛饮一杯，以谢两位夫人的盛情。"

李世民听了这句话，断定建成和元吉都在这里，不禁心头火起，暗暗说："这两个不孝之徒，父皇有病，不但不挂念，反乘机淫乱宫闱，实在难容！"

想到这里，就想闯上楼去，与他们当面说理。刚要抬腿，突然想起茂公"凡事要忍耐，不可性急"的嘱咐；同时，又想到父皇正在病中，把事情闹起来，父皇一怒，反而要加重病情。

考虑再三，李世民停住了脚，没有闯上楼去。

走了几步，他又想：不能让他们四人长期这样下去。让他们知道一下，已经有人见了，也好使他们知耻而改。

于是，李世民来到楼前，解下他的腰间玉带挂在蟠龙彩凤的门上，便移步走了。

张、尹二妃和建成、元吉一直玩到五更天。小莺端来茶汤，二人喝了暖暖身子，收拾好东西要走。元吉说："承两位夫人如此垂爱，我们有时间再来。"

张、尹二妃说："多蒙怜爱，日夜企盼。"

建成说："还有大事不要忘了。对付秦王，要同心协力。宫中有什么事告诉我们，宫外有什么事，我们也告诉你们！"

张妃说："这是自然。只怕我们离多会少，误了时间。"

元吉说："不妨。我可以派内监天天来一次。"

尹妃说："你们也要常来陪陪我们。"

说着，张、尹二妃恋恋不舍地送建成和元吉下楼。

正在此时，一个小宫娥慌慌张张跑上楼，连说："两位夫人、两位王爷，大事不好了！"

四个人都很吃惊，忙问发生了什么事?

小宫娥遂将手中玉带拿出来，呈在他们面前，说："这是从门上取下来的。"建成接过玉带，大惊失色，说："我认得这是秦王的玉带，肯定是昨夜他路过这里，听见我们戏耍，故意将玉带挂在门上，以示警告。如果让父皇知道了，怎么得了！"

元吉也吓得不知如何是好，望着张、尹二妃，像求救一般。

张妃想了想说："莫要惊慌，这事好办。"

建成和元吉都忙问："怎么办啊？"

张妃说："李世民有贼智，我们也不白输给他，要把屎盆子扣在他的头上。"于是俯在建成耳边，悄悄说了几句。尹妃和元吉不知是什么办法，急着追问。

张妃说："别问了，听好消息吧！"

第二天，张妃梳妆打扮已毕，就坐着辇来到丹霄宫。李渊见了问："爱妃，朕不曾宣召，为何前来？"

张妃说："妾妃多日未见圣上，心中挂念，特来问安。另外，妾妃尚有一事，须请圣上为妾妃做主。"

李渊问："爱妃有什么事，请说吧，朕为你做主就是。"

张妃拿出之前已撕了几道口子的玉带，说："妾妃昨夜正要睡觉，忽然秦王闯进宫中，花言巧语，百般柔情，想要奸淫妾妃。妾妃以死相抗，捋下他的玉带，他才慌慌张张跑了。"

接着，就把玉带递给李渊。李渊拿着玉带，皱起眉头，想：昨晚世民刚刚从这里回去，莫非路过分宫楼时，做下此事？

但他又转念想：汉萧何制下律条，捉奸捉双，捉贼捉赃。单凭张妃这么一说，就定世民的罪不公允。再说，张妃乃隋朝旧宫人，也许世民对她怠慢，所以要诬陷于他，也有可能。

李渊说："如你诬陷于他，可要治你的罪呀！"

张妃听了，满脸阴沉，装出许多媚态，哭哭啼啼说："妾妃虽是前朝宫妃，但侍奉陛下尽心竭力，从未诬害过人，陛下怎么这样想呢？"

李渊无奈，只好说："好，爱妃且回宫去，我着人办就是了。"

张妃哭哭啼啼走了。

李渊立刻唤来内臣，说："宣御史李纲来见！"

内臣领旨而去，不多时李纲来了。李渊把刚才张妃讲的事情告诉他，让他火速到西府，找秦王核查清楚，回来禀报。

李纲接了圣旨，来到西府，拜见李世民，将高祖之旨读罢，对李世民说："陛下让我来，我是按旨行事，请殿下不要怪罪。"

李世民平静地说："李大人领旨办事，公事公办，何罪之有？"

李纲说："其实，殿下的为人，有口皆碑，怎么能做出这样乱伦之事呀！只是我既奉旨而来，殿下总要有个交代，让我好回禀圣上呀！"

李世民一想也对，便在屋里踱步，想怎么回告父皇。想了半晌，他展开纸，拿起笔来，刷刷点点，写了四句诗：

家鸡野鸟各离巢，
丑态何须况第敲。
难说当时情与景，
言明恐惹父心焦。

写罢，交给李纲，说："李大人见了父皇，请将此字呈上即可。"

李纲拿起字纸，也不细看，就回到丹霄宫禀告李渊。

李渊问："世民是怎么说的？"

李纲说："殿下没说什么，只写了一张纸笺，请陛下观看。"

接着，把纸笺呈上。李渊接过来，端详许久，看不甚清，便让李纲来读。

李纲无奈，只好读了一遍。李渊问："李爱卿，此四句诗，是什么意思啊？"

李纲心里很明白。但是他不直说，装作不懂，说："秦王殿下秉性忠正严烈，陛下你很明白。他这四句诗，绝不是轻易写的。玉带挂于张妃宫门，必有缘故。我也不甚详知，请陛下慢慢体会吧！"

李渊无奈，只好让李纲走了。

李纲走出宫门，偷偷叫险，暗说：父子间的宫中事，外臣斗胆也不敢多言哪！

李渊靠在龙床上，手捧纸笺，一遍遍地念，怎么也读不出个滋味来。

恰好这时候，宇文昭仪和刘婕妤来了。

李渊放下纸笺，问："二妃有何事来宫呀？"

宇文昭仪说："听说张、尹二妃前来探视陛下，所以我们也来看看。"

提起张、尹二妃，李渊微微叹口气说："刚才只是张妃来过。她是来告状的。"

宇文昭仪便问："可是告谁？"

李渊便将张妃所奏之事，告诉了宇文昭仪和刘婕妤。又把李世民写的诗递给宇文昭仪看。他说："我看不甚懂，你看看是什么意思？"

宇文昭仪接过纸笺，看了一会儿，便说："圣上，这是一首藏头诗，一读便知。"

李渊又接过纸笺，把这四句诗的头一个字，连起来读，便是：家丑难言。

李渊暗暗佩服李世民聪明。这本是家丑，何必还要声张啊！

宇文昭仪也说："这种事，不能听哪一个人说说，而要真撞见。何况那张妃，早年在隋宫中，祸乱朝政。今日事陛下，见秦王四海拼杀，功劳显赫，又不理她，因而加害也是有可能的。秦王见多识广，什么样的美貌女子没有见过，怎能淫妃乱伦？！陛下，你要明白，三十六宫，四十八院，粉黛数千，娇娥盈列，秦王为何单单专钟于张、尹二妃？这不是自讨苦吃吗？”

这些话打动了李渊，也触及了他的隐情，何况又有李世民的忠告，便说：“不要多说了，自此了结，不要声张就是了。”

正说着，内监进来禀告说：“平阳公主薨。”

高祖李渊听了，大惊失色，老泪成行，说：“公主当初，首建娘子军协助世民，争打天下，如今盛年早逝，先我而去，实在可惜呀！”

宇文昭仪和刘婕妤好言劝慰，说：“陛下要保重龙体。人死不能复生，悲也无益。往后对三个皇子，要善待他们才是。不要任张、尹二妃任意胡为！”

李渊叹了口气，仰躺在龙榻上，眯起眼睛，流着泪水，脑海里闪现出平阳公主当年英姿飒爽、驰骋疆场的一幅幅画面……

## 第二十七回 庆生日元吉下毒手 生急智敬德擤鼻涕

光阴荏苒，日月如梭，一晃已七八年过去了。唐宫中西府与东府断不了摩擦。那张、尹二妃也常挑拨生事，但李渊见她们蚌老珠黄，也不那么听信她们的了。

李世民按茂公之言，尽量跟东府顺水推舟，不与他们发生大的冲突。

这些年，程咬金、秦琼、罗成等人也断不了回到长安看看。罗成早已跟线娘结婚，并生养一个儿子，起名罗通。程咬金也成了家，生子名唤程通。秦琼的儿子秦怀玉已经长大成人。

大家思念茂公，总想去看看。李世民说："去，你们就单个儿去，不要成帮结伙，以免引起东府议论。"

茂公在晋阳，把晋阳治理得井井有条。紫烟也生了儿子，起名徐震，今年已经七岁了。这孩子在父母的教养下勤奋好学，聪明上进，家中的私塾先生经常在茂公和紫烟面前夸奖他。

茂公说："对孩子严格要求，不要宠惯。他有不周或是懒散的地方，你尽可管教，不要碍我们的面子而放纵了他。"

一日，茂公对紫烟说："应该给震儿再请个武功师傅，而今天下，文武双全更能济世。"

紫烟说："你的弟兄们都是出名的大将，随便交给谁，都能教出好武艺。"

茂公说："他们都公务在身，没有闲暇时间。我倒想起一个人来，就是终南山静虚观中的窦建德。我们二人虽然没有结下金兰之好，但我们二人心照不宣，互相敬服。他为人耿直大义，忠厚朴实，这对震儿的影响和教育都会有好处。他武艺高强，不是常人可比，只是读书不多。不过家中塾师也可教震儿文化，这样就十全十美了。只怕你想他。"

紫烟说："只我想，你就不想吗？为了教育孩子，使他长大成个有用之人，想也可以忍着些。那谁去送他呢？"

茂公说："你我都不要送他。我给建德写封信，让塾师带了就行。"

夫妻二人商量定了，便对徐震说："送你到一个新地方，你想家吗？"

徐震说："不想家。大丈夫四海为家，何恋小家！"

茂公和紫烟听了都很高兴，便向徐震和塾师做了交代。二人当天就上路了。

茂公和紫烟送他们好远，才回到家中。

进了大门，过了中门，到了内厅，只见堂上坐着一位彪形大汉，满面胡须，汗水淋漓，呆呆地望着门外。

茂公一见，认出了是尉迟恭，便急忙上前说："尉迟将军，从何处来？让你久等了。"

尉迟恭见茂公夫妻回来了，扑过来抓住茂公的手，大叫："军师，你咋总不回长安？可想坏了我。"

茂公扶他坐下，说："万岁让我守晋阳，守好晋阳、治理好晋阳是我的本分。无旨宣召，我总往长安跑，干什么呀？"

尉迟恭说："这七八年，朝中的事情大大小小像串珠一般，说都说不清楚啊！"

"总算过了七八年。"茂公说，"朝中还有没事的时候？没事怎么算朝中？"

尉迟恭拍着桌子说："咳，都是些烦人、恼人的事。军师，我这次来，一来看看你们夫妻，二来我心中生气又为难，请军师帮我指指道儿，往后可怎么办？"

茂公问："朝中发生了什么事啊？"

尉迟恭于是跟茂公夫妻讲了最近长安发生的事。

一天，在御花园的草场上，高祖很高兴，众多嫔妃围着他看花、散步。

高祖对太子建成、秦王世民和齐王元吉说："三位皇儿，多年没有看见你们骑马射箭了。你们三人演练一回，让父皇瞧瞧，做个评定。"

于是，三个人上了马，分别以箭射靶。秦王殿下连发连中，建成十发七中，元吉十发五中。

建成和元吉觉得丢了面子，便说："可否让东府将官黄太跟世民比试一下？"

高祖说："你们哥仨演练，又不是比试。再说黄太是臣属，怎能与世民相比？"

当时尉迟恭也在场，看不公平，便上前说："要比，我跟黄将军比一下。"

高祖见尉迟恭这样说，便说："朕知道尉迟将军武艺出众。你单鞭夺槊，救过世民，谁敢与你比呀！"

这时候，元吉说："父皇，听说尉迟将军曾单鞭夺槊，打跑单雄信，救了秦王。今日父皇兴趣正浓，何不演个故事，让父皇高兴高兴。"

高祖问："怎么个故事？"

元吉说："让我扮单雄信，以槊击世民，尉迟将军驰马来救，我们二人交手，倒要看看他是怎么单鞭夺槊的？"

高祖听了很高兴，便同意了演这个故事。尉迟恭急忙跪下去说："万岁，不能这样。我是臣属，齐王是殿下，如果有伤，怎么使得？"

高祖说："不妨，只是演练故事，在这里不分臣主了。"

既然万岁御旨，尉迟恭只好遵旨。恐怕齐王伤了秦王，尉迟恭又说："万岁，何不让齐王使个木头做的假槊。这样于秦王、齐王都很安全。"

高祖正在犹豫，齐王却说："不必了，赶制木槊，还得等候，少了兴趣，莫如使真的。"

那黄太正好使槊，高祖便同意使用真的了。

于是，齐王和秦王上了马，秦王在前跑，齐王举槊在后边追，边追边喊："李世民你往哪里跑？看我单雄信要你狗命！"喊罢，举槊便刺。

尉迟恭驰马过去，在大叫"单雄信，敬德在此"的同时，用鞭挡住了齐王的槊。接着又一虚鞭，向齐王腰间打去，齐王一惊，尉迟恭乘势一手夺过槊来，扔在地下。

故事演练完了。

谁知那黄太，捡起槊来，上马又直奔秦王杀去。秦王没有准备，险些被他刺中。

尉迟恭一看黄太真要害秦王，急了，纵马过去与黄太接上了。

尉迟恭与他打了十多个照面，那黄太果然武艺不错。尉迟恭便使出了绝招，将马拨回，慢慢地跑了几步。那黄太果然追了上来，尉迟恭猛回身，横扫一鞭，黄太闪身一躲，就这工夫，尉迟恭腾出一只手，猛然抓住槊柄，使劲夺了过来，接着翻手又把槊刺向黄太。那黄太躲闪不及，被槊刺中咽喉，落马身亡。

这一切，都是在眨眼之间做的。建成和元吉看见黄太死了，十分生气，向高祖说："父皇，本来要演练故事，尉迟恭竟杀了黄太，其罪难饶！"

秦王也过来对高祖说："如果是演练故事，黄太就不该拿槊杀我，欲置我于死地。如果再降尉迟将军之罪，臣儿实在不服。"

高祖说："秦王言之有理，赦尉迟将军无罪就是了！"

这一回使高祖扫了兴，不欢而散。临走，他对建成、世民和元吉说："东、西两府要和睦相处，不要无端生事。两府的将官更不要唆使主人分心离志。"

事情就这样过去了。

自此之后，太子建成和齐王元吉见了尉迟恭，就不那么亲近了，常以怒目相视，说尉迟恭狼心狗肺，没有人心。

三年之前，太子建成曾给尉迟恭送了一车金银，他没有收。尉迟恭说："无功不受禄。"隔了不久，元吉又给尉迟恭送了一匹蒙古好马，他喜欢，真想收下，又一想他们送礼物必有目的，便谢绝了。

后来，建成和元吉请尉迟恭喝酒，他不能不去。去了之后，东府的大臣和武将薛万彻等人非跟他结拜兄弟。尉迟恭当时不好拒绝，就拜了。所以，建成和元吉骂尉迟恭没人心。

尉迟恭此次来见军师，就是觉得为难。东府拉他、恨他，就是怕他跟秦王殿下亲近。他心里的确向着秦王。这样下去，怎么办呢?

茂公听了尉迟恭的讲述，心中明白，目前宫中斗争已经白热化了。一场大的冲突早晚必将发生，这是不依人的意志为转移的。

茂公想到这里，便把话题岔开，说了些家长里短。吃过午饭后，茂公陪着尉迟恭到城外散步，一边走一边想：这就像一个人身上长了疮，若不破头，把脓挤出来，总是疼痛。熬到头，还是得把脓挤出来，才能生新肉。这样，身上虽然留下个疤瘌，但疮却好了……

茂公对尉迟恭说："你得赶紧回长安，回到长安后，要常到西府去。要告诉殿下，注意边关的情况，预防异族入侵。殿下只要出门，你要不离左右。就是到东府去时，你也应当随去。"

尉迟恭问："依军师之见，可能就在最近要发生什么大事吧？"

茂公想了想说："你是殿下的肱股之臣，而且忠心可嘉，我想东、西宫的冲突，就该发生了。过去，我只劝殿下以忍为上，以静制动。现在看来，要想制止这场冲突是不可能的了。太子建成和齐王元吉非要除掉殿下而后快，这样坐江山才不会有阻力。殿下誓不肯服，所以冲突是早晚的事。不过，不要急于行动。"

尉迟恭一一领命，几天后就动身回长安。不日进了西府，他把茂公的话讲了一遍。

李世民说："既然军师已经看到了这一步，为什么还叫我们不急于行动呢？"

尉迟恭说："军师神机妙算，自有道理。他认为应该把不义让于东府，还要保住自身。"

没过几天，太子建成派宫监到西府送信，请李世民当晚过府相聚，庆祝建成的生日。

李世民接了请柬，没有理由不去，就让尉迟恭陪同。

到了东府，好不热闹。所有文武大臣都送来礼品，拱手庆贺。府门张灯结彩，鼓乐齐鸣；府内红毡铺地，宫灯耀眼。

席间，东、西两府官员，混杂而坐，以表团聚。

建成坐在正中，先举杯致谢。文武大臣齐颂太子福寿千年。

尉迟恭因为军师有话，不敢离开秦王半步。元吉过来说："你到另席去，让我们兄弟挨着。"

尉迟恭望望世民，世民只好说："你去吧，我跟弟弟挨着，也好说说话。"

酒饮至半酣，建成说："再换好酒，大家畅饮。"

内监领命去换好酒来。尉迟恭这回不敢多饮，只是意思意思，眼睛总往世民这边看。

元吉自斟一杯，接着在给李世民倒酒时，将一点儿白粉放入李世民杯中。李世民只顾跟身边的东府将官说话，并未发觉。

尉迟恭远远望着，虽然没有看清元吉向酒里放了什么，但已发现了元吉的举动，心想：不好，这元吉莫不是下了毒？

尉迟恭急忙站起身向李世民走去。

元吉举起杯来，对李世民说："二哥，我们是一奶同胞，往后得往亲密里处。来，饮下此杯，算是新的开端了！”

李世民举起酒杯，向嘴里抿了一口咽下。元吉也抿了一口，说：“二哥，一饮而尽！”

李世民举杯正要一饮而尽，尉迟恭走过来，擤了一把鼻涕，向着李世民杯中砸去，正好砸进杯里，溅得酒花满桌。

李世民一惊，见是尉迟恭把鼻涕砸在自己杯中，情知有事，便放下杯，装着生气的样子，大骂：“你个黑面贼，什么地方不能擤鼻涕，偏偏向杯中擤？你好大胆，伤了我们兄弟的兴致！”

尉迟恭急忙给李世民跪下，赔着不是，说：“望殿下恕罪，敬德多饮了几杯，眼睛发花了，没有看清。”

元吉站起来，怒斥尉迟恭：“我要是二哥，非杀了你不可！”

尉迟恭唯唯诺诺，不敢言语。

元吉说：“二哥，再换一杯，饮！”

世民借机说：“这黑贼搅了我的兴致，绝不再饮了。”

没过许久，李世民只觉肚子绞痛，便要大便，心中暗想：不是尉迟恭，今日定赴阴曹了。于是，便起身告辞说：“大哥、三弟，我身体难受，只好先告退了！”说罢，起身便走，尉迟恭尾随其后。

到了西府，李世民连说肚子疼，又拉不出屎来，只是嘴唇发青，手脚抽搐，身出虚汗。

尉迟恭找来郎中查看。郎中把把脉，看看脸色，便说：“殿下是中了毒，而且是剧毒，所幸量小，再大些，命就难保了！”

李世民无语，暗暗落泪，心中想道：同胞兄弟，为何骨肉相残啊！

李世民吃了解毒药，喝了些水，稍稍好些了。房玄龄、杜如晦、长孙无忌都过府来看。李世民眼含热泪说："今日之险，差点儿断了性命，多亏尉迟将军急中生智，解救了我。如此看来，他竟是我二次的救命恩人了。"

大家不禁叹息，指着东府唾骂。

长孙无忌说："好好的同胞兄弟，为了夺江山，嫉贤妒能忍心相残，实在可恨。"

尉迟恭说："茂公军师早料到这一步，才命我不离殿下左右，果然出了事。"

说了一阵话，大家散去，李世民安心静养。

东府的宴席散了之后，元吉找到建成说："大哥，那李世民大概死不了，因为喝得太少，又被这个尉迟恭坏了大事。"

建成心烦意乱地说："他要不死，一定知道是你下的毒。这么一来，事情就公开了。这么一公开，就不能拖延时日，不下手不行了！"

元吉也说："一不做二不休，先下手为强，后下手遭殃。趁着西府没准备，我们举兵围西府，杀了李世民！"

于是，二人便合谋行动方案。

程咬金又回到长安。到家后想到李世民那里去，老家人程安对他说："我前天到街上买菜，见一群彪形大汉边走边说，他们是从关外来，为东府办事的，也不知为东府办什么事。"

程咬金听了，心中不安，急急来到西府。谁知这里已经聚了好些人，房玄龄、杜如晦、尉迟恭都在这里。

程咬金不知发生了什么事，尉迟恭说："东府已经从外边调了人马，准备动手了！"

程咬金听了，也把程安的话对秦王说了一遍。

李世民听了这些话，含着泪说：“兄弟相残，我终不忍心。真是树欲静而风不止啊！”

程咬金说：“殿下，干就干了吧！你不干，就要吃亏了！”

尉迟恭也说：“是他们不义，是他们要杀你，还犹豫什么？”

李世民想了想，仍说：“此举非同小可，要先见军师，听听他的主意。还有李靖将军，也要听听他的看法。”

尉迟恭说：“此去朔方，来回得半个多月，中间事变，如何应付？”

房玄龄想了想，说：“殿下之言甚是，茂公足智多谋，听听他的主意，一定稳操胜券！”

长孙无忌也说：“西府且由尉迟将军和程将军保护。由我们去见茂公和李靖。”

李世民同意他们的意见，便吩咐长孙无忌去见徐茂公，房玄龄和杜如晦去见李靖。

## 第二十八回　风满楼徐军师预谋　玄武门亲兄弟相残

长孙无忌悄悄出离长安，打马如飞，不日到达晋阳。

徐茂公每日揣摩着长安城将要发生的事情，夜里有时一激灵坐起来，常吓紫烟一跳。

紫烟说："你这样思虑，莫不如亲去长安，问问殿下的心思，帮他拿个主意。不然，你在这里也待不安生。"

茂公说："还是不去为好。我此时一进长安，东府一定知晓，上奏万岁加罪于我，还要给殿下带来罪名，说他密议谋反。"

紫烟说："反正箭在弦上，不发是不行了，何不来个痛快！"

茂公说："你要明白，秦王想当皇帝，不是文臣武将拥戴就可以的，重要的是民心要顺。若让殿下闹个不忠不义之名，江山就也不稳固了。"

夫妻二人只好等待消息。

这一天，长孙无忌来了。茂公一见分外高兴，知道李世民已下了决心。

把长孙无忌接进府中，茂公问："仆射到来，是看望茂公，还是来晋阳散散心、观观风景？”

长孙无忌笑了，说：“军师，可别再说笑话了，你心中比我还明白。”

于是，长孙无忌便把朝中之事讲了一遍后说：“秦王要下手，先征求军师的意见，然后行动。你说该如何办？”

茂公听了，说：“事已至此，你不捅马蜂窝，马蜂也要飞来蜇你了！”

长孙无忌点点头，说：“前些天秦王过府饮酒，差点儿被他们毒死。多亏敬德急中生智，方得以幸免。”

茂公说：“这也是天意如此啊！”

说起“天意”，长孙无忌知道袁紫烟善知阴阳，逢大事都要占占卜卦，便说：“那么，请夫人拿出龟板，卜上一卦如何？”

紫烟说：“凡事有疑，则卜。事已不疑，卜又何用？”

她的话，把大家都说笑了。

长孙无忌说：“既已不疑，咱就不卜了。军师你说该如何行动？”

茂公说：“事虽至此，但还须后发制人。这一条很重要，一定要告知殿下，这有利于他坐长久江山。”

长孙无忌说：“西府兵力单薄，是不是火速派人，调罗成、润甫、俊达、大奈、秦琼等人速回长安？”

茂公沉思一会儿说：“我说三件重要事情，供仆射及秦王殿下思忖：第一，千万不能调集兵将入长安。须知长安宫中哗变，必然使异邦有可乘之机。边关重将，一定要各守驻地，严加防卫。第二，兵不在多，有尉迟恭和程咬金足矣。射人射马，擒贼擒王，只要收拾了建成和元吉，余众皆成无头苍蝇，不足为惧。第三，对待建成和元吉，不可活擒，只可一战杀之。不然弄到万岁殿上，来个缓解，事情就会更糟。这就叫除恶务尽、斩草除根！”

长孙无忌听了连连点头，又问：“怎么叫后发制人啊？”

茂公说：“耐心等待。内紧外松，让东府看着像没事一样。但消息要灵通，一旦东府进攻，就果断反戈，将之一举歼灭！”

长孙无忌说：“如此看来，军师早已成竹在胸了，何不说说具体安排？”

茂公笑笑说：“长孙大人实在过谦了。”

长孙无忌说：“不是我谦虚。我是实在不擅于调兵遣将啊。军师难道没有听说过这样一句民谣嘛——西府用兵属徐李，出点儿主意房长孙。”

说得大家都笑了。茂公说：“此谣过于偏激，战乱年头找我们，平安岁月治国大策，还要你们出呢！”

说到具体行动，茂公说：“只需精兵强将百余人，探得东府一有行动，立刻从后门出去，不直接与东府人马交锋，只到半路掩藏，一待建成与元吉出来，截而杀之，就在顷刻之间解决问题。敬德与咬金，一鞭一斧足矣！”

长孙无忌点头说：“好。兵贵神速，以逸待劳，出其不意，杀贼杀王。”

茂公笑着说：“你不是说得很好吗？”

长孙无忌说：“我只能总结总结，谋略是你出的。”

长孙无忌向茂公讨教完毕，不敢在晋阳停留，乘马连夜回程。

临走，茂公又对长孙无忌说：“告知殿下，干就狠下心，且莫手软！”

长孙无忌回到长安，进了西府，向李世民讲述茂公的谋略。李世民心里顿觉宽慰多了。他觉得茂公说的句句在理，既有近策又有远谋，真可谓是运筹帷幄之中，决胜千里之外了。

李世民说：“军师真称得起擎天白玉柱、架海紫金梁。”

长孙无忌心中佩服，连声说：“军师对殿下之忠诚，更是难能可贵的。将来有此人辅佐，何愁四夷猖狂！”

李世民笑着说：“外有茂公，内有众卿，我心无忧了！”

按着茂公的安排，李世民早早做了部署。探听消息的细作（全是平民打扮）从西府一直排到东府，只要一有动静，便一个个接力相传，直到西府。

几天来，东府正在调集人马入府，没有出来。

房玄龄与杜如晦从朔方回来了，下马直到西府见李世民。

此时长孙无忌正在这里。

李世民说：“你们一路辛苦了。不知李靖怎么说？”

房玄龄说：“李靖再三谢罪。他说朝中之事，远在朔方不很清楚，不敢乱说。至于殿下功盖天下，业满山河，将来唐朝大兴，非殿下莫属。这是人人心中皆知的事。”

李世民说：“他对我们要举事怎么看？”

杜如晦说：“他说以天意与人心测，已到了时机，但仍以后发制人为上策。后来我们让他卜上一卦，他却不卜，说心疑则卜，不疑卜又有何用！”

长孙无忌说：“真是巧了，那袁紫烟也是这种说法。这两个人都是善知阴阳的人，无独有偶。”

李世民听了他们的话，暗暗称道，茂公与李靖果然有不谋而合之处，都说应以后发制人为上策。其中的含意再明了不过了。

这几天，尉迟恭与程咬金、长孙无忌等住在西府，日夜提防，恐有事变。

这天夜里，细作接力传来消息，说东府之内灯光通明，府门洞开，不知何事。

李世民听了，立刻命尉迟恭和程咬金做好准备。自己也内穿软铠软甲，外罩紫袍，准备出发。长孙无忌等不愿李世民亲自出去，李世民笑笑说："二公所言差矣，如在西府反而危险。"

正说这话，细作又接力传来消息：东府已经开出人马，直奔西府而来，为首的将官是薛万彻、冯翊、冯立。

李世民听了传报，出厅上马。尉迟恭与程咬金带了一百名精壮勇士紧随后边。等过了一个时辰，李世民叫人开了后门，首先策马而出，绕街穿巷，到了玄武门后隐藏起来。李世民身边尉迟恭与程咬金一左一右，百名精壮勇士手持利器拥在身后。

约在四更天时分，东府的兵马过了玄武门。李世民看得清清楚楚，建成和元吉各自骑着马，提着兵器，远远地走在大队后边。

其实，东府的安排也很周密。先由薛万彻带领兵马，包围西府；然后让那些请来的武功高手越墙而入，刺杀李世民。刺杀不成功，则放信号升天，同时打开府门，大兵拥入，见人便杀，不让李世民跑掉。为了保险起见，建成和元吉还画了图，标明李世民住的房间。而且在事先已经着人探知明白，李世民没有外出，就在府里。这样的安排，杀死李世民应该是不会有问题的。所以建成和元吉洋洋得意地在后边走着，一点也没有惊慌的样子，认为这是万无一失的了。

见建成和元吉走到玄武门，李世民便一声令下，一百个精壮勇士手挥兵器冲了过去，首先砍倒了十几个随从兵卒。

李世民举刀直奔建成，建成慌忙逃跑，并抓起背上的弓，搭上箭，连着向世民射了三箭，但都没有射中。

李世民抓弓在手，照准建成的后背，一箭射出，正中建成左背，建成疼痛不支，滚下马来。

尉迟恭赶上前去，没容建成翻身，连打数鞭，打得建成脑浆四溅。

四个要抢尸体的兵卒，也被尉迟恭鞭扫倒地，断了气。

元吉顾不上还手，只顾逃命。程咬金紧紧追赶，怎奈总差一点儿赶上，把程咬金气得“哇哇”大叫。

元吉跑到一个巷口，突然迎面过来一员小将，手持长枪拦住去路。元吉着了慌，拨马回头。那员小将挺枪猛刺，刺在元吉肩下，猛一用力，把元吉高高挑起，然后摔在地上。

程咬金跑过来，俯身连劈三斧子，把元吉劈成了烂泥。这员小将便是秦怀玉。他夜里习武，听得街上大乱，便骑马跑出来，正赶上这个场面。

薛万彻到了西府门前，下令包围西府。刚要下令行动，只见跑来的军校报告：二王已经被李世民杀死了！

薛万彻听罢，慌了手脚，不顾一切打马逃走。

冯翊、冯立拨回马，向玄武门冲来，想与李世民见个高低。

程咬金和尉迟恭迎上来，一对一战在一起。没有几个回合，冯翊、冯立皆被二人杀死。

李世民见玄武门前，那一百个精壮勇士仍在冲杀建成、元吉的兵卒，便大呼："二贼已诛，不要再杀余众！"

建成与元吉没有死的兵将全做了俘虏。尉迟恭和程咬金把他们像赶猪一样，赶到东府大院，然后锁上大门。

李世民又吩咐兵士将建成与元吉的尸体抬上，也送进东府。

东府院内一片哭喊之声。

此时，天已大亮。

唐高祖梳洗已毕，只听得龙凤鼓响，景阳钟敲，已是上朝的时候了。

李渊坐在金銮殿的龙椅之上，眼望品级阶前，一个大臣也没有到来，整个大殿之内鸦雀无声。

李渊既吃惊又纳闷。这是怎么了？平时他升坐早朝，文武大臣们均东西按品级站列，有的默默站立，有的出班奏事。奏事完毕，李渊说声："众位卿家有本早奏，无事散朝。"

然后众大臣三呼"万岁"，散朝而去。

今日的情景实实出乎他的意料。

昨夜玄武门哗变，秦王李世民杀了太子建成和齐王元吉。早晨起来，大臣们都知晓了，犹如晴天霹雳，个个吓得退回家中，大门紧闭，如热锅上的蚂蚁。

李渊正在狐疑，只见李世民与尉迟恭从朝门外进来。

李世民身着软铠软甲，背上还背着弓箭，尉迟恭手持钢鞭，浑身是血。

李渊见了，不知其故，便问："世民，出了什么事，你们二人带着兵器上朝来了！"

李世民说："父皇，大哥和三弟已于昨夜归天了！"

李渊没有听明白，又问："他们干什么去了？"

尉迟恭不耐烦了，抢上前一步，也不下跪，大声说："皇上，建成和元吉已经被我们杀死了！"

接着又抖抖手中的钢鞭，重复了一句："他们都被我们杀死了！"

李渊听明白了，立刻大怒："金瓜武士将尉迟恭拿下，推出午门斩首！"

金瓜武士谁也不敢动手。李渊震怒，大吼："怎么，你们反了不成！"

李世民走上一步，说："父皇，建成、元吉淫乱宫闱，欲毒死儿臣。昨夜又兴兵闯入西府，欲杀儿臣，儿臣自卫，无奈将他们杀死。一切事情，均儿臣所为，与尉迟将军无关。父皇要治罪，就治儿臣之罪吧！"

李渊听了李世民的话，又气又恨又心疼，不禁百感交集，血涌脑门，一阵眩晕，仰瘫在龙椅之上。

身旁的宫女见皇帝晕了过去，急忙拍胸打背地呼唤。

李世民上前，对宫女们说："快将父皇搀下去，送到内宫休息！"

宫女们急忙把李渊扶走了。

李世民站着不动，尉迟恭将手中钢鞭，往地下一戳，把宫女们吓了一跳。

尉迟恭望着她们那个狼狈样子，不禁哈哈大笑。接着，尉迟恭对李世民说："殿下，咱们走吧！"

李世民随着尉迟恭出了朝堂，来到西府。

长孙无忌、房玄龄和杜如晦都在这里恭候。见李世民回来，一齐向世民称贺：殿下洪福齐天，一举歼灭二王，可喜可贺！

李世民并没有高兴的样子，只说了一句："千秋功罪，谁来评说？"

李世民回内室去了。

房玄龄见李世民神色不悦，便问尉迟恭："尉迟将军，殿下为何这般神色？"

尉迟恭说："刚才在朝堂，皇上听说此事，眩晕过去了！"

房玄龄说："解铃还须系铃人。"

长孙无忌等问房玄龄是什么意思？

房玄龄说："如果你养了一只猫，很讨你喜欢，可是有一天，他咬你抓你，你一怒之下把他杀了，杀完了之后，气消了，就有点儿心疼了！"

长孙无忌点点头说："这个比喻虽然不那么确切，但你的意思，我明白了。秦王殿下与建成、元吉毕竟是亲生骨肉。皇上是他的生身父亲，他怎么能不心疼呢！"

房玄龄说："所以殿下得了心病。此病非军师来，不能疗治。军师深知殿下心情，所以军师一来，便可药到病除！"

长孙无忌、杜如晦都以为有理。

房玄龄说："我们三人联名致书军师，请他即刻奔赴长安。晋阳可劳尉迟将军守备一时。"

尉迟恭听了，连声说："对，快写信吧！我带了信去，就守在晋阳。"

房玄龄找了纸笔，刷刷点点写了几行字，封好交于尉迟恭。

尉迟恭立即要走。房玄龄说："将军劳乏一夜，回府歇息一天，明日登程不晚！"

尉迟恭说："也好，大家都歇了吧！"

长孙无忌说：“东府之事还要料理。这就是我们的事了，你去歇息吧！”

尉迟恭走了，长孙无忌、房玄龄、杜如晦等人带了兵将来到东府。

程咬金仍守在前门，见他们来了，便说：“快快换班，我实在困了！”

房玄龄说：“有劳将军在此守卫一夜，快去歇息吧！我们来处理！”

程咬金说：“这院里人‘哇哇’哭叫，把他们脑袋割下来，就不会哭叫了！”

房玄龄笑笑，把程咬金推走了。

然后他们打开东府，把所有军校集合起来，宣布：首恶已死，余者不问，大家尽可放心。愿意从军者，编入军营；不愿从军者，可以回家。府中宫娥嫔妃，尽放逐外府听用；不愿放逐外府者，也可归家。

府中所有人员听了房玄龄的宣布，都安定下来。

长孙无忌、房玄龄、杜如晦三人，一样一样安排妥帖，从东府出来，边走边说。房玄龄说：“我们三人自作主张，不知秦王同意否？”长孙无忌说：“等过两天，对殿下说明，我想殿下会同意的！”

杜如晦、房玄龄齐说：“也只能如此！”

# 第二十九回 假辞官茂公治心病 镇噩梦立德画门神

尉迟恭第二天离开长安，去往晋阳。到达晋阳城下，只见护城河边有许多穿着铠甲、手持长枪的军校守卫着。四门洞开，更有军校盘查过往行人，戒备森严。

尉迟恭来到东门，跳下马穿过吊桥，过了护城河。到了门口，被一个军校拦住，说："看你不像平常百姓。从何而来？到此何干？"

尉迟恭手牵着马说："我从长安而来，拜见你们行军总管。"

军校问："你认识总管大人？"

尉迟恭急了，不耐烦地说："废话，我不认识找他干啥？"

军校看此人一脸杀气，说话很冲，心中有些生疑，便说："你先在此等候，待我传禀。先报上你的名来，如果总管大人确实认识你，我就放行。如不认识……"

尉迟恭心中着急，见军校这么麻烦，便怒上胸膛，真想一拳打倒他算了。可是，他又一想：这样严守城门，定有军师的命令，我不能破坏。于是压压气说："好吧，赶快去传禀，我在此等候。就说长安来的尉迟恭求见！”

军校骑上马，向总管府跑去。到了府门前，告知守门官，守门官又向里通报。不一会儿，茂公出来，对军校说：“回去，快快有请。”

军校骑马走了，来到尉迟恭面前，说：“总管大人请将军快去！”

尉迟恭说：“我从来不骗人。今天事不急，事要急时非打你一顿不可！”说罢，骑马直奔总管府。

自从长孙无忌走了之后，茂公常常思念，不知长安事变的结果如何？他恐怕有人乘机生事，所以对晋阳城加强了防备。

听说尉迟恭来了，心中高兴。他估计长安事变，李世民准是得了手，不然不会只派尉迟恭一人前来。

正想着，尉迟恭进来了。他一见茂公的面，就咧开大嘴笑着说：“军师，那建成、元吉小命没了！”

茂公让他先坐下喝口水，问：“专程为我来送信？”

尉迟恭说：“不，这里有房大人一封信，请你拆开，一看便知。你的这些守城门的官，真刁难人，不然早来了。”

茂公说：“这些天城门盘查特别严，是我下的命令！”

尉迟恭说：“我想也是。不然我早耐不住脾气了！”

茂公点点头，说：“不错，有长进，知道什么叫守规矩了！”

尉迟恭说：“我就是信服军师你，还有殿下，还有叔宝，都是我敬重之人，你们让我去死，我都不问为什么！我就是这么个人！”

茂公说：“先歇会儿，喝口水吧！”

茂公展开书信。上边写道：“茂公军师阁下，长安事发，殿下获胜，二王遭诛。只是殿下毫无悦色，闭门不出。此种心病，非军师难医，望交割军务于敬德，速来长安。”末了是玄龄、无忌、如晦的署名。

茂公看罢，沉思良久，问尉迟恭：“殿下曾跟你说些什么？”

尉迟恭说：“没说什么。只是回西府之后，就猫在小屋不出来了。我想，殿下是心疼万岁。万岁一听说建成、元吉被杀，就晕过去了。不瞒军师你说，我上了金銮殿，横眉立目，就是诚心吓吓万岁，好不让他责怪殿下。”

茂公仔细听着，不言不语。过了一会儿，他叫出紫烟。尉迟恭站起来说：“拜见夫人。”

紫烟说：“不必客气。想长安事变一定得手了！”

尉迟恭哈哈大笑：“正是，正是！”

茂公将书信递给紫烟看过。紫烟说：“你就去吧，这里有尉迟将军，万无一失！”

尉迟恭笑着说：“那就有劳夫人，我就在你家吃饭了！”

紫烟说：“那是自然。”

茂公准备了一下东西。过了一夜，带上护身军校，骑马直奔长安。

李世民几天来，不吃不喝，夜不成寐，人瘦了，面色也憔悴了许多。

程咬金在西府守着，吩咐下人要好好侍候。他说：“殿下不吃饭，你们就换着花样送。他实在不吃，你们就喂。不然，我不饶你们！”

宫娥、内监谁都惧怕程咬金，想着法儿让世民吃饭。李世民实在吃不下去，内监跪下说：“殿下，你强吃些吧，不然程将军会要我们的命！”李世民无奈，强打精神，吃下一点点。

宫娥、内监回来向程咬金交差。程咬金问："别糊弄我，要是殿下饿出了毛病，你们的小命儿就别想再要了？！"

其实，李世民就是伤心过度，折磨得他无精打采。

他想起小的时候，建成大哥如何领着他玩，元吉三弟又是怎样的耍刁使坏。他们打起架来，都是建成来哄。哄到两个弟弟都高兴了，才放心。

李世民本来还有一个四弟，叫李元霸，他膂力过人，使两柄铁锤，有万夫不当之勇，却被雷击死了。

四弟死了以后，父亲李渊和母亲窦氏哭得死去活来。母亲对父亲说："我们只剩下三个儿子了，我们要好好对待他们，让他们和睦相处，共同建功立业。"

姐姐平阳公主自幼好武，生性刚强。她自告奋勇成立了娘子军，为的是辅助世民四方征讨。姐姐不喜欢建成的懦弱，不喜欢元吉的奸猾。她对李世民说："我不练兵，谁来帮你呀！"

姐姐还经常跟父母说："不要对建成和元吉太娇惯了，也该让他们出去闯一闯，长些本事。"

可是父母不听姐姐的话，他们说："人的本事有大小，强让他们去做，万一再有个差错，还不把我们的心摘去呀！"

记得父亲李渊受禅称王之后，他把三个儿子叫到跟前说："我要立太子了。现在是唐王，将来还要称唐帝。按世传规矩，立建成为太子，你们说行不行？"

当时建成说："父王，我没有功劳，应该立二弟为太子，将来承你的基业。"

弟弟元吉也说："应该让二哥当太子，他南征北讨，功劳最大。要论岁数大小来立太子，那么大姐更合适。她不但岁数为长，而且也有功劳。”

父亲笑了，说：“尽胡说，从古至今哪有立女孩子当太子的？太子就是未来的皇帝，你姐姐能当皇帝吗？”

如今是怎么了？人长大了，怎么就起了变化？大哥和三弟，怎么不像当年的大哥和三弟了呢？

小的时候，三弟淘气，爬假山摔破了脚趾头，流了一点点血，大哥和自己都急得没法，用布给他包扎上，就怕流血过多。如今呢，身遭枪刺，面目模糊，惨不忍睹。

还有大哥，有一次生病，世民为他熬汤熬药，盼着他早日康复。到如今，背部受箭，脑袋被打得血浆迸射。

……

李世民想到这些，肝肠寸碎，虽然为自己将来当皇帝除掉了障碍，但同胞骨肉之血，常常在他眼前飞溅，使他痛不欲生。

茂公到了长安，没有去见秦王，而是到房玄龄府上，先听听他的见解。

房玄龄盼着茂公来，茂公来了，他喜出望外。说起殿下的状况，茂公问：“房公可否常去劝慰？”

房玄龄说：“我几次想进见安慰殿下，但殿下说他心里都明白，只是不愿见人。我想只有军师你，才能解开他的愁结。”

茂公说：“这是人之常情。只是帝王之家争的是皇位，百姓之家争的是田产而已。殿下如此表现，正说明他除了刚勇之外，还有常人的亲情柔肠。这正是他难能可贵之处。”

房玄龄连连点头说：“照军师之言，这也正是我们的希望。我们没有辅保一个凶虐的豺狼！”

茂公说："房公之言甚是。为唐朝社稷可以呕心沥血了。"

房玄龄说："值得，值得。"

见完房玄龄，当天下午茂公来到西府。

程咬金正在厅内坐着，见茂公来了，哈哈地乐，连声说："救星盼来了！"他向内室指指，又说，"不知中了什么邪气，殿下不见任何人，吃喝都得强迫，你快进去看看吧！殿下最听你的话了！"

茂公示意他不要大声吵嚷，然后悄悄进了李世民的内室。室内有两个宫娥站在床头，两个内监站在床尾，目不转睛地望着躺在床上的李世民。

李世民眼睛眯着，脸色苍白，眉头紧锁。

茂公轻轻来到李世民身边，暗暗冲着两个宫娥和两个内监使眼色，让他们离去。

宫娥、内监明白茂公的意思，悄悄地出去了。

茂公见他们走了，用手轻轻推动李世民的肩头。李世民似从梦中惊醒，大声喊："怎么这样烦人，刚刚吃了饭，怎么又来叫？"

茂公轻轻说："殿下，是我。徐茂公。"

李世民听说是茂公，激灵坐起来，用手拉着茂公衣襟，说："哦，军师来了，快快请坐！"

茂公坐在床头，面对李世民，却并不说话。李世民眼里流着泪，紧握着茂公的手，半晌才说："军师我好想你呀！"

茂公仍不言语，只是一直望着李世民。

李世民又说："玄武门之事想军师已经知晓，建成和元吉被我杀掉了。"

茂公还是不言不语。世民又说："请问军师，我该如何去做？你怎么不说话呀！”

茂公听到这里，起身跪在李世民床头，说：“殿下，自当年你风雨之夜到黎阳会见茂公，茂公即以心相许。李密死后，我毅然归唐，扶保殿下荡平了王世充、窦建德等诸路英雄。随后是金墉南牢救你出狱，洛阳城外救你脱险。皇上登基之后，命我镇守晋阳，千里之外我为你谋划登基之路，而今总算有了头绪。我徐茂公不是前来表功，而是向你告别的。殿下，我明日即携紫烟回归离狐，仍要做一个种田的农夫去了！”

接着茂公磕了三个头，站起身来说：“如果殿下没有其他的事，茂公就此告别！”说罢便走。

李世民见茂公真的要走，不知从哪里来的精神，光着脚跳下床来，拉住茂公的手，近乎哀告地说：“军师，你好狠心，怎么放下世民扬长而去？”

茂公问：“殿下还有何事？”

世民说：“我视军师如肱股，你这一离去，叫我何以自支？”

茂公回过身，扶李世民坐下。二人并坐在床上。茂公说：“殿下已经功成业就，还留茂公何用？”

李世民听了，眼涌热泪，难以言表。

茂公又紧逼着说：“我见殿下，思兄怜弟更心疼父亲，这都是人之常情，茂公深深理解。当初，我就曾说过，我最难见骨肉相残，今日看来殿下仍跟我一样，是一个平常之人。儿女之情大于江山社稷，家庭之私大于黎民百姓，好叫我伤心啊！故而先行告退还乡，不然殿下悔过，茂公头颅难保。因为玄武门之变，乃茂公主谋。”

茂公的一席话，使李世民顿开茅塞，精神为之一振。社稷江山、黎民百姓远远大于兄弟之情、家庭之私呀！

茂公又说："殿下坐江山，不是为己享乐，而是为全国的黎民百姓计。说句最中肯的话，如果我见建成是一个有大志大贤的人，我茂公也绝不能为你谋划去剪灭他，倒让他剪灭了你岂不更好！"

这句话更触到了李世民的痛处。李世民连连点头称是。

茂公说："我见殿下这个样子，实在寒了我的心，也寒了西府众将的心啊！"

李世民听到这里，拍着茂公的手说："军师，请别再说了，这都是世民之过，还望军师海涵！"

茂公望着李世民，笑笑说："这样说来，殿下的病好了？"

李世民也笑笑，问："这样说来，军师你不想走了？"

茂公哈哈大笑，李世民也笑起来。

站在屋外的程咬金和宫娥、内监，听得屋里传来笑声，一起闯了进去。

程咬金拍着手乐，问："殿下的病好了，军师真是良医啊！"

李世民说："这才叫良药苦口利于病，忠言逆耳利于行呢！"

程咬金说："那，殿下饿了吧？"

李世民站起身连说："饿了，饿了！快去拿来饭菜，我与军师同吃！"

内监和宫娥暗暗发笑，高高兴兴地下去了。

李世民的病好了，西府里一切正常，群臣和众将都来祝贺。

茂公在长安住了些天，向秦王告辞，要回晋阳。

李世民对茂公说："军师，我的病虽然好了，可是我每夜都做噩梦，怪吓人的。醒来之后，好长时间睡不稳当！"

茂公问："殿下都是做什么样的梦？"

徐茂公劝慰李世民

李世民便把梦中情景相告。

他常常梦见建成和元吉披头散发地向他扑来，大声呼喊着："还我命来！"

有时候也梦见建成和元吉满身是血，遍体是伤，跪在地上向他哀求："我们不对了，我们错了，只求你别杀我们！"

……

每次从噩梦中醒来，李世民就出一身冷汗。

茂公想了想说："日有所思夜有所梦，说明殿下还想着过去的事。要想不想他们，我倒有个办法。叔宝和敬德都是你的救命恩人，他们若经常在你身边，或是日日夜夜为你守着门，你就会心里踏实，不再做噩梦了！"

李世民说："这倒是个好办法。只是敬德与叔宝在外各守重地，不能日日夜夜为我守卫呀！"

茂公说："我还有个办法。将叔宝和敬德画成图像，贴在两扇门上，左边叔宝，右边敬德，就如同他们在府门守卫，什么妖怪、大鬼、小鬼都不敢进来了，殿下也就不会再做噩梦了！"

李世民想想说："这也不错。他们两位像一对门神一样守卫着我，我就什么也不怕了。不过，这得画得很像、很传神才行。哪里有这么高超的画师呢？"

茂公笑笑说："远在天边近在眼前。说明殿下只顾东征西讨，不知书画界大有名人啊。工部尚书阎立德，就是一位高超的画师。他的父亲叫阎毗，在隋炀帝时即以丹青闻名。立德有一个弟弟叫立本，画艺也极高超。他们兄弟的人物画，笔墨传神，惟妙惟肖，被誉为神品。还有一个方便之处，阎立德曾经见过叔宝和敬德，所以马上让他画来即可。"

李世民说："那就有劳军师了！"

茂公找到工部尚书阎立德，向他说明了来意。立德问："殿下几日要？"

茂公说："当然是越快越好了！"

过了三日，阎立德将画交给茂公，茂公看后呈到李世民面前。

李世民展开秦琼的图像：金盔金甲，一手一只金装锏，一只高扬，一只横在胸前，威风凛凛，活灵活现。再展开第二幅尉迟恭的图像：乌盔乌甲，一手叉腰，一手持鞭，络腮胡须，怒目圆睁，活像一个煞神。

两幅画均一丈长、三尺宽，远远看着，俨然秦琼与尉迟恭站在面前。

世民看罢，高兴极了，吩咐宫中内监速将神像贴在大门上。左扇是秦琼，右扇是尉迟恭，活像一对守门神。

自贴上门神之夜起，世民睡眠踏实许多，再也不做噩梦了。

自此之后，秦琼与尉迟恭的神像传入民间。家家户户开始贴门神，以保平安。

# 第三十回 淤泥河罗成中乱箭 鱼鳞关线娘报夫仇

唐高祖李渊自从发生玄武门之变后，精神不振，懒整朝纲。一日，黄门官送来鱼鳞关告急表章，说溟州刘黑闼造反，已到鱼鳞关下。

刘黑闼自从逃跑之后，到处躲藏游荡，为非作歹。徐茂公家的宅院就是他烧的。后来他跑到溟州，结识了燕山山寨寨主苏定方，合力招集人马，待机行事。

听说唐朝宫中兄弟相残，他认为这正是好时机，所以发兵而来。

李渊见了告急表章，也不跟李世民商量，便派薛万彻为行军之帅，着渔阳罗成为先锋，在鱼鳞关前与薛万彻会合。

这薛万彻在玄武门之变后，听说不治他的罪，便回来了。

李渊派他为行军之帅，他心里很高兴。在鱼鳞关前与罗成会合之后，立刻命令罗成出阵作战。

罗成从令，披挂上马，来到刘黑闼的营前。刘黑闼听说是罗成来了，便出营对罗成说：“罗将军乃夏王窦建德的女婿，怎么为唐营效命？莫如过来合伙！”

罗成挺枪便刺，二人战在一起。战着战着，刘黑闼又收住大刀，说：“罗将军武艺高强，我不忍心再战，还望听我一劝，倒戈反唐吧！”

罗成听了大怒，挺枪直刺刘黑闼的咽喉。刘黑闼招架不住，拨马便走。

苏定方从远处看着，暗暗放了一箭，射在罗成腿上。刘黑闼逃跑了，闭营不出。

罗成回到营中，向薛万彻复命，薛万彻脸色一沉说：“今日你在阵前，为何与刘黑闼交谈，莫不是那刘黑闼诱降于你？他原是夏王部下，你今又做了夏王女婿，这怎么解释？”

罗成听了很生气，说：“我虽是夏王女婿，但我忠于唐，决不反唐！”

薛万彻说：“你为什么不追赶刘黑闼？”

罗成说：“我中了暗箭，所以归营！”

薛万彻说：“明日必须一战消灭刘黑闼，不然我无法向万岁交代！”

罗成生着闷气，回到帐中。第二天一起来，就主动出营。

到了黑闼营前，指名叫刘黑闼出来受死。

这次是苏定方出战，二人互报了姓名，战在一起。

苏定方不是罗成对手，战败回营。罗成只好又回来。

薛万彻说：“一个小小刘黑闼，怎么就拖延我们时日？”

罗成心中着急，又生薛万彻的气，便说：“我甘立军令状，明日不取黑闼首级，绝不回营！”

薛万彻很高兴。

苏定方回到营中，见了刘黑闼说：“罗成武艺的确高超，我们不能胜他！”

刘黑闼也发愁，说：“如果我们不能速战速决，那李渊再发兵来，我们就危险了！”

苏定方这个人有些诡计，他忽然对刘黑闼说：“在鱼鳞关东南方五里之外，有一个地方叫淤泥河。河水浅，遍生苇草，但河底泥浆很深。如果我们能……”

刘黑闼一听，便说：“此计甚妙。”

到了第二天，罗成出了唐营，苏定方出了刘黑闼的营盘。二人见了面，罗成说：“你赶快回去，叫刘黑闼出来受死！”

苏定方不语，举刀便砍，罗成只好交战，战不几个回合，苏定方拨马便跑，罗成紧紧追赶。

苏定方没回大营，而是向东南方向跑，罗成紧追不舍，看看快追上了，苏定方突然钻进苇草丛中。罗成用枪拨草寻找苏定方，只听河的对面，刘黑闼在那儿大吼：“罗将军，我在此等候多时了！”

罗成见刘黑闼在河对岸提刀跃马，向他叫阵。看看河水很浅，河道也不宽，就弃了苏定方，拍马过河直奔刘黑闼。

罗成跑到淤泥河里，马就跑不动了，一下子没了马腿。罗成只好下马，刚一下马，自己也没了双膝，不能行走。罗成情知中计，急忙往河岸爬。

这时候，事先埋伏的刘黑闼兵卒，一齐向着罗成发射乱箭。罗成先是用枪拨打，后来慢慢没了力气，可怜一代英雄，竟被乱箭穿身而亡。

刘黑闼大胜，一举取了鱼鳞关。

薛万彻大败，只好守牢营盘，再向长安求援。

李渊闻报，害了怕，只好找李世民商量。李世民说：“立刻召回军师，商讨破敌之策，不然长安便要吃紧。”

李渊只好同意。李世民立刻派人到晋阳召来徐茂公。

徐茂公到了长安，听说罗成阵亡，心中十分悲痛。

李世民说：“鱼鳞关离长安不远，如不急速破敌，长安便要吃紧！”

茂公说：“一个小小刘黑闼何足畏惧。只用一人，一战可破！”

李世民问此人是谁？

茂公说：“速去渔阳召来窦线娘。”

李世民依言，派人去渔阳召窦线娘火速到鱼鳞关前报到。

此时薛万彻因为战斗失利，损失大将，又失了鱼鳞关，已被李世民送回长安查办。营中由徐茂公主持。

没过两日，窦线娘单人独骑来到鱼鳞关。进了大营，茂公起身迎接。

线娘见了茂公说：“叔叔近来可好？我丈夫罗成不知在何处，怎不出来见我？”

茂公望着线娘，威风不减当年，可怜她年纪轻轻就做了寡妇，不觉一阵伤心落泪。

线娘见茂公悲伤，情知罗成不妙，身子不由瘫坐在椅子上，双眼闭合，两汪清泪，涌出眼窝。

茂公也不劝她，只是望着她。过了半晌，线娘问：“我丈夫的尸体，现在何处？”

茂公说：“在后帐安放，只待你来。”

线娘来到停放罗成尸体的帐中，只见虎皮帐上，罗成安然地躺着。他已经换上新的战袍，一杆银枪放在身边。

线娘走过去，抱住罗成大哭。她想起当年在银杏树下，二人定情。又想起二人一同为母亲守孝，孝后婚姻和谐美满，伉俪之情，历历在目。她更想起他们的儿子罗通今年刚八岁，就早早失去了父亲。

线娘哭了多时，茂公说："我想你和你父亲一样是个刚强人，罗将军为国捐躯，重于泰山。你应该节哀，保重身体。"

线娘站起来，擦擦泪，对茂公说："叔叔，我将丈夫好好入殓，明日回去了！"

茂公说："那杀害罗将军的刘黑闼，尚未以命相抵，你甘心回去吗？"

线娘听说鱼鳞关已被刘黑闼占领，是他杀害了罗成，便说："待我即刻上阵，取来刘黑闼首级，祭奠丈夫亡灵！"

茂公说："歇息一日，明日不晚。"

刘黑闼夺了鱼鳞关，正要进兵长安，听说关外有人叫阵，便上了城头。见是窦线娘，便说："侄女一向可好？我是为你父亲报仇来了，快快入城吧！"

线娘说："你先出关来，我有话说，然后再入城！"

刘黑闼知道线娘武艺绝伦，不敢下城，心想，她如果是前来为夫寻仇，那可怎么办？于是又大喊："侄女，我开了城门，进来讲话吧！"

线娘说："我现在唐营，如果你不出来战上几合，定会引起唐营怀疑。你出来，我诈败被俘，才不使唐营生疑，然后我领你杀入长安！"

刘黑闼听线娘这样一说，动了心，想了想说："侄女，你等着。"

刘黑闼出了关，来到线娘面前："侄女不要怪我杀了罗将军，两军相争，难免有失。我曾规劝罗将军归顺于我，可是他不干，才有如此结果。不怕，只要你入了叔叔的伙，拿下长安，咱们再找一个人，不是一样吗？"

线娘忍着怒气，说："那就开战吧，我让你三分！"

刘黑闼举刀上前与线娘战在一起。线娘且战且退，渐渐离鱼鳞关远了。

刘黑闼说："侄女，快快下马受缚！"

正在这时候，听得身后人喊马嘶，刘黑闼扭头观看，见鱼鳞关已经换了唐朝军旗，不由心中慌乱，拨马便跑。窦线娘暗暗祭起金丸弹，连发三颗，均中刘黑闼后脑。刘黑闼顿时脑壳破裂，落马身亡。

线娘赶上前去，一刀削下他的首级。

在线娘与刘黑闼交战的时候，徐茂公派兵从西门攻入，一举夺下城池，活捉了苏定方。

苏定方这个人善于诡辩，见大势已去，立即停止抵抗，向茂公磕头，连说："刘黑闼不自量力，以卵击石，自取灭亡。我早有归唐之意，望军师收纳！"

苏定方保住了性命，被押回长安。

取了鱼鳞关，茂公为罗成主持葬礼，全城举哀，人人挂孝。

祭奠已毕，线娘想扶灵柩归去。

晚上，茂公来到线娘房中，见线娘正收拾东西，便问："孩子，不知你有何打算？"

线娘说："我先回渔阳，然后扶着丈夫灵柩，带上儿子罗通，前往终南山静虚观去找父亲。掩埋丈夫之后，我也和父亲一样，与世隔绝了！"

茂公听了，很凄然地说："我同意你的打算，只是秦王殿下不忍你离去，你又武艺超群，他想留下你，住在长安，将来有事，也可为国效力！"

线娘说："殿下的好意，线娘领了。但我跟父亲一样，立了主意是不会改变的。这里也向叔叔致歉了！"

茂公说："既然如此，叔叔同意你的打算，殿下那里由我去说。还有一件事情，罗将军生前好友，比如叔宝、咬金等人，还未来得及吊唁，是否要通知他们前来？"

线娘说："我看就不必了。将来若有心，可到终南山去祭吧。他们各守重地，脱不开身子，来来去去又是许多时日。"

茂公点点头，同意线娘的主意，自叹道："人生在世，不知有多少坎坷，你们一家，到头来都是这种结果，茂公心中实在同情啊！我与你父，自相识之后，心照不宣，彼此尊重。这些年未见，我实在思念于他。见了你父，一定代我致意。"

线娘说："一定做到。叔叔也不要悲伤。我幼随父母长大，后来跟着师父学习武艺，在夏王营中东砍西杀，也看透了人世。人死了，反倒安生了，只是没死的人心里难受，活受煎熬。所以，我父选择了空门。我们孤儿寡母，生在世上更是凄然，只好随了父亲去。线娘与罗将军结为夫妻，终生为之骄傲。罗通虽然只有八岁，但好学上进，也随我学了些武艺。我不愿他和父亲一样，厮拼沙场，经常告诫他，不求为帝王之家建功立业，只求一生平平安安就行了，所以我不愿多教他武艺，也不想让他攻读学业，将来考取什么功名。"

茂公很理解线娘的心情，所以也不想再去开导她。不过，这时茂公想起了儿子徐震，便说："对了，我的儿子徐震，早就送到终南山静虚观了。我跟紫烟商议，震儿不但学文，而且要学武；不但要学文学武，而且更重要的是学做人。我们夫妻仰慕你父的品德和为人，所以送他到那里去。这样，我们既可放心，也对震儿成长有好处。"

线娘不知这个情况，便说：“叔叔，何不早告诉我呀！”

茂公笑笑，说：“这也不是军国大事，你去了就见到震儿了。这回你去，就更好了，我很希望你把武艺传授给他。还有那罗家枪法，堪称一绝，也不能失传啊！”

线娘听了这话，反倒为了难，便说：“这样看来，叔叔反倒违背我的意志了！”

茂公说：“你的心情可以理解。可是我反问你一句话，你一定不能回答。”

线娘问：“叔叔要问我什么？”

茂公说：“你的师父，也早就入了空门，可她为什么还要收你为徒，教你武功呢？”

线娘被问得说不出话来。是啊，自己的师父也是空门之人，却那样诚心教自己武艺，这是为什么呢？

线娘说：“这样说来，叔叔也要让我做个空门师父了。可惜我不是世外高人！”

茂公说：“你不要过谦了，依你的武艺，足可收徒授艺！”

二人说了许久的话，第二天晨起，茂公为线娘送行，并派了一百精壮兵丁护送她。

线娘扶着罗成的灵柩上了路，缓缓而行。

茂公向线娘招手，心里有说不出的酸楚。线娘不时回头望望茂公；茂公也目送着，直到她消失在茫茫晨雾之中。

# 第三十一回 唐高祖内禅于世民 徐茂公直谏护魏征

唐高祖李渊闷闷不乐。龟鳞关薛万彻失利，损失大将罗成。后来还是李世民搬出徐茂公，轻而易举夺回鱼鳞关，消灭了刘黑闼。

这件事对他刺激很大，自思自叹说："现在看来，我这个皇帝也只是一个牌位，朝中大事非世民不可。而世民又有威望，西府之中谋臣武将如云，人人拥戴于他。我这个皇帝当着还有什么意思呀！"

自建成和元吉死了之后，李渊早就知道，将来的皇位肯定是李世民的了。因为他只剩下这一个儿子了，更何况李世民受之无愧呢。

李渊思前想后，觉得应该早早把这个皇位让给李世民，自己弄个轻松享乐，也顺了李世民及西府文臣武将的心。自举兵反隋那天起，晋阳兴兵，东讨西伐，全是世民为主，因为自己是父亲，所以当了皇帝。如今这皇帝我已当了九年，此时禅位给世民，还弄个太上皇当着，既受人尊重，又可省心省力，何乐而不为呢？！

有了这种想法，在一次早朝之后，他把李世民叫到丹霄宫。世民问："父皇叫儿臣来不知有什么事？"

李渊虽然早打定了主意，可话到嘴边，仍不愿意直说出来，便说："儿啊，你觉得父皇是不是老了？"

李世民听了，也猜出个八九分来，跪在李渊面前说："父皇福寿齐天，没有一点老态！大唐天下还须父皇驾坐百年！"

李渊笑了，知道李世民是奉承着他说。虽是奉承，他也欢喜，他叫李世民起来，坐在他身边，爱抚地望着他，半晌才说："我想在活着的时候，把皇位让给你，你愿意吗？"

李世民听了这话，又给李渊跪下，说："儿臣诚惶诚恐，儿臣不敢！"

李渊说："我主意已定，八月十五日，在宫中举行内禅大典，正式向群臣公布，你就不要推辞了。古圣人尧舜禹相禅，实非父子一家。我自开个首例，实行内禅。不管后人怎样评说，我也决意这么做。也许有人会说，这是玄武门之变所致，这也有道理。但我不是不得已而为。"

李渊后一句话，是违心的。但即便是不得已而为，也是英明的。事实摆在面前，他再这样霸着皇位不让，于国于民于己，都不会有什么好处。

李世民虽然早有预料，但此时心中也是忐忑不安，他体谅父亲的处境，无奈中有一种悲凉，便对李渊说："父皇，容儿臣思考几日可以吗？"

李渊说："但不能超过八月十五。"

李世民出了丹霄宫，回到西府。左思右想拿不定主意，觉得还是应该把徐茂公召回长安，与他商议一番。于是，他即派一名贴心内臣飞驰晋阳，召茂公立即前来长安。

茂公听了内臣的话，说："茂公从命，明晨出发。"

夜里，茂公对紫烟说："此次殿下召我进长安，你能猜到是什么事吗？"

紫烟听了笑笑说："夫君，要测我的智力吗？也好。咱们仿古人打个哑谜。"

茂公说："那好吧！"

于是取出纸笔，各自在桌子前站定，用手遮挡着，写下一个字条。

写完后，茂公先展开，紫烟一看，是"龙座易位"四个字。

紫烟笑笑，将自己的纸条展开，茂公看了，哈哈大笑，说："你写得更实在。"

紫烟说："我不会像你那么斯文。"

原来紫烟写的是：李世民要当皇帝了！

二人想到了一块儿。茂公说："这不是咱们夫妻先知先觉，而是说明人心里都这么想了。这是早晚的事。李渊这么做，是明智之举，李世民也想及早出现这个场面。他心里高兴，只是有些发慌就是了。"

紫烟说："你也应该支持。到时候了，自玄武门之变以来，时间也不短了。"

茂公说："当然支持。于国于民都有好处嘛！"

第二天早起，内臣来找茂公上路。二人上马走了。

到了长安，内臣把茂公引到李世民面前。李世民命左右退出，让茂公坐下，直言相告："父皇想把皇位让于我。不知军师有何想法？"

茂公深施一礼说："瓜熟蒂落，水到渠成。恭喜殿下，贺喜殿下！"

李世民拉住茂公的手，情不自禁，喜形于色地说："军师怎么学会了奉承我？"

茂公说："我不会奉承人，实话实说而已。我应该跪下呼万岁了！"

李世民一推他，佯装生气："怎么越说越觉生分了！"

茂公说："近在眼前的事嘛，皇帝有皇帝的威严，茂公对你也不能例外，只有这样才能治理好国家！只希望殿下做了皇帝，能成为一代明君！这就是我们臣子之福、万民之幸了。"

李世民拉着茂公坐下，很坦诚地说："还是像过去那样，不分彼此地说些话不好吗？！"

茂公见李世民果然是以诚相待，想起以往的交情，想起李世民的为人，他愿意说些直来直去的话，这样也许对李世民有些好处，于是就说："殿下不会忘了在黎阳我们的谈话吧？你想当皇帝，我也愿意你当皇帝。今天的愿望实现了。东讨西伐，扫灭群雄，又除了建成、元吉，为了什么？不就是为了有这么一天吗！所以，我也和你一样高兴。群雄逐鹿，还是你把这只鹿捉住了。皇帝是天子，是天之骄子，是万乘之尊。除了天，就是你了。你将会一言九鼎，一言可以兴邦，一言可以丧邦，一言可以决断一个大臣的生死。你将是大唐的主宰了。按说，你就没有什么可怕的了。可是，我仍告诫你，天下不是你一个人打下来的，每次战争中，不知要有多少人为你流血，大将不算，还有那些士兵呢！他们不是人吗？他们也是人，是父母所生。他们甘愿为你流血牺牲，为了什么？为了让你当皇帝！你当了皇帝要对得起他们。他们就是大唐百姓的英灵。你要励精图治，使大唐繁荣，百姓安居乐业；前朝的兴亡教训，你要认真地思考，接受教训，才能成为一代明君。上古圣人有句名言叫‘民贵君轻’，可是有的人，一坐上龙墩，就把什么都忘掉了。享乐、腐化、三宫六院美女如云，整日在酒绿衣红中玩乐，结果呢，都被百姓推翻了。你要是这样，也会是这个结果的！”

茂公的话，句句入理，说得李世民头上冒汗，心跳加快。但李世民心悦诚服。

茂公说：“我说的这些道理，你比我更明白。可是做起来，就不那么容易了！”

李世民说：“我登基之后，记年号为贞观，一直到死。我要造一个贞观之治，实现大唐繁荣富强。另外，我要找阎立德、阎立本兄弟俩，为大唐建功立业的英雄绘制群像，建造凌烟阁，表彰他们的功劳。我每月到阁中观瞻一回，不忘过去，振兴将来。”

茂公仔细听着，连连点头。他相信李世民能说到做到。

李世民又问：“如果接受内禅，还需要做些什么呢？父皇已经定于八月十五日了！”

茂公说：“具体事情，陛下会想到。很重要的一条，陛下必须宣布内禅诏书，同时发布天下。这个意思你明白。这诏书，是为你登基铺平道路。”

李世民理解茂公的用意，点头称是。二人又商讨了其他一些事情。比如应将长孙无忌、房玄龄、杜如晦，以及魏征等人找来，再详细商量商量。其他一些人，可以事先不告诉。

李世民说：“离八月十五日，还有几天，你是否可以留在长安？”

茂公说：“我还是先回晋阳，这样较好。我也和其他大臣一样，见陛下诏书，遵旨而来，参加内禅庆典。殿下，再来之时，我就要三呼“万岁”了！只要不说我功高震主就好了！”

李世民说：“大唐天下，有茂公一半。几时我也这样说。”

一切都准备好了，唐高祖李渊开历史之先河，实行内禅。

八月十五这一天，天高气爽，万里无云，长安城中，一片升平景象。

在外的文臣武将都接到圣旨，赴长安参加庆典。秦琼、程咬金、尉迟恭、贾润甫等人早早到了。众人见徐茂公平平静静的样子，都说：“军师，殿下这回当了皇帝，你是首功之臣，怎么你没有欢乐的样子呢？”

茂公说：“欢乐在心里，何用言表！”

文武群臣，站在丹阶之下。唐高祖李渊，穿戴整齐，神采奕奕，登上皇帝宝座。李世民坐在他身边。龙凤鼓和景阳钟敲过之后，唐高祖李渊手捧内禅诏书，向群臣宣读：

乾道统天，文明於是驭历；大宝曰位，宸极所以居尊。在昔勋华，不昌厥绪，揖逊之礼，旁求历试。三代以降，天下为家，继体承基，裔嗣相袭。故能孝飨宗庙，卜世长远，贻庆后昆，克隆鼎祚。朕膺期受命，握图阐极，大拯横流，载宁区夏。然而昧旦丕显，日昃坐朝，驭朽兢怀，履冰在念，忧勤庶政，九载於兹。今英华已竭，耄期倦勤，久怀物表，高蹈风云。释累遗尘，有同脱屣，深求闲逸，用保休和。

皇太子世民，久叶祥符，夙彰奇表，天纵神武，智韫机深。自云雷缔构，霸业伊始，义旗之举，首创成规，京邑克平，莫非其力。乃皇极已建，天步犹艰，内发谋猷，外清氛祲。英图冠世，妙算穷神，伐暴除凶，无思不服。薛举负西戎之众，武周引北狄之兵，蝟起蜂飞，假名窃号，元戎所指，折首倾巢。王世充藉府库之资，凭山河之固，信臣精卒，承闲守险；建德因之，同恶相济，金鼓才震，一纵两擒。师不逾时，戎衣大定，夷刘闼於赵魏，覆徐朗於谯兖。功格穹苍，德孚宇宙，雄才宏略，振古莫俦，造我大唐，系其是赖。既而居中作相，任隆列辟，百揆时总，三阶以平。地属元良，实维固本，万邦咸正，兆庶乐推。晷纬呈象，休徵允集，华夏载伫，讴颂知归。今传皇帝位於世民，所司备礼，以时册授。公卿百官，四方岳牧及长吏，下至士民，宜悉祗奉，以称朕意。

夫政惟通变，礼贵从宜；利在因民，义存适要。条章法度，不便於时者，随事改易，勿有疑滞。昔汉祖拨乱，身定大功，群臣推奉，光宅帝位，而事父资敬，五日一朝，备礼尊崇，号称太上。朕方游心恬淡，安神元默，无为拱揖，宪章往古，称谓之仪，一准汉代。庶宗社之固，申锡无疆；天禄之期，永安勿替。布告天下，咸使知闻。

高祖读罢诏书，退出龙位。李世民头戴皇帝冠冕，身穿龙袍，坐上正位。阶下群臣，一齐跪倒，三呼“万岁”。

李世民说：“朕受父皇内禅，自今日登基，称大唐太宗皇帝，年号贞观。望群臣诚心相扶，共创繁荣大唐帝国。文臣武将品级阶衔，均按旧封。待有新功，再加晋升。”

李世民说罢，群臣仍三呼“万岁”，散朝。

李世民登基之后搬出西府，来到唐宫中。李渊仍在丹霄宫，有专人伺候，只是不理朝政了。

李世民的宫中虽多了许多宫娥彩女侍候，仍总是觉得冷冷清清。一日，他召秦琼与尉迟恭入宫。

秦琼与尉迟恭奉旨前来，见了李世民双双跪倒，口呼“万岁”。李世民觉得有点别扭，亲手把他俩扶了起来。尉迟恭望望秦琼，对李世民说：“万岁，你把我们二人画了像贴在西府门上，我们看了直发笑。难道真的管事吗？”

李世民说：“很管事，自那日贴了，朕就不做噩梦了。”

秦琼说：“我们二人没死，便成了门神，实在不敢当。”

李世民说：“你们二人过去都曾救过朕的命，朕一见你们，就什么也不怕了。朕刚到宫中，觉得冷清，所以召你们前来，随便说说话。”

尉迟恭是个直人，什么都敢说：“我常想，这回江山定了，陛下称为太宗了，我们这些武将，就没有事可做了。几日不打仗，心里痒痒的。过去有一句话叫‘鸟尽弓藏，兔死狗烹’，恐怕有一天万岁就会嫌弃我们了！”

李世民说：“你说错了。护国开疆，事情还多着呢，我怎会嫌弃你们。再说，你们都是有功之臣，朕终生不会忘的！”

秦琼说：“只怕万岁此时这么说，将来我们一旦有了过失，万岁就不饶恕了！”

李世民听秦琼这么说，心中一激灵，便说：“叔宝双锏，敬德单鞭，驰骋天下，威名远扬，我今日封双锏单鞭，可以上打昏君、下打佞臣。”

尉迟恭和秦琼听皇帝加封锏鞭，连忙双双跪倒谢恩。

尉迟恭站起来，心想：万岁这样加封我们，我们若是做了错事呢？再有，皇上要是做了错事，我们也敢打吗？

他心里倒先害了怕，说：“万岁，你这样加封我们，我们可有些胆怯了！”

秦琼也点头称是。

李世民懂得他的心意，便说：“尉迟将军，你的话朕明白，可朕的意思，你也应该明白。朕当了皇帝，整日处理军国大事，不敢说事事正确、事事公道，但只要是大事，一步迈错就要误国，一步迈错就要害民，朕又执迷不悟，你为了救国救民，自然要打。只有打，才能解决问题。对待群臣也是一样，但不能乱打。比如你曾打掉李道宗的门牙，这就属于乱打。佞臣坑国害民，他又仗势作恶，你就要打。只有打，才能叫他醒悟和惧怕。再者说，我只是封锏封鞭，并不完全是封了你们这两个人。你们若是居功自傲，害国害民，朕还是要处罚你们的！”

秦琼和尉迟恭听世民这样解释，才去了心中疑团。

李世民想了想，又说：“军师茂公，智谋过人，而且谦逊开阔，有事没事多和他说说话，对你们会有好处的。”

秦琼和尉迟恭连连称是。

三个人谈到深夜，秦琼和尉迟恭出宫回府。

李世民送他们走了，自己仍然睡不下，坐在床上，仰头思谋心事。

如今国内统一，应该制定一些大政方针。比如关于田产、关于租庸、关于官制、关于宗教、关于科举、关于工业商业、关于纳谏，等等，这些都需要和魏征、长孙无忌、房玄龄、杜如晦等人细细商量。

有一次，他把魏征、长孙无忌、房玄龄、杜如晦找来，商讨关于士族的问题。李世民说：“北朝时候，崔卢李郑等族，自矜门第高，不与别姓通婚。我朝也应立士族制度。我以为应以皇族第一、外戚第二、余者第三颁示天下。"

魏征听了，不同意他的看法，便直言说："汉朝时，刘邦、萧何、曹参都出身于庶民，后来却当了帝王将相。皇族有何贵重？再说，当今要紧之事，是发布征兵制，这样才能安抚人心，农民才能心甘情愿担负起养兵任务。先做些隔靴搔痒的事，不是办法。"

魏征的话显然顶撞了李世民，使李世民下不来台。于是，回宫之后，他闷闷不乐，多日不愿意召魏征商讨国事。

徐茂公听说了这件事，找到李世民。李世民问："军师有何见教？"

茂公仍直言不讳："我听说魏征当众顶撞了陛下，陛下有些反感了？"

李世民摇摇头，说："这个田舍翁，功劳不大，说话口气很硬，使人下不了台。"

茂公生气地问："那么陛下制定的纳谏制度就废止了吗？陛下号召大臣们直谏，以纠正你的错误，魏征出来纠正了，陛下却反感了，这不是等于废止了谏言制度吗？"

茂公几句话，说得李世民脸上发烧。

茂公又说："凡是进言多为逆耳之言，均要耐心听取，然后斟酌其对错。魏征能犯颜直语，正说明他对陛下的忠诚，对国事的关心。这是一件非常好的事情。陛下有魏征这样的贤臣，应该感到高兴才是。"

李世民听了觉得很对。

茂公又说："进谏者不论是谁，不论官职大小，不论功劳大小，不论陛下与他的感情厚薄，都要以诚意相待，才能使谏言之风兴盛，才能使谏言制度畅行。如果只有我说，陛下才听得进去，别人就不行了，这算什么纳谏啊？”

茂公的话，句句打在李世民的心坎儿上。他拍着茂公的肩膀说：“你说得太有道理了！”

# 第三十二回 御外侵唐发两路兵 入大漠紫烟说阴阳

唐太宗贞观二年（628），东突厥与薛延陀均未上表称臣，也未在年关到长安进贡。

太宗李世民问礼部尚书是何原因，礼部尚书说："东突厥与薛延陀部一年来与大唐绝断往来，据报均有谋反之意。"

李世民听了大怒："小小夷邦，竟敢入侵中原，太不自量力了！"

虽然这样说，但应该认真对待，便召徐茂公到内宫议事。

此时，茂公已经调回长安。其他如秦琼、尉迟恭、程咬金、李靖等人也都来到长安。原来的镇守长官均由新人接替。

李世民这么做，一来是这些老将在外时间太久了，朝中有许多年轻将官，应该外放受些锻炼；二来也是便于经常在一起议事。

李世民召来茂公，主要是商讨一下如何对待四邻外夷的事情。

茂公这一年把主要精力放在研究四夷情况上。当时唐朝西有突厥、柔然、回纥、高昌、吐蕃（西藏），北有薛延陀、吐谷浑、渤海，南有南诏，东有高句丽和扶桑。

这些小国与大唐均是君臣关系，是大唐的属国。它们虽然自立为王，但要向大唐进贡、纳表称臣。年年如此。

但这些小国也经常闹事，有时内乱，有时互相残杀。有的小国头领滋长野心，兴兵反唐，入侵中原，也想当当天朝皇帝。

李世民对茂公说："如今东突厥与薛延陀不来进贡，必有谋反之意，军师有何计议？"

茂公说："据臣了解，如今四夷，只有南诏云南王、扶桑国君与我天朝最善，其余诸夷均有不安分之意。据报东突厥与薛延陀早有谋反之意。依臣想，我们一不侵略别人，二不被人侵略。边陲小国，本是华夏一族，如果年年进贡，岁岁称臣，友好往来，我们自当欢迎。如果企图脱离华夏，或更有甚者，进攻中原，妄图取而代之，那我们就一定不可手软。"

李世民和茂公的主张是一致的。

在具体方略上，李世民有自己的想法，便问："在具体策略上，军师又有何考虑呢？"

茂公笑笑说："万岁只来问臣，那么臣问问万岁呢？"

李世民笑了，心想：这徐茂公果然深不可测，他在大政方针上，从来都要先听听我的想法，便说："朕的想法，只有两条：一是和，二是战。和有和的方法，战有战的策略。至于如何调兵遣将，选择什么时机出战，这可就是军师的重任了。"

茂公说："臣责无旁贷。万岁说和有和的方法，战有战的策略，具体如何解释呀？"

李世民说："使智、使勇、使贪、使愚。智者乐立其功，勇者好行其志，贪者近趋其利，愚者不计其死。投其所好，扬长避短。"

李世民说的是个高屋建瓴的原则，但具体如何施行，仍未说出。茂公于是说："我的原则是远交而近攻，固边而攻心。"

李世民拍手连说："好好！对于吐蕃，我们应该友善相交，送其金银珠宝，甚至可以和亲，以皇族亲女远嫁其王。只有这样，才能不用出兵。因为出兵遥远，物资供应赶不上，那里的气候条件兵士们也受不了，所以应该远交。至于近攻，仍以攻心为上，只有收服了人心，才能使边疆安定，一劳永逸。"

茂公哈哈大笑说："万岁，你考虑得再具体不过了。"

李世民微笑着，摇摇头说："朕还是让你给糊弄了，到底让朕说出了具体想法。你好狡猾呀！"

茂公连连拱手说："万岁可不能给臣妄加其罪。您可是金口玉言啊！"

李世民摇摇头，说："军师啊，朕在你面前，哪里还有金口玉言之尊啊！"

茂公很认真地说："万岁，只有你我在内宫谈话，可以如此。如在大庭广众之前，你我都要加点小心啊！帝王的尊严权威，也是统治一个大国的必要条件啊！"

接着，茂公将自己的具体方案告知李世民。

突厥族最早居住在阿尔泰山一带，是随水草迁徙，以游牧和射猎为生的民族。最早属于柔然部，专做炼铁生意，称为"锻奴"。后来分裂出来，成立突厥国。突厥国内又闹分裂，分为东西两部。当年刘武周投靠它们，被封为"定杨可汗"。李渊刚刚起兵时，曾委屈地向突厥称臣。唐朝建立后，李渊采取妥协政策，消极防守，甚至想迁都樊城，以避其锋。

李世民继位之后，突厥王颉利可汗的侄子突利可汗顺从唐朝，向太宗称臣，称为西突厥。突厥王颉利可汗则一意孤行，日夜想入侵中原，推翻唐朝的统治。

薛延陀本是铁勒族所建的小国，由薛部和延陀部组成。李世民登基之后，封其首领夷南为真珠毗伽可汗。夷南不久病故。继承夷南的多弥可汗，行为残暴，喜欢对外用兵，所以和唐断绝友好，准备南下犯唐。

茂公分析说："如今西、北边疆吃紧，都要认真对付。这些地方都是游牧生活，兵士善于骑射，绝不会一战而定。另外，突厥与薛延陀都是由多部落组成的小国。征服了一个可汗，或者是消灭了一个国家，也不能算作彻底胜利。所以依臣之见，解决这西、北边疆问题，少则三年，多则五年。"

李世民点头，表示同意他的看法，又问："如果同时出兵，应派何人为帅呢？"

茂公胸有成竹地说："自然是同时出兵好。一则两方都刻不容缓，二则省得敌人互相流窜，互为救援。臣愿推荐李靖为一路元帅，可以赴东突厥平寇固边，那里的人情、地域他比较熟。另外，茂公愿做元帅，亲自去征讨薛延陀。"

李世民听了茂公的话，心中有些不同意，说："你亲自出京，大漠荒原，环境恶劣，朕有些不忍。另外，李靖此人未曾有过多大建树，而且朝中大臣对他议论不一，说他用兵无纪，放纵掠抢，又听说他收缴战利品，常常中饱肥私。对于这样的人，你为什么要推荐他呢？"

茂公对李靖的帅才从未怀疑过。他有驾驭三军的能力，有纵观全局的胸怀，所以向李世民极力推荐。李世民也深知茂公与李靖没有个人恩怨。而且在追杀王世充的事情上，李靖显然违背了茂公的军纪，但茂公从不因此而在背后中伤他。

李世民很叹服茂公的坦荡心怀。

茂公说："当然，我也不敢保证，李靖此行必然大胜而归，但若别人为帅，胜利的把握就更小。"

李世民只好同意茂公的主意，第二天召李靖见驾。李世民说："东突厥颉利可汗，不服天朝所管，命你出征，领十万人马，征服颉利可汗，卿可愿往？"

李靖说："臣愿领旨。但随征之将，均由臣亲选。"

李世民说："可以。不知什么时间发兵？"

李靖答："兵贵神速，三日后即可西行！"

李靖领旨而去，挑选秦琼为前锋，程咬金为中军。其他运粮官、左右卫军皆由他选定。三日后果然兵发突厥。

徐茂公见李靖已出兵，也向李世民请旨北上平灭薛延陀。随征将校皆由李世民指派。茂公只选了三千马队，全是能骑善射的精壮汉子。尉迟恭为前部正印先锋官。

隔了些天，徐茂公调齐人马，悄悄离开长安。等李世民带文武官员前来送行时，茂公的大队已经出发了。

李世民回到宫中，有黄门官呈上徐茂公书信一封。李世民启开观看，茂公的意思是说，此次出征，等于搬家。家中只有妻子紫烟一人，故而一同前往。又说出师送行庆典，本为俗套，两股大军同时从长安出发，都搞得那么张扬，不是好事，所以悄悄出发了。

李世民深深理解茂公的心意，只是没有想到"家中只有紫烟"一人，深怪自己太粗心了。

茂公率领人马，向北挺进，所经过的州府县衙都出来迎接。茂公吩咐，一律不要慰劳品，也不到衙门歇息，只住在军营中。走了数日，前军已到大漠。

茂公出营观察，一眼望不见边的大沙漠，狂风怒吼，沙石飞扬。不要说前进，就是看路都很困难。

尉迟恭说："军师，前无道路，如何能进！"

茂公想了想说："传令扎营，明晨再走。"

唐军扎下营盘。茂公思考着进军路线，坐在灯前观看地图。过了大漠，是六府七州。六府是瀚海府、金微府、燕然府、幽陵府、龟林府、卢山府；七州是皋兰州、高阙州、鸡鹿州、鸡回州、榆溪州、寘（置）颜州、蹛林州。漠北城就在阴山脚下。

茂公决定，首先向燕然府进发。

"应该找个向导！"茂公自言自语。

紫烟站在他身后，为他披上一件外衣。茂公望望她，站起身说："到哪里去找向导呢？"

紫烟笑笑说："夫君，我有个办法，不妨一试。"

茂公问她有什么办法。紫烟说："明晨我军进入大漠百里之遥，然后安营下寨，高挑大唐旗号，不几日，定有漠北之人前来领路。"

茂公听了，想了一想大声笑着说："夫人，你真高见！我已明白你的心计了！"

二人坐下，紫烟说："当年，我从隋宫中逃出来，不知去向，沿途乞讨为生。后来，我想了个主意，打起善知阴阳、明察祸福的幌子，在大街上坐着。不多时，就来了许多富家子弟，请我去看阴阳宅。我便念念有词，把我从父亲那里学的本事拿出来。这么一来，我不但不用讨饭吃，而且被人请着吃饭了。"

茂公听到这里便问："紫烟，你父亲一生看宅，你也暗暗学了不少本事。你说那玩意儿有准吗？"

紫烟说："不能说肯定确切，但十有八九有准，因为那也是一门学问。其中阴阳之说、地理之法，是无懈可击的。"

茂公很感兴趣，要紫烟讲讲。紫烟说："葬者藏也。人之有生，不能无死。死后以棺椁藏于地中，故称阴气。生气者即阴阳五行，化生万物之气也。气之上升则为阳，而下降则为阴。气得五行之冲和，水火交济，则为生气，万物得之而生长。气得五行之偏胜，水火不交，则为恶气，万物犯之而死亡。故当避其恶，而乘其生也。气充塞宇宙，所以蚁穴之中也有生气。然流行不止，涣散而不聚，则不可乘。故必求其聚止之处，方可乘之。水火是山之精神，木金是山之体质。所以见土石松散、草木枯焦之山，便知精神不足，没有生气。山体不化，毫无变动者，只有流行之气，而无止蓄之气，惟可行龙，不可求穴。故可成穴之山，必是起伏波行，树木茂盛，水草繁衍也……"

紫烟此番阴阳选穴之说，果然是高妙非常。茂公听得津津有味，便说："你看大漠之气如何？"

紫烟说："大漠乃山石所化，所以只有流动之气，而无聚止之气，故水草不生。薛延陀的漠北城一定建在水草丰盈的阴山脚下，所谓一方水土养一方人。"

夫妻俩直谈到夜深人静方入睡。

第二天，茂公叫来尉迟恭，传令：即时开拔，中午休息吃饭，然后继续前行，直到日落，方可安营扎寨。尉迟恭领命而去。

茂公骑着马走在沙漠上，马蹄踩在沙土上，一步一个窝儿，行进艰难。好在今天没有风，日头也不那么毒。正是八月天气，蓝天云高，沙粒闪闪发光。时到中午，军队原地休息，埋锅造饭。

茂公和紫烟站在漠上向北瞭望。紫烟突然叫道：“你看，远远的灰楚楚的一障，想必就是阴山了。”

茂公仔细望去，果见遥远的天际有一带波浪起伏的屏障，便点点头说：“是阴山。不过，还远着呢。所谓望山跑死马嘛！”

吃过午饭，稍稍休整，军队又开拔。他们只往北边走，看不见人，也看不见草和树。偶然见到的活物就是爬行在沙漠上的沙胡鹿子。这种像壁虎一样的东西，在沙漠上爬得很快。

到了日头压山，先锋尉迟恭下令安营扎寨，各营顶上都插上大旗，上写：大唐军师平虏元帅徐。

接着各营又齐放火炮，震得沙漠颤抖。此时，一群云雀从北方飞来，穿过帐顶，向南飞去。

军士们开始做饭，炊烟升腾，飘上天际，人们虽然劳乏，但因都是小伙子，所以刚一歇过劲儿来，仍是嬉笑热闹，把本来孤寂无人的沙漠，变得有了生气。

吃过饭后，入帐休息，帐外放了流动哨。

天已经黑了，天上的星星一颗颗闪现出来，大沙漠上变得死一样静，只从各营中传来士兵的鼾声，更增加了大漠的静谧。

正在此时，听得帐外一阵喧哗，接着是尉迟恭进帐禀报：“军师元帅，前队哨兵抓住一个奸细，被我扭来帐前！”

茂公听了报告，一阵惊喜，望望紫烟说：“果然不错！”

茂公吩咐，快将此人带进帐来。尉迟恭下帐，立即将奸细带到面前。此人黑胖面孔，膀宽腰细，有二十来岁，身穿灰袍，头扎紫巾，脚穿牛皮登山鞋，站在面前，一副倦怠的样子。

尉迟恭早把他五花大绑了。茂公吩咐为其松绑。

尉迟恭不放心，站在他的身后说："他是骑马来的，身上还背了弓箭，都被我缴了械。不过，他很老实，没有反抗，就让我捆上了！"

茂公说："你先下去吧，算你立了一功！"

尉迟恭说："我不在此，他要反了性，元帅可要吃亏呀！"

茂公笑笑说："不妨，你下去吧！"

尉迟恭走了。

茂公让这个精壮汉子坐下。紫烟给他送上茶水，精壮汉子一饮而尽。

茂公和紫烟知道，薛延陀部在夷南为可汗时，与唐关系最好，现今多弥当了可汗与唐绝断友好，这其中必有斗争。六府七州的官员也不一定都服多弥，所以紫烟才出了那么一个主意。

茂公问："你叫什么名字？到此何事？"

精壮汉子仔细听着茂公的话，似乎听懂了，便说："我叫契苾何力，是守备燕然府的长官。我早盼着天朝兵马到来，平灭倒行逆施的多弥呢！今天饭后，有小厮报告，说大漠之上有大旗招展。我想一定是天朝发了兵，所以前来看个真假。今日见了元帅，果然气度不凡。这位夫人心地也善良。我契苾何力算找对了。"

紫烟问："怎么，我见你无精打采的样子，难道出了什么事吗？"

契苾何力听紫烟这么问，便长叹一声说：“唉，说来叫人把肺都气炸了！”

茂公坐在他面前，二人面对面地喝着水，契苾何力讲述了他的遭遇……

# 第三十三回 薛延陀多弥行不义 定边关军师用奇谋

契苾何力是夷南可汗的宗亲，九岁丧父，随母度日，长大后被任命为燕然府总管。夷南死后，多弥当了可汗，一反既往国策，大肆对外用兵，不但与唐断绝友善，而且进攻回纥、同罗等弱小部族，抢掠财物，毁坏庄田，残害无辜百姓。契苾何力实在看不惯，曾多次规劝多弥停止这些伤天害理、于国于民不利的事情。多弥不但不听，反而把他监禁起来。契苾何力的姑母是多弥的夫人，姑母出面说情才放了他，仍让他做燕然府总管。

这一次，他回漠北城探母，得知多弥大肆征兵，操练人马，准备秋后大举进攻唐朝。

征兵不是自愿，而是抢兵。规定十八岁至五十五岁的男人，都要入伍，使得好多家庭哭叫无门。有的男人躲藏起来，却被多弥抓回来就地处死示众。

好端端的一个薛延陀被多弥搞得苦不堪言。

契苾何力又冒死找到多弥，请他罢手。多弥大怒，将他打了一百军棍。他的老母哭叫求情，被多弥推倒，摔折了腿。

契苾何力想在家伺候老母，可是母亲怕他再生事端，硬叫他回到燕然府。

契苾何力说："我几天几夜没有睡觉，心中思念老母，所以精神不振呀！"

茂公和紫烟听了契苾何力的话，不禁长长叹气，同情契苾何力的遭遇，也同情薛延陀人民的悲惨处境。

茂公告诉他，这次是奉太宗之命，率兵平定多弥的，希望能得到他的帮助。契苾何力听了十分高兴，说："请元帅大兵开进燕然府，然后再与多弥作战，我想一定会得到薛延陀人民的支持。"

茂公和紫烟连连称是。时间很晚了，紫烟说："你该歇着了！"

契苾何力站起来，转身要走，一拐一拐的。

茂公问："你的棍伤还没好吗？"

契苾何力点点头。

紫烟说："那就在这里歇了吧！顺便给你上上药，治治伤。"

契苾何力很不好意思，迟迟疑疑的样子。茂公叫来卫士专在大帐中给契苾何力搭了一张床。

茂公安顿好了，进内帐休息。紫烟拿出药，让契苾何力躺下，解开衣服。契苾何力羞羞答答地红着脸说："夫人，我实在承受不起呀！"

紫烟笑笑说："好，别害羞，按年龄我可以做你母亲了。我儿子和你差不多大了！"

契苾何力只好将衣服解开。紫烟看时青一块、紫一块，都淤了血。紫烟又烧了开水，冲上药粉，为他热敷，一直忙到半夜子时。

契苾何力被感动得热泪沾湿了枕头。

第二天，由契苾何力领路，大军开到燕然府，小部分军队入城，大部分军队在城外驻扎。

多弥听说唐军来了，十分惊慌，召集群臣商议，准备顽抗。又听说契苾何力投了唐营，他更是火冲胸膛，立时派出骁骑两千，来到燕然府外，昼伏夜出，袭击唐营。

唐营将士没有准备，又是夜间，吃了亏。有的将士被射伤，有的马匹草料被抢走。

尉迟恭气极了，连声大骂："这群兔崽子，骑马而来，乱射一通箭，然后飞驰而去。他妈的，在这儿打仗，有劲也使不上！"

茂公并不惊慌，安慰了尉迟恭几句，说："夜间守好营盘，白天可在营外挖许多沙坑，挖好后睡觉，但夜间要醒着。"

这样一来，多弥的骑兵夜间来时，有的落在沙坑里，有的不敢近前。如此几夜后，便不再前来。

尉迟恭说："这也不是办法。只是挺着挨打，何时是了？再说，白天起了风，沙坑被风推平了，还得重新挖。"

茂公依然安慰他，叫他不要急躁，说性急吃不了热豆腐。

茂公与契苾何力商量破敌之策。

契苾何力说："这里都是骑兵，来往飞快，飘忽不定，不好聚歼。只有先攻下漠北城，拿住多弥，其他的部族就可以慢慢对付了！"

茂公想了想说："比如要砍一棵大树，当然是一下子砍了树根，树就倒了，剩下的枝叶就好收拾了。如果是先掰了树枝，再砍树根，是不是省些力气呀！"

契苾何力听茂公这样说，不言声了。紫烟在旁说：“如果费些力气，先砍了树根，剩下的枝叶不就也蔫了吗？所以，我同意契苾何力的方案。”

茂公沉思不语，说：“再容我想想！”

过了数日，茂公深居不出，只一声不响地坐着，旁若无人。紫烟暗暗望着，只见他头发灰白，脸上皱纹纵横，显然老了许多了。

紫烟实在心疼，嘴里暗暗说：“夫君啊，你为大唐江山真是呕心沥血呀！”

十天过去了，茂公出了内帐，叫来契苾何力说：“多蒙你向我介绍薛延陀的一切情况，我十分感谢。现今给你两个任务：第一，速去回纥和同罗部，把我的信交给他们，请他们速来燕然府见我；第二，传递完消息，再去漠北城联络几个知心的将官，劝说他们与我们里应外合，共灭多弥。不知你可敢再回漠北城？”

契苾何力说：“元帅与夫人对我赐恩有加，就是赴汤蹈火，也在所不辞！”

茂公点头，拿出两封信，一封致回纥部可汗，一封致同罗部可汗。

契苾何力接过信，上马飞驰而去。

契苾何力走了，尉迟恭进来说：“元帅，你让契苾何力走了？他干什么去了？”

茂公说：“一去回纥、同罗送信，二去漠北城策反。”

尉迟恭听了，拍着大腿说：“咳，他这一走，如涸鱼得水，一定不回来了。他见我们难胜多弥，母亲又在漠北城，肯定反了！”

茂公说："不然。观人面而知人心，契苾何力不会背我而逃！"

过了一段时日，回纥、同罗部两个可汗飞马来到唐营，见了茂公深深施礼，连连叫好说："这个多弥坏透了，我们早盼着天朝大兵呢！元帅有何吩咐，我们誓死合力共灭多弥！"

茂公热情地款待他们，席间茂公说："你们回去后，各自向六府七州进兵，夺了六府七州，坚守城池，不可再进漠北城。在战斗中不可多杀无辜。抗者不赦，降者收纳。你们估计拿下六府七州，得用多长时间？"

回纥、同罗可汗互相望望说："这也难说，不过我们可以分分任务。每拿下一个，飞报元帅得知就是了！"

茂公又向他们介绍了大唐的盛况，太宗贞观之治所取得的成就等，并约他们待平定了多弥，同到长安去面见太宗。两个可汗都非常高兴，说："本来薛延陀在夷南的治理下，一天天繁荣起来。可叹他死后换了个多弥可汗，他心地不善，凶暴残忍，不但害了薛延陀，害得我们也不能安生。"

茂公送走了两位可汗，回到帐中等着契苾何力的消息。

契苾何力完成了第一个任务后，在一个夜间进了漠北城。他到一个知心将领家中去，只见门上已贴着封条。情知不妙，他转身就走，黑暗中却跑出几个人来，把他捆绑拿住，送到多弥的府上。

多弥见了他，哈哈大笑，说："你这个叛徒，黑夜间潜来漠北，有什么企图？"

契苾何力说："我不是叛徒，你才是叛徒！夷南可汗与大唐和睦相处，岁岁称臣年年纳贡，大唐每年给我们许多大米白面，还帮咱们建立学堂学习汉文，这些好处你都忘了。起兵反唐，你不是叛徒是什么？”

一席话问得多弥哑口无言。多弥恼羞成怒，下令将他推出去杀了。

契苾何力的姑姑急忙从内室出来，制止了刀斧手，把契苾何力拉到身旁，和颜悦色地说：“你姑夫和大唐打仗，也是为了薛延陀部，为了咱们全家，将来若是打败了唐朝，你姑夫的势力就更大了，你不也跟着沾光吗？”

契苾何力给姑姑跪下说：“姑姑，你好糊涂啊，我们本来是唐朝的属国，是唐朝的臣子。我们与唐朝互不侵犯，互相支援，眼看我们一天天好起来了，这回又起战争，使百姓遭殃，人人怨声载道，难道你听不见吗？再说，依我们的兵力，要想打败唐军是不可能的呀！如今唐朝已经发来大兵，徐茂公元帅是个心地和善又足智多谋的人，用不了多久，我们就要失败的呀！”

契苾何力的话，姑姑不是听不进去，只是做不了多弥的主。她哭哭啼啼地说：“你不听你姑夫的话，小命就难保了啊！”

契苾何力给姑姑擦擦泪，坚定地说：“我契苾何力生为大唐臣，死为大唐烈士，天地日月可鉴我的志向！”

多弥在旁看了，心头火起，顺手抽出宝剑，挥剑削去契苾何力的左耳。契苾何力捂着脸仍然大骂不止。多弥举剑要杀契苾何力，姑姑上前抱住他，苦苦哀告，多弥才放下宝剑，怒气冲冲地走了。

姑姑忙着给契苾何力用布包扎伤口，催促他说：“孩子，你赶快跑吧。不然他一回来，你还有好吗！”

契苾何力忍着剧痛，悄悄溜出后宫，绕到前门，骑上马冲出漠北城直奔燕然府。

茂公见契苾何力被多弥削去了左耳，心中难受，急忙叫出紫烟，为他治伤。紫烟见契苾何力满脸是血，又掉了一只耳朵，心中一阵酸痛，流着泪为他上药包扎伤口。

茂公在一旁赞叹说："壮士心如铁石，实可敬也！"

茂公让契苾何力养伤。契苾何力说："我没有完成元帅交给我的第二个任务，心中难受。掉个耳朵算什么，我一样可以派上用场！"

茂公安慰了他，进内帐去了。

过了几天，唐营中安安静静，多弥的骑兵也不来骚扰了。接着传来回纥和同罗可汗的捷报，他们已经各自夺取了两个州府。

多弥见回纥和同罗发兵助唐，更是怒从中来。

契苾何力几次跟茂公要求任务，一心再回漠北城策反，达到里应外合的目的。

茂公笑笑说："小伙子，给你任务，再回漠北。这回可不是去策反，而是帮着多弥打唐军！"

契苾何力听了，不解其意，说："元帅，你是看不起我契苾何力了，那我活着还有什么意义呀！"说罢，拔剑横项，要自刎。

茂公急忙夺下剑，悄悄对他交代了一阵。

契苾何力乐了。

营外，尉迟恭早已为他准备了两千骑兵，一色薛延陀兵卒的打扮。尉迟恭拍拍契苾何力的肩头说："好小子，兵马准备好了，你快走吧！"

契苾何力骑上马，带领两千骑兵奔向漠北城。

多弥正在焦虑四处受敌，见契苾何力到来，大吼：“你小子又来送死啦！”

契苾何力跪下说：“姑父，你是不知我的心啊！我当初就是诈降唐营，偏偏不说，想立个头功。姑父性急，削去了我的耳朵，我只好忍受了。我已经摸清了唐营的情况，他们的兵将不善于游击作战，所以迟迟不敢出燕然府。我悄悄出来，告知姑父，连夜奔袭，倾全城人马，一战可杀退唐军。侄儿我愿做前队。”

多弥正在焦虑中，忽听契苾何力的主意，真酷似久旱逢甘霖，便扶起契苾何力说：“孩子，难为你了。现在回纥与同罗都助唐打我，实在叫我发愁。”

契苾何力说：“回纥和同罗见唐军势力强大，才这样做。如果我们杀退唐军，他们自然就老实了！”

多弥一想，连声说：“很对，很对！”

接着多弥召来众将，下达进攻唐营的命令：倾全城骑兵，分三路进击。契苾何力在中路，多弥押着后队。半夜子时出发。

多弥的骑兵在契苾何力导引下，很快就接近了唐营。

唐营中静悄悄的，只有几个游动哨兵在来回走动。

契苾何力说：“那就是中军大营！”

接着一声令下，领兵冲进大营。唐营中士兵慌作一团，忙乱中提着兵器去寻找战马，登时被杀死许多。多数人见状不妙，仓皇败走，扔下兵器和战马，哭喊着往南逃跑。

契苾何力不忍心杀害唐军，只是大吼着追击。他尤其害怕茂公元帅和夫人逃跑不及，被乱军伤害。黑夜中又看不仔细，心中十分着急，只是努力寻找着茂公的影子。

突然，他见前面有一人骑马飞跑，戴着元帅头盔，不禁暗暗叫苦："元帅呀，你怎么不早早离开呢！"

契苾何力故意向左边跑去，同时大声吼叫："徐茂公往左边逃跑了！"

引得许多骑兵向左边追杀。

一直追杀到天色大白，唐军狼狈四逃，沙漠上到处是扔下的兵器、物品和死伤的马匹。

此时多弥也赶了上来。他多了一个心眼儿，万一契苾何力有诈，他也好马上返回漠北城。可是当他看见，唐营果然是无准备的样子，并不是空营，心中就踏实多了，相信契苾何力不是糊弄他，于是就放心大胆地往前冲。

大漠之上，唐军和薛延陀军战在一起，东一堆，西一块，乱成一团。唐营受创惨重。

正在多弥高兴的时候，忽听背后如黑云压顶一样，冲来许多战马。多弥正在疑惑，战马已到了身边，不容分说就和他战在一起。

一个黑面虬须的大将，手持钢鞭喊："多弥贼人，你的漠北城，早被我三千铁骑攻下了，你的老窝儿没有了，还战什么！"

多弥一听，吃了一惊，再寻契苾何力，已经不见了踪影，这时唐军好像来了精神，掉回头来与多弥的骑兵死拼。

尉迟恭紧紧追着多弥不放。多弥向漠北城跑着，迎面又杀来回纥与同罗部的兵将。

多弥一见不好，又向右边跑去。正好遇上契苾何力。契苾何力抡刀便砍。

多弥大吼："我是你姑夫！"

契苾何力也喊："杀的就是你！"

多弥掉头又往回跑，正被尉迟恭碰上，尉迟恭飞起一鞭，将多弥的头盔打碎，伸过手去把他手中的狼牙棒夺了过来，反过去一击正中后心，多弥被打下马来。不知死活之时，契苾何力赶上前，连砍数刀，多弥成了肉酱。

多弥一死，骑兵们四散奔逃，契苾何力催马抡刀又杀了几员大将。

只听茂公大喊："壮士且莫追杀了！"

契苾何力回到茂公身边，吃了一惊，问："元帅，你怎么换了帽子和衣服？"

茂公笑笑："为了躲避敌人嘛！"

契苾何力又问："那，我看见的头戴帅盔的人，不是你吗？"

茂公说："那是我的卫士扮的。元帅不退，士兵怎么撤退呀！"

契苾何力又要追杀。茂公说："随他们去吧！尽量少杀人为好！"

契苾何力说："元帅，大漠之上少城郭，他们都是游击作战。现在就像鸟出巢、兔子出窝一样，不乘机杀了他们，放他们一走，就找不见他们的穴巢了！"

茂公笑笑说："他们总有回来的时候，何况平定薛延陀，不是杀了多弥就解决了，也不是一战就太平无事了呀！"

茂公领着回纥、同罗两个可汗及众将来到燕然府，为大家设宴庆功。

然后，茂公进兵漠北城。回纥与同罗两个可汗连声叹服茂公用兵如神。

茂公笑笑说："作战要智勇并用，抚诈兼施。抚上贵诚，制敌贵诈，是兵家要诀。"

回纥和同罗二可汗请求回本部。茂公同意，送他们走了。

徐茂公在漠北又用了两年多的时间，才安抚了人心，收服了所有部族。最后，茂公上表给太宗，欲立契苾何力为可汗。太宗复旨，任听裁决。

但契苾何力说什么也不愿做可汗，只愿随茂公入唐，在茂公手下当一名将官。

茂公见他实在诚心，将来也有可用之处，就同意了，另立一个德高望重的人当了可汗。

茂公又设立了燕然都护府，总管六府七州事，以安定边疆，加强内地与边疆的联系。

尉迟恭被安置为燕然都护府总管。

尉迟恭不高兴，说："怎么把我留下了，让我成年吃沙子啊！"

茂公说："你是门神，这个门开始必须你守，等过几年，我定找人换你！不要惦记家中，我回朝后第一件事，就是着人把家眷给你送来！"

尉迟恭无奈，只好接受了，说："军师元帅，你让做什么，我就做什么吧！"

# 第三十四回　辞静虚两小将下山　谢人间一义妇归西

茂公还朝，本应是鞭敲金蹬响、人唱凯歌还，合朝文武都应到十里长亭相迎。

李世民早见捷报，告知文武大臣，做好迎接凯旋将士的准备，只待消息传来即可出长安相迎。谁知茂公却已悄悄回到长安。当然，是茂公有意这样做的。

大军到了长安，先到校场。茂公宣布休整，并安抚阵亡将士家属等，一切事毕，李世民才知道消息，亲率众臣前来校场相见。

茂公上前参见太宗，李世民挽着茂公的胳膊，说：“军师凯旋，应该早来消息，我们好去十里长亭迎接，怎么悄悄回来？”

茂公说：“将士为国出征，本是常事，何劳万岁与众臣相接？”

当晚李世民宴请茂公。茂公说：“尉迟恭已留守燕然都护府，臣应到他家中看望一回，明后天即送其家眷去燕然府。”

李世民对茂公的功劳倍加封赏，赐绢十匹、白银五车，并加赐灵寿杖。

茂公一一谢绝，说："此次平定薛延陀，全凭万岁洪福、将士用命，茂公只是一个组织者。"

李世民说："有功则赏，有过则罚，这是常规，你要不受，对朕的威严也有影响啊！"

茂公只好认可，但又说："白银和绢，臣皆发放给士兵，独灵寿杖受之。"

李世民说："对全军将士朕均有封赏，何劳茂公分发？"

茂公说："将士用命才使我主帅荣耀，所以必须分发他们。茂公家中只有妻子，不需要太多的积攒。"

李世民无奈，只好认可，说："过去隋炀帝筑城墙守大漠，劳民伤财，也未守住。今军师仅用三年，使漠北安定，胜于筑墙千万倍。朕常想，古时韩（信）白（起）卫（青）霍（去病），皆为一代名将，千古流芳，军师之功已超过他们！"

茂公听了，站起来说："万岁，臣乃尽心尽力所为，怎能比得前朝名将？"

李世民拉他坐下，说："怎么不能比呀？再过百年、千年你我不都是古人了吗？当年李陵率精骑五千，与匈奴战于大漠，后战败而屈就于匈奴，终使匈奴主与西汉和解。后世还把他的事迹书于竹帛。军师以铁骑三千，巧袭漠北城，这是古今战争史上没有的事，卿之功劳是亘古一人。这并非是朕夸大。对了，军师，朕已将凌烟阁建成，凡大唐功臣不论生者死者，尽图画其上，军师是第一人。"

茂公不愿再听李世民表彰他的功劳，便支开话题，问："不知李靖元帅有没有消息传来？"

李世民想了想说："西方战事，每有情报传来，有好也有坏。起初战斗很顺利，后来有过失利，而今尚未最后解决。另外，左军曾生、右军唐奉义有密折奏来，弹劾李靖。”

茂公急问：“弹劾他什么？”

李世民说：“说他持军无律，凡破城，总纵兵士大掠，致使奇珍异宝流失。”

茂公听了，低头想了想，问李世民：“万岁，此事如属实，你当如何处置？”

李世民说：“隋朝史万岁领兵破敌，大获全胜而归，但有人弹劾他私藏战利品。核查属实后，被隋文帝杀了。这叫不赏而诛。”

茂公听着李世民往下讲。

李世民说：“我则不然。不但赦靖之罪，反录其功。功过分开，以功为主。”

茂公听了，点点头赞成地说：“万岁，记人之功，忘人之过，这才是君主的肚量！”

茂公对李靖的为人，心中十分有数。曾生等人的密奏，一定事出有因。但从中他也敏锐地感到：李靖军中已经产生了异心，因而，他担心西方战事有可能发生变故。但此时，他没有直接对李世民说出来。

又过了三个月，年关逼近。人逢佳节倍思亲，这是常理。茂公与紫烟思念儿子徐震。紫烟说：“震儿今年已经十八岁了，已经长大成人了。十多年来，没有音信，实在叫人想念。我在梦中常常梦见他奔跑过来叫娘。”

茂公说：“我也很想念他。等过了年，我告个假，去静虚观看看他，也看看建德父女。一晃这么多年过去了，我们都老了。”

夫妻二人商量好了，只待年关一过，就去静虚观。

不料紫烟得了个急症，头晕眼花，不思饮食，且经常做噩梦，醒来就哭。

茂公很着急，请京城最好的郎中来看，只说是气虚所致，需服补气补阴之药。可连服多日，不见效果。

茂公望着紫烟一天天消瘦下去，常常暗暗流泪，他坐在紫烟身边，寸步不离。紫烟抓着他的手，说："夫君，我想我不会长久了。我死了，有两件事不放心：一是担心没人照料你了，二是不能见到震儿娶妻生子。"

茂公安慰她说："别胡思乱想了。等你病好之后，咱们就一同去看震儿！"

紫烟苦苦一笑说："夫君，大概不会有这个日子了。"

茂公听着，心中实在凄然，便想差人到静虚观去把徐震找回来，与紫烟见上一面。紫烟说："不必了，来回路远山遥，让震儿哭哭啼啼而来，哭哭啼啼而去，实在不忍心啊！"

夫妻二人面对面地坐着，一句话也不说。紫烟脸上露着微微的笑意。她回想这一生，幼小丧母，随父亲生活，艰难度日。长大之后，父亲私蓄了些钱，让她读了几年书。后来，隋炀帝选美，她与丫鬟东躲西藏，在荷塘间偶然遇见茂公，使她一见倾心。本想两个人初恋定情有个好的结果，但最终仍没有逃出"选美"的厄运，被炀帝抢入宫中。到了宫中，众多美女中，她不但长得水灵可爱，而且气质不俗。

炀帝狂得忘形，在入宫的第二天就将她捆在欢乐车上强行玩乐了。可怜一朵娇艳的嫩花被强暴的风雨摧残了。

自那以后，她几回觅死，都被人救下来。她自愧、自恨，但无力回天。她是多么思念心目中的茂公啊！她变得痴呆了，不洗不梳，哭笑无常，使炀帝慢慢疏远了她。

她也慢慢地麻木了，深藏在小室间，读阴阳之书，不愿见人，一熬就是八九年。

炀帝被杀，她用智慧逃出宇文化及之手，流落民间，以看阴阳宅谋生。后来削发为尼，遁入空门，打算安安静静地了此残生。谁知尼姑庵也非世外桃源，她只得再逃脱出来。

一个尼姑单人觅生并不容易，她这才女扮男装，靠着自己的本事，游走乡间，为贫苦的百姓治病，成了一个游乡郎中。

她自到了旧日的荷塘边，住进徐家的小房舍之后，对茂公的恋情复燃。打听到茂公的所在之地，几番鼓起勇气，想去寻他，但又怯止了。自己已是残花败柳，何苦再去煎熬别人！

又是一个偶然机缘，茂公回家祭父，夜逛荷塘，二人不期相遇了。

原来茂公是个重情重义的男人，她如久旱逢甘霖一般高兴。有情人终成眷属。她觉得她是人间最有好命的人。

二十多年来，她与茂公共同生活，相敬相爱，举案齐眉。

她为茂公生下一男，使徐家有人续接香烟，这是她最大的欣慰。

她这一生有苦有甜，有辣有酸，人生滋味她都已品尝，她死而无悔了。

茂公问她：“紫烟，你在想什么？”

紫烟轻轻说：“我在回想人生，倒也知足了。一生中我能与你结为伴侣，没有白活。可惜我是美玉有瑕呀！”

茂公明白她的心意，便说：“情为何物？我以为情为专注。专注则为神品。不在于躯体，而在于心志。志高则洁，最难能可贵！”

紫烟紧紧握着茂公的手，眼里只是流泪，脸上露出深深的敬意。

正在此时，有家人通报：少爷归来了。

茂公与紫烟听了，又惊又喜，但不知是真是假？

不一会儿，徐震扑在父母面前说："不孝孩儿徐震拜见父母。"

徐震后边又跪下一个人，口称："拜见爷爷和奶奶！"

茂公不认识他，便问："你是何人？"

徐震急忙介绍说："他是罗通。"

茂公听明白了，起身把他们扶起来。

紫烟抱住徐震，激动得哭了。

罗通说："我今年十七岁，比震叔叔小一岁。本来应是兄弟相称，可是，我母亲告诉我，应称他叔叔。因为母亲跟您称叔叔嘛！"

茂公笑着说："只因我跟你外公兄弟相称，所以你母亲就只有跟我叫叔叔了！"

徐震和罗通在终南山静虚观中，跟线娘学习武艺，一晃就是十多年。

这十多年间，线娘对徐震甚至比对罗通还好。

窦建德已经七十多岁，身体还十分硬朗。观外有一棵古松，树上结了鸦巢。因为在静虚观生活时间长了，他一出门，乌鸦就飞在他头顶，随了他走。建德笑笑说："人老了，连乌鸦都认识我了。"

线娘说："父亲还能活七十多岁，到那时候，说不定连泉水都认识你了！"

静虚观的老道长已经死了，建德成了老道长，山中百姓都喜欢与建德闲聊，建德也喜欢他们，所以生活十分清静愉快。

线娘专心授艺，徐震与罗通的武艺长进很快。

一天建德问他们："你们学好了武艺，将来干什么去呀？"

罗通说："下山，投奔唐营，建功立业。"

建德又问徐震："你呢？"

徐震说："我想留在山中，每年回家看一看父母，然后再回来，伺候你们！"

建德笑了，拍着徐震的肩膀说："人生一世草木一秋，转眼就是百年啊！我小时候，在家种地，只想过安稳日子，可是那吃人的官府，不让你过呀！讨租逼债，征兵服徭役，百姓生活太苦，只好拿起刀枪与官府抗争，为一方百姓求个好生活。后来，各地纷纷闹起义，隋炀帝也没有办法。我那时，很高兴，认为我窦建德没有白活，总算为百姓谋了福利。那时十八路反王、六十四路烟尘，闹得隋朝江山摇摇欲坠。可是，到了后来，隋朝灭亡了，各路反王互相攻打，其实就是为了争夺天下，想当皇帝。我不想当皇帝，也不愿意互相残杀。谁知身不由己，不争斗，自己就保不住，所以只好去斗。天下事就是这样，总乱不行，势必要有人统一，统一了百姓才平安。如今大唐统一了天下，而且李世民是个明君，他制定了许多利国利民的政策，比他父亲当皇帝的时候强多了。所以，我愿意你们下山投唐，为唐朝建功立业，为唐朝的兴旺繁荣出力，这才是男子汉的抱负！不要跟我学，老死深山不问世事。这是没有出息的呀！"

线娘也对罗通说："你的父亲死后，我也觉心灰意冷，准备来静虚观了此一生算了。后来想到，一个年轻人，学了本领，不贡献给国家，不贡献给百姓，学了本领有什么用呢！"

罗通和徐震连连点头，问："那，让我们什么时候下山呢？"

线娘说："等过了年关，我就送你们下山去！"

谁知过了两天，忽然京城中来了人。此人不是一般客人，而是手捧唐太宗圣旨而来的人。

建德和线娘出来接旨。圣旨说："军师茂公夫人病重，着徐震速来京城探母。"

建德送走了传旨内臣，这才安排徐震下山。线娘说："罗通也一同前去，就此留在唐营效力吧！"

这样，徐震和罗通才到了长安。茂公知道这是李世民背着他召儿子来看望紫烟的，心中暗暗感激。

第二天，茂公领着徐震、罗通到皇宫去拜见李世民。

李世民见了徐震和罗通，心中十分高兴，说："这真是将门出虎子啊！朕封你们为左右中郎将，随军效用，待有功之日，再行封赏。"

徐震与罗通叩头谢恩。

茂公说："万岁，两个孩子身无寸功，竟受封赏，靠的什么呀？"

李世民说："靠的他们的父亲呀！罗成为朕战死沙场，今有子系，朕十分高兴；徐震乃军师之子，更应受父荫庇。"

茂公笑笑说："真是金口玉言呀！皇家官员，都是万岁一口封赏的！"

李世民说："你也不要讽刺朕，朕这样做是有道理的！"

茂公不再争辩，想了想说："是啊，我们这些人果然老了，也该提拔新人了。如秦琼、咬金、尉迟恭诸人至今仍在边关效命，也该让他们休息休息了！"

李世民说："像这些老臣宿将，如能保持晚节教育后生，实属难能可贵。房、杜二相，辅国安民，深谋远虑，为朕出了许多好主意，制定了许多好政策。他们为人也清正廉洁，可是都没有教育好自己的儿子。房遗爱是玄龄爱子，可是他密谋造反，自食恶果。杜如晦之子杜荷，朕把女儿都嫁给了他，他也参与谋反，被斩首。这都是教训呀！”

茂公说：“法是国家根基，功臣应自觉守法，而且应该教育后人守法，不然法将失去威严。万岁以公执法，茂公十分敬佩。在法律面前，就连公主、驸马都一样处置，天下仰服。由此看来，大唐江山坚如磐石！”

徐震终日守在母亲身边，端汤熬药，小心翼翼。这一天刚刚把药端在床头，紫烟已经与世长辞。

茂公因忙于公务，没能最后跟紫烟道别。他伏在床头痛哭，只见紫烟手中紧紧握着那枚书签，神态安详地走了。

闻军师夫人故去，李世民与大臣们都送了祭品，茂公一一收下。停灵三天，按紫烟生前遗言，儿子徐震、义子契苾何力分左右两边扶着紫烟的灵柩，向离狐西袁庄进发。

# 第三十五回　援李靖太宗差派将　破金州雪夜出奇兵

一年之后，冬季。

李世民又接密报：李靖在前线有谋反之意，私自与东突厥颉利可汗的弟弟阿史那杜尔交往，亲密无间。唐军不愿再战，纷纷思归。密奏之人，仍是曾生与唐奉义。

接此密报，李世民心中少了主意，立刻将茂公召到宫中密谈。

首先，李世民将密折交给茂公观看。茂公看后，吸一口冷气，也不知虚实，便问："叔宝与咬金可曾有密报奏来？"

李世民说："一直没有见到他俩的奏折，四年来未有一点消息。"

茂公沉思不语，良久问李世民："万岁，有何打算？"

李世民不好意思地说："朕再三思考，西方战事，已经四年没有告捷，长此下去，也不是办法。按军师当年计算，最多不超过五年。这是朕忧心之事。另外，李靖统军失律，也是你我都知之事，虽有财物丧失，尚可不论。如一旦谋反，边疆吃亏，可就要费大周折了！朕想让军师再领兵前去，作为监军，督西方战事早日告捷。只是顾及军师身体欠佳，不便开口！"

茂公说："万岁所虑，自有道理。西方战事是该早早结束了。臣近接高句丽边关书札，高句丽也有蠢蠢欲动之意。如果东方再生事端，东西相制，确实难办。应该派军去西方督战。臣虽身体欠佳，但尚无大碍，可以领旨西行。只是这监军名分，怕李靖面子上难以接受。"

李世民说："朕下旨意，你奉旨而行怕什么？再说，那李靖对你心服口服，不会有事的。"

茂公只有领旨。李世民又说："军师丧偶已年余，我常想为你续弦，只怕你不肯。如今率军西行，一路风霜劳苦，没有人照料也不行。朕赐你美女十人，随营照料你，如何？"

茂公听了大声笑着说："万岁想让臣沉迷于色情之中吗？臣这是去打仗，并不是去游山玩水。再说，茂公为人从一而终，绝不再续新弦。臣与紫烟乃患难知己，除此而外，没有别人。万岁对臣的心意，臣领了。但万万不能从命！"

李世民假装生气地说："如果你不接受，就加你一个抗旨不遵呢！"

茂公笑笑说："那臣就把叔宝和敬德从边关调回，他们那双锏单鞭，可是万岁亲口封过的，叫作'上打昏君，下打佞臣'啊！难道万岁不怕打？"

李世民双手抱着头，装作害怕的样子，连声说："军师饶命，军师饶命！"

茂公看李世民这个样子，也哈哈大笑起来，说："万岁，不必担心臣的身体。臣身边尚有徐震和老家人呢！"

李世民听了这话，忽然想起一件事来，说："对了，徐震与罗通已到成家年龄，由朕为媒，将他们都召为驸马都尉如何？等你归来，就给他们完婚。"

茂公说："臣乃草民，怎能与金枝玉叶联姻呀？"

李世民说："朕有十多个女儿，以你我之交，也该做个亲家了。"

接着，二人又商量了随军将校的人选。茂公说："此去突厥，李靖那里有雄兵十万、上将百员，不必多带人马，只领骑兵三千足矣。另外让罗通、徐震、契苾何力等人同去，也好让他们有所作为。"

李世民一概同意。几天之后，兵马便出发了。

李靖自领兵来东突厥作战，有胜有败，只是没有最后平定。兵士多是中原人，开始水土不服，后来渐渐习惯了。可是离家日久，不免产生思乡情绪。李靖见兵士们怪可怜的，就明令将士：凡获取的财物，可以平分，不必上交；可以饮酒，可以吃肉，没有事时，也可行围打猎，玩个痛快。有一次，他们攻下了庭州，兵士们为庆贺胜利，大吃大喝三日，李靖还跟大家一起吃喝。庭州城的美貌妇女有的希图财物，随了将士们睡觉，李靖也睁一眼、闭一眼。他想：将士们太苦了，让他们享受一点有何不可呀！

庭州城的珠宝玉器，本应上交，然后按官职大小来分配。李靖并没有收缴。如此一来，像曾生、唐奉义诸人就得不到好处，所以密折上奏太宗，告他散失珍宝。

此时，李靖的元帅府设在灵州，与东突厥的首府互相对峙。

茂公率领三千骑兵，到达灵州城。李靖听说李世民又增派军队，心中有些不快。出城迎接时，见是茂公，心中的懊恼顿时减去许多。

李靖上前参拜说："军师，一路风尘，快到城中歇息，你我共诉离别之情。”

进了城，来到帅府，茂公向李靖宣读圣旨。李靖跪拜接旨后，茂公问：“元帅，四年多来，为平定突厥多有辛苦了！我前来，一来助战，二来劳军，一切大事望元帅裁夺。”

李靖笑笑说：“军师人品，我李靖深知。但圣旨有言，你是监军身份，李靖当谨从监军之命！”

茂公暗察李靖的神态和口气，都是真诚的，便说：“我想，你对这里人情和环境都比我熟悉，你应该多出主意，我帮你参谋一二。我们二人真诚协力，不愁东突厥不能平定。”

李靖说：“这里地处积石山之阴、洮水之西，地广数千里。这里的人们不居城郭，愿意住帐篷，多以放牧为生。可谓鹰飞于天，雉窜于蒿，猫游于帐，鼠安于穴，各得其所。这里的气候变幻无常，盛夏降霜。我军刚到时，多不服水土，死伤惨重。但牧民们却欢迎我们，因为他们不满可汗对外用兵，喜欢安定生活。他们编了顺口溜儿赞扬我们，放牧时到处传唱：‘突厥兵，如霜雪，唐家兵，如日月，日月照霜雪，几何自殄灭。’所以，起初几次争战，我军大获全胜，只是不能生擒可汗，被他逃脱了。”

茂公听李靖详细地介绍情况，心中有了底，便说：“你对情况掌握得很全面，唐军又深得牧民之心，这是胜利的根本。今后之计，仍应顺其情，分其势，安抚牧民，不扰士牧工商。这才是得人心的好办法。”

李靖听茂公这样说，便叹了口气说：“那颉利可汗有一个族弟，名唤阿史那杜尔，此人武艺高强，有正义感，在战灵州时，他故意被叔宝擒拿，并说要见元帅。我见他之后，他说东突厥本不愿与唐军为敌，只因义成公主坚持与唐军作战，而可汗没有主见，只听她的话。我们谈了好长时间，他非常羡慕大唐的文化和生活，愿意跟我交朋友，我便答应了，将他放了回去。叔宝和咬金也都喜欢他，也都同他成了朋友。我想，这样做只有好处，而没有坏处。可是左右军首领曾生和唐奉义对此很有意见，被我训斥了一回，二人很不高兴。"

茂公听李靖这么一说，心中的疑团顿时解开了，连声说："这才是将帅之胸怀。你做得很对呀！那个义成公主，不就是隋炀帝的姐姐吗？"

李靖点点头说："我为人自小放荡不羁，领兵打仗对下约束不严，自知是个大缺点。可是，我见军士们随我出征，多年不回故土，思家心切，生活又苦，放纵一些，也许能增长士气。"

茂公听李靖这么讲，微微笑笑说："元帅，此种观点，茂公不敢苟同。将帅用兵，第一为纪律，没有纪律的军队是难以取胜的。纵然取得了一些胜利，那也是不长久的。当然，我不是说元帅不善用兵。如善用智谋，又加之严格的纪律，那将是刀上加锋。对军士的爱护不表现于放纵，放纵则导致懈怠，对于长久作战是十分不利的。不知元帅以为然否？"

李靖对于茂公的批评口服心服，连连称是，说："军师所言很对。李靖虽然年已半百有余，也想知过必改。军师直言直语，我衷心感激。"

第二天，李靖召来秦琼、咬金与茂公相见。患难兄弟重逢，说不尽的离别之情。程咬金竟大声哭了起来，说："军师哥哥，一眨眼咱们都老了啊！"

谈起军情，秦琼说："那个颉利可汗，今天藏在这儿，明天躲在那儿，反正总也抓不住他。军士们都厌倦了，战斗情绪也低落了！”

夜里茂公与李靖商讨速战速决的策略。茂公要先听听李靖的主意。

李靖说：“颉利可汗行踪不定，我们必须摸住他的准地方。对于那个义成公主，则更要摸准她的行踪。”

茂公说：“要摸得准，那只有靠阿史那杜尔了。”

李靖说：“很对。不过，他多时不来了。”

茂公说：“阿史那杜尔来了更好，不来我们也不等。现在正是寒季，我想颉利可汗与义成公主，在这个季节决不会住进帐篷里，很可能就在首府金州。突厥兵有个习惯，叫作‘春草未芽马瘦不能战’。也就是说，他们习惯于夏秋两季作战。我们偏要在寒季出兵与他争战，而且力争在夏季到来之前解决西方战事。”

李靖皱皱眉头说：“军师，‘春草未芽马瘦不能战’，是有道理的。况且我军将士寒季出兵，也受不了啊！”

茂公笑笑说：“这就是军纪的威力。我想，我们不在寒季解决西方战事，而要等到明年夏季，这样不但拖延了时间，而且把有利时机让给了对手。寒季作战是敌之短，夏秋季作战是敌之长，你说该如何选择战机？”

李靖被茂公这么一分析，觉得很有道理。西方战事之所以延长了时间，大概也是这个原因。李靖不得不佩服茂公用兵比他高出一筹。

接着，茂公把想好的战斗方案向李靖讲了一遍。李靖想了想说：“好，依计而行。”

第二天李靖升帐，点齐众将。茂公在他身旁坐着。

李靖第一个叫的是徐震：“徐将军，明日你领兵一万，去攻贝州城。只许败，不许胜。然后退到积石山谷等待。”

徐震接令，但他心中别扭。第一次打仗，就必须打一个败仗，真叫人扫兴。

李靖第二个叫的是罗通：“你明日领兵一万，去攻阿州城，只许胜不许败。但战斗胜利后，不进城，退到积石山夹谷与徐震会合，集结待命！”

罗通接令，但不解其故。怎么打了胜仗，又不许进城，不是白打胜仗了吗？

李靖发完将令，见徐震与罗通脸上有不高兴的神色，便又补充一句：“严格按将令执行，违令者，斩！”

余下众将均随大本营行动。

徐震吃过早饭，便率领一万人马，直奔贝州城而来。到了贝州城下，大兵安营扎寨，徐震纵马提刀来到城下叫阵，但好久不见动静。

徐震为了难，叫阵叫不出人来，如何打仗？

他又连着喊了几声，仍不见动静，就命令火工司向城内放火炮，但指令只放两炮。

火工司领命向城内放了两炮。这两炮一响，城中乱了营，城墙上也站满了人。徐震一见高兴了，便大吼：“喂，守城将官听着，本将军特来挑战，叫你们主帅开城交锋！”

不多时城门开处，一匹紫骝马冲了出来。马上坐着一员将官，头戴雉鸡翎盔，肩飘狐狸尾，手使一杆钢叉。跑到阵前，他问：“唐将何名？”

徐震说：“我乃左军中郎将徐震。敌将何名？”

来将答：“我乃贝州守将阿史那杜尔。”

通过姓名，二人战在一起，战了十个回合，徐震虚砍一刀，拨马便走。

阿史那杜尔也不追赶，收马回城。

徐震跑到营前，回头见敌将没有追赶，不知何故。按着元帅将令，应该打败仗。于是下令，弃营逃跑。

罗通到达阿州，已是两天之后。他安下营盘，就骑马握枪来到城下叫阵。

这里的情况与贝州差不多，敌军也是坚守不出。罗通不见敌将出城迎敌，便回到营中，组织人力强行攻城。

护城河中已经结了厚厚的冰，所以不用架浮桥，就可以直抵城下。到城下之后，架起云梯，往城垛上爬。

这时候，敌人向城下放箭。

罗通用银枪拨打乱箭，命令兵士强行登城。南门被打开了，唐军一拥而入，杀得突厥兵四处躲藏。

罗通一见差不多了，命令士兵退出城外，回到大营。

阿州城的突厥兵，本想从北门逃走，但见唐军退出城去，急忙回来，关上南门。

罗通在夜间，率部悄悄向积石山谷开拔，与徐震会合。

阿史那杜尔与徐震交锋，眼见徐震败下去了，也不追赶。他心中暗暗生疑。这是怎么回事呢？往年入冬之后，两军没有交过锋呀？这员小将刀马纯熟，怎么竟败下去拔营逃走了呢？

阿史那杜尔想到唐营会见李靖，恐怕别人看见，只在夜间，说是到金州有事，悄悄来到唐营。

唐营的军校押着他，来到中军大帐。此时茂公与李靖还没有歇息，正商讨对敌之策，忽见阿史那杜尔到来。

李靖站起来介绍说："这就是阿史那杜尔。这是我们的军师徐茂公。"

徐茂公见那阿史那杜尔黑红面庞，一腮乱草一样的胡须，眼大有神，显出威武气概，心里暗暗喜欢。

阿史那杜尔见茂公沉稳深邃，两眼闪闪放光，慈威兼备，心中暗暗佩服。

阿史那杜尔问："元帅，往年冬季歇兵，今年为何一反常规？"

李靖笑笑说："兵不厌诈嘛！"

阿史那杜尔又问："那为什么刚刚交锋，就战败而逃呢？"

李靖装作一惊，说："那他一定是打不过你！"

阿史那杜尔说："元帅，你有什么打算，还瞒着我吗？我盼着你们早早抓住颉利可汗，消灭义成公主呢！"

李靖望望茂公。茂公说："你与元帅已经交了朋友，我很高兴。我也愿意跟你交朋友，但我们是两军相争，不能正大光明地来往……"

阿史那杜尔说："所以我希望早早结束战争，我们大大方方做朋友才好！"

茂公问："颉利可汗与义成公主常在一起吗？"

阿史那杜尔说："大多数时间在一起，夏秋季一打仗，义成公主就到帐篷里住，行踪不定，经常袭击唐营，打完了就跑。入冬以后，我想他们一定在金州城里。"

茂公说："烦你到金州城去一趟，如实报告这里的战况。如颉利可汗与义成公主都在金州，速来报知元帅。"

阿史那杜尔说："金州城离此还有五百里，我得三四天后才回来了！"

李靖说："可以，你回来时不要到灵州找我，而在积石山谷相见！”

送走了阿史那杜尔，李靖令秦琼、程咬金等人留守灵州城，他与茂公移兵积石山谷。

到了积石山谷，徐震与罗通前来禀报元帅，说按将令完成任务。

李靖说：“好。各记功一次。”

罗通说：“这里风狂地冻，难以扎营。兵士们只好裹着篷帐睡觉。有的冻伤了手脚，有的冻掉了耳朵，叫苦不迭。”

徐震也说：“有些瘦弱的马，也冻死了。”

李靖望望茂公。茂公皱起眉头，拉着李靖的手，说：“走，到兵营中看看！”

二人出了大帐，一阵狂风吹来，如刀削面，口里出来的气全是白烟，向地下吐口唾沫，摔到石头上立刻粉碎。石粒大如牛眼，被风吹得乱滚。谷口黑色的巨石被冻得张着口子，上边是白雪，如利箭一样垂下来。阳光虽然强烈，但没有一丝暖意，反倒刺人眼睛。

兵士们有的裹着篷帐，被冻得发抖；有的在帐外蹦蹦跳跳，以免冻坏了脚。马匹站在风中不停地嘶鸣，鼻孔下结成冰疙瘩。

兵士们见了李靖，哀告说：“元帅，可怜可怜我们吧！要打就打，死活一个价。要不然就活活冻成冰棍儿了！”

李靖说：“仗是要打，等待命令吧！”

也有的士兵埋怨：“往年这时候歇息了，今年怎么偏选这个时候打仗，活活要人命！”

茂公不言不语，皱着眉头，走到一个老兵面前。这位老兵正在舞剑，茂公问：“你不冷吗？”

老兵说：“咋不冷！舞剑就为防冷，把心烦也忘了！”

茂公望望他的脚，鞋子被山石磨破了，脚趾露出来，冻成紫色。茂公伏下身子，用手摸了摸，已经冻硬了。他一阵心疼，涌出泪花，忙把自己的鞋子脱下来，让老兵穿上，而自己却穿上了老兵的破鞋。

老兵被感动得落泪，说：“监军大人，咱们快打吧，不然人就都冻死了！”

茂公点点头，又安慰了老兵几句。

回到大帐，李靖与茂公默默无语。他们都在等着阿史那杜尔的消息。

帐外的风更大了，吹得篷帐“哗哗”乱摇。李靖说：“天气又变了，说不定一场大雪就要下来了！”

茂公冷不丁冲出帐外，一阵狂风把他刮倒了，李靖忙去扶他。茂公爬起来，望望西北天空，果然黑锅底一样。

茂公问：“大雪下来，能有多久？”

李靖说：“这里的天气变幻莫测，有时一场雪竟下几天，漫天皆白，万里冰封，连一只飞鸟也不见。”

茂公听了，反而笑了，暗暗叫道：“天助我也！”

他双手拍掌，但已经冻僵了，拍不出响来。

李靖拉他进帐中，问：“军师，你想乘雪出兵？”

茂公笑笑说：“对。我预想就是这么一个天气！”

李靖微微摇头，预感到进兵的困难。不过，出于对茂公的尊重和信赖，他没有说什么。

等到日落，纷纷扬扬的大雪从天而降，朔风如狼嚎，雪片迷人眼。

这时候，阿史那杜尔冒着大雪跑来了。他对李靖和茂公说："颉利可汗与义成公主都在金州城。我向他们禀报了战况，他们都哈哈大笑，说唐军不久便不战自退。又有阿州城守将向他们汇报战况，他们说，那不过是进城抢点吃喝、衣服罢了！天寒地冻就会要唐军的命，还用出战！"

茂公说："有劳将军，今夜由你引路，我要奔袭金州城！"

阿史那杜尔听了，大吃一惊说："今夜大雪纷飞，军士们能走吗？从这里算，还有二百里路呢！"

茂公严肃地问："将军你能走吗？"

阿吏那杜尔说："能。只要能一举拿住义成公主和颉利可汗，早早结束战争！"

茂公点点头，对李靖说："升帐发令，夜袭金州！"

罗通与徐震心高气盛，又血气方刚，自然毫无惧色。茂公说："关键是士兵，要他们打起精神！"

全军将士个个骑马，不能骑马的步卒，在后队步行，但在第二天天亮前，一定要赶到金州城下。

临行之前，茂公下令，将冻死的马匹吃掉，人人赏一升酒，吃饱喝足，扔掉篷帐，扔掉锅碗瓢盆，扔掉行李，轻装前进。

茂公站在巨石上向军校宣布军纪：不准喊冷，不准掉队；马被冻死了，人照样步行前进。前进者奖，后退者斩！

宣布完军纪，阿史那杜尔在前，李靖和茂公紧随其后，罗通做中军，徐震押后队，冒着纷纷扬扬的大雪，唐军直扑金州城。

风越刮越猛，雪越下越大，打在脸上，起初如刀割一般，后来就没有知觉了。旗帜被冻裂了，马冻得不能叫唤，马蹄踏在冰雪上，一溜一滑，有的战马跌倒就爬不起来了。有的士兵被冻死了，直挺挺躺着，但没有一个后退的。士兵们都豁出去了，反正退肯定死，进还可能有个生路，所以他们咬紧牙关往前闯。

第二天天亮之前，唐军终于到达金州城外。李靖令查点人数，兵士冻死了三成。

茂公暗暗说："比估计的情况要好得多！"

李靖叫阿史那杜尔首先悄悄爬上城去，开了城门。罗通与徐震领着马队，冲入城中。

颉利可汗与义成公主尚在梦中，他们万万想不到，天寒地裂又大雪纷飞，唐军会奇袭金州城。

士卒向颉利可汗报告："唐军入城了！"

颉利可汗不信，说："可能是那些战俘闹事，明晨把他们杀了！"

过了一会儿，又有士卒报告："唐军已打到府门口！"

义成公主坐起来，听见门外人声嘈杂，情知有变。穿衣出门，刚想问个究竟，阿史那杜尔跑过来说："快投降吧，唐军杀来了。"

义成公主手握宝剑向阿史那杜尔砍去，罗通飞马过来，抖动银枪，结果了她的性命。

颉利可汗跑出来，罗通又上前举枪就刺。

阿史那杜尔喊："罗将军，枪下留情。"

罗通停了枪，命人将颉利可汗捆绑上，交到元帅跟前。

# 第三十六回　成劳疾徐茂公卧病　怀深情李世民剪须

雪夜袭金州，大获全胜，一举解决了西部战事。李靖心悦诚服，对茂公说："军师用兵，果敢缜密，实在叫我叹服。先打贝州，只败不胜；再打阿州，只胜不败，且不占城池。这一切全是为奇袭金州做准备：意在麻痹金州。雪夜奔袭，是为奇兵。兵家出兵都选黄道吉日，而军师偏偏选个黑道凶日，实出敌人所料。奔袭中虽有伤亡，但不如此不能制胜，乃大勇大智也！"

茂公说："元帅所言正是茂公意旨所在。俗话说长痛不如短痛。将帅到关键时刻，不咬紧牙关，不做出一点点牺牲，是不能成功的。所谓将士用命，正在这里。"

李靖说："与君一场实战，胜读十年兵书。"

茂公摆摆手说："元帅过谦了，没有元帅的先前用兵，而且结交了阿史那杜尔，茂公也是难以施展的！"

颉利可汗向李靖和茂公谢罪，并要求面见太宗，表明东突厥愿与天朝永结和好。

李靖应允。

唐军在金州城歇兵三日，捷报先行，奏知太宗李世民。

李世民闻报，喜悦非常，合朝文武齐颂李世民天威，方使东突厥平定。

李靖与茂公入朝之时，长安全城欢声雷动，合朝文武出城相迎。

次日早朝，李靖出班，向李世民禀奏西部战事的全部经过。

李世民听了，假装生气地问：“李靖，你身为元帅，治军无度，在夺取灵州时，纵士抢掠，致使奇珍异宝散失，你有何辩解？”

李靖听了，挺直身子说：“臣无可辩解，甘受其过。而且西部战事，拖延四年有余，皆臣用兵不当所致，均愿领罪！”

李世民见李靖这样说，而且神色从容，不饰不造，暗暗点头，高兴地说：“李靖，朕不责其过，反录其功，你可认可？”

李靖跪伏在地：“臣不求有功，但求无过。”

李世民说：“爱卿请起。你出兵之后，朝中大臣有的言公之短，前线也来密报，劾公有罪，今日看来，朕才悟出道理。密奏你谋反之事，纯属捏造，乃公有谋之举。曾生、唐奉义中伤主帅，诬告谋反，罪当反坐，着吏部严加审讯，等候定罪！”说罢，下了金銮殿又挽住李靖说，“公平定东突厥记大功一件，赐白银两车、绢五匹，加赐光禄大夫！”

李靖又叩头谢恩。

接着，李世民又宣颉利可汗上殿。

颉利可汗见了李世民，跪倒在地，说：“多蒙万岁让臣面见龙颜，实三生有幸。”

李世民说：“颉利可汗，你借着你父为唐立下的功劳，起兵反唐，这是第一罪；你几次与唐订盟，后又背约，这是第二罪；你自恃强大，崇武好战，造成百姓尸骨成堆，这是第三罪；你践我大唐土地，毁坏庄田，抢掠人口，这是第四罪；你听信义成公主之言，与大唐兵将交战四年有余，这是第五罪。五罪加一，本当诛之。但你最后真诚降唐，随军来朝见朕。凭这一点，五罪可免！”

颉利可汗连连叩头谢恩，并启奏说：“万岁，自此之后，东突厥向天朝年年纳贡，岁岁称臣。为结永好，愿拨十万突厥人安置在东起幽州、西至灵州一带的内地。东突厥将官，皆由万岁封赏名分，视同天朝之将佐。另外，把那些隋朝时掠去的汉人尽皆放回，让他们和家人团聚。”

李世民听颉利可汗这样讲，满心欢喜，说：“这些都是好事，可以加强中原与西部各族的友善、团结和交往。朕封你为右卫大将军，袭可汗之位。”

颉利可汗再次谢恩说：“臣为可汗，万岁就是天可汗了！”

李世民听了这个词，心中更加高兴。天下归一，自己称天可汗，是他求之不得的。

第二天，李世民下旨，召文武群臣齐聚凌烟阁，举行大庆。宫中诸王、王妃、公主等也都出席。

李世民坐正位，手挽茂公坐在身旁。他对群臣说：“当年父皇活着的时候，念念不忘称臣于突厥的耻辱。那是不得已而为之。汉高祖刘邦也曾被匈奴围在白登城，后来一心想复仇，也未实现。今日我大唐平定西北边疆，实可告慰父皇在天之灵。”

文武群臣三呼“万岁”，称“皇上洪福齐天，功德无量”。

李世民和大臣们轮番饮酒，喝得摇摇晃晃。茂公说：“万岁，酒已尽兴，莫再饮了。”

李世民说：“朕听军师的。那，咱们君臣共同跳舞吧！军师弹琵琶，我领头跳舞！”

茂公遵命，弹起琵琶，李世民翩翩起舞。众大臣与诸王、王妃、公主等也都跳起舞来，一直欢庆到深夜。

茂公回到府中，坐下来想喝杯水。端起茶杯，手抖动起来，茶杯落在地下。老家人跑进来捡起茶杯，扶茂公上床。茂公躺在床上，只觉得头晕目眩，心中翻搅，侧身吐了两口。老家人害了怕，马上给徐震送信。徐震赶来伏在床前轻声问：“父亲，你觉得怎么样？”

茂公轻声说：“不要紧，也许饮酒过量了。咳，年纪不饶人啊！年轻时酒量很大，现在不行了！”

徐震请来郎中为茂公看病。诊过脉后，郎中说：“军师之病不轻啊，脉沉迟而细微，不是一时可好的！”

于是开了方，老家人拿方到药铺抓药。

茂公的病，全是累的。此次去东突厥，气候环境恶劣，又不得歇息。绞尽脑汁，谋划战斗方案，又身先垂范，领兵在前。他即使身体再强壮，也经不起如此折腾！

紫烟死后，他心中时常思念，一闭上眼睛，就见紫烟站在他面前。战事紧张时，他可以忘掉一切；战事告捷，便涌上来无尽的哀思。这次在凌烟阁庆典上，他见王公大臣们欢歌笑语，不由又想起了紫烟。往日之情历历在目，紫烟的音容笑貌仿佛就在眼前。可是冷不丁一想，她已成了故人，埋没在西袁庄的荒塚蔓草间，又不禁一阵阵伤感。

现在躺在床上，眼前晃动着紫烟的身影，仿佛她在轻声地问：“你觉得好些了吗？”

茂公一连服了三日药，病情仍不见好转。徐震心中很着急，又把郎中请来。郎中又诊断一回，开了方子，由老家人到药铺抓药。

老家人刚走，有门卫传禀：皇帝陛下前来探望军师。

徐震急忙出屋接驾。

李世民问徐震：“军师可曾安睡？”

徐震说：“家父总是睡一阵，醒一阵，现在刚好醒来！”

李世民让随从宫人在外屋等候，自己进内室来见茂公。

茂公在床上躺着，眯着眼睛，徐震走到他身旁，悄声说：“父亲，圣上来看您了！”

徐震连说了两声，茂公没有睁眼，李世民向徐震摆摆手说：“不要叫他了，朕坐着等他醒来。”

徐震只好不喊父亲了，站在父亲床头。

李世民坐在茂公面前的椅子上，眼珠儿不转地望着茂公焦黄的脸。

李世民回想起以往许多事情：雷雨之夜在黎阳初次见面，在金墉城南牢狱中喝酒，山涧遇险茂公阻拦单雄信，玄武门之变后茂公为他治病……想到这些往事，李世民心潮翻涌，充满了感激之情。

李世民又想到了大唐江山，如今虽然万方乐奏，国泰民安，但谁又能预测将来不生事端？大唐的基业永保昌盛繁荣，失去茂公就等于失去擎天白玉柱、架海紫金梁……

李世民想了好多好多，心里暗暗说：“为人都有缺点，唯茂公洁身如玉，大节小节均可为人师表，实在难能可贵！”

李世民正想着，茂公翻翻身，口中说：“我要喝水！”

徐震急忙倒了水，端过去，让父亲饮了，顺便悄声说：

“父亲，圣上来看你了！”

茂公一听此言，激灵坐起来，喊：“圣上在哪里？让我前去接驾！”

李世民走到近前，扶着茂公躺下，说：“朕在床边等你多时了！”

茂公说：“恕臣有病在床，不能接驾，望祈恕罪！”

李世民坐在床上，握着茂公的手，说：“军师，我们不但是君臣，而且是亲密朋友，还是亲翁啊，不必客套。你忘了，咱们曾说过，不论我到什么高位上，咱们之间都应无话不说。我有病时，你对我的那种照料，我至今还铭刻于心！”

茂公微微一笑，说：“咳，如今都上了年纪，不比当年了。万岁更要保重龙体，这是大唐之福啊！”

李世民说：“多劳嘱咐，朕还算可以。”

说着话，老家人取药归来，见李世民在此，慌忙叩头。李世民说：“平身。快去熬药吧！熬完了，端来，朕给军师喂药！”

老家人说：“这三剂药，大夫说必须以男人乌须十茎做药引子，方可见效。到哪里去找十茎乌须呀？老汉我的胡子早已雪白了呀！”

李世民想了想，问：“怎么个做法？”

老家人说：“以男人乌须十茎，清水洗净，然后用火焚成灰做药引子，分三份，每剂一份。只有这样，药力才能发散，才能效果好。”

徐震说：“我去街上买来！”

李世民说：“不必了。朕之胡须所幸没有白的，就用朕的吧！”

茂公听了连说："万万不可！"

徐震和老家人一齐给李世民跪下，齐声说："万岁乃龙体，岂可随意剪须？"

茂公也说："万岁的胡须，乃尊严也，岂能为臣而破。臣就是死了，算得什么？万岁，千万不可！"

李世民见他们执意不让剪须，转过身来，扶着茂公说："军师，朕与你虽未曾结金兰之好，但我们情同手足。兄有难，弟应该同当。当年若不是你舍命救朕，朕早已成地狱之鬼了。今日兄有病，弟割十茎胡子有何不可。另外，军师你要明白，今日割须也并不是仅仅为了你，而是为大唐江山。你如何能阻止于朕呀！"

李世民说着这些话，情动肝肠，热泪流满两腮。

茂公见此情景，不忍再加阻止了，只是感动得呜呜抽泣。

徐震与老家人还要劝阻。李世民说："朕的话就是圣旨，旨意已下，谁再拦朕，将是抗旨不遵之罪！"

徐震和老家人不敢再多言了。

李世民说："老家人快取剪刀来，替朕剪须！"

老家人急忙出了内室，到外厅取了剪子回来，跪在李世民面前说："请万岁吩咐。"

李世民低下头，伸过脖子，眯着眼睛，任老家人剪须。

老家人跪着，抬起手，轻轻地一根一根地剪了十茎须。剪完之后，叩头起来。

李世民说："老家人，快去熬药来！"

老家人下去了。

茂公望着李世民，只是流泪。李世民说："军师，不要过意不去。咱们从来就有啥说啥，朕还靠着你保疆治国，提携后

李世民剪须做药引

人呢！你要是有个三长两短，朕怎么过呀？你徐茂公不能半途而去呀！常言说帮人帮到底，送人送到家嘛！如果大唐的江山咱们轮流坐，朕也心甘情愿。你这一生呕心沥血全为我们李家打天下了！”

茂公擦擦眼泪说：“臣由此看来，没有白长一双眼睛。当年随李密臣看错了人，自认一生没长一双亮眼睛。投唐以来，深得万岁重用，茂公此生没有白活，即便死了，也会含笑九泉！”

不一会儿，老家人将药碗捧来，想给茂公喂药。李世民说：“老家人，你去歇会儿吧，等朕走了，你再侍候军师。”

老家人站在那里不动，眼望着徐震。

李世民说：“你们先都下去，朕来喂药，朕走后，你们再来！”

徐震与老家人只好走了。

室内只剩下茂公与李世民二人。西斜的阳光照在窗棂上，屋内很亮。案上的书札静静放着，却显得那般有生气。

李世民说：“你就在这里操劳国事吗？”

茂公说：“是，这里很安静。虽然摆设不多，但都是实用的物件。”

李世民点点头说：“像你这样忠正廉洁的人，只恐不多。如果大唐多几个像你这样的人，就更好了。”

茂公笑笑说：“山中无老虎，猴子称大王了。”

李世民说：“看看，你又取笑了。等过几天，朕来做主，就给徐震、罗通完了婚事，也算了却大事一件。你只有一个儿子，不早早成婚，怎么早抱孙子呀！这就是君臣的不同了。朕有十九个儿子、二十一个女儿，如果是你做皇帝，我做臣子，就该换个数目了！”

茂公说：“不然，臣不要三宫六院众多嫔妃，只钟情于一人，所以当不了皇帝！”

李世民说：“好了，你又来挖苦朕。”

茂公正色说道：“这不是挖苦万岁，而是确实如此。帝王有帝王的气度，大臣有大臣的胸怀，岂是我等臣子可比！”

李世民说：“有人说皇帝是天上的龙下界，是紫微星，其实，这都是骗人的话。事情就在阴差阳错间。如果当初你扶保了窦建德，朕也许早成了阶下囚！”

茂公说：“当今世道人们相信这个。其实，这不光有坏处，也便于统一人的思想。也许再过一千年，人们就不相信这个了。”

二人随随便便亲亲密密地说着话，李世民一勺一勺地给茂公喂着药。同胞兄弟也没有这种情分。

李世民临走，又说了一句：“好好养病，过两天为徐震完婚，争取双喜临门！”

## 第三十七回 杀国王盖苏文挑战 募新兵张士贵欺君

唐太宗贞观十七年（643），是大唐鼎盛时期。茂公与李世民看着大唐的版图，心中十分高兴。茂公说："如今大唐东至于海，西至焉耆，南尽林邑，北抵大漠，可称为世上最大的国家了！"

李世民说："全仗军师运筹帷幄之中，决算千里之外呀！"

茂公对李世民的对外政策非常赞赏，而且坚决执行。李世民对四夷的策略，一是军事，二是通婚，互相配合，相得益彰。用茂公的话说，这叫远交而近攻。这两条基本策略的形成，也是二人商量而定的。

当年征服东突厥、薛延陀、吐谷浑等部族之后，当时的吐蕃赞普（酋长）松赞干布派专使，从西部高原来到大唐，献上黄金五千两、珍玩数百件，向李世民要求通婚，而且要与皇帝的女儿结婚，以结百年之好。

李世民心里很矛盾：答应他们的要求吧，又不忍心自己的女儿远去；不答应他们的要求吧，势必影响大唐与吐蕃的关系。一旦引起争端，这样遥远，征战实不方便。他便与茂公商量。茂公说："现在吐蕃很强大，拥有骑兵数十万。如果与之结好，西南边疆可以安枕无忧了。十个指头都连着心，但手掌更重要。”

李世民被茂公说服了，决定送文成公主进吐蕃和亲，而且派亲族礼部尚书李道宗一路护送。松赞干布很高兴，在半途设驿站相迎。

文成公主带去了大唐的文化和生产技术，乃至生活习惯和衣服仪饰。婚后，松赞干布下令禁止本部鄙俗，并专派子弟到长安学习诗书琴画，从而进一步密切了大唐与吐蕃的关系。

李世民说：“事实证明，当年送文成公主入蕃是很对的。”

茂公也知道文成公主在那里很好，生活习惯了，夫妻关系和睦，又生了孩子。

茂公说：“这件事，将产生深远影响，永垂史册！”

这一年八月，辽东镇守史有礼报来，言称高句丽东部大人盖苏文，杀了高句丽国王，自称莫离支（军民总管）。接着，又接到新罗国王向唐朝求救，言称高句丽联合百济，向新罗进攻，新罗危急。

朝鲜半岛北部是高句丽，离辽东最近；西南是百济；东南是新罗。这三国当时都是唐朝的属国。因为朝鲜半岛是东周箕子流落到那里，慢慢形成的国家，所以一直和内地关系极好。

茂公征服东突厥的时候，高句丽国王向辽东进犯过，当时抽不出兵力，唐太宗遣使议和，维持了这么多年。

如今高句丽发生政变，如果仍向唐朝称臣，唐朝也不会管得太多。新罗求助，说明高句丽向外用兵，将来势必危及唐朝边关。

李世民接了奏折，召茂公商议对策。

茂公说：“辽东三个属国，长期以来内部纷争，蠢蠢欲动。如果不彻底解决，早晚必酿成大乱。应及早平定，所以应该出兵。”

李世民点头说：“所见极是。如今四海皆平，还在乎一个小小高句丽？”

茂公不甚同意他的说法，说：“高句丽虽小，须越水而战，这是其一；这么多年，战争不起，将士多有松懈，更重要的是老将都已年迈，年轻人尚可为帅者不多，这是其二。如果征高句丽，当做好充分准备。”

李世民问：“军师还可出征吗？”

茂公说：“仅是出征，但不可为帅。”

李世民见茂公这样分析，心中暗暗鼓足勇气，说：“朕多年不见军营生活了，为了平定高句丽，朕愿御驾亲征！”

茂公见他说出这样的话，心中十分高兴，连连称道说：“万岁，果然宝刀未老！”

大政方针计议已定，剩下的就是准备工作。

李世民封茂公为辽东道行军大总管，李靖为副总管，秦琼为元帅，尉迟恭为副元帅，张士贵为左军，何宗显为右军，罗通与徐震为左右先锋，程咬金押运粮草，契苾何力与阿史那杜尔为御营中郎将。

茂公命令造战船五百艘，再征兵四万人。

一日早朝后，李世民唤茂公到内宫，说：“朕昨夜做了一个梦，梦中见到了你的夫人袁紫烟。她向朕说了四句诗，就再也不见了。”

茂公笑了，心想他怎么还梦见了紫烟？便说：“万岁，真是巧了。臣连夜来做梦，总是梦见她。臣梦见她，是因为思念她。万岁总揽大唐臣民，日理万机，怎么有闲心梦见她呢？”

李世民也觉得奇怪。茂公问："她向万岁说了哪四句诗啊？"

李世民说："朕记得清清楚楚，现在就能念出来：'家住山西一点红，飘飘四处无影踪。三岁孩子千两价，保你跨海去征东。'"

茂公想了想，自己也觉得好奇。其实呢，李世民亲自出征，这是大事。而且茂公又多次提出来，如今年轻将领中为帅者没有，他自然心中焦虑。焦虑忧思即成梦，而袁紫烟以阴阳之术出名，所以李世民梦见她，似也合乎情理。

这四句诗，其实也无非是李世民心头所盼而已。

茂公说："臣来为万岁解解这个梦吧！'家住山西一点红'，这是'绛州'。'飘飘四处无影踪'，是个'雪（薛）'字。'三岁孩子千两价'，是'人（仁）贵'二字。'保你跨海去征东'，就不必解释了。"

李世民大悟说："噢，这是说绛州有个薛仁贵了。军师曾跟朕讲过这么一个人，那朕心中一定是想着他了！"

"不错，"茂公说，"你是盼着他能来，所以才有了这四句诗。其实，我也没有见过这个人，只是听人说，我羡慕此人武艺和胆略，所以跟你说过。"

三年前，茂公奉李世民之命，前往吐谷浑参贺可汗五十寿诞。席间，可汗的九个儿子因争汗位打了起来，来到天山脚下比武。这时来了一个壮士，他冲入阵前说："我本过路之人，算我多管闲事。你们看那天山之上并排长着三枝红花，如果我连发三箭，射掉红花，你们各自回家，平安和睦相处；如果我射不掉，就凭你们厮杀算了。"

九个儿子都说："好，你要射不下来，我们把你剁成肉泥！”

十个人互相击掌，立下誓言。

那壮士骑马弯弓连发三箭，箭箭中的，三枝红花落地。

九个儿子都服了。真是人外有人，天外有天啊！

九个儿子都想留住他。那壮士骑马而去，口中念道：

“布衣三箭定天山，壮士长歌入汉关。”

三箭定天山的事，在吐谷浑传为美谈。

茂公回来后，就向李世民说了这件事。李世民也叹服，说：“此人若来投朕，多好！”

事隔几年，李世民心中仍想着这个未曾见面的人。

茂公说：“如今张士贵负责征兵，何不让他到绛州走走。万一遇上这个人呢，那可是天大的好事！”

李世民下诏令张士贵专程去绛州征募新兵，如有人叫薛仁贵，立即带他来朝见。

张士贵接旨，来到绛州征兵。常言说，打起招军牌，就有吃粮人。应征当兵的人，每日络绎不绝。但过了三天，就是没有见到一个叫薛仁贵的人。

事有凑巧，这薛仁贵果然是绛州人。绛州有个薛家集。薛家集有个薛财主名叫薛万举。这薛万举贩药材发了家，仁贵是他的小儿子。薛仁贵自幼不慕钱财，读书习武是他的爱好。再加上他力大无比，所以武艺长进很快，射箭更是百发百中。

他的两个哥哥都承父业经商。他们见仁贵不务正业，与他分了家。父亲死后，家道中落，他成了寒士，只靠射雁为生。临村有个柳家庄，柳员外家中大兴土木，请仁贵去帮工，因为仁贵有一身好力气，所以干活很中用，柳员外把自己的女儿嫁给了他。

仁贵与柳氏结婚以后，仍然过着贫困的生活。仁贵常常叹息："男儿学了一身武艺，只是不能报效国家！"

柳氏劝他安心等待。这一日，有人告诉他说绛州正在招兵去伐辽东。仁贵听了很高兴，回来跟柳氏商量。柳氏说："好男儿志在四方，你就去吧！"

薛仁贵找出自己准备的衣袍甲胄，骑上白马，手提银枪，来到绛州。

张士贵已经招了许多新兵，准备回朝交旨了。这时候有人告诉他，来了一员白衣白袍、银盔银甲、身骑白马、手使银枪的年轻从军人。

张士贵听了暗想：一般穷人家的汉子当兵，哪有什么盔呀甲呀的，只有一身破烂衣服。怎么来了这么一个人？便找人把他叫来。张士贵见此人相貌非凡，气质不俗，又有这么好的衣袍甲胄，便问："你叫什么名字？"

薛仁贵答："我姓薛，名仁贵，是薛家集的，前来投军。"

张士贵大吃一惊，心想：皇上让我马上把此人送进京去，但我得看看他的武艺再说。于是，他让仁贵先试马上功夫，又试步下功夫。张士贵看了，心中暗暗惊讶："这个年轻人，武艺绝伦，真是难得呀！"

张士贵说："好，本将军收下你了。你回家准备一下，明日随我赴长安！"

薛仁贵高高兴兴地回家去了。

夜里，张士贵又想：这个人的相貌和年龄都与我姑爷何宗显相似：白衣白袍银盔银甲，身骑白马，手使银枪。但此人的武艺却比我姑爷高得多。我姑爷现为右军将军，只靠这次征辽，建功立业，凯旋升赏。如果我让此人出头作战，争下功劳都记在我姑爷的名下，那可就了不得了！

想到这里，便思谋着使薛仁贵既从军，又不让他出名的办法。

一直想到天亮，终于想出了一个主意。

第二天，薛仁贵兴冲冲地来见张士贵。张士贵非常神秘地把他叫到屋里，让他坐下后，愁眉苦脸地说："哎呀，年轻人，你还是回家去吧！"

仁贵很吃惊地问："将军，你怎么一夜之间就变卦了？"

张士贵说："不是我变卦，而是我不忍心叫你丢了性命啊！你不知道，我这次到绛州来征兵，是奉了皇上御旨的。皇上说，他曾做了一个梦，梦见一个人就叫薛仁贵，他骑了一只白虎，追赶着要吃他。此人就在绛州地界。让我只要见到薛仁贵，就立刻把他解进京城问罪！"

仁贵听了不禁吸一口凉气，默默无语。张士贵望着他，催促说："壮士，赶快回去吧！就算本将军抗旨不遵，欺瞒皇上了！"

仁贵真不忍心回去，可又怕送给皇上问罪，一时拿不定主意。

张士贵见他为难的样子，以商量的口气说："如果你实在想投军，我倒有个主意，你可以更名改姓，在我帐中当一名火头军，不要出头露面，只听我调动就是了。等过些年，我再奏明皇上，恕尔无罪，也许有可能！"

仁贵听了，也只好听从张士贵的主意，更名改姓，做一名火头军，烧火做饭了。

张士贵回京向李世民交旨。李世民问他："可否招到薛仁贵？”

张士贵说：“臣招兵四万，未见有薛仁贵。”

李世民很不高兴，也没有办法。他对茂公说：“也许此人不在绛州。”

茂公补充说：“也许在绛州，不愿投军；也许有其他原因。不过，这个人是有的。”

李世民想了想说：“如在全国行文，召薛仁贵进京如何？”

茂公说：“只能说万岁求贤心切。如果在全国下诏，叫薛仁贵的人，不计其数，从中挑选是可以的。但征东迫在眉睫，不容这么做了！”

李世民只好说：“等以后再议吧！”

十月初一，李世民下旨御驾亲征，东伐高句丽，分水旱两路进军。

第一路步骑六万自莱州渡海赴平壤。李世民乘御船在第一路，徐茂公为监军，秦琼、尉迟恭、张士贵、何宗显、契苾何力等各司其职。

第二路由李靖为监军，徐震、罗通、秦怀玉、程通等人随之，由长安出发，直扑辽东。

程咬金为总后勤，供应两路粮草。

大军起程之日，文武百官相送。李世民的儿子李治赴定州驻扎，负责后方军机事务。

茂公率军渡海到达辽河，李靖也如期兵抵辽东。

高句丽的盖苏文听说唐军到来，十分恐慌，便退到白岩城坚守，以待战机。

茂公渡过辽河，兵临辽东城下，城下有堑壕数丈宽，要想攻城，必须把堑壕填平。茂公与李世民率兵背土填壕，士兵士气大振，一举攻下辽东城。契苾何力身中弓矢，李世民亲自为其吮血；阿史那杜尔中槊，茂公为他敷药。感动得二人跪在地上痛哭，说："皇上与监军这样厚待我们，真比父母还好！为大唐效命，死也值得！"

盖苏文的白岩城被唐军包围。他一见不好，来了个假投降。

秦琼与尉迟恭都主张，一举拿下白岩城。李世民见将士这么勇敢，便同茂公商量。茂公说："不管盖苏文是假降，还是真降，我们都要接受。"

尉迟恭说："士兵们作战勇敢，不怕礌石和弓矢，冒死登城。一旦受降，不是要打击士兵的作战情绪吗？"

茂公笑笑说："作为主帅用兵，要权衡各个方面。有利有理有节，方能取得根本的胜利。你这个副元帅可要注意，有些士兵进城之后抢掠财物啊！"

李世民说："军士的赏银，我从国库发给。万万注意，不可抢掠呀！"

茂公又说："万岁的话很对。我们作战不仅仅是为了破城。城中的百姓免遭杀掠，这是最重要的。"

尉迟恭被说服了，接受了盖苏文的投降。

# 第三十八回 冒弓矢徐震显忠勇 破蛇阵仁贵逞威风

茂公早知道盖苏文是假投降，李世民也早有预料，他问茂公："军师，为何以假作真？"

茂公说："盖苏文绝不能一仗不打就缴械，他是在用投降麻痹我们。臣认为生了疮，不到出脓的时候是好不了的呀！"

李世民叹口气说："这个高句丽是挺厉害的。隋朝的时候，四次出师高句丽都未能取胜，不知有多少兵士战死沙场。这个盖苏文密谋杀害高句丽国王，自称莫离支，必有很大野心，不彻底消灭他，不能根治。"

果然，盖苏文到了安市城，立刻撕毁了降书，向唐军挑战。

这天晚饭后，李世民和茂公、李靖出营，到安市城外观察。这安市城果然与辽东城、白岩城不同，靠山临水，易守难攻。

三个人正在观望时，听得身左有人喊马嘶之声，没容辨个究竟，早有一队人马杀来。李世民猝不及防，被围困其中；茂公与李靖各舞兵刃冲杀。只听一声大笑，一个青面方口的高句丽将官手持双刀站在面前，大叫道："唐皇，我便是盖苏文。

真是冤家路窄！我本是出城接应援兵，不期遇上你。怎么样，你是要命，还是要江山？”

李世民大骂他背信弃约。盖苏文说：“那只是跟你闹着玩儿罢了！”说着手舞双刀向李世民砍来。几个卫士上前相迎，被盖苏文杀死。茂公向李靖使眼色，让他赶快冲出包围，告知秦琼和尉迟恭前来救驾。

李靖会意，舞刀向外冲杀，却被高句丽兵围得水泄不通。

茂公正在为难之时，从外冲进一员年轻的将官。他骑白马舞银枪，白盔白甲外罩白袍。只见他杀开一条血路，大吼：“休伤吾主！”

天已发黑，看不太清楚面庞。这员将官东拼西杀，势不可当。盖苏文迎上去，被那员将官挑下头盔，只好仓皇逃跑了。

高句丽兵退去，李世民脱险。再找那员将官，已经跑出好远。茂公大声喊着问：“将军何名？”

“吾乃右军统领何宗显……”

战马如飞远去。李世民说：“这员白袍将官，果是何宗显吗？既然救驾有功，何又匆匆而去呀？”

第二天，李世民召来张士贵，问：“你的姑爷右军统领何宗显昨晚救驾，你可知晓？”

张士贵说：“臣不知晓。”

李世民说：“召他前来见朕！”

张士贵把何宗显找来。茂公仔细地观察，这何宗显果真是白衣白袍银盔银甲。

李世民问：“昨晚救驾，为何匆匆而去？”

何宗显说：“臣为万岁效命乃是本分，所以急忙回营了。”

李世民听了很高兴，又问：“将军何以穿白衣白袍？”

何宗显说："臣自小仰慕越国公罗成之虎威，所以处处学习。"

李世民听了更是欣慰，便要下旨封赏。茂公急忙插话说："何将军此番救驾有功，将来再立奇功，万岁一定重加封赏！"

何宗显听茂公这么一说，凉了半截。李世民不知茂公何意，但既然军师这么说了，也只好顺水推舟说："何爱卿且回本营，朕先把功劳记下，等有奇功，再一并封赏！"

何宗显只好退了出来。张士贵像泄了气的皮球，心中只恨徐茂公。

原来，张士贵听说皇上与军师外出，想派兵跟随，后见李世民被围，便通知薛仁贵前去解围。薛仁贵解围之后，恐怕皇上知道他，所以匆匆跑了回来。茂公问他姓名时，他只说自己是何宗显。这都是张士贵预先嘱咐好了的。

茂公是个精细的人，他见了何宗显发现两个疑点：一是口音有些不对。何宗显是河南口音，而薛仁贵是山西口音。二是昨晚那员将官显然比何宗显要瘦得多。

茂公生了疑心，所以制止了李世民对何宗显的封赏。李世民问他："军师，为什么制止朕对救驾之臣的封赏？"

茂公把自己的想法说了出来。李世民说："世间奇事多多有，怎么有如此奇怪的事？"

茂公笑了笑说："万岁先等几天，待臣察考之后再来禀告。"

随后，茂公找到尉迟恭。

尉迟恭正愁眉不展，因为元帅秦琼在攻白岩城时累得吐了血，这几日仍不见好转，一切军机大事都落在了他身上。他一生佩服的人，一是秦琼，二是茂公，三才是李世民。见秦琼如此病重，他怎能不伤心呢！

秦琼安慰他："我身经五百余战，流血有数斗，何在乎这几口血？"

尉迟恭说："秦二哥，你可别先我而去呀！"说着，痛哭失声。

这时候茂公找他，他不知何事，见面就说："军师，秦元帅之病还没好啊！"

茂公很担忧，唯恐秦琼有个三长两短。前些天他与李世民曾到床前看望他，让他安心养伤，军中之事暂且由尉迟恭管理。

尉迟恭说："军师，我可不是做主帅的材料啊！"

茂公说："我正想为你找个替手呢！"

尉迟恭乐了，急问："在哪里呀？"

茂公把尉迟恭叫到跟前，口附耳边，向他说了"白袍小将"的一切情况，并让他去暗暗察访，不准告诉任何人。

尉迟恭听了点头答应，说："军师放心，我一定查个榛子黄栗子黑！"

薛仁贵自投军后来到辽东战场，每日在军营做饭。靠着一身好力气，伙房里的人都非常喜欢他。凡是抬抬扛扛的重活，都是他的事。他不敢出头露面，原因是怕被皇上知道，但却从不忘记练武。星光月下，他常到僻静之处演练武艺。

这天月光很好，薛仁贵又到月下练武。他骑一匹白马，手使银枪，在月光之下舞动起来，像是一个银团。演练一阵，薛仁贵坐在石头上歇息。想起自己的心事，不禁自言自语地说："我薛仁贵何时有个出头之日啊！我曾救过皇上，如果向皇上言明，也许得以赦免……”

他正这样想着，尉迟恭飞跑过来，一下子抱住了薛仁贵的腰。原来尉迟恭早在暗处听到了。

薛仁贵吓了一跳，问：“你是何人？”

尉迟恭说：“我是副元帅尉迟恭。走，快与我去见军师！”

薛仁贵更害了怕，心想难道皇上真的派人来抓我？便说：“元帅，你赶快松手，不然我可就不客气了！”

尉迟恭想：我这么大力气，难道还怕你跑了不成？于是抱得更紧。

薛仁贵使足了力气，说：“元帅，小心了！”接着，一晃肩膀，把尉迟恭甩出去两丈开外后，便骑上马跑了。

尉迟恭暗暗佩服，说：“长江后浪推前浪，一代新人胜旧人啊！”

虽然没有抓住薛仁贵，总算见到了，尉迟恭便连夜向茂公禀报了情况。

第二天茂公找到李世民，高兴地说：“薛仁贵就在张士贵营中。敬德已经查到了。”

李世民又惊又喜。尉迟恭说：“快将张士贵召来，让他交出薛仁贵！”

李世民命人召来张士贵，向他直说了。张士贵仍然不承认。

茂公说：“如果救驾之人是你姑爷何宗显，那就将他叫来，让尉迟恭一试。”

张士贵无奈，只得将何宗显叫来。尉迟恭见何宗显果然与月下见到的将官差不许多，一时竟看不出破绽。想了想，便问："何宗显，你昨夜曾在山坡下练武吗？"

何宗显回答："正是。"

尉迟恭又问："本帅抱住你，你为何跑了？"

何宗显回答："只是跟元帅开个玩笑而已。"

尉迟恭说："好。既然是玩笑，那么我当场抱住你的腰，你再跟本帅开个玩笑吧！"

说着尉迟恭上前，双膀用力将何宗显抱住，大声吼："你跑吧！"

何宗显被尉迟恭抱得喘不上气来，几次晃动膀子也挣脱不了。尉迟恭再加一把劲儿，只听"嘎巴"一声，何宗显的肋骨已折了几根。

尉迟恭把他扔在地上，对李世民说："万岁，此人不是救驾之人，也不是我月下抱住的那个人。"

李世民一见此景，怒气上升，说："张士贵你知罪吗？赶快将薛仁贵送来，饶你不死！"

张士贵吓得周身乱抖，连连叩头，接着扶着何宗显下去，赶忙去寻薛仁贵。

薛仁贵昨夜在外躲了半宿。下半夜回到伙房，自己暗想，总这么躲躲藏藏，也不是办法。决定等再有机会，一定向皇上说明，请求恕罪。

张士贵找到他，领他去见皇上，薛仁贵也不推脱。路上，张士贵低着头向薛仁贵说："见了皇上，为我说句好话。"

二人进了李世民的御帐。张士贵叩头交旨，引见薛仁贵。李世民让薛仁贵站起来，仔细打量一番后，对茂公说："朕不喜得辽东，而喜得此虎将也。"

李世民立刻封薛仁贵为左军中郎将，随御营调用。

张士贵欺瞒圣上，徇私舞弊。李世民问茂公应如何处置？

茂公说：“大敌当前，且留营中以观后效。”

张士贵连连叩头，谢主隆恩。

盖苏文请来百济兵十五万。百济酋长延寿和惠贞率军，来到安市城外，摆下一字长蛇阵，阵长四十里。

李世民问茂公如何破阵？

茂公说：“目前之计有两个，请万岁定夺。第一是留下部分兵将与盖苏文对阵，这是虚的。另外派出主力，绕道攻取平壤，这是实的。第二是派三路兵马直接破阵，消灭眼前之敌，万岁可以上驻跸山等候。”

李世民想了想，又问：“军师以为采取哪种战策较好？”

茂公望望李靖说：“你有何想法？”

李靖说：“两种战策都足取。袭平壤是釜底抽薪，因为平壤城已经空虚了。不过，我军对那里的地理环境不熟，恐怕延误时间。”

李世民想了想说：“那就消灭眼下之敌吧！”

于是兵分三路：一路由徐震、契苾何力、阿史那杜尔等人率领，打阵头；二路由罗通、程通等率领，打阵尾；中路由薛仁贵率领，打阵中。

尉迟恭一声令下，三军出击。

延寿和惠贞首尾难顾。徐震先把阵头打乱；罗通又把阵尾堵住，不使后退。

薛仁贵大喝一声，如猛虎下山，一条银枪左突右刺，如入无人之境。延寿逃之不及，被薛仁贵挑于马下，割了首级，挂在马脖子上。

高句丽兵从没有见过这么勇猛的将官，纷纷缴械投降。

惠贞逃回安市城，紧闭城门，命令往下放箭、扔石头。徐震来到城下，命令登城。士兵连连被乱箭射伤。

徐震急了，来到城下，用力拨打弓箭和石块，冲到云梯前，冒着矢石往上爬。他身上已经多处受伤，仍咬牙登上城墙，正与惠贞相遇。二人在城墙上打起来，打丢了武器，就赤手空拳扭打。徐震抱住惠贞的腰，往城下一推，惠贞跌下，脑浆迸裂。

徐震下了城，打开城门，唐军一拥而入，夺了安市城。

战斗结束后，茂公与李世民坐在驻跸山帐中，各路将领都回来报告，只不见徐震到来。不一会儿，两个卫士抬着周身是伤的徐震来到面前。茂公上前问："你伤势怎样？"

徐震望着父亲，只说了"可惜没有抓住盖苏文"，就死了。

茂公握着徐震的手，低头不语。李世民站在徐震身边流泪，嘴里说："将军冒矢登城，以身殉国，大忠大勇，真是全军楷模！"

李世民命人将徐震妥为入殓，待回京之日举行葬礼。

夜里，李世民安慰茂公。茂公说："将士为国捐躯，理所应当，不足为惜。每次战斗下来，不知有多少将士战死，不是和他一样吗？只因他是徐茂公的儿子，就特别吗？！"

李世民伤心地说："他也是朕的女婿呀！"

茂公说："所以，你我都不要悲伤。这是咱们的荣耀。只有徐震忘我战斗，全营将士才能奋勇啊！震儿虽然盛年早逝，但他已留下两个儿子，徐门总算没断香烟。"

过了些天，秦琼病危，李世民与茂公一直守在他的床前。

秦琼拉着茂公的手，脸上含着笑，说："我一生驰骋沙场，得遇军师知己，又遇万岁圣明，死而无憾。我死之后，有一个要求：等你们归天之时，我们仍在一起！”说罢闭上了双眼。

尉迟恭和儿子怀玉放声大哭。茂公安慰了他们，并命暂将尸首入殓，待回京发丧。

秦琼死后，李世民问茂公：“何人为帅？”

茂公说：“从长远计，可提擢薛仁贵为主帅，尉迟恭仍为副帅。”

李世民说：“只怕尉迟将军不服。”

尉迟恭正好进来，大声说：“万岁，我正是来向你推荐薛仁贵的。我有什么不服？人总是要老的嘛！如果我们老头子总占着地位，年轻人怎么能上来呢？”

茂公和李世民听了，连声说：“还是老将军心怀高远啊！”

盖苏文又逃到平壤去了。李世民说：“不如按军师第一方案进行好。”

茂公说：“方案总归方案，战斗起来千变万化。如取平壤，也许还有别的结果呢！”

休整几日，薛仁贵领兵取平壤。新罗和百济见盖苏文大势已去，都撤了兵。

盖苏文实在没有办法，又送来降书。

李世民说：“让他亲手把降书交到我手上，不然踏平平壤城，看他还往哪里跑！”

使者把消息带回平壤城。盖苏文出城，由薛仁贵押着，来见李世民和茂公。

茂公说：“唐军此次东征，辽东、白岩、安市三大战，敌死伤士兵四万余人，唐军也有伤亡。这就是战争的残酷。如果你好好治理国家，使人民生活安定富裕，不比打仗要好得多吗？今年又遇旱灾，岛上百姓苦不堪言，你作为一个莫离支，于心何忍！”

盖苏文叩头称是。

李世民说：“朕不斩你，加封你为高句丽莫离支，好好回去安抚军民，治理国家！”

盖苏文感恩不尽，没有想到徐茂公和唐太宗会这样宽待他。

盖苏文走后，李世民问茂公：“不是军师那样温和地劝他，朕一怒将他斩首算了！”

茂公深思熟虑地说：“今年岛上大旱，数百里不见人烟。我们的粮草只靠后方送运是不行的。眼下天寒草枯水冻，兵马难以久驻。如果杀了盖苏文，我们还得一两年才能回去，这样不但加重了岛上饥民的负担，也加重了国内的负担，这是不明智的做法。”

李世民问：“如果盖苏文再生事呢？”

茂公说：“他不会了，至少十年内他不会了。一是他兵力不足，二是人民生活困苦，三是我军的威力，处处牵制着他。他要想当莫离支，就得为百姓谋福利，不然他站不住脚。”

李世民御驾亲征伐辽东，前后有两年之久。贞观十九年（645）四月，李世民下令回长安。

# 第三十九回 鞭太宗敬德死宫阙 降官阶茂公贬迭州

唐太宗贞观二十三年（649）五月，李世民与太子李治饮酒于液池，忽然晕倒。太子李治急忙叫宫人将李世民扶进内宫，召太医尽心医治。

李世民不安心让太医诊治，却相信炼丹神术，让道士炼壮身回阳丹。他自知自己不如壮年，身体渐微，又沉于色相，必须回阳壮体才行。

两年前，他召一个叫武媚娘的美人进宫。这武媚娘不但人长得漂亮，而且妖媚多姿，把李世民勾引得神魂颠倒，每日与李世民做那种风流事。李世民有时便荒疏了朝政。

尉迟恭知道了这件事，心中很急，就找到茂公说："万岁被一个小小武才人弄得忘乎所以，这可怎么办啊？"

其实，茂公也早为此事发愁。过去李世民经常召茂公进宫，谈家常议国事。自从武媚娘入宫，李世民就不见任何人了。茂公正想去见见李世民，劝他少行色欲。

茂公想了想，对尉迟恭说："你不是有万岁封赐的钢鞭吗，还怕他不听你的话？"

尉迟恭一想，也对，便说："好，我去试一试。自从皇上御封以来，我还没有用过一回呢！如今秦二哥已经去世了，双锏被收藏在凌烟阁，以示后人，只有我这把钢鞭了！”

说罢，尉迟恭出了茂公府，来到内宫。宫人禀报后，李世民准他进见。

尉迟恭进了内宫，手握钢鞭，气色不对。李世民问：“爱卿今日进宫，怎么带来武器？”

尉迟恭说：“万岁忘了。这钢鞭可是你封过的，叫作‘上打昏君，下打佞臣’呀！”太宗无语。

尉迟恭又说：“我见万岁召了个武妖精，成天玩得你团团转，你莫非不要江山了？你要知道，大唐的江山是多少人为你流血牺牲拿命换来的呀！今天我问问你，你是要江山，还是要美人？如若要江山，就把那个妖精逐出宫去！你要是要美人，我拿钢鞭打你三鞭！”

李世民听了，又惊又怕又气，大声说：“你这是反了！”说罢叫来宫中武士，夺尉迟恭的鞭。尉迟恭怒火填胸，手起鞭落，打倒了几个武士，大声说：“不是我反了，是你不要江山了。早知这样，当年我何必救你！”

说着，尉迟恭举鞭上前，李世民吓得缩在床上。此时，尉迟恭的钢鞭举在半空，他看看李世民那个狼狈样子，想起当年同生死共患难的件件往事，不忍心下手，只是气得跺脚大哭。他回手一鞭，打在自己的额头上，立刻鲜血迸溅，倒在血泊里。过了一会儿，他慢慢抬起头来，仍然说：“万岁，敬德以死相劝了！”说罢仰面而死。

茂公知道了消息，一阵伤痛，半晌说不出话来。等过了些时日，茂公进宫来见李世民。

李世民让茂公坐下，不等茂公开口，便说：“可叹敬德身亡，朕已下旨将其厚葬了。咳，他还是当年那个脾气！”

茂公强压心中的悲痛，良久才说：“敬德没有死于沙场，却死在万岁的面前！万岁有何感想？”

李世民脸上发烧，不做回答。

茂公流着眼泪说：“万岁正在病中，臣不该再讲什么。臣明白五岳超越霄汉，四海延亘大地，虽有藏污纳垢，也无损于山高水深。茂公以匹夫之言，再陈敬德之志。如万岁认为臣有罪当诛，臣不在乎；如万岁认为臣无罪，望万岁权衡利害，好自珍重吧！”说完，就走了。

李世民送之不及，坐在龙椅上痛哭流涕，自此才与武才人疏远了。

不久，太史令李淳风上奏说：“前几天金星多次在白天出现，说明女主将兴。民间又流传一个小册子，叫作《秘记》，内中说，唐朝三代之后，将以女主取代李氏天下。”

李世民听了大惊，问：“那么，这个女主在何处啊？何不将她捉而杀之！”

李淳风说：“据我观察天象，俯察历数，此人正在陛下宫中。这个人三十年后，必主天下。”

李世民越听越厌烦，让李淳风先退下去，自己思考多时，命内臣将茂公请来。

茂公到了内宫，问：“万岁召臣前来，又有何事？”

李世民说：“军师莫要生厌。前次朕已听了你的话，检身自珍了！”

茂公笑笑说：“万岁能做到这一点，敬德的血就没有白流！”

李世民说：“太史令李淳风向朕密奏，说三十年后，我大唐江山将被女主取而代之。”

茂公说：“臣也早见了民间流传的《秘记》。”

李世民说：“朕想把宫中凡是值得怀疑的人，统统杀掉，怎么样？”

茂公摇摇头说：“臣以为不然。白白地杀害无辜，这是多么残忍的事啊！万岁常说，知耻而不辱，知止而不险。万岁每次判处一个人的死刑，都要求臣等三次复议、五次上奏，就是怕出了毛病，这正是万岁重视人的生命的表现啊！如今以疑杀人，难道她们不值得怜悯吗？万岁能忍心吗？”

李世民被问得张口结舌，可是心中却怕将来的大唐江山落入女人之手。

茂公说：“天意难违。三十年后，那人已经老了，也许不会发生。就是发生了，臣想也不是大惊小怪的事。如果那女主能治理好天下，也是万民之福啊，万岁又何必担心呢？难道非得李氏坐万万年的江山吗？”

李世民听茂公这样说，心中甚是不悦，但也没有办法。他不知道茂公是怎么想的。

八月的一天，太宗驾御翠微宫，只跟去了长孙无忌与太子李治。

自茂公和李世民交谈之后，李世民对茂公的话反复琢磨，就是得不出结论，觉得茂公这个人实在深不可测。不过有一点，他很反感，那就是对于女主取代大唐江山，茂公显然并不反对。这一点，太宗从心理上实在接受不了。所以，对茂公有些疏远。

一天夜里，太子李治守在他身边。李世民说：“朕死后，你接替皇位。别的朕不担心，只担心你生性软弱。朝中大臣，朕和徐茂公相交最深，早年间朕就赐他李姓，可他从来没有向人说过。这个人，才智有余，高深莫测。他对朕是忠诚的，可是你对他没有恩德，恐怕他不能够服你。唐朝中的大小将官，他一呼百诺，甚至超过了朕的威望。有朕在，没有事情。如果朕不在了，恐怕你不能左右他。朕想趁朕活着，下诏将他降职，不说原因。假如他见诏立刻就上任，说明他别无二意。假若他徘徊不去，便立刻将他杀掉。如徐茂公见朕旨意立刻上任，等朕死后，你便可马上将他调回，封以最高官职，在长孙无忌等人之上。”

李治连连点头。

李世民立刻下诏。传旨官进了茂公府，将圣旨宣读完毕。茂公送传旨官走了，便把两个孙子徐敬业、徐敬猷叫到跟前，说明了皇帝的旨意。

徐敬业十五岁，徐敬猷十四岁。他们都懂事了。

敬业问：“爷爷，皇上为什么要降你的职呀？”

茂公心里明白，但不愿意告诉他。

敬猷也说：“去迭州当一个都督，由一品降到三品，这是为什么呀？爷爷，我们不去，要向皇上问个明白。如今李靖爷爷也死了，朝中还有谁呀！”

茂公苦笑一声说：“好孙子，你们若去问皇上爷爷犯了什么罪，那就要了爷爷的命了。爷爷不但去迭州，而且马上去，也带着你们！”说完，立刻收拾东西，没有去见李世民，而是赴迭州上任去了。

李世民的病情越来越重，大泻不止，几天吃不下东西，头发全白了。

太子李治一直守在身边。李世民躺在床上问：“徐茂公是否立即上任去了？”

李治点头说：“是。”

李世民听了这个答复，双手抱头，放声痛哭：“茂公军师，朕对不起你呀！你该明白朕的心啊！你我用命换来的江山，难道要白白送给一个女人吗？你到底是怎么想的呢？朕要弄明白，朕要听听你的话呀……”

李治扶着李世民问：“儿臣派人去请军师，可以吗？”

李世民依然摆摆手，哀声哀气地说：“朕何尝不愿意见他一面啊！可是，为了你坐稳江山，朕不见他了。等他死后，到了阴间，我们再相见吧！”

李治在李世民怀里抽抽搭搭地说：“父皇放心，我一定善待茂公军师。”

此时长孙无忌与褚遂良进来，跪在李世民榻前。

李世民睁开眼睛，望着他们，喃喃地说：“老臣扶幼主……”接着，李世民就说不出话来了，只是用手指指李治，又指指长孙无忌及褚遂良。猛然间，他又坐了起来，向着宫外，双手抱拳，“啊啊”了几声，就躺倒死去了。

李治与长孙无忌、褚遂良，都没有听清楚李世民到底说了些什么。

李世民驾崩。

太子李治，抱着长孙无忌的脖子大哭。

长孙无忌说：“皇上将大唐的宗庙社稷交付于你，你怎么像老百姓一样只知道悲痛呢？！”

李治止住泪，拿出李世民的诏书。

长孙无忌说：“先不必发布消息，等回宫再说！”

于是，长孙无忌及褚遂良选精壮骑兵百人，保李治回宫。

进宫之后，李治召集群臣，发布太宗遗诏：命太子李治即皇帝位，军国大事不可延误。

李治登基，为唐高宗，年号永徽。

高宗上朝第一件事，即诏回徐茂公，加封司空官职，行军国机要大权。

茂公回朝，身披麻衣，跪倒李世民灵柩之前，高声疾呼："万岁，为臣追你来了！"

说完，向灵柩撞去，被契苾何力拦住。契苾何力跪下说："义父，不可如此。太宗皇帝是不愿意你这样做的呀！"

李治也走过来，双手扶着茂公说："老军师，父皇有遗诏不许任何大臣为他陪葬，你还要为大唐江山出力呢！"

茂公只好从命，对李治说："万岁，先皇生前曾赐臣李姓，但先皇在时，臣从未张扬过。现今先皇归天，臣及孙儿均改为李姓。同时将'世'字去掉，以避先皇名讳。"

李治说："你是开国元勋，德高望重，朕之江山全仗老军师了！"

茂公望着李治，点点头说："万岁放心，只要臣有一口气在，便要为陛下尽心效力！"

八月二十八日，安葬李世民于昭陵，庙号太宗。

这日满朝文武都送灵到墓地。李治下旨，不让茂公前往，因为他年纪太大了。

茂公立刻去见李治，哀求说："如今老臣，只有臣一人了。玄龄、魏征、如晦、李靖、秦琼、敬德诸人尽已归天，咬金正在病中，臣不相送到灵前，先皇是会伤心的！"

李治见茂公真情实意，不忍再阻。

茂公坐着马车，敬业与敬猷乘马随在身后，一直送到昭陵。

下葬后群臣痛哭。茂公走到昭陵前边，双膝跪倒，说：“陛下，自臣归唐以来，我们心心相映，情同手足，不想你今日先臣而去。臣本想与陛下同归，怎奈，新皇刚刚即位，还需老臣辅佐一程。陛下在天有灵，可鉴臣心。臣死之后，愿筑灵于旁，朝夕相伴，日夜相随。”说罢，又伏地三拜。

李治上前搀起茂公说：“老军师请忍痛节哀！”

安葬已毕，君臣回长安。李治和茂公同乘一辆马车，情同父子。

# 第四十回 八旬翁从容任监军 新皇帝沉湎美色中

茂公回朝之后，病倒了。

李治每日到榻前探望，茂公说："臣因思念先皇及老臣们而稍有不爽，请陛下不要再来了。军国大事很多，刚刚登基要先做出个样子来。臣多么希望陛下像先皇一样，既有仁慈之心，又有果敢之气呀！"

李治说："朕怎能比得先皇？他是马上皇帝，又有你们一帮老臣辅佐。"

茂公笑笑说："慢慢来，威信都是自己干出来的。一些老臣死了，后起之秀还很多嘛！比如罗通、程通、秦怀玉、契苾何力、阿史那杜尔，等等。尤其是那薛仁贵，更是人才难得呀！"

李治称是，说："全仗老军师教诲了！"

不几日，高句丽国盖苏文病死。他有三个儿子：长子男生，次子男建，三子男产。父亲死后三个人争权夺势，互相攻打。

本来莫离支之位应是男生的，男建、男产不服，动了刀兵。高句丽国又开始动乱。

辽东道镇守史早有奏表进京，李治看了，没往心里去。李治认为，不管他们怎么互相攻打，只要向唐称臣就可以了。

不久，男生派他的儿子献诚带了重礼来到长安，向李治求援。

这时李治没了主意，就对献诚说："你且到馆驿歇息，等朕决定之后便告知你。"

接着，李治亲自到茂公府上，一来探病，二来商量是否出兵的事。

茂公见李治来了，起身接驾，李治说："免了。我到府上，免去君臣之礼。老军师近来身体是否安康？"

茂公说："多蒙陛下关怀，老臣自觉好多了。"

李治想了想，便把高句丽国男生遣子前来求援的事讲了，接着问："依老军师之见，我们该不该出兵呢？"

茂公沉思半晌。他想：一个小小属国，经常闹事，是应该彻底解决一下了，不然越闹越大，到那时再解决就晚了。另外，他也想到新皇刚刚登基，没有经历过一次战争，这对他是不利的。

想到这里，茂公便说："应该出兵。帮助男生维护住政权，就能使高句丽百姓有个安定的日子过。他既然派他的儿子来了，我们不出兵，势必影响关系。出兵解决一下，可以保证长治久安，于我大唐很有好处。"

李治想了想，说："既然老军师同意出兵，那就出兵吧。不过，一切军事安排还得有劳老军师！"

茂公说："为国尽忠，责无旁贷。不过我年已八十有三，只能动动嘴了。我想请陛下效仿先皇的英风，御驾亲征，这对陛下今后的基业大有好处。"

茂公的话是诚心诚意为李治着想。可是，李治听了这话，实在为难了，竟半晌无语。茂公望着他，等他回答。

李治等了好久，才说："老军师，朕刚刚登基，有许多事情亟待处理。所以此次御驾亲征事就免了吧！以后若有战事，朕再照军师话做！"

茂公听李治这样一说，便已看出李治不是一个英武之君。当然，靠着他父皇打下的基业，靠着贞观之治的繁荣，他可以坐几年皇位。不过，在他之后，就很难说了……

茂公有些失望，只好说："就请陛下自便吧！"

李治并非有什么军国大事，而是被武媚娘闹的！

这武媚娘在太宗时，就与李治勾搭上了。二人背着太宗，经常偷偷相会，做些不成体统的事，宫里的太监和嫔妃人人都知道，只是不敢说。

太宗死前曾下遗诏，死后将宫中的妃子和才人全部送到感业寺，削发为尼，永不出寺。当然，这个武才人也在其中。

太宗这样做，有他的打算，一是曾经被他宠幸过的美女，不能再被别人宠幸，免得乱了宫闱。二是李淳风曾经说过，将来取代唐朝江山的女人就在宫中。如果将她们都送入感业寺，削发为尼，严加看管，她还能有出头之日吗？！

武媚娘临出宫之时偷偷地找到李治，又是缠磨又是挑逗地要求李治将来登基后把她接回宫中。李治当时满应满许。

李治当了皇帝，武媚娘认为有盼头了，可是李治却把她忘了。

武媚娘手中有李治给她的信物，在一次内宫太监送东西给感业寺时，她将信物托太监带给李治。

李治想起了武媚娘的风流和娇艳，便到感业寺来见她。

二人一见，便燃起旧情。武媚娘靠着她的媚色和聪明，又把李治勾住了。自此，二人经常往来，闹得宫中和感业寺中人人窃窃私语，向着地下吐唾沫："臭唐，臭唐！"

加之，武媚娘又怀了身孕，李治就没有办法脱手了。武媚娘几次向李治要求入宫，李治实在为难：一是朝中大臣个个反对，长孙无忌、褚遂良等人还以死相谏；二是削发的尼姑入宫有失体统；三是连百姓都知道武媚娘曾经侍奉过太宗，现在又跟上了他儿子，父子同事一人，这不是乱伦吗？

所以，如今李治什么事情也顾不上，一心只想着如何解决武媚娘的问题。

茂公决定出兵高句丽，帮助男生平乱，于是，先找到薛仁贵。

薛仁贵第一次征高句丽就建功立业，受到太宗的封赏，官至兵马都招讨。

李治即位后，有一次，他在校场操练人马后，乘马回府。途经含风殿，正值山洪暴发，大水从山上下来灌了含风殿，把李治和宫妃们困在了里边，宫女们吓得四散逃跑。薛仁贵见了大吼一声："不救圣上，为何只顾逃命？"接着跳下马来，蹚水进入含风殿，背出李治。

李治感激仁贵救命之恩，加封他神勇大将军称号，赐御马。

这次出兵高句丽，李治与茂公商议，兵马大元帅由薛仁贵担任。茂公说："此人正合我意。"

茂公找仁贵是想听听他的打算。

茂公问："此次出兵高句丽，陛下封你为帅，你想怎样作战啊？"

仁贵听了，明白军师是在考问他，便说："我想此番征东，要比头一次容易些。第一，高句丽一方有男生支持，第二，我们对那儿的地理环境比较熟悉了，至于怎样作战，需看具体情况而定。"

茂公点点头，又问："战争胜利之后，你想怎样解决高句丽问题？"

仁贵听了红着脸说："军师，这方面我没有仔细想过！只想这一次一定要彻底解决高句丽问题，不说一劳永逸，也要它稳固五十年！"

茂公点点头说："你的想法很对，也很诚实。想到了就是想到了，没想到就是没想到。依我看来，你是朝中唯一有帅才的将官。作为将帅，不光是有勇，而且要有智谋。要深谋远虑，把各种情况想周全。你已经三十多岁了，应该一天天成熟起来。我已经老了，不能伴你到老，所以你要事事有主见，不要养成扔了拐棍不会走路的毛病。此番出兵，我伴你去，虽然仍为监军，一切军务大事却要你自拿主意。"

薛仁贵像小学生一样地听着。

茂公站起来，拍着他的肩头说："仁贵呀，将来大唐的边疆，就靠你来保卫了！"

茂公的话，语重心长。余下的话，他没有直说出来。只告诫薛仁贵："不要骄纵，不要仗势压人，不要和文官们争名夺利，要善始善终。"

茂公说到这里，眼睛里满是泪花。

大军出发这一天，薛仁贵到点将台点将：契苾何力为先锋，罗通、程通为左右统领，秦怀玉为后军。

茂公为总监军，男生之子献诚为向导。

李治领文武群臣送大军出长安城。

大军到了高句丽，先进扶余城。男生带领大小酋长出城迎接。

听说唐军来救援男生，男建立刻派兵五万围困了扶余城。

这时候的高句丽，男建和男产兵合一处，将聚一堆，占领着平壤城，共同对付男生，并强迫高句丽国王让他们当莫离支。

薛仁贵见扶余城被围，并不惊慌。晚上的时候，他到城门上观察了敌阵。回来之后，与茂公商议退兵之策。

茂公说："你先谈谈如何破敌？"

薛仁贵说："敌兵五万将城池围了个水泄不通。如果开城与之交战，胜负难定。我想出奇兵，包抄后路，然后再开城作战，前后夹击，使其腹背受挫，这样便可打退敌兵。"

茂公说："如何出奇兵啊？"

薛仁贵说："我领五百骑兵，冲出城去，佯作去搬救兵之状，不与之交锋。出城之后，埋伏于山后，待军师开城作战时，以火炮为令，我带骑兵杀回，造成夹击之势。"

茂公点点头，同意仁贵的作战方案，又问："你只带五百骑兵，不是少了些吗？"

仁贵说："兵不在多，而在勇。"

战斗方案决定了之后，薛仁贵精选了五百骑兵，吃饱喝足，只待命令。

第二天休息一天，到了半夜子时，薛仁贵白盔、白甲、白袍、白马、银枪，开了城门，率众冲过吊桥。

男建的兵营一个挨一个，日夜守卫。高句丽兵听得唐军杀出来，急忙应战。

薛仁贵银枪飞舞，在前冲杀。五百精骑个个奋勇，高句丽兵难以阻挡。

薛仁贵领着五百精骑，杀出三层包围圈。高句丽兵仍然在后边追，薛仁贵也不恋战，领着五百精骑只是往前奔跑，直到把高句丽兵甩在后边。

看看高句丽兵不追赶了，他们便绕道到山后，埋伏起来。

茂公在扶余城，一夜没有睡觉。他想，凭着仁贵的武艺，冲出重围是没有问题的。只是高句丽兵是否追赶？追赶能有多远？他判断不清。

按预定计划，三更响炮，开城与高句丽兵作战，这是不能犹豫的。

茂公到城门上往下观看，只见城下处处灯光，如海洋一般，先前有马嘶人喊之声，后又慢慢安静下来。

茂公断定：一切正常！

男建的军校向男建报告："夜间唐营中冲出一股马队，为首的是白袍将军，被我们追得无影无踪了。"

男建想了想，说："这一定是唐营去搬救兵。如果救兵到来，从背后攻打我们，我们就腹背受敌了。所以明晨开始，要强行攻取扶余城！"

没等到天亮，茂公下城来到大帐，命令点炮开城。

三声炮响，从扶余城四门中冲出人马。南门罗通，北门程通，东门秦怀玉，西门契苾何力。这四员将官勇猛善战，立时打乱了高句丽兵的阵脚。

薛仁贵听见炮声，知道是军师开城作战了，立刻领精骑五百，杀奔敌营。

这五百精骑如神兵天降。冲入敌群，更如秋风扫落叶。薛仁贵勇冠三军，俨如天神，谁也阻挡不了。

高句丽兵腹背受敌，应接不暇，死伤无数。

男建一看情势不妙，骑马带着卫士跑回平壤城去了，剩下的兵将全做了俘虏。

天刚破晓，唐军大获全胜，接着便是收拾战场，遣散俘虏。

茂公代行皇帝职权，封赏三军。

扶余城离平壤城还有二百多里，而且左边是山，右边是海，只有山坡下可以通过大队人马。

茂公问仁贵："攻取平壤城，你有何良策？"

仁贵说："我记得第一次征高句丽，军师曾提出奇袭平壤城的想法。我想大军仍驻在扶余，我领兵前去破城。"

茂公说："兵法不能死板地套用，此一时彼一时，情况不同了。当时是平壤空虚，我们可以乘虚奇袭，如今平壤城守备森严，恐怕不行。"

仁贵说："破敌在于乘勇而进。如果大兵齐奔平壤城，路途难行，延误时日，莫如我先领兵奔袭，乘敌未稳，直逼城下。"

茂公想想说："你可要当心中途遇伏呀！"

仁贵说："一些伏兵，有何惧怕。"

茂公见仁贵决心已定，不好再泼冷水，就同意了他的主意。

三天之后，薛仁贵领大军从山坡小路上，向平壤城进发。茂公留守扶余。

薛仁贵骑马走着，见左边山高石险，右边海浪滔滔，心中暗想：如果高句丽兵从山上杀来，倒要占些便宜。于是催促兵将快走。

走了多时，前面山不那么高了，海浪也远去了，是一片沙泥海滩。仁贵想，这里空旷平展，正好休息一下。于是下令休息。

兵士们走得实在累了，现在来到平展地面，元帅又下令休息，都很高兴，便躺在山坡上，说说笑笑。

正在此时，山坡树林中杀出许多高句丽兵，为首的男建，大吼："唐军哪里跑！"

原来，男建跑回平壤之后，即遭男产埋怨。男产接着告诉他："唐军获胜，必来平壤，你可速带人马，埋伏于途中，伺机杀出，必能取胜。"

男建未在高山峻岭处设伏，一是为了麻痹唐军，二是这里地面虽然平展，但沙泥软深，马和人只要踏上去，就会没膝，从而丧失战斗力。

薛仁贵见中了埋伏，立刻上马迎敌。其余众将也纷纷应战。

高句丽兵居高临下，弓矢齐发。唐军只得后退到海滩上，谁知一踏上海滩，立刻被泥沙没了膝盖，不能转动。

薛仁贵一看不好，只恨自己失算，没有听军师的话。

薛仁贵、罗通、程通、秦怀玉四人被包围在一起，拼命厮杀。

男建站在山坡上大喊："抓住那个穿白袍的，他是元帅薛仁贵！"

高句丽兵一齐向着薛仁贵射箭，薛仁贵舞动银枪拨打弓矢，身上虽未中箭，但也冲不出重围。

正在危难时，只听山头上杀出唐军，茂公站在山上指挥。

契苾何力跃马上前，来解仁贵之围。

高句丽兵撤退了，薛仁贵脱了险。唐军人马浑身是泥，狼狈不堪。大批军械和粮草均被男建抢走。

唐军败回扶余城，茂公左臂也中了箭。

薛仁贵跪在茂公面前，痛哭失声："此次失败，我难推责任，请军师重责！"

茂公笑笑说："胜败乃兵家常事，世上常胜将军是不多的！只要吸取教训，总结经验就好。我怕你中途遇伏，所以带了契苾何力和少部分兵士沿山脊追随，果然不出所料。"

仁贵只是跪着不起，茂公把他扶起来，安慰说："兵书战策很多，读后要灵活运用，这才是将帅的本领。谁灵活运用得好，谁取胜的可能性就大。谁也不能保证终生不打败仗。我刚刚出来闯荡时，也出过不少偏差。后来仔细体验，又多经战争，错误就少了些！"

仁贵说："陛下授你前敌监军，代行皇帝职权，请将我这元帅罢免，做一个普通将官吧！"

茂公摇摇头说："你不要灰心。过去征高句丽，你救先皇有奇功。当今圣上若不是你舍命相救，也早归了天。今日之败是因轻敌所致，我怎能轻易罢了你的元帅呢！不过，轻敌则是骄，骄兵必败。其实，你仔细一想就明白，男建败去，肯定知道我们会进军平壤，所以中途设伏，这是一般的军事常识，你为什么想不到呢？这就是因为扶余之战成功，多了骄气，少了谨慎。这个血的教训，我想你会牢记的！"

薛仁贵认真地听着茂公的批评，眼望茂公八十多岁，还因为救自己而负箭伤，于心难忍，不由暗暗流泪。

茂公说："打起精神，下次一定会成功的！"

徐茂公中箭勉励薛仁贵

仁贵问："军师，你看下一步如何打？"

茂公说："不要气馁，仍是你拿主意。"

仁贵说："我想，这一回仍用奇袭。"

茂公听了哈哈大笑："很好。所以对兵法的运用，必须机动灵活，前次不行，这次就行了。"

茂公接着又分析了高句丽情况："我军失败，退守扶余城，他们不久就要大兵追来，第二次围困扶余。这样既可保住平壤城，又可以乘胜强攻。所以，我今日就罢了你的元帅职，并且宣告大小三军，使扶余城百姓都知道这个消息，以吸引平壤之敌早早前来！"

薛仁贵点点头。茂公说："兵不厌诈。是你刚才的话，提醒了我！"

薛仁贵被罢了元帅职。唐营中大小三军议论纷纷，只有罗通、程通、契苾何力、秦怀玉等知道内情。

男建、男产的细作，将这一消息禀告了他们。

男产说："唐军大败，元帅薛仁贵被罢了职，由监军徐茂公代行元帅职权，一定军心不稳。我们正可进兵，一举拿下扶余城，杀败唐军，活捉男生。"

接着，男建领兵三万，二次包围扶余城，并立刻进攻。

不多时，男建就攻取了扶余城。到了城中一看，男生不在，唐军的监军和众将也都不在。男建情知上当，立即下令退军平壤。

谁知就在男建出兵的时候，徐茂公已率领大军从山左到了平壤。

平壤城的男产正做好梦，薛仁贵率军冲入城中。男产得到报告，不解地问："薛仁贵不是被罢了元帅之职吗？"

还在疑惑当中，男产就做了薛仁贵的俘虏。

男建撤军，走到半路，罗通等众将杀出，全歼高句丽兵，生擒男建。

这就是军师徐茂公的一整套作战方案。

高句丽国王带着宫中九十八人，手持白幡，来到茂公和仁贵面前投降。

茂公和仁贵接受了降书。高句丽国王封男生为莫离支，总管军国大事；将男建、男产下狱，以观后效。

茂公按着预想的方案，把高句丽分为五部，含一百七十六城，六十九万余户，九府四十二州，一百县。全部按唐朝编制配备官员。

在安东城设安东都护府。

茂公问仁贵："我想留你做安东都护府总管，你愿意吗？"

仁贵说："军师见地深远，我仁贵敬慕于心，但凭军师安排！"

茂公说："你先在此留守一段时间，待我回朝，奏明陛下，若有诏下，即刻易任！给你留下两万人马！"

仁贵欣然同意。

一切安排妥当，徐茂公领兵返回长安。

远征大军凯旋，李治很是高兴，领众臣出城相迎。茂公奏知一切，李治一一允诺。

李治见茂公箭伤未愈，便送他回府养伤，并嘱如无重大事情，不必朝拜。

## 第四十一回　立昭仪老军师妙语　祈天地赴泰山封禅

高宗李治此时已经将武媚娘弄进宫中，因为她快生养了，再留感业寺恐怕名声不好。长孙无忌等人没有办法，只好同意。

武媚娘到了宫中，先是侍候王皇后及肖淑妃。架不住她天生丽质，更会风流，所以深得李治宠爱。

十月怀胎，一朝分娩。武媚娘生了一个女儿。她不满意，恨自己没有生个龙子。但她靠着自己的媚气和手段把李治玩得团团转。

不久，武媚娘自己杀害了亲生女儿，嫁祸于王皇后和肖淑妃。李治不辨真伪，将王皇后和肖淑妃打入冷宫。

武媚娘想做昭仪，向李治请求。李治自己愿意，可是做不了长孙无忌和褚遂良等一群旧臣的主，只是为难。

茂公回来了，他想只要茂公说一句话，长孙无忌等人也就没有办法了。如果茂公不同意，那就没有戏了。

于是，李治对武媚娘说："如果让军师替你说一句话，那你就可以为昭仪了。"

武媚娘说："听说徐茂公这个人与先皇亲如兄弟，有深谋大智，不知是个什么样子？我想去见见他！”

李治说：“你一个宫中妃子，如何能见他？何况你还没有名分！”

武媚娘摇着李治的膀子说：“咱不是要求个名分吗？起码我是你的爱妃，你带我去总可以嘛！”

李治耳朵软，想了想说：“也好。如今军师的箭伤还没有好，我们正好借此去看看他。”

武媚娘听了很高兴，就说：“我们今夜就去，省得大白天有人看见！”

李治同意了，便带了几个宫女，携了武媚娘，悄悄地来到茂公府上。

茂公还没有休息。子时已过，门官进来禀报：万岁驾到。

茂公一惊，心想皇上深夜而来，必有大事，便急忙出屋相迎。

李治领着武媚娘来了。茂公想以君臣大礼参拜，被李治拦住：“老军师，千万别施大礼，你是三朝元老，朕十分敬重，随便说话，反而轻松。”

到了内厅，李治和茂公坐下。茂公见皇上身后站着一个漂亮女人，便装作不在乎的样子，问：“陛下深夜而来，有何大事！”

李治说：“也没有什么大事，只是挂念老军师的箭伤，特意来看看。”

茂公一听，明白李治的话是假的，便说：“陛下军国大事繁忙，还惦记老臣，老臣实在受宠若惊！”

李治也觉得不好意思，停了一会儿又打听前线的情况，如何受伤的详细经过，等等。茂公一一回答。

武媚娘忍不住了，用手捏了李治一把。李治一惊，明白武媚娘的心意，但话到嘴边，又难以说出，心想要是茂公当场表示不同意，那可就砸了。

茂公把这些情景都看在眼里，心中判断，此人一定是武媚娘了，李治深夜而来的目的，他也就很清楚了。

茂公想着这些，心中甚是悲凉。太宗是个英武的君主，怎么生了这么一个软蛋儿子？大唐的江山难保世世昌盛啊！

茂公抬头仔细观察媚娘，心中暗说："莫非此人就是太宗所担心的那个女人？将来大唐的江山就落在她的手上？如果她是个有才有德之人，能兴盛大唐基业，倒也不是坏事。"

又过了许久，李治才说："军师，朕有件难事，请军师教诲。"

接着，就把想立武媚娘为昭仪的事，说了出来。

茂公问："长孙无忌与褚遂良等顾命老臣的意思如何呢？"

不等李治回答，武媚娘说："今日得见军师一面，果真不是凡人能比。那些老臣只看我身世卑微，又曾侍奉过先皇，所以不允。我想军师绝不是俗人俗见！"

茂公没有想到武媚娘这么言辞犀利，且又能大胆陈明其志，心中不由暗暗佩服，便对李治说："你是一国之君，凡事要有主张。只是媚娘确实侍奉过先皇，难以名正言顺啊！"

媚娘说："军师，宫中之人心怀叵测，总是飞短流长。我侍奉先皇，亲如女儿。如先皇在世，一定能说明白。如今先皇不在了，什么脏话也都出来了！"

茂公听着媚娘的话，忽然想起了紫烟的遭遇，不免动了恻隐之心，便说："如果媚娘是个有貌有才又有德的人，真是陛下万幸了！男女相恋唯有真情，真情可以感动天地。我赞成媚娘的大胆和机灵，如果确有真情，将是无人能阻止的。”

时间很晚了，李治想回去。媚娘还想和茂公多说一些话，也不便再说了。

回来的路上，媚娘很高兴。李治却仍郁郁不乐，说：“你乐什么，军师最后也没说同意你为昭仪！”

媚娘笑着说：“锣鼓听音，丝弦听味。难道你不明白他的意思？”

李治摇摇头，说：“我不明白。军师是个很会讲话的人。”

媚娘说：“不过，我看得出来，他说话的神态很诚恳。”

过了些天，李治上朝，召集群臣，商量确定昭仪的事情。大臣们在朝房等候，议论纷纷，全是不同意立武媚娘为昭仪的声音。

事先李治按武媚娘的意思，也通知了茂公，让他务必上朝，参与商定。

长孙无忌和褚遂良等人，见茂公来了，都走上去和他打招呼，并说了立昭仪的事情。

茂公只装作什么也不知道。

李治坐在金銮宝座上说：“众爱卿，今日早朝，对朕立武媚娘为昭仪的事，再次复议，望众卿发表意见。”

长孙无忌首先出班，仍是反对立武媚娘为昭仪。他说：“武媚娘乃一嫔妃，又曾入过感业寺，削发为尼。昭仪乃一国之尊，她无才无德，难以胜任。”

褚遂良说：“如果圣上立武媚娘为昭仪，会被天下人耻笑的。如今已有人暗骂臭唐，陛下不可不闻。”

接着又有几个老臣出班，力排立武媚娘为昭仪之议。

李治听了，紧锁眉头，无力反驳众臣之议。如果此番再被否决的话，以后就不能再议了。

听着品阶台上人声哗然，李治烦躁不安。忽然，他看见徐茂公站着一声不响，想起武媚娘跟他说的话，像落水的人抓住了一根救命绳索，心中不由燃起希望，便对茂公说："老军师，众爱卿已经发表了意见，你有何见解呢？"

徐茂公早已做好准备，他预料到会出现这种场面。

李治问到他。他望望群臣，长孙无忌和褚遂良等人都盼着他说话呢！

长孙无忌说："老军师，你是三朝元老，治世的中坚。你一言九鼎，大家都听你一句话了！"

茂公胸有成竹，向前进了半步说："臣不知陛下请大臣议立昭仪之事。依臣看来，议立昭仪乃陛下家事，太皇和先皇议立昭仪也从未跟众臣商议过呀！"

茂公说这些话，李治再傻也听得明白，这是给他一个台阶下，由他自主。

李治果然听出了味道，心想：老军师呀，你果然胸藏珠玑呀！想到这里，便对群臣说："对，老军师所言甚是。议立昭仪乃皇室家事，何必劳烦众卿？散朝！"说罢，拂袖退去了，把大臣们全晾在那里。

长孙无忌和褚遂良目瞪口呆，议了多时的大事，被徐茂公一句话作了结论。他们像泄了气的皮球，眼望着徐茂公慢慢走了，竟说不出一句话来。他们哪里知道茂公的苦衷啊！

高宗立武媚娘为昭仪的第二年，李治想去泰山封禅，以祈国泰民安，武昭仪随驾。

李治下旨，着朝中大臣也一同随驾。长孙无忌与褚遂良闭门不去。李治亲自去拜见茂公，请他一同前去泰山。

茂公欣然同意。

从长安到泰山，一路之上，李治与茂公都在一起。十月天气，尚不很冷，田野里的庄稼已经收割完毕。

茂公望着田野，不胜感慨地说："陛下此次到泰山封禅，为民祈告上苍，可见陛下的心愿。不过，老臣认为，此类事情不可多做。这样的文武大臣倾朝出动，只是为了参加庆典，那是会误了许多事情的。太皇与先皇南征北讨，好不容易奠定了大唐基业，可是他们并没有封过禅。先皇励精图治，呕心沥血造就了贞观之治的繁荣，陛下可要好好守住。依老臣看，只是守住还不行，还要发展，更要创造。只有这样，大唐的江山才会一代比一代更兴旺发达。这是老臣逆耳之言，望陛下体谅老臣的苦衷！"

李治点头称是，说："朕此次到泰山封禅，也有代先皇祭天之意。以后不会再搞了！"

茂公说："老臣为什么高高兴兴地来了？一是陛下有诏，二是我们这些老臣大部分都死了，老臣代他们前来，也算了却臣的心愿。他们一生奔驰沙场，谁想过到泰山封禅呢？像罗成将军连唐朝的兴盛都没有见过，就战死在淤泥河。还有秦琼、尉迟恭、程咬金等人，一生忠心耿耿扶保太皇和先皇，他们没有一天享受过，只知为太皇和先皇效忠。还有众多不知姓名，没有上凌烟阁的兵士们，他们的白骨已经化为泥土。他们为了什么？不就是为了大唐能有今天吗？他们这些人都没有上过泰山，更别说封禅了。今天，老臣我全代表他们了，替他们向天向地献上一份祭品，替他们说一句话：祝大唐永世昌盛！"

茂公跟李治说这番话，确是自己的真实感情。一想到泰山封禅，引起他种种联想。想起了罗成、秦琼、尉迟恭等人，想起了为了建立大唐而牺牲的那些无名将士们。

同时，茂公此番话也是说给李治听的：你做的是太平天子，是坐享其成，可不能忘了先辈们的流血牺牲啊！没有他们的牺牲，就没有你今天的太平皇帝。

茂公是含着眼泪说的，确实感动了高宗李治。

封禅队伍行进在山路上，松柏苍翠，百草迎风，一片肃穆的景象。走着走着，茂公的马踩在一块石头上，跌倒了，茂公也摔了下来。

李治急忙下马，扶起茂公，问："老军师，摔坏了吧？"

茂公站起来，拍拍身上的土，活动活动手脚，说："没关系，真是年纪大了！"

李治握着茂公的手，说："请老军师上我的马。"茂公急忙推辞，说："不能，不能，陛下骑上先走吧！"

李治命人上前把茂公扶上马，又命一人牵着马缓缓行走。

茂公觉得李治这个人，心肠确实不错，二人一边走一边说话。

茂公说："陛下，立昭仪的事，你别寻思老臣帮了你。臣看那武昭仪并非一般女子。陛下要多听听她的好主意，可不能完全听她的。先皇曾经说陛下软弱，臣当初也不同意立陛下为太子。还是先皇有主见，说陛下长大了会好的。但愿别让先皇的希望落空啊！"

李治听着茂公讲，李治暗暗地想："难怪父皇与他交情深厚，他确是一个诚实、忠义的人啊！"

# 第四十二回　参天机建德言后事　悟人生茂公死如归

茂公八十六岁，须发皆白，身体依然康健。他的老姐姐八十八岁，被接进长安。五月，老姐姐忽然得病，茂公手拄着灵寿杖来到姐姐床前探望。

老姐姐已经不能说话了，家人和婢女为她熬药。茂公说：“我来熬吧！”

于是，茂公坐在灶前为老姐姐熬药。忽然一阵风吹来，火苗儿烧了他的胡子。

老家人过来说：“还是我来熬吧！”

茂公不允，说：“我对老姐姐多年不曾侍奉，如今我也老了，侍候姐姐的时间也不多了。”

老姐姐五月十五病故了。茂公亲自为老姐姐穿上寿衣，抬上床，老泪纵横地哭诉：“姐姐呀，茂公先送你去，不久老弟就来了。”

果然，到了七月，茂公上厕所时，摔了一跤，卧床不起。

高宗李治得知茂公卧床，亲自到床前送药。

茂公说：“臣本离狐农夫，已经活了八十六岁，不想再向药物索取生命了。但陛下亲自送药，我只好吃了！”

李治安慰他说：“老军师只要你活着，朕心里就踏实。朕愿你活到一百岁。”

茂公笑笑说：“臣自幼出来闯荡，先到瓦岗山寨，后来归唐，经过了高祖、太宗和陛下三朝，总算为唐家江山做了一些事情。死对于臣来说，就像出门入户一样了。”

李治叹口气说：“老军师历经三朝，未曾有过。奉上忠，待人义，事亲孝，清正廉洁，大公无私，实称当今楷模！”

茂公轻轻摇头说：“陛下盛赞实不敢当。茂公戎马一生，只有一点可以自慰，就是不立产业，家中无有积蓄。每次得了财产，都散给将士了！”

李治问：“如老军师一日归天，可有什么要求？”

茂公说：“没有任何要求。只求将老臣与妻子紫烟合葬一起！”

李治点头答应。

李治走后，敬业和敬猷为茂公熬药。茂公摆手说：“药对我没有用了，延长生命，反而受苦！”

第二天，他的弟弟李世弼从外地奔来，看望老哥哥，老兄老弟见面格外高兴。茂公说：“你来得正好，有些话，我告诉你。”

世弼说：“敬业和敬猷也来听听吧！”

茂公说：“也好。乘我明白，也算留下遗言吧！”

世弼把敬业和敬猷叫来，围坐在茂公榻前，听茂公说话。

茂公望着他们，很平静地说：“我自己知道，这次要和你们永远离别了。你们都不要悲伤，听我安排。你们都知道房（玄龄）杜（如晦）二相，生前都是人中君子、国之栋梁。先皇把女儿嫁给了他们的儿子，可是他们的儿子却暗中反唐，事败之后，落下可悲的下场。这一点是我担心的呀！”

说到这里，他用手抓住敬业，眼望着世弼说：“他现在已是太仆少卿，官也不小了。可是这小子志大才疏，又好标新立异，你可要好好管教他呀！我把两个孙子全交付给你。我死后，你就调回京城，搬进我家居住，仔细观察他们，见他们结交行为不端的人，要严令禁止，如实在不听，就以家法处死，然后在牌位前告诉我知道！”

世弼说：“哥哥，他们都是好孩子，你放心吧！”

茂公说：“我所担心的事，很可能发生呀！”

敬业抱着爷爷保证说：“爷爷放心，我一定不违背你的意志。你的话我明白，让我一生不要反唐，做一个忠臣！”

茂公望着敬业，深情地说：“世事变化，我难预料。但我看来，唐朝天下迟早会有大的变化。你没有打过仗，没有经过帝业兴替的大事，如果一旦发生大事，你又是一个逞强自负的性情，难保没有事呀！不像你弟弟，他生性沉稳，忍辱负重，不会有大的风险！”

茂公这些话，已经说得很明白了，可是敬业听不甚懂。他只认定一生不反唐，做一个忠臣，就一切都解决了。

茂公说到这里，不想再说，闭上眼睛养神了。

世弼见茂公累了，就和敬业、敬猷出了屋。

茂公悠悠地睡着了。

他做了许多梦，每个梦都稀奇古怪，又互不连接……

夏日的荷塘，荷叶如伞，荷花如盆。上面坐着紫烟，微微笑着向他招手。他跑过去，跳上荷叶，把紫烟从荷花盆中拉过来。

秋日的瓦岗寨，众兄弟坐在聚义厅中饮酒。翟让用大碗喝酒，一碗就醉得东倒西歪。程咬金和尤俊达扛着他，往河里扔。

翟让爬上来，坐在柳荫中大笑。李密偷偷过来，用刀砍下他的头，鲜血四溅。

黎阳城，风雨交加，李世民冒着雷雨拉着他在山路上跑。跑在一个山涧旁，李世民驾起云头，飞了。

程咬金举着大斧，也驾着云头，追他。

山顶上单雄信大吼："不杀李世民，誓不为人！"

牛谷口窦建德英姿飒爽，在千军万马中一边杀，一边大吼："谁说豆入牛口，其势不久！"

阴山脚下，契苾何力的耳朵在风中乱飘，一只落在他的手上。他追上契苾何力，往脸上给他贴耳朵。

积石山谷中，唐军被冻成了冰棍儿，一阵狂风吹来，满天飞雪，唐军个个站起来，直蹦着，冲入金州城。

铁山左旁，大海汹涌，一个个浪头把薛仁贵推上天去。薛仁贵在浪顶上大笑，飞起银枪，正刺中盖苏文的头。

平壤城下，徐震一手推倒了城墙，砖头石块乱飞，变成了满天红云。

尉迟恭和秦琼，一人持钢鞭，一人手舞双锏，把建成和元吉打得脑浆四溅。

罗成身中乱箭，哭着扑向窦线娘。线娘一挥手，罗成身上的箭全掉了，还是那般英武，二人飞入云端不见了。

李治在地上爬，武媚娘花枝招展地追逐他。李治爬上金銮殿藏起来，原来是在武媚娘脚下。李治大哭，武媚娘大笑。

徐敬业上前抓住武媚娘的头发，变成了根根银丝。银丝缠着敬业的脖子。

突然，窦建德在云中大呼："天地报应……"接着一挥手，他的白胡子掩盖了世间一切，一切皆白。

……

茂公慢慢醒来，思忆刚才乱七八糟的梦，自己暗暗好笑。不过，他很思念窦建德。他自语着说："老哥哥，如果你还活着，已经一百多岁了。我们能见上一面多好！"

世弼进屋来，给他端来一碗水，悄悄说："口渴了，喝点水吧！这不是药。"

茂公坐起来，喝了半杯水，对世弼说："你派人到终南山静虚观去一下，请窦建德来呀！"

世弼连声说："好好！"

世弼想，老哥哥是糊涂了，那窦建德已是百岁之人，怎能还在人世？真在人世，恐怕也走不动了。不过，老哥哥有这个要求，只好照办。

几天过去了，茂公只是喝水，不想吃饭。不过，他仍有精神，眼珠也发亮了。

世弼说："老哥哥比前倒强多了，吃些饭也许就康复了！"

茂公说："我只盼望着窦建德，所以不能死。"

世弼说："我已派人去了，不久便可有消息到来。也许建德早已成了故人！"

茂公不语，呆呆地望着世弼。

不一会儿，敬业领着一个老道长进来。这老道长，身穿灰色道袍，头戴黑色道帽，满面红光，胡须如雪，垂在胸前。

敬业对茂公说："爷爷，老道长来了！"

徐茂公见是窦建德，真是喜出望外，激灵下了榻，连声说："哎呀，终于盼来了！"

窦建德扶茂公坐下。茂公眼里流着泪："真是山不转水转。山碰不在一块，人总能见面的呀！高寿了？"

窦建德微笑说："贫道一百单八岁。"

茂公笑着说："你是世外之人，都吃些什么健身补品啊？"

建德说："渴了饮山泉，饿了吃松子！"

茂公点点头，不知该说些什么。沉默良久，茂公长吁一声："老哥哥呀，我们自从相识，一见如故。沧海桑田，一晃就过去了这么多年。你安居深山，我驰骋沙场，人生滋味真是一言难尽啊！"

建德也说："想当年，兄弟送我入山之时，夕阳西下，倍觉凄凉。可我进了静虚观，参悟人生，反觉清静许多，如故鸟归林、苍龙入海。你乃治世福神，善始善终，实属不易呀！"

茂公说："我将先兄而去，只有来世再见了！我们相交一场，临死能见上一面，此生足矣！"

建德问："兄弟还有何嘱托，请明示！"

茂公似乎自言自语说："我戎马一生，总算保了全尸。只怕我死后，世道多变，敬业难以自保啊！"

建德笑了，他拍着敬业的手说："此子机敏有余，沉稳不足。但我可保证，他自有保身之法，望你不要多虑。至于唐朝江山，这不是人力可争之事。日中则昃，月盈则亏，世之道也。乐极则悲，势极则衰，人之常也。正可谓狂风不终朝，骤雨不终日。我常想有福莫享尽，享尽见贫穷，有势莫使尽，使尽冤相随的道理。人间势与福，多有始无终。人有不明之事，天无不报之条，人能巧于机谋，天地巧于报应。像老弟你，一生忠孝仁义，勤廉恭俭，不留后人资财者，实在很少。所以你能心平气和。至于后人及李家后事，乃你身外之物，何必耿耿于怀？！”

茂公听了，哈哈大笑，连声说：“世界乾坤，天道护佑。听老哥哥之言，顿开茅塞，不枉相交一场也！”

说罢，茂公溘然而逝，享年八十六岁。时十二月三十日，酉时。

茂公死后，高宗闻之大哭，颁旨隆葬于太宗陵旁，迁袁紫烟墓与之合葬。坟头造阴山、铁山、积石山形象，以彰其功。墓前碑刻：司空、太子太师、贞武英国公李勣茂公之墓。

下葬这一天，全朝文武送行。高宗送至未央宫，登楼眺望灵车远去。

高宗死后，武昭仪当政，自称则天皇帝，国号周。茂公长孙李敬业在扬州起兵讨武，意在保唐。

则天皇帝大怒，剥夺敬业赐姓和爵位，起兵征讨徐敬业，同时命人捣毁茂公墓葬。

徐敬业兵败，被押到长安处斩。其实，此人乃敬业替身。

徐敬业兵败后逃入大孤山隐居，削发为僧。

唐玄宗天宝年间，有人在山中见过他。时年已九十岁。他说：“我乃茂公之长孙徐敬业。当年兵败，家人为我尽义也！”

唐中宗李显即位之后，下诏还茂公封赐，重新修葺茔冢，合朝祭奠。